陈忠实
文集

增订本

第 **5** 卷

1987—1994

人民文学出版社

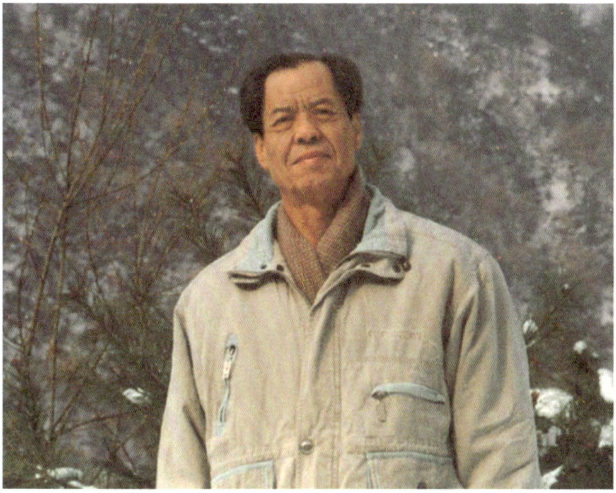

目 录

中 篇 小 说

地窨 …………………………………………………（3）

短 篇 小 说

兔老汉 ………………………………………………（47）
山洪 …………………………………………………（58）
石狮子 ………………………………………………（65）
轱辘子客 ……………………………………………（75）
害羞 …………………………………………………（86）
两个朋友 ……………………………………………（105）
舔碗 …………………………………………………（127）

散文·报告文学

第一次投稿 …………………………………………（143）
敬上一杯酒 …………………………………………（149）
默默此情谁诉 ………………………………………（152）
又见鹭鸶 ……………………………………………（157）
汽笛·布鞋·红腰带 ………………………………（161）

猜想死亡 …………………………………………… （167）

晶莹的泪珠 ………………………………………… （169）

毛泽东的人格力量 ………………………………… （177）

寓言两则 …………………………………………… （179）

秦人白烨 …………………………………………… （184）

足球与古典式

——《歪看足球》之一 ………………………… （193）

上帝之手

——《歪看足球》之二 ………………………… （195）

生命之雨 …………………………………………… （197）

拥有一方绿荫

——《我的树》之一 …………………………… （204）

绿蜘蛛，褐蜘蛛

——《我的树》之二 …………………………… （208）

绿风

——《我的树》之三 …………………………… （216）

皮实 ………………………………………………… （220）

最珍贵的记忆

——日记五则 …………………………………… （231）

山里有黄金 ………………………………………… （238）

渭北高原，关于一个人的记忆 …………………… （251）

腼腆 ………………………………………………… （270）

生命礼赞

——神针赵步长 ………………………………… （274）

忠诚与潇洒

——我理解的王福禄 …………………………… （293）

言　论

中篇小说集《四妹子》后记 …………………………………（301）
刀声 ………………………………………………………………（303）
关于《四妹子》的附言 …………………………………………（309）
美玉出蓝田 ………………………………………………………（312）
我说关中人
　　——《灞桥区民间文学集成》序 ………………………（314）
篇篇珠玑说《泥神》 ……………………………………………（318）
唯有真情才动人
　　——读《肖重声散文选》 …………………………………（321）
巨人与矮子
　　——《长安风》序 …………………………………………（324）
《风雪娘子关》阅读笔记 ………………………………………（327）
天下谁人不识君
　　——肖重声《珍蔬佳话》序 ………………………………（334）
别路遥 ……………………………………………………………（338）
渭南有个李康美 …………………………………………………（341）
关于《白鹿原》与李星的对话 …………………………………（344）
黑色的一九九二 …………………………………………………（367）
陕西作家应对中国当代文学做出无愧贡献
　　——陕西作协第四次会员代表大会闭幕词 ……………（371）
选萃自序 …………………………………………………………（375）
文学这个魔鬼 ……………………………………………………（377）
大将林立，佳作纷呈
　　——编稿絮语 ………………………………………………（381）
故乡，心灵中最温馨的一隅 ……………………………………（386）

小说最是有情物 …………………………………………………… (389)

沟通，我的期待

　　——《白鹿原》韩文版序 …………………………………… (394)

虽九死其犹未悔 …………………………………………………… (396)

铁骨柔肠赋华章 …………………………………………………… (402)

文学是一种沟通

　　——与莫斯科大学留学生汪健的通信 ……………………… (405)

文学依然神圣 ……………………………………………………… (409)

《梆子老太》后话 ………………………………………………… (412)

最好的纪念

　　——陕西名家丛书序 ………………………………………… (414)

不妨极端，自成气候

　　——我看成章散文 …………………………………………… (416)

中篇小说

地　窖

一

　　从公社大院的蓝砖围墙上翻过去,就跳进派出所的小院;从派出所用红砖砌成不久的新围墙上再翻过去,扑通一声跌进供销社的杂院;从供销社的土打墙上翻过去,他就钻进河西村鸡肠子似的村巷了。

　　他连续翻越三道围墙,不敢怠慢,甚至连喘一口大气的时间也不敢耽误,拔脚就跑。黑暗里瞅不清路面,他脚下一滑,跌了一跤,大概是踩到一泡猪屎或是一洼牛尿上头了。他不敢抚伤惜疼,爬起来挣扎着再往前跑,一直跑过河西村肮脏的村巷,跑下村北的河滩稻地里来了。

　　复种过冬小麦的一畦一畦稻田里,秋天收割稻子时留下的太高的稻茬子冻得梆唧唧硬,他磕磕绊绊抬高脚步,免得再次绊倒,跑过三四畦稻地,就遇到一条宽大的水渠。水渠干涸了。水草枯死了。渠岸可以隐蔽下半截腿脚,渠岸上两排稠密的杨树和柳树粗大的树干正是最好的遮掩,他顺着水渠跑啊跑,踩踏得渠底的枯草和落叶嚓嚓嚓响。他感到上气接不住下气,头晕眼花,喉咙里直想呕吐,脚下被干草的枝蔓缠绊了一下,又摔倒了,再也爬不起来了。

他躺在水渠里的枯叶干草上,大口大口喘气。心头却泛起一个甚为得意的胜利,无论我怎么狼狈,狗日的终究还是没逮住我!

他忽然觉得自己很好笑。他是河西人民公社社长,官儿虽然串不上几品,手下也领导着这个公社河川和原坡地区的一万八千多社员哩。他在这里是受敬重的人物,谁也不敢放肆地跟他说话。现在倒好!被人追着,翻墙跳院,完全像一个逃犯一样惊慌失措,狼狈不堪,裤腿上沾着猪屎和牛粪,膝盖上的裤子也撕破了,躺在这冬天夜晚的河滩里,真是昔日的威风彻底扫地了。

大喇叭的响声从河西村上空传到静寂的河滩上来。声音激越昂扬,战报!河口县造反司令部彻底解放河西镇!联合司令部的保皇儿孙狼狈逃窜!

他从渠底里站起来,借着烟头的火光看看表,正是子夜一时,该到哪里去呢?

寒星闪眨。没有月光。河滩远处有一声声冻僵了似的无名水鸟的叫声。这种水鸟只在夜静更深时叫,叫声说不上忧惋,也说不上凄凉,只是十分难听,难听到使人一听到这种叫声就想到它的样子绝对丑陋不堪,甚至会想到那是一种安着两只秃翅的癞蛤蟆,而河边上的人从来没有谁在白天发现过这种水鸟的踪迹。他忍受着这种声音的折磨,跛着一条腿,沿着渠岸往上走,躲到谁家去安全呢?

二

他站在一座门楼下。

他静一静气儿,叩响了吊在门板上的铁环儿。他的手劲儿慎重而又准确,使铁环碰撞木门的声响只能惊醒院子里头的主人,绝不能使左邻右舍闻声惊动。他在等待的时刻,瞧一眼这幢普普通通的门楼,土坯立柱,碎瓦掺顶,夹在两边的土打围墙之间,安一副粗糙的木头门板,死死关着。这就是目下整个河口县几乎家喻户晓的造反司令唐生法的家。

院里由远及近响着一阵沙沙沙的脚步声。门闩子滑动了一下。门吱扭一声拉开了。

"到这时候才回来!"女人怨怨艾艾的声音,大约把他当成她的丈夫唐生法了。他没吭声。她立即发觉站在门口的是一位生人,用一种警惕的声调问:"你是谁?"

"我是关社长。"他直接通报出来,免得她把他当成是歹徒或是什么不速之客,"关志雄关社长。"

"噢……关社长。"她的口气放松了,随即问,"深更半夜,你来做啥?"

"让我先进门再说。"他说,"我有话非跟你说不行。甭张扬,甭惊动家里任何人……"

她往旁边移了移身。他走进开着的一扇门的门道。她随手就轻轻关上门。

"关社长……你有啥事?深更半夜找我说?"她在院子里站住,又疑虑重重地问。

"到屋里头再说。"他得寸进尺,"屋里都有什么人?"

"能有谁呢?就一个吃奶娃儿,大女子跟她奶奶睡着。"她说着,转身朝院里走去。

他放下心来。她的公公和婆婆在原来的老庄屋住,离她的这个小院很远。他跟她走进厦屋。

她一进厦屋门,就把脚地上一只瓦盆移到旮旯里去,那瓦盆里有半盆黄黄的尿。

屋里,正面墙根有一张方桌,堆放着醋瓶盐碟辣子盒,还有一只帽子大小的瓦盆里盛着剁碎的酸渍红苕秆儿。厦屋南头是一张放得很宽的土坯火炕,炕上真有一个小娃儿钻在被窝里,露出被头的半个脸蛋儿红扑扑的,睡得正香。厦屋北头堆放着米缸面瓮等杂物杂器。一般农家都是这种简单零乱的格局,赫赫有名当当震响的唐司令的家也不过如此简陋。他一转眼珠儿就把这幢三间宽的厦屋扫瞄了一遍,又溜一眼屋顶,架着木椽木板和晒粮食的苇席,万一发生紧急情况,可以爬上去临时躲藏在那里。

她用一根针把煤油灯芯挑了挑,屋子里稍微亮了,又把那苗针插到墙上的一撮麦秆上,就靠住炕边站着,双手搭在棉袄前襟下边。那棉袄的边角上露出陈旧发黑的棉花絮套儿来。她显得很拘束,又有几分不安,问道:"你到底有啥急事?"

"你男人带着人马到公社抓我……"

"呀……"

"他抓住我,就把我杀了!"

"啊呀……"

"我逃脱他的手了!"

"噢……"

她紧张得眉头紧皱,两道细细的淡淡的眉毛之间出现了一个深深的竖置着的等式号。她说:"你真糊涂!你是给吓傻了吧?他要抓你杀你,你不给远处跑,咋给跑到我屋来咧?"

"我没吓傻。"他说,"我想来想去,只有你这儿最安全。"

她瞪大眼睛:"我这儿……咋会安全?"

他说:"他可能追寻到我家去,也可能搜到我的亲戚朋友家里,可他绝对不会想到,我会躲在他自己的屋里……"

"噢呀……"她似乎明白了。

"再说,我相信,你不会让他干出杀人的事。"他说,"不管怎样革命,杀了人总是麻烦事。他现在头脑发热,什么事都可能闯出来。你会替他日后着想,就不能让他惹祸。我想来想去,只有你会真心实意救我。"

"啊！这话对对的。"她的脸上泛出一缕温和的神色,看看屋里的旮旯拐角,为难地说:"可这屋里……连个隔墙……也没有……"

"这厦屋里……当然不能住。"他说。这屋里只住着她和炕上的那个奶娃儿,夜晚是无法回避的,"你想想办法。反正我是走投无路了。你们后院有窑洞吗？有储备柴火的小草棚没有？"

"有个窑,里头塌顶了,现时只在窑口放些柴火。"她说,又连连摇摇头,"不成不成。你要给塌死在里头才冤枉哩！"

"我不怕。"他说,"或者让我先看看。"

"甭看甭看。"她说,"我再想想……"

这当儿,前院的街门"咣咣咣咣"响起来。

"呀！那个鬼回来咧！"她从炕边跳到屋子中间,脸色骤变,"这可咋办呀？"

他急忙捏灭了烟头:"我从后门走！"

"来不及了。"她说着,弯下腰,钻到方桌底下,一把拉起一块水泥盖板,说,"快下红苕窖去。窖壁儿上有脚踏的台窝儿,一摸就摸着了,摸着往下溜。快！"

他不再犹豫,钻到方桌下,就溜下黑咕隆咚的地窖口子。

"咣——咣——咣！"敲门声变得很重很响。

"听见了。甭敲了。"她捏着嗓子,装得睡意惺忪的调门儿,朝着院里喊,"我正穿衣裳哪！"

敲门声果然停歇了。

他在溜进窖口并且用脚摸着了第一个台窝,又摸准了第二个台窝以后,看见她弯下腰把他扔在地上的一只烟头把儿捡起来,扔到炕洞里。他就继续往下溜。这个女人真细心。女人比男人都更细心。女人哄男人总是天衣无缝。他下到地窖里头了,统共不过七八个台窝就下到底了。

"甭咳嗽,也甭打喷嚏！"她对着地窖警告他说。"咣当"一声就把地窖口盖上了。

他划着一根火柴,地窖里有两个拐洞,一大一小,都垒堆着红苕。东边那个大点的拐洞里,靠窖壁有一个窄窄的通道,可以凑凑合合坐下一个人。

头顶的脚地上有一阵儿咚咚咚的脚步声。他不假思索就明白厦屋的主人回来了。他屏声敛息坐下来,用一只手卡着两腮。

三

他用左手紧紧地掐着两腮,聆听地窖上面的动静,厦屋主人踏进门时很急很重的脚步声消失以后,随之就响起一连声的惊喜和呼叹:

"噢哟哟!大的个亲蛋蛋娃哟!噢哟哟!这脸蛋红嘟嘟粉嘟嘟的!大都要想死你了!噢哟哟!"

这简直是王母娘娘的声音,太真挚了,太富于感染力了,太富于诱惑力了。他想到了舐犊的母畜。他想到了以喙哺食的燕子。他的心底潜入一丝温柔的春风,屏敛的声息开始松懈,绷紧的神经也稍微松泛开来,而且诱发起对亲爱的妻子和儿女的思念了,半年之久没有照过面了,她和孩子也不知怎么混着日子……

"噢哟哟!大的个亲蛋蛋!让大看看,小牛牛长大了没?哈呀!长大了!大了!大的个牛牛娃哟!你长得好疼人哟!大走南闯北,没得时间亲你咬你,今日叫大美美地亲上一口……"

他心里的森严壁垒哗哗哗土崩瓦解,烦乱毛躁起来。他听惯了这个人的令他脑皮发麻心慌意乱六神无主的训斥声,也受够了这个人使他毛发倒竖汗不敢出叫尿一滴绝不敢尿下两滴的吆喝声。现在,他听到的是一曲人伦人性人的动物本能似的最优美最动人最真实最自然的声音。这些声音都是从造反司令唐生法的嗓眼里发出来的,都是真实的。

"你吃饭不吃?"

"刚吃过了。"

"要喝水壶里有。"

"不喝了。睡吧!不早了。"

"你又喝酒来?我闻见酒气了,熏死人!"

"今日不喝不成哇!我们把狗日的'老保'的老窝儿给捣了!可惜……让关志雄那个老狐狸跑他妈的了!"

他不由得又掐住了两腮。唐生法和他女人说话的声音一丝不漏地传到地窖里来,甚至那孩子吸吮母乳的吧唧声也能听见。唐生法大约刚刚喝罢庆祝攻克河西镇的胜利酒,顺路回到老窝来与孩子和女人欢聚。

"你抓人家关社长做啥嘛!"

"关社长!死不改悔的走资派!你还叫他社长!关社长!我抓住他……"

"他都垮台了,还碍着你们啥事?"

"他妈的!这老狐狸又臭又硬!他'亮'他妈的个尿'相',竟敢'亮'到'老保'那边!我不拔了这颗钉子……"

"气也没用——他给跑了!"

"能跑到台湾去?!哼!"

"你想逮住他,又逮不着,猴急了吧?你今黑不该回来,该是连夜去查问,看他藏在谁家。"

"查个屁!不用查也知道,他肯定到保皇狗家藏起来了。"

"那不一定——"

"嘿嘿!听口气儿,好像你倒知道下落?"

"那也说不定。"

"在哪儿?"

"在咱家这厦屋里。"

"净说梦话!"

"在红苕窖里藏着。你下去逮去!"

"要笑我哩!哎!你这婆娘……"

他听见唐生法吹灭煤油灯的声音,地窖口那个圆水泥盖板没有合严的缝隙透着的亮光消失了,灯灭了。脱衣服的窸窸窣窣的响声。唐生法躺下身去时的一声呻唤。他揉一揉掐得僵麻的脸腮,终于松了心,缓缓嘘出聚压在胸膛里的闷气,捂着嘴巴无声地打个哑巴呵欠,想瞌睡了,几乎折腾了大半夜了。那头顶的厦屋的说话声还是传到地窖来,虽然细弱,仍然清晰——

"甭胡骚情……甭……"

"我早想你哩!想得很哩!"

"天知道你心里想着谁!哄我……"

"别冤枉人噢!不论走到天南海北,我都想着你,还有咱的亲蛋蛋娃。"

"我可不是呆瓜儿!村里娃儿们唱说,'造反队,造反队,公猴母猴一炕睡。'你和母猴睡来没?"

"那是保皇狗侮蔑俺们造反派哩!你咋能当真?跟上他们瞎哄哄,乱叨叨。"

"你看看你那东西,软不拉叽的!还说人家侮蔑你哩!"

"我半个多月没回来……夜格黑间……跑伴了……"

"倒是跑马了!你的羊跑到谁的大腿弯子去了?我早都知道!"

"净瞎胡说……"

"你跟那个女政委,那个婊子,村里都摇了铃!你还哄我——"

"那是保皇狗给我造谣!"

……

他已经用指头塞住了两只耳朵孔,再不想听下去了。他已经半年没有挨过自己老婆那温热的胸脯了。他受到这种炕头枕边的口角的刺激,心里潮起一股燥热。他闭了眼,塞实了耳孔,努力想这地窖,这是地窖而不是他和老婆的软床,使自己的情绪渐趋平静。他想到自己听人说过的唐生法和造反司令部那个女政委的风流传言,简直跟真的一模一样。甚至传说,有一晚,一个造反队员想吃鲜物,溜到农民的苞谷地里去掰棒子,一脚踩住个软囊囊的东西,吓得跳起来,用手电一照,唐生法和女政委光溜溜地摞在地上,身下铺着一件旧军衣。他现在蜷卧在唐司令和他女人睡觉的火炕旁边不过五尺远的浅浅的地窖里,听他们的房话,真是太难为情了。难为情不可躲避,他却断然料定,唐司令现在不会再去考虑抓他逮他的事,因为他无法向女人辩解那个家伙为什么会蔫软……他已经很累了,心里的危机刚一缓解,就感到累死了,瞌睡一下子袭上来,靠着窖壁睡着了。

四

噗噗噗……噗噗噗……

他惊醒了,头顶的水泥板盖还在噗噗噗响。

他咳嗽一声,示意他已听见了,随之就听见她叫他:"上来吃饭。"盖板揭掉了,地窖里透进亮光来。哦!已经到了吃早饭的时辰了,他站起来,腰脊酸疼,挣着忍着爬上地窖来。

屋里真亮啊!冬日温柔的阳光洒在庭院的地面上,看一眼也能感到温暖的滋味。他不由得舒展活动一下腰身,蜷卧太久的腰舒活了许多。厦屋的脚地上放着半盆温水,冒着热气,他洗了手脸,看着方桌上已经摆好的饭菜,对她说:"还是让我到地窖里去吃饭。大白天,说不定有人来……"

"放心吃吧!"她说,"大门我关着。"

他放下心来,走到方桌旁坐下,端起碗来。熬煮得又稠又黏的苞谷糁糊糊,香甜可口,有一股油腻腻的粮食本身的香味。一碟冰凉沁人的酸渍红苕秆儿,绿茵茵的,调着红艳艳的辣椒星沫儿,酸辣味长。竹篾编成的空心小篮里,垒堆着三四个烤得焦黄酥脆的苞谷面馍馍,似乎比白面馍馍甚至比面包还要香甜。他吃得很香,确是饿急了。

他转过脸,看见女主人坐在炕边上,怀里搂着那个亲蛋蛋娃。那孩子偎在她的解开了衣襟的胸脯上,吸吮着乳汁,两只脚还在不安生地乱蹬乱踏。她一任儿子吃奶,一任儿子用手抓那露出衣襟的肥实的乳房。她低头看着儿子吃奶,一绺头发从鬓角垂吊下来,遮住了侧对着他的半边脸颊。他说:"你也吃饭呀。"

"我等会儿再吃。"她仰起头来,宽厚地笑笑,问他说,"你夜个黑受罪了,那地窖里潮湿得很哩!"

"没事儿。"他说,一边抬起头来,漫不经意地打量着她。她比他昨晚第一面见到时要年轻些,不会超过三十岁。她露出的胸脯皮肤很细很白。她的脸颊显得干燥,尤其是一双手,手背和食指上炸开一个个黑色的小裂口。他想,她的手和脸要是稍微做一点保护,甭说香脂之类,即使有一点凡士林膏或者甘油,那手指就不会裂了,脸色就会滋润柔和了。尽管这样,她的模样还是很好看的,一双灵活的眼睛似乎总怕羞,显得秀气的直直的鼻子,使人可以想到她年少时一定很可爱。

"那墙上有一张生狗皮,铺上可以隔潮气。再下去时拿上,铺着,能坐也能睡。"她说。

他往门扇后面的墙上瞅瞅,那儿确实挂着一张狗皮,纯黑色,黑得油光闪亮,像一块黑缎。他点点头,笑着说:"有这样的好褥子,享福了。"

"享什么福哇!"她撇撇嘴。她撇嘴的样子很好看,也很自然,显示着她的真诚。她说:"那地窖湿溜溜的,站不起又躺不下,够受罪咧!还享啥福!享'豆腐'——"

街门响了!有人要来。

他紧张地站起,碗里还剩下半碗糊糊没有喝完,放下碗,就慌忙往方桌底下钻。她挡住他,用嘴努努墙上。他记起了生狗皮。他从墙上拉下狗皮,回身走到方桌跟前,看见她已把孩子用被子围在炕上,端起他喝剩的半碗苞谷糁糊糊,摆出一副正在吃饭的架势,心里不由颤了一下,就溜下地窖去。

他在地窖里听见有人走进屋来,尖尖的嗓音十分响亮。

"大白天把门关得严严的,做啥哩?"

"猪呀狗呀,钻进院来乱拱乱拉……"

"噢!我还当是你在屋里窝着……野汉!"

"你有老经验了!你窝野汉窝惯了!我可没那个本事!"

"这本事好学。你要愿意,嫂子给你引个野汉子,比法法那货漂亮多了!"

随之是两个女人畅快的笑声。

"我的那个鬼,成天怕我拉野汉,一见我跟旁的男人说句话,他也起贼心。即就是七十岁的老柴火棒子,他也不放心。"

"谁要你的脸蛋子长得那么好看哩!"

"他成天贼头贼脑地防着我。我说,我要是真心想拉野汉,你怎么防也是防不住的,除非你用铁链子把我的腿捆在炕边上。他说那不行,还要我挣工分哩。他说要是能给我那个地方安一把锁子就好了,钥匙装在他怀里。我说,你甭安什么锁子,你把你的章子盖上吧……"

俩人又是一阵疯狂了的死笑。

他一把捂住嘴,差点忍俊不禁,笑出声来。

"说正经事儿吧!玉芹,借我些毛票儿,我要买一扎卫生纸……"

……

他静静地坐着。狗皮毛茸茸的,光溜溜的,暖柔柔的。这黑狗活着时肯定是一只极漂亮的狗。它奔跃起来,黑色的皮毛一定会闪闪发光。它叫起来，声音一定洪亮。它肯定是村子里狗群的领袖……他现在无异于那只有闪亮的皮毛而丢失了生命活力的黑狗！

即使像这黑狗的命运，他也只是觉得自己好笑而不觉得难受或痛苦。

难受和痛苦是他刚刚被揪出来批判斗争的事，那时真是有十万个为什么结在心头而一无答案。后来，刘少奇主席的名字打上了红×，西北局第一书记刘澜涛和陕西省委书记霍士廉被押到汽车上游遍西安东西南北四条大街，他的顶头上司河口县委杨书记和汤县长也被打倒斗臭了，反而全都想通全然没有痛苦心情了。他们比他垮得更惨，因为他们比他官儿大，官儿越大地位越高，跌下来时响声自然就越大，摔得也就越重越疼。他不过是一个小小的公社社长，出了河西公社的辖区就很少有人知道他的名字叫关志雄了，不出河西公社也不是所有人都认识他的黑方脸儿，大多乡民只知道关社长而不清楚他的名字。他能不垮台吗？他能不狼狈吗？他能不威风扫地吗？这样一比一照一想，他心里那十万个为什么全都不释自消了。

造反派们要他交代"三反"罪行，他就把自己臭骂一顿。造反派们要他手敲铜锣胸挂纸牌走村串巷去游村，他就一个一个村子往过游，铜锣敲得像耍猴。造反派们要怎样他就怎样。这种日子虽然不大体面也不大好过，又毕竟也是一种日子，一种过法儿。事情坏就坏在那个"亮相"上头。

"亮相"是戏里演员出场后的一个动作名词。《人民日报》的一篇社论借用了它，一下子普及到各个角落里来。其实就是要被打倒的领导干部表一表态，是谓"亮相"。他把那篇社论看了又看，读了又读，黑笔勾了，红笔又圈，勾得圈得满篇社论都是点点圈圈和杠杠道道，几乎要倒背如流了，脑子里却愈来愈坚定：不敢"亮相"！千万不敢！公社里的两派势不两立，自己"亮"到任何一派去，就会使另一派火上添油，必置自己于死地不结。他就拖着，继续在那社论上头下功夫,点点圈圈和杠杠道道已经把那篇社论涂得旁人无法辨认字迹。直到全县三十二个公社的头儿们大都"亮相",他拖不下去了,就咬咬牙,终于豁出去了,写下一张"亮相"大字报:

  我要和联合司令部的革命派一起执行捍卫毛主席的无产阶级革命路线

关志雄×月×日

这下糟了,比他所能预料的还要糟糕。

"造"字号果然被激怒了。全县三十二个公社的头儿们大都"亮"到他们一边了,小小的河西公社关志雄竟然敢于公开声明站到"联"字号一边,气得"造"字号的头头唐生法火冒三丈,亲自带领人马来捣河西公社"联"字号的老窝,来抓他这个冥顽不化的"黑手"。声言要砸烂他的狗头。要踩上千万只脚。要他不投降就灭亡。要火烧水煮油煎活拔毛。要千刀万剐掏心扒肺斫指挖眼剥下皮来绷鼓敲……

他在心里怨恨《人民日报》那篇社论。他讥笑炮制社论的理论家鼠目寸光,连他都能预计到的后果而比他高明几十倍的他们却预计不到。他"亮相"的后果证明了他的预计的正确和他们的社论的破产。公社社长心目中神圣至上的党报的声音,也不过如此水平!

他无可奈何,坐在生狗皮上,昏昏睡过去了。

五

"关社长,上来!"

听见她的坦然的叫声,他睁开眼,地窖口有微弱的亮光,水泥盖板已经揭掉了。他本打算合目睡觉了,尽管睡不着。白天几次昏睡,打发过了一天,晚上倒没瞌睡了,他就侧棱着身子,蜷卧在狗皮上,合目养神。她叫他,肯定有什么事,或者有什么话要说。天已黑了,冬夜很长,和她说说闲话拉拉家常,未尝不是打发漫长的冬夜时光的一种办法。他爬出地窖来。

孩子已经睡着了。她坐在炕边的小凳上,怀里抱着一只夹板,夹板间夹着一只厚厚的毛边鞋底。她用一只铁锥在鞋底戳一个眼儿,就把两根穿着麻绳的大号长针对穿过去,两只手同时朝两边扯拉长长的麻绳,鞋底上就留下一个褐色的麻绳疙结。她纳扎得很熟练,不慌不忙,间或把明光灿亮的锥尖在头发上擦一擦,麻绳穿过鞋底发出咝咝——咝咝的响声,虽不很好听,却也使人顿然感到安静和舒坦。他坐在方桌旁的木椅上,悠悠地吸着烟,看着她低头纳扎鞋底。

烟雾缭绕的眼前浮现出奶奶。一撮浅红的麻丝吊在空中,奶奶抽下一根,加到手里正在拧着的绳子里,右手提起来,左手啪啦一下转动麻绳下吊着的小拨架儿,手中那一束麻皮儿就拧成一条绳子。他常常坐在奶奶膝前,看那枣红溜光的小拨架儿啪啦啦打转,连同奶奶忧伤的吟唱一同拧进麻绳里。可奶奶已经死了,是饿死的。这枣木拨架传给妈妈,妈妈又啪啦啦转着它拧着麻绳,用麻绳缀纳布鞋鞋底。他是穿着这样的布鞋走进朝鲜的。妈妈也老死了,三年已经过了,家乡的沙土地上的那个小墓堆已长满了蒿草。那只枣木小拨架被姐姐拿去了,也还在拧着麻绳。他的妻子是纺织女工,用机器纺纱织布,再也不会使用那只小拨架儿了。

那拧着奶奶妈妈姐姐忧伤的歌儿的枣红拨架啊……

"今黑你甭下地窖去了。"她说。

"那……我……"他不知怎么回答。

"今黑你睡炕上吧。"她平静地说。

"不……我还是……到地窖去睡。"他显得意料不及,有点慌乱。

"地窖太潮湿,待的时间长了,会生风湿症的,腰腿要疼的。"

"不要紧,狗皮隔潮气。"

"白天黑夜蜷窝在地窖里,不行……"

"没事儿……"

"你甭犟,落下腰腿病,日后不好治。"她的话很平静,却坚定不移,"被子我都暖好了,你甭再犟了。"

他一看,火炕上铺着两道被子。靠炕里头的棉被里,那可爱的孩子已经睡得很香。炕边铺着的一条棉被,像是久置未用的半新的被子,很干净,大约是从柜子里刚刚取出来的。他犹豫了一阵,终于不好再拒绝了。

她继续纳扎鞋底,也不说话,许是生分,许是她生性不爱说话。他也不敢贸然问她什么,这毕竟是他的头号敌人唐生法的妻子。他悠悠吸着烟,心里却想,唐生法从东唐村杀出来,闹到公社,不久就在县上当起全县"造反司令部"的副司令了,声名赫赫。他的女人似乎与他没有关系,住在昏暗的厦屋里,就着煤油灯昏暗的灯光纳扎鞋底。她至少对他来说还是一个谜。

"睡吧。"

她已经纳扎完一只鞋底,取下夹板,用剪刀剔剪了绳头,把那布满褐色麻绳疙结的鞋底折了折,又用斧子镇了镇,就放到炕头边的那个蒲篮里,平静地对他招呼说:"时候不早了,你在地窖里窝蜷了一天一夜,早点歇息下。"

他支支吾吾应着,却不动身站起来,他觉得难为情,怎么好意思爬上她的火炕去呢!

她绷着脸儿,像对长辈人那样自然,说着就脱了棉鞋,爬上炕,一口吹灭了火炕头土盘栏台上的煤油灯。厦屋里黑得伸手不见五指。他听见她在黑暗里窸窸窣窣的脱衣服的响声和溜进被窝时的一声解脱劳作的舒服的呻唤。

他借着烟头的火光走到炕边,并且在心里骂自己,她对他这样信赖,自己反而忸怩,不是说明自己的正派,反倒显出自己疑神疑鬼了。

她很周到地考虑过一切,黑暗里脱衣服,她和他都要方便些。他爬上炕,脱去棉衣棉裤,留下衬衣衬裤躺下了。

被窝里好热,热得发烫,炕烧得好美呀!他的蜷窝太久的腰腿一挨着热烘烘的火炕,不由得舒坦地呻唤了一声。

真是不可思议。他,一个正儿八经的人民公社社长,现在和一个比他年轻近十岁的女社员睡在一个火炕上。她和孩子睡在炕那头,他睡在炕的这头,一颠一倒,正像乡村里的农民夫妻那样睡觉。真是不可思议。

他一时无法入睡,不单是白天在地窖里睡掉了瞌睡。他想,自己虽然有好多缺点和毛病,却在男女关系问题上自认干干净净,梆正硬气。他虽然也常与女同志和女干部们开开玩笑,却从来也没有过任何不光明正大的行为。他十六岁从家乡河南参军,正好跟上到朝鲜和美国佬打仗,战争把一个贫苦的乡村少年锤炼成一个优秀的中国军人。他是最后一批撤回祖国的,回来时两腮已经挂满黑森森的络腮胡须了,一个战功赫赫的连长。严格的军纪使他顺利地通过了人生的青春期的骚动,归来后在西安与一位纺织女工结合了,一个河南籍的漂亮姑娘,一个生活习惯完全吻同的不错的老婆。无论在部队或转业地方当社长,人们可以任意评价他的功过和为人,独独没有令上级领导也令一般人讨厌的男女作风问题,这使他走到任何场合都很自豪。现在,他和一个女人一颠一倒睡在火炕上,如若传出风声,纵然长一万张嘴也说不清白了。

"乖乖,吃奶!"

孩子吸吮乳汁的咂舌的声音很响。尖厉的北风在房脊屋檐上嘶叫。小厦屋暖融融的,木格窗户外面挂着稻草帘子。门关死了。椽眼也用麦秸塞得实实的。淡淡的乳香和火炕的热气混合着,弥漫在小厦屋里。他感到一种诱惑。他的鼻孔痒痒,忍住了没有打喷嚏。他闭上眼,努力把那种隐隐约约的诱惑挥斥开去,只要一进入睡眠,就什么感觉什么诱惑都不存在了。

　　他终于迷糊了。仅仅只是迷糊,而不是熟睡和酣眠。也不知迷迷糊糊睡了多少时辰,又被一阵响声惊醒,哗哗哗的水声。他一时搞不清哪儿来的水声。灵醒过来后,他就判断出那是她在撒尿。他拉拉被头蒙住头脸,企图阻拦那种声音,却无济于事,还是遮挡不住那很响的声音。他的心里毛躁起来,如果一伸手从炕下边拉住她的胳膊,她大约会自然地钻进他的被窝。他第一次意识到自己原也不是圣人,竟也产生这种淫邪的念头。他终于控制住自己跃跃欲动的手脚,故意拉出鼾息声,佯装睡得很死,似乎什么也不曾察觉。他的耳朵却异常敏感,听见她爬上炕来。黑暗中踩了他的脚,又钻进靠墙的那条被窝里去了。

　　西北风依旧在房檐和屋脊吹出哨子一样的呸啦声。窗上的稻草苫子也有风吹动的吱吱声。热尿的气息渐渐散掉,屋里依然是火炕热烘烘的气息,淡淡的乳香。

　　他努力使自己再度入眠,用数数儿来净化心灵。他自己告诫自己:无论现在是黑帮是走资派或是刘少奇路线的罪人,组织上还没有正式行文开除党籍和撤销他的社长职务,他还是共产党员,还是前志愿军侦察连连长,绝对不能和人家女人钻到一条被筒里去。这样反复告诫还真管用,他心头潮起的那种骚乱渐渐平息了,终于又迷糊了。

　　一觉醒来,天已大亮,他爬起来,穿戴整齐,站在火炕下的脚地上,从厦屋门里望出去,小院旁侧的小灶房里,传来扑嗒扑嗒的风箱拉动的响声,她正在烧锅。他看着她随着风箱扭动着的后背,不由得在心里慨叹:我到底还是拯救了自己的灵魂!

六

　　她说:"地窨里又潮又闷,多难受。没人来时,你就上来坐着;有人来了,你再下去。"

他确也不想再下到黑暗憋闷而又潮湿的地窖去,可屋里总有人来,有人来借一只木斗或是一杆秤,有人纯粹是抱着孩子来串门儿。她的女儿在老奶奶跟前玩腻了,不时跑回来,玩一阵,闹一阵,又回奶奶家去了。他因此总也不得安生,出了地窖屁股没坐稳,街门又响起来,慌慌乱乱又钻进地窖去。

他索性就待在地窖里,坐在生狗皮铺垫上,静静地闭目养神。他努力抑制自己的瞌睡,以免到晚上又再度失眠,以免失眠时再听到那热尿在瓦盆里冲击出的哗哗哗的响声和闻见那股新鲜的尿臊气味儿。

他回想朝鲜战场那些亲身经历的往事:那冷炒面就着雪团的滋味,那坑道里滴滴答答的永不止歇的滴水声,那炮弹轰击时迎面扑来的热浪,那抱着冲锋枪跃出战壕时义无反顾的追击,那扑倒在脚下的亲爱的战友的尸体……

他们的侦察连经历了多少次惊心动魄的战斗啊!整个两军对垒的封锁森严的战场,他们侦察连的战士却几乎无所不至,一次又一次摸到敌人的心腹里,使敌人毁于一旦!哦!那个像姑娘一样秀气却又沉静勇敢出奇的"小江苏蛋子"啊!那个像周仓一样疾恶如仇秉性刚强的"河北老虎"啊!那个纯厚诚挚的"关中牛"啊!他们都长眠在那对国人陌生而对他熟悉如掌的异国山沟里了!他们没有像黄继光或邱少云那样留下闪闪发光的名字,他们的名字只有他们的亲人和他永难忘记。啊!那一次深入到敌人下巴底下的侦察,是损失最惨重的一次,侦察排牺牲了一半勇士,换来了那个结果……那就是战争!那就是革命!而眼前的这种摸不透吃不准跟不上的运动,算他妈的什么熊革命啊!老子十七八岁的时候,已经是出入敌阵的老练的侦察老虎了,而眼前那些熊男女胳膊上挽一条红袖章却来压老子的脑袋……

应该写一本回忆录了,早该写了,那些淤塞在心口儿的战友的血啊!他现在窝藏在这个类似战场坑道的红苕窖里,既不能写回忆战争出生入死的文字,也不能履行一个公社社长的职责;那些在战场上硬练出来的侦察技能,却派上用场了,敏捷地翻越障碍物,出其不意潜入敌人最意想不到的最危险也最安全的地方……晚上却不得不听人家一个年轻女人在瓦盆里尿尿的声音……他一阵儿想得壮怀激烈,一阵儿忧愤压抑,一阵儿沮丧灰心,无论怎样难挨,却是排除了瞌睡的袭扰,又一个白天过去了!

七

喝罢汤,他没有下地窖去。她已经在火炕上铺好了被子,照例是两条。有了昨晚的第一回,今晚似乎就成为自自然然的事了,不再觉得太难为情了,心里的障碍早已倒塌了。她似乎也比昨晚随便自然一些了,没有吹灭煤油灯,就脱下了厚重的棉裤,和着棉袄坐在火炕里头那条被子里。他毕竟在地窖里蜷曲得太久,渴望早点躺到热烘烘的火炕上展一展酸麻的腰身,就不再忸怩,脱下了棉衣棉裤,躺下来。

煤油灯小小的火苗一闪一闪,小厦屋的炕墙上有一层昏黄的光亮。那小娃儿还没睡着,从炕那头的被窝爬过来,爬到他的枕头旁边停住了,瞪着一双黑乌乌的圆眼珠儿辨认着他,似乎把他当作大大了。他支起身,想把小家伙拖进自己的被窝。那小家伙却往后缩,不肯就服。他搂住他的头,在那红扑扑的脸蛋上亲了一口,那温热的脸蛋和嘴巴上有一股幽幽的乳香味。他的太长的络腮胡须扎疼了他,小家伙哇的一声哭了。她咯咯咯笑着把儿子拽进怀里,把奶头塞进娃儿的嘴里,吹灭了煤油灯,搂着孩子睡下了。

小厦屋骤然黑下来。老鼠立即出动了,桌上的什么东西碰翻了,

"咣当"一声响。

"你是个好人,好社长。"她在炕那头说。

"你咋个知道我瞎我好呢?"他问。

"我听村里人说,你是个直杠人。"她说,像是和他拉家常,"人都说你好……你给俺村减了'光荣粮',老人碎娃都夸你实在。"

"唔……"他应着,唤起一件沉寂了的记忆。

他初到河西公社头一年秋天,这个东唐村刚刚上任的支部书记为了显示自己的政绩,报"光荣粮"报得出格的高,他没有表扬他的积极行为,反而压缩了那个不切实际的数字。就是这么件小事,她和东唐村的人至今念念不忘,直说他好啊直杠脾气啊……

"原先那个苟社长,总是嫌干部报'光荣粮'报得少,总要往上加哩!你倒好,往下抹!"

"社员也得吃饭嘛!"他平淡地说。

"那个苟社长可不管社员锅里有没有米下,只管叫多交'光荣粮'。人一比,当然就说你好。"她实实在在地和他说话,不是恭维,"其实我也不知情,只是听人说你好。"

他颇得意,心里挺受活。好久以来,他已经受够了呵斥和谩骂,而根本听不到谁说他的一句好话了。这个女人毫不矫饰的话,陡地唤起他一种自信与自尊,一股做人的力量。

"俺屋里的人可没谁说你好。"她说。

"为啥?"他问。

"你还不知道吗?"她问,随之又自作解答,"你把俺阿公给撤职了,他成了'四不清'下台干部,抬不起头,一家人恨你恨得咬牙!"

他默不作声,说不出话来。

他是以"四清"工作团长的名义进入河西公社的。他坚定不移地按照"四清"运动的工作条例领导了运动。"四清"运动进行了整整半年时间,春天开始,夏收后结束。有一批大小队的干部或因政治或因经济问题被撤职下台了,个别人受到了法律的惩处。她的阿公——东唐村前支部书记的倒台即属此例。他怎么能忘记呢?她不说,他心里也清楚她的阿公恨他恨得要死。

"我家那个鬼扯旗造反,就是替他老子申冤出气……"她很坦率。

"我明白。"他说,他早已明白这种关系。整个河西公社甚至河口县里以唐生法为首的造反司令部下纠集的人马,几乎纯一色是"四清"运动时受到冲击的干部或者是他们的亲属和族里人。他"亮相"怎么能"亮"到他们一边呢?他对她说:"那么你呢?你恨我不恨?"

"你整了俺阿公,又没收了俺家粮食,还赔了五百块,我自然也该咬着牙恨你才对。可我……恨不起来。"她依然说得很冷静。

"为啥?"他也奇怪,不明其中原因。

"唉!"她叹口气,"我娘家爸是贫协主任哪!他在'四清'中当了贫协主任,又入了党,是你的工作组的积极分子。这下复杂了,两亲家分成两派了,自'四清'以后就不来往了,见了面说不到一搭嘛!'文化大革命'开火了,娃他爸扯旗造反当司令了,俺娘家一家人都参加了'联合'那一派。你说,我该咋办?"

"唔!"他顿然明白了,却无法回答她该怎么办的问题。

"我啥也不管,啥也管不清。"她说,"谁爱怎么闹就怎么闹去!我只管跟俺娃娃混日月……"

"噢……"他沉吟了一声,表示明白了她两边为难的处境,却依然无法帮她谋划一个更为高明的办法,只好沉默不言。

"混吧!往前混吧!谁知道谁错谁对呢?"她漠然地说,"睡吧!"

小厦屋沉寂下来,没有一丝声响。整个村庄沉寂下来,没有一丝声响。这个躺在原坡根下的像个簸箕掌一样的东唐村,再也听不到一丝声响。没有车鸣,没有人声,偶尔有三两声骤起骤落的狗吠声。

躺在这样安静的乡村里的一个热烘烘的火炕上,使人会时时产生一种错觉:那外部世界正闹得轰轰烈烈的"文化大革命"运动是不是真的发生过?堂堂的关志雄社长真的被压过"喷气式"?真的会像被追赶的强盗一样仓皇翻过三道围墙?

她在混日月。她的男人一家子都受到"四清"运动的整治,唐生法正是以此为动力而扯起了造反的旗帜。她的亲生父亲恰恰是"四清"运动的积极分子,如今正为维护那场运动而参加到与女婿决然对立的另一派群众组织里。"这场运动,真正把群众发动起来了。"他们现在不仅是为自己的柴米油盐而劳心费神,确确实实在为政治争斗哩!她倒好!一边是阿公和丈夫,一边是亲生父母兄弟,她只好和她的儿子混日月!她不混怎么办呢?

他自己又能怎样?他其实也只是另一种混日月的人罢了。他是怀里揣着"四清"运动的红头文件踏进这个陌生的河西公社的,从那一天起,他就和唐生法以及他下台的父亲站在了对立面,和她的亲生父亲(那位贫协主任)结成了同盟。他现在首当其冲,成为唐生法们的眼中钉,真是无法回避。那些和他一起分乘着十辆卡车浩浩荡荡开进河西公社的几百名"四清"大军,早在四年前全部撤离了,回到省城里纷如烟花的工厂、机关或企事业单位去了,独独留下他来承受那些被他们整治过的人的恶气和仇恨。他怎么办?混吧!像她一样混吧!

在地窖里蜷卧了一天,硬是支撑着没有睡觉,留下瞌睡到夜里,他果然很快就睡着了。那热烘烘的火炕所散发出来的淡淡的柴烟气息,万无一失的环境给他惶惶不可终日的心所带来的松懈和踏实感,使他睡得好舒坦啊!直到他感到憋闷,感到鼻孔被堵而不能透气,他被憋醒过来了。

他其实没有完全清醒,从沉沉死睡里刚刚被憋醒过来时还是迷迷糊糊,本能地伸出手,推开堵塞窒息鼻孔呼气吸气的东西,却触到了乳房。

他顿时灵醒过来,立即明白发生了什么事。他立即缩回手,并为自己刚才在半醒半睡状态下的行为暗暗难为情。他不知该怎么办。他的左侧贴着一个温热诱人的肉体,柔软的腹部偎着他,两只肥实饱满的乳房贴压着他的脸,几乎把他的眼鼻和嘴巴全盖压住了。那双正在哺育婴儿的饱胀的乳房,乳汁挤压出来,流进他的眼眶,热乎乎黏糊糊的乳汁从鼻翼流进嘴角。被窝里热烘烘的气息,甜腻腻的乳香,以及这个温热的肌体里散发的诱人的气息,使他刚从梦中苏醒过来,立即又沉迷了。他一把搂住她的腰,紧紧贴着那柔软的胸脯,翻过身来……

他闭上眼睛,静静地躺着,心里暗暗滋浮起一缕幽幽的懊悔。她也静静地躺着,鼻头顶着他的耳根,呼出的热气吹得他的脖颈搔痒痒的。她快快地给他说,她和唐生法刚结婚时还罢了。婚后半年,唐生法到镇上的小学校当了民办教师,一月才挣十块钱生活补贴,就开始瞧她不入眼了。加之她连续生下两个女娃,就更加抬不起头了。唐生法说她是个净下软蛋的瘟鸡,从早到晚没个笑眉眼。她的阿公当着党支书,开会常讲男女平等哩,实际上恼恨她没生下个男娃来。阿公进出院子从来没有正眼瞅过她,像是这屋里根本就不存在她这个儿媳妇。阿婆倒是从早到晚睁着一双气鼓鼓的烂边红眼瞅着她,咒她说,唐家的烟火就要灭在她的手上了。到她生下这个男娃,情况刚刚好转,唐生法又扯旗造反去了,又和那个女政委日戳在一起……

她流泪了。热乎乎的泪水在他脖颈上流下去。她说:"我吃粗粮酸菜,不觉得恓惶,早晚没个知心人儿,我恓惶死了。你是个好人。我跟你把心贴在一搭,哪怕一会会儿,哪怕一时时儿,我都值得了……"

他的那种懊悔情绪飘散了,搂住她的发抖的身子没有说话。

她说:"我以为你夜格黑会逗我,可你睡死了。我……你可甭骂我是个烂女人……"

　　他不由得淌下眼泪。他记得自己很少淌眼泪。在战场上执行侦察任务时从一道高崖上跌下去,跌得左腿的脚尖朝后而脚后跟朝前了,黑暗里,他抱住左腿狠劲一拧一扭,又把脚尖扭拧到前头,爬起来又跑了,疼得汗如雨浇而独独没淌眼泪。他唯一记得的是亲爱的侦察排长在铰剪敌方的铁丝网时不幸中弹,连尸首也未能拖回来,回到营地后,他才抱着排长与他紧挨着的空被子和枕头大哭一场。他再记不得自己什么时候还淌过眼泪。挂在脖子上十多公斤的木牌只用一根细铁丝吊着,勒到肉里去了,他仍是只淌虚汗而不淌眼泪。这个女人本来也没有什么特别伤情的大事,然而却使他流泪了。

　　她寻求安慰。她寻求寄托。她寻求真诚。她寻求别人尤其是亲人的起码的尊重和爱护。可她所寻求的一样也得不到。阿公永不瞧她的蔑视的眼神和阿婆盯得太紧的红边烂眼里透出的厌恶的眼神,都使她无法忍受,而丈夫唐生法却是只爱"亲蛋蛋娃"而不知想她的人。她的心里淡泊而冷寂,这从他见她第一面就能感觉出来。一个年龄尚轻的挺好看的乡村女人,怎么能年年月月忍受这种无所寄托的光景呢?他大约是可怜她,也可怜自己目下孤苦无援的境况,不由得热泪长流了。他一时找不到安慰她的合宜的话,只是紧紧地把她微微颤抖着的身子搂在怀里,自己也感到某种暂时的切实的寄托了……

　　第二天,一早醒来,他又听见小灶房的风箱扑嗒扑嗒响。她端着半盆温水走进来,对他笑笑,也不说话,就从悬在空中的竹竿上拉下毛巾,投进脸盆里,又提着热水瓶出去灌水了。她的一笑,含着羞涩,含着默契,含着一种踏实的真诚,久久地留在他的记忆里。她的眼里褪去了忧郁,闪着光彩,那闪着光彩的眼睛使他的心里滋浮起一缕温暖和福气。她照顾他的生活殷勤而不浮躁,完全像是对她的心爱的男人那样实心实意,朴实无华。

往后的夜晚,她照例铺下两条被子,一条里裹着宝贝男孩。她在哄得孩子吃饱睡熟后,就贴着他睡下来。有时候,她对他说:"老关,你先上炕歇下,我把这裤子洗了就来。"他也不再别扭,对她说:"玉芹,把桌子上那盒烟递给我……"

他就脱了裤子,坐在被筒里抽烟,看她在脚地上洗涮裤子。

八

大约是刚满十天的那天晚上,敲门声立即使他紧张起来,立时意识到自己成了乐而忘蜀的刘皇叔。他穿了衣服,装好烟盒,挟了晒干的狗皮,又钻到方桌下,准备潜入地窖,回头一看,她已叠好被子,用笤帚扫了他扔在地上的烟把烟灰,对他微微一笑。在她要盖上盖板的时候,弯腰亲了他一口。

他很熟练地下到地窖里,坐在狗皮上,听着上面厦屋的动静,果然是唐生法回来了。

"妈的巴子!给我弄点吃的。"

"你要吃啥哩?吃面还是吃馍?"

"日他祖宗!先给我喝口水。"

"你今日咋咧?一进门就气儿不顺!"

"日他婆!唉嘘……"

"咋啦?没得抓摸上那个婊子吗?"

"胡说啥!你净操他妈的那些毛呀尿呀的闲心!革命遇到困难了……唉嗨!"

"给人家斗垮了吗?"

"尿!凭他们要斗垮我?"

"那你回来胡嘀嗒啥哩?"

"唉唉……我说老人家呀老人家,你怎么给你的造反派也泼凉水嘛！你把俺们轰起来跟上你造反，你咋又给俺头上泼凉水嘛！"

"谁敢给你泼凉水呀！"

"老人家又发下最高指示了，要保卫'四清'成果哩！凡是最新最高指示传下来，对咱都有利，咱都游行欢呼庆祝哩！唯有今黑间庆祝会开得窝囊！明明知道这个指示是给咱泼凉水，给保皇狗们撑了腰，咱还得开会庆祝，敲锣打鼓放鞭炮……我都憋死了！"

"噢哟！毛主席叫保卫'四清'成果？"

"唉唉唉！老人家啊老人家，你说刘少奇搞了'四清'扩大化，搞了'经济路线'，俺们批刘少奇批得正上劲，冷不丁你又指示说要保卫'四清'成果！既然是刘少奇路线搞下的'四清'，这'成果'咋能保卫它？唉唉唉……你老人家净是给糨糊缸里添胶哩嘛！越弄越黏糊！我看哪……莫非你老人家真个……老糊涂咧！"

"啊呀呀！你快悄声些！要是给人听见你抱怨伟大领袖，我看你怎么办？只死甭想活了！"

"我心里简直要憋炸了！你看，我又不敢跟旁人说，气得肚子胀胀的……你不会揭发我。"

"那可难说。我也忠于毛主席。谁反对毛主席，就砸烂谁的狗头！"

"嘀哟！你去告发去！我不在乎。不是我吹，你就是说我攻击毛主席，也没人信。我说话人就信了。我说老鼠逮猫有人信，你说猫逮老鼠反没人信……"

"你……反正我可知道你的箱子底儿……"

变成俩人不冷不热不恼不亲的口角了。

他坐在生狗皮上，几乎要蹦起来了。老天爷啊！毛主席发下最新最高指示，要保卫"四清"运动的成果哩！啊啊！你老人家终于开了口了，终于发下一条有利于我关志雄的指示了！毛主席啊北斗星，我可真望见北斗星灿烂的光辉了！他一刻钟也坐不住了，那柔软光滑的狗皮上的黑色狗毛,顿时变成一撮撮钢针了,扎得他不能安生。

他还是坐下来,心里在叫,"四清"的成果早就应该保卫嘛!你老人家叫我们搞了"四清",我们怀里揣的就是"二十三条"嘛!你说那是刘少奇路线,我们这些"四清"队员可怎么办?你老人家不说保卫成果谁能保卫得住?哈哈!唐司令沮丧了,憋得肚子要爆炸了,哭爹咒娘日祖宗了!自从造反以来记不清发下多少回最高指示了,几乎都是使唐司令心花怒放而使他沮丧,唯有这回唐司令不高兴而使他抑制不住兴奋鼓舞扬眉吐气的痛快心情了。他不由得在心里诵读着《毛主席语录》:被敌人反对是好事不是坏事。真是颠扑不破,透彻精辟。

他再也无意去偷听炕上的房话了,兴奋的心情使他顿然觉得这地窖难以忍受,一刻钟也难挨下去。他要出去。他想放炮。他想欢呼。他要真心实意表示对最新指示的拥护……他终于累了,过度兴奋之后无处发泄的累呀!他颓然倚在地窖的窖壁上,睡着了。他心里很踏实,相信当他熬过这一夜再睁开眼睛的时候,必是一个阳光灿烂的早晨……

"我要走了。"

"满村满地都是人,咋么走?"

"那……黑天走。"

"今日黑间?"

"今日黑间。"

"你走吧!你在这儿总不能长久住下……"

她的眼里又隐隐浮出那一缕郁郁之色,把明亮可爱的眼睛罩住了。唐司令一早爬起来就蹬上自行车走了。她有点慌乱地招呼他吃完饭,收拾了碗碟,猛地扑到他的怀里,喃喃说:"我真想把你在这地窖里永久藏下去……"

有人敲门。

他又潜入地窖。

她在地窖口叮咛:"妇女队长派我上工,在饲养场捣粪。我在外头把门锁上了,你干脆上来歇着吧。"

他想,再难挨也就只剩一天时光了,万万出不得意外,就对她说:"你不在家,万一有个变故,没法遮掩,还是地窖里头保险……"

她也不再坚持,上工去了。

他坐在生狗皮上,心里很踏实,再难挨也就只有一天了,天黑以后就可以走了。救命的地窖!柔软的生狗皮!热烘烘的火炕!温馨的饱满的奶子!竟然使他有一股难以割舍的留恋。

她放工回来了,熟悉的脚步声比以往急些也重些,随之就唤他出窖。

"我在村里听到个消息……"

"快说——"

"公社里驻扎下军队了!"

"真的?"

"满村满街人都说哩!说公社里驻下整整一个连的解放军,一百多号人哩!听说往各村各队分派哩!叫社员搞生产哩……"

"这就好了!"他长嘘一口气。

他在来这儿之前,已听到军区要派解放军下乡"支左","抓革命,促生产"。现在解放军真的来了,来了就好了。他心里有数儿,军区的观点和倾向正是他所"亮相"的那一派……"不管咋说,解放军来了,我就可以回公社了。谁就再也不敢杀我剐我了,批批斗斗倒不怕!"他说。

"后晌我不上工去咧!"她对他说,"你要走了……再见就不容易了。"

他心里觉得酸酸的。他一阵企盼天快点黑下来,黑下来就可以走了;一阵又企盼天甭那么快就黑了,黑了就该和她永久性地告别了。

　　她照例关了街门,陪他坐着,她似乎手足无措,闲坐着就显得惶惑,又把一只鞋底夹进夹板,纳扎起来。麻绳拉过鞋底咝咝咝的响声,使他的心微微颤抖,隐隐作痛,好像麻绳是从他心上穿过去的。他坐在方桌旁的椅子上,抽着烟,一眼不眨地瞅着她。她一锥扎过去,扎着了食指尖,鲜血染红了鞋底。她忙用右手攥住了食指,抬头看他一眼,疼痛使那张忧郁的脸愈加显得楚楚动人。她心不在焉。她怎么会扎了手哩?心不在焉!他立即奔到她跟前,看那受伤的手指。她撇撇嘴角,温柔地一笑。他低下头,把那食指含进嘴里,吮着那带腥味的血。她丢了夹板,搂住他的脖子,眼泪顺着脖颈流下去。

　　冬天北方的天气很短,转眼就黑了。

　　她早早哄得孩子睡下,甚至不惜在宝贝儿子的屁股上抽了两巴掌,强制那不安生的孩子安宁下来,带着委屈的哽咽进入梦乡。

　　她钻进小灶房去了,风箱扑嗒扑嗒又响起来,大概是做晚饭。他走出厦屋,走进小灶房,对她说:"我帮你烧锅吧。"

　　"你快坐到屋里去。你一来我就乱套了。你坐在屋里,我心里就稳稳当当的。去!坐到屋里,让我再服侍你一顿饭。"她说。

　　他走回小厦屋,又一次用心打量起来,一张方桌,一个土坯火炕,一只没有油漆的板柜,剩下就是些提不上串的瓦盆瓦瓮旧棉套破席片之类的物什了。他看着这一切,像是要把这些东西永久地储入记忆似的。

　　她走进厦屋,端着一只粗糙的瓷碟,那碟子里盛着炒得焦黄油亮的鸡蛋,另一只手里端着一盘烙黄的锅盔。锅盔是用麦子面烙的,无疑是乡间的高级食物了。她又给他倒下一杯茶水,对他说:"你这些日子受委屈了,没得好吃食。"

　　他忙说:"这些东西……该当留给娃娃。"

　　她笑笑说:"你吃吧!我再也拿不出啥来。"

他坐下来,操动筷子,那鸡蛋很香,锅盔也十分香甜可口。他吃得很慢,细细地咀嚼着,却难以下咽,喉咙里似乎有什么东西堵住了通道,却又不能不吃,不吃会使她伤心的。

他说:"玉芹……我要走了。"

他想说几句感谢她救护的话,却又觉得没有必要。

她把那条干净的半新的被子又铺开了,默默地低着头,靠在炕边上。

他说:"你明白……我得……走。"

她说:"你得到后半夜走。天刚黑,人没睡定。"

他和她躺进被窝,反倒没有那种欲望了。他搂着她。她静静地贴着他。俩人都不说话,一切话语都显得轻薄而难尽人意。似乎那种永远使人沉迷的人伦之乐顿然失去了任何意义……

九

一晃多年过去了。

他正在翻阅一件材料,门被推开,有人走进寝室兼办公室的房子。他急于把一页的最后几个字看完,没有抬头,也没有招呼来人,凭着脚步的响声觉察得出来人小心谨慎,必是下级干部,大约要向他请示什么或汇报什么。他放下笔,从椅子上转过身来。

来人竟是唐生法。

他站在房子中间,两只手互相勾着吊在裆前,这姿势首先使人想到他很善良,有点可怜,有点拘谨,有点诚恳的意味。他指指另一张椅子,示意他坐下。他就在那把椅子上坐下来,腰挺得很直,使人看着他坐得很不舒服。

唐生法从口袋里摸出一支烟点燃了。他吸得很狠,吐出烟雾的时候,明显瘦削了的脸颊上的皮鼓起来了。他的胡须和头发串联在一起,眼角粘着干涸的眼屎,眼白血丝如网,真可谓疲惫憔悴,形容枯槁。他忽然产生一种幻觉,这是一只被打断了脊骨的狼。

他等待他开口。

他还在狠命抽烟。

这是一九七七年的春天。在他的主持下,河西公社举办了"说清楚"学习班。唐生法自然是河西公社必须"说清楚"的头号角色了。

唐生法扔掉已掐捏不住的极短的烟把,猛然抬起头来,对他说:"关书记,我想跟你说一件心事……"

他很诚恳地称他"关书记"。他再不敢称他为"死不改悔的走资派"或"三反分子"了。他不知是否忘记他曾这样喊过千遍万遍?他过去是公社社长,后来并为革命委员会主任,稍后又是党委书记兼革委会主任,一元化领导体现于一身。他说:"说吧!你要相信我,就甭顾虑啥。"

"我相信你才找你……"

"说吧!"

"我跟女政委……那个麻哈事……再甭追究了……"

关书记没有开口。

"实在不行的话,你可以按有这事定罪。"唐生法说,"我只求你……甭张扬出去。我的女子都长大了……"

"就这件事?"

"就这件事。"

"这件事可以不再追究。"关书记豁朗地说,"我答应你。"

唐生法愣了一下,对他如此爽快的应诺有点意料不足,一时反应不过来,倒无话可说了。唐生法只愣呆了极短一会儿,就现出某些难言的愧疚低下头去,又在口袋摸烟。

关书记很满意自己的回答。这种干脆爽快的应诺使对方愈加显得低微和猥琐,反过来也使自己更有味地咀嚼胜利者的宽容和豁达。生活以曲折复杂的流向终归确定了他的胜利和他的破灭。他坐在讲台上而他坐在台下的一个旮旯里的不可倒转的位置,就充分地显示出胜利者和失败者的区别。他在台上宣讲上级党组织关于彻底清查与"四人帮"有牵连的人和事的文件。他在台下的旮旯里低垂着脑袋抽闷烟。

然而他严格地把握自己,或者说其实根本不用什么把握而已养成习惯,就是决不显示自己的胜利者的昂扬。他不像有些同僚在胜利的时刻按捺不住,对整过他们的人表现出毫不掩饰的报复心理。他对唐生法他们除了原原本本地宣讲上级政策,而绝口不提他们对他个人的无所不用其极的手段。他甚至在适当的场合能够心平气和地替对方讲出一些不失原则的开脱之辞,甚至引起一些心胸狭隘的干部的非议,然而他继续毫不动摇地按自己的主张处理唐生法们的问题。这样,在敌手唐生法们和众多的干部心中,就造成一种关书记客观、宽厚的印象,这正是他一贯追求的修养目标。他以为,这样做的结果会使唐生法们彻底从精神上垮台而不会引起哪怕是一个人的同情;反过来,如使众人感到关书记有挟嫌报复的阴私夹杂在这场严肃的政治斗争之中,情况就会不同了;可能会使唐生法们有了社会同情,也肯定使许多人对他敬而远之。他不仅要征服唐生法们这一伙对手,更重要的是征服所有他的下级和同僚们的心。唐生法今天来找他,提出要他不再追究自己和女政委的事,就部分地证明了这一点。他爽快地答应了他,是他这种征服的继续。

"唉!"唐生法比较轻松地喷出一口烟,"那件麻哈事,这几年已经没人说了,要是再扬播起来,不是我受不了,主要是我的……女子和娃子都有……一张脸了……"

关书记不动声色,抽着烟,心里却在叫,你让我敲铜锣游街示众把我当猴耍的时候,你向我脸上吐唾沫擤鼻涕踢屁股的时候,从来没有想到过我这个一社之长的脸还是不是一张人脸吧？更没有想到我的儿子和女子比你的儿子和女子年龄更大。他瞅着唐生法穿在身上的皱皱巴巴肮脏邋遢的蓝制服，依然不动声色地说："当然……孩子最厌恶听到父母的这一类闲话……我可以理解。"

"至于我在'文革'中的问题，我说过的，我承认过的，我不反悔。我没有说清楚的问题，我再进一步往清楚说。"唐生法向他表示，诚恳的言辞使人想到他已经做好最坏的准备。他随之现出某种焦灼神色，"你这几天能看出来吧？有些人现在把所有问题都朝我头上撂。狗屙下的都赖说是我屙下的。我是裤裆里抹黄泥，说不明也辨不清是泥是屎了……"

"这种现象是存在的。"关书记肯定他的话，"你自己应该怎样做，我想你应该是明白的。"

"那当然，那当然。"唐生法连连说。

关书记想，即使对唐生法这样已被整个社会潮流推到旮旯里去的角色，也不能不承认他说的实际情况，不承认就使他彻底失望，以为说清说不清都是同样的结局。他承认他说的那种情况，正是为了从他心里排除这种情况对他进一步"说清楚"的干扰。他说："你该当实事求是，把自己在'文革'中的问题说个一清二楚，相信组织会辨别清白什么是狗屙的什么是你屙的，哪个是黄泥哪个是臭屎……"

"我一定往清楚说。"唐生法说，表示出很大的诚意，随之又微微摇摇头，苦笑一下，"有些话，怎么说也说不清楚……"

"事实总是事实。"关书记说，含有明显的批驳意味。原则的问题绝不含糊，"说清楚"学习班怎么能存在"怎么说也说不清楚"的问题。他对他批评说，"你首先应该考虑把问题'说清楚'，而不是'说不清楚'。"

他勉强点点头，表示接受。

"对你在'文革'中受到的迫害，我向你赔情认错，请你处罚。"唐生法说,"我现在恰好认识到你是个好领导。"

关书记一下子不自在了。这个曾经恨不得把他踹成粉末的唐生法,当面恭维起他来了,实在有点别扭,有点滑稽。他似乎充耳不闻,无动于衷。对他说:"你还有啥事吗?"

"没有了。"唐生法说,"我越想越害怕!那天晚上,你要是不逃掉,我就犯下大罪了。我这几天总在想,那晚亏得你跑了,救了你也救了我!我当时真是一条疯狗……"

"你去休息吧!"关书记说,"该'说清楚'的问题继续往清楚里说。那件……麻哈事嘛,我答应你的要求,不再追究了!"

唐生法站起来,蔫蔫地走出去。

关志雄书记闭上门,在屋子里踱起步来。他突然想起那潮湿憋闷的地窖,那黑缎似的柔软光滑的生狗皮,那干净的半新的被子,那热烘烘的烫人皮肉的火炕,那压得他透不过气来的饱满的乳房和挤压出来从眼眶流过鼻翼流进嘴角的奶汁……这地窖里的隐秘至今尚不为第三个人知晓,如果要他说清楚,他能说得清楚吗?关志雄书记的心绪波动了一阵儿,就恢复了常态,并不影响他继续以胜利者的宽容去批阅那卷宗里有关唐生法"文革"作乱的材料……

学习班结束了。唐生法"说清楚"了一些应该说清楚的问题,还有一些必须"说清楚"而怎么也说不清楚的问题,按照惯例先"挂起来"。唐生法的公社革委会副主任的职务被撤了。他是以造反派代表的身份进入"三结合"革委会的。后来老人家指示说"群众代表"不要脱离生产,关志雄立即执行照办不误,把唐生法给支使回东唐村去了,他不满意也叫他说不出口。到一九七五年"批邓反击右倾翻案风"时,唐生法闻风而动,一长排列举关志雄排挤打击造反派的大字报就贴在公社大门两边临着大街的围墙上。关志雄迫于形势,又把唐生法从东唐村请出来,安排到公社农具厂任厂长,他满意与不满意参半。关志雄也是颇伤了脑筋,无论如何不情愿给自己屁股后边安插一双挑剔的眼睛,塞到农具厂总比他撑在公社大院要好些。现在,唐生法的厂长职务也给撤了,一切职务都给撤光了,让他也尝一尝"从哪里来再回到哪里去"的滋味儿。

唐生法得到处理决定后,胡须芜杂的脸色不仅没有羞愧,反而缓和松弛下来。他原先估计自己多半得坐牢,而实际只是撤职回家。不过,他并没有表示感激,只是说他完全接受组织处分。关志雄看得出来,唐生法内心并不服气,只是再无丝毫的能力和热量反抗罢了。

对唐生法的处理也出乎许多人的意料,人们几乎一律肯定他最少也得"坐两年"。人们又反过来说关志雄宽宏大量。其实关志雄心里清楚,新的政权所实施的新政策和政治策略,努力使自己区别于"四人帮"的极左路线,缩小打击面,对"文革"中作乱的人也决不以"四人帮"的残酷办法整治,只是择其罪大恶极者予以惩处,一般人"说清楚"错误就完事了。

唐生法悄悄默默回东唐村去了。

关志雄在河西公社继续担任党委书记,工作自然很忙,他却精力充沛,心劲十足。两年之后,到一九七九年的春天,他与唐生法又一次交手,竟然陷入深重的尴尬境地……

十

关志雄收到一封经别人捎来的信。信封是用普普通通的牛皮纸糊成的,没有经过邮局自然也就没有邮票和邮戳,里面却装得鼓鼓的,拿在手里掂掂,很有点分量。他撕开信封,先看末尾,赫赫然署着"唐生法"的名字,心头不由一紧,就从头至尾读下去——

关书记:

你好,一定很忙。

我本想找你谈一次,一是考虑到你十分忙,不便打搅;二来我怕见了你反而把想说的话说不清楚，因此写这封长信。

你给我爸平反了。我爸经你重新安排为东唐村的支部书记了。"四清"运动中没收我们家的房屋和粮食以及钱款也都退赔了。我们一家老少，尤其是我父亲，对你十分感恩。我却没有这种感激你的心情。

我爸的三条罪状，走资本主义道路，走地富路线以及多吃多占的经济问题全部推倒了，一分钱的问题也不存在了。当你今天以公社党委书记的身份宣布给他平反的时候，是否想到当初你作为"四清"工作团团长给他整治下这些莫须有的罪状的做法有点荒唐？

我爸是东唐村农会主任，是东唐村第一个加入共产党的党员，自建立起农业社自然是第一任农业社社长，后来就是中共东唐村支部书记了。他是怎样一个人，作为儿子我不能替他吹捧，相信你在东唐村的平反大会上看到的社员的情绪就明白八九了。你作为"四清"工作团团长把这样一个死心塌地跟共产党跑的老农民打倒，而且没收财产残忍到连水缸也拔走的程度，你而今能无动于衷吗？

在整个河西公社，大队和小队的干部以及普通社员，在你领导的"四清"运动中遭受和我父亲一样冤情的人有多少？你会比我知道得准确；而我只知道大约是百分之九十的前任干部全都变成了"四不清"，有的甚至变成了"地富反坏"敌对分子，你稍微想想就可以体味他们十四五年来过的是一种什么日子！你面对这些无辜农民，心情能不感到一点愧疚吗？

我当时高中毕业回乡，受聘为小学民办教师，一月十块钱补贴费，其余和社员一样挣工分。我父亲亲自指示生产队给我只记相当于中上等水平的工分，理由是我干的"轻省活"。我在两年任教期内的工作如何，有当时的校长和教员现在都活着，可以了解。而我因父亲的倒台也被从学校清除回家,替换我的竟是一个初中毕业生。你想想和我一样受歧视的那许多被整治的干部的亲属和子女,他们心里是怎样地不受活。

"文革"开火了,我豁出去了。反正我已经人鬼莫辨了,造你关书记的反,出一口气,让你也甭那么自在地过日子,我就泄了恶气了。我在"文革"中的作为和结局,我不会后悔。我被撤职回来的时候,也没有后悔。只是你总要我"说清楚",我怎么能说得清楚呢?现在我一句话就可以说清楚了,"四人帮"们大闹"文化大革命"究竟是什么原因,早已是司马昭之心,路人皆知。而我借"文化大革命"之风,就是为了报仇。

当你急急忙忙赶到河西公社一个又一个村庄去为那些被你打倒又被你扶起的农民平反的时候,你是否也会自问:这是怎么回事?自己到河西公社十余年干了怎么一回蠢事?而你能把这蠢事的来龙去脉以及你当初那么卖力地干这件蠢事的客观和主观的原因"说清楚"吗?我以为你现在说不清楚。其实,现在根本没有人要求你"说清楚"。

我现在想和你讨论一个问题,我做下了你认为尚未完全"说清楚"的错误。你也做下了你根本说不清楚的错事,你我十几年来的仇视和互相伤害,究竟是为了什么?你怎么看这个问题我不知道。

同是一个我,既可以做一个合格的人民教师(我曾被推选为模范教师),又可以是一个凶恶的迫害革命干部的打砸抢分子(譬如对你的种种凌辱和迫害)。同是一个你,既可以以"团长"的名义把全公社上至支书下至会计出纳的百分之九十的干部一齐扫荡,然而你又可以以党委书记的名义给他们一个一个平反,你不觉得是一场真正的悲剧么?

这场悲剧的痛切之处还在于它是以人民的名义发生和演化

着。譬如我,是以反修防修"不吃二茬苦不受二遍罪"的堂皇的名义去造反的。譬如你,也是以同样堂皇的名义进行"四清"运动的。而这两场运动的共同的结局,恰恰都使人民包括我也包括你吃了二遍苦也受了二茬罪。

我感到现在普遍滋生起一种厌恶政治的社会心理和社会情绪。出现这样情况的原因不难理解。政治在多年来变幻莫测的动乱中最终失去了它最基本最正常的含义,变得不是于人民有利而是有害了,令人听之闻之就顿生厌恶之情了。说句难听话,当人民最关心最崇拜的政治最后使人民终于发觉它不过是一块抹布的时候,哪儿脏就朝哪儿抹而结果是越抹越脏的时候,自然就明白这块抹布本身原来就是肮脏污秽的一块布,那么它就只能使人失望以至厌恶了!

听说你正在与教育部门的负责人做工作,想给我恢复民办教师的工作。你的好意我可以理解,但我现在恰恰不宜去做教师的工作。我在"文革"中的作为可以说是臭名远扬。我现在为自己的恶劣行为懊悔不迭。我无法站在讲台上向幼稚的孩童去做"传道授业解惑"的神圣的事。一句话,我现在还不能恢复面对那一双双纯洁天真的孩子的眼睛时自尊自信的勇气。我作过乱。我骂过人,使用的是最肮脏的语言。我打过人,拳头和脚都使用上了。我造过谣,不惜颠倒黑白,无中生有,以置对方于死地而为目的。我搞过阴谋,用最不光彩的手段去达到最堂皇的目标。我尚未从自己的心里彻底扫荡这一切人类最坏最恶劣的品质,尚未恢复到我六十年代初刚刚开始做教师工作时的那种纯洁的心理状态。我怎么能去做教育后一代人的神圣的工作呢?

我将认真地对自己讲求一下"心理卫生"。基于如上认识,我现在首先向你做真诚的忏悔。我不是一般地遵循"向前看"

的说教，而是真心实意地希望自己从懊悔中获得解脱。我也想向一切被我伤害过的人忏悔。既然我明白了这场悲剧的实质，同时也就觉得它十分好笑，也就觉得没有必要使你我在心里互相憎恨，因为这些东西，本不属于我们应该有的东西。

致以

敬礼

唐生法

1979年5月20日

关书记读完这封长信，抬起头来。窗外是一排白杨，枝叶绿郁葱茏，在温柔的阳光和微风里舞摆。他的眼光有点呆滞，一下子难以从这封信的震撼里清醒过来。他点燃一支烟，在屋子里踱起步来。

他踱着步，渐渐加快，脑子里开始烦躁不安。他猛然刹住脚，拉开门，吼叫起通信员小马来，过大的声音在公社院子里回荡。

小马闻声奔来，机灵的眼睛瞅着公社的最高领导者的脸色，有点惊慌。他对小马吩咐说，立即给公社派驻到所有村庄的干部打电话，紧急通知，让他们今晚回公社机关来，汇报各个村庄纠正"四清"运动"冤假错"案的进度和状况。小马不敢表示出任何异议，转过身就走，钻进电话房里去了。

他忽然想：要不要把唐生法给他的长信向全体公社干部读一读呢？这封信对加快复查"四清"中大量案件的进度不无推动力吧？当然，拿出这封信来公之于众……这需要勇气！

关志雄转过身，一拳砸在那信纸上，自言自语吼道：

"奶奶个熊！老子豁出去了！"

十一

这是在市人民代表大会期间，我与关志雄的一次相遇。我过去只知道他在"文革"中受过折腾,并不在意,因为几乎所有大小领导干部都受过类似的折腾,只是程度上的差别,并无幸免者。今天晚上,他却向我道出了这一段"地窖"里的奇特经历,使我难以忘记。

"你看,我把我一生中最见不得人的事都告诉你了。今晚以前,世界上没有第三个人知道我躲地窖的事。可我心里很憋,我说给你,你骂我也好,瞧不起我也好,反正我心里松泛了一些。你们作家可以把自己心里的事儿变个法儿写出去,我没这个本事。你觉得我的这段经历有意思的话,你可以写小说,只是……甭胡㞗编!现时有些小说、电影编得太虚了!"

这就给我日后的小说定下了调子。当我今天打算写这个故事的时候,已经少了顾虑,文学园地早已出现了一种类似于小说也类似于报告文学的新形式,叫做报告小说或纪实小说。不过我觉得我的《地窖》还是小说,不仅仅是因为主人公的名字是我随意改换的,我的朋友自然不叫关志雄。

那一晚,我们在一块多喝了几杯,关志雄脸膛泛红,眼珠熠熠生辉,兴奋难抑。我问他后来还见过那位救他命的地窖女主人没有?他笑着说:"见过一次,是她和唐生法开着汽车把我请去的。他妈的,唐生法这小子有文化知识,又有在公社农具厂当厂长时拉下的熟人'关系',在东唐村开办了个小加工厂,挣了大钱。他和女人开着大卡车到县上来把我拉去,备下家宴,把他父亲也请过来。

"那家伙真不得了,挣下几十万了。他给东唐村小学捐献了一座二层教学楼,又给东唐村修建了自来水塔。他说……他做这些事是要讲一讲'心理卫生'……

"我在他家里,再也找不到那个地窖了。他们盖下了小洋楼,厦屋拆掉了,地窖早已填平夯实了。我竟有点惆怅。

"那玉芹也容光焕发,发胖了,还烫了发,是那个小加工厂的会计,走起路来脚下叮咚响。进门时一见面,她的脸一下子红到脖颈,唐生法大瓜熊不知底细,还对着我开她的玩笑,'都老尿了,见人还脸红哩!'……"

我不禁畅怀大笑。

关志雄却没有笑,从沙发上站起,走到窗前,推开窗户。这座十层楼的宾馆下面,是灰蒙蒙的低矮平房的瓦顶,灯光大都熄灭,临街公路上的路灯放出一种紫色的柔光。这座饭店的多数窗户也都黑下来。夜正深沉。

关志雄站在窗前,抽着烟。他现在是河口县人大常委会副主任。他对着黑沉沉的夜空,站了很长时间。

后来,我们就睡觉了。

短篇小说

兔 老 汉

一

　　善民老汉一觉醒来,伸手到火炕下边的小凳上去摸瓦盆。此刻,不用看钟表,准是午夜子时。他尿完尿,小心翼翼地把瓦盆放回到凳上,又溜进热乎乎的被窝里。西北风在屋脊上划出令人心寒的嘶鸣,电线也呜呜呜响,正三九隆冬季节。老汉愈贪恋那热烘烘的电热褥,伸手到枕头边又摸来烟袋,装上一袋旱烟,黑暗里划着火柴,美美地吸了一口,简直觉得自个儿就是神仙皇帝了。儿娶了,女嫁了,老汉再没有操心劳神的大事了;有粮吃,有钱花,老汉再不为日月生计发忙熬煎了,可不就是神仙皇帝过的日子!抽完这锅旱烟,过足了烟瘾,后半夜会睡得更舒服。

　　这当儿,老汉似乎听到前院厦屋的门轻轻响了一声,是木门被碰撞的声响。他支棱起脑袋,细一听,似乎有极轻的脚步声。他丢下烟袋,再一听,好像听见兔子的蹄腿胡乱蹬踏的声音。他心里当即断定,贼娃子偷兔哩!他一脚蹬过去,把老伴蹬醒来,压低声儿告诉她,有贼!他已穿好棉袄棉裤,溜下火炕,勾上棉窝窝,随手从门背后摸起劈柴的斧头,"咣当"一声拉开门闩,蹦到门外。

　　善民老汉提着斧头蹦出门来,立即听到前院一阵慌乱的脚步声,他大喝一声:"好个狗日贼娃子!"一声吆喝之后,那院里的脚步声更加慌急杂乱,跑起来了,夹杂着自行车链条的响声,那响声瞬即消失到大门外去了。

老伴也穿戴整齐,拉亮电灯,走出门来,站在他的旁边问:"贼娃子呢?"

善民老汉答:"跑尿子咧!"

老伴问:"你不撵贼,站在门口做啥?"

善民老汉这才意识到自己根本没有撵贼,更不要说抓住贼娃子了。他笑笑说:"吓得贼娃子跑了算了,我个老汉还能撵上?"

老伴讥笑说:"亏你手里还提把斧头!"

善民老汉听罢,把斧头扔在墙脚下,不再理会老伴的讥笑,走到前院去,厦屋里养着百余只兔子哩!

厦屋敞开着。老汉拉亮电灯,就看见一排排木条钉成的兔笼上的小木门打开了,几只长毛白兔在脚地上惊恐地跳弹,有两只大约被捏死了,扔在兔笼下,身上还有热气。老汉一数,整整差了二十五只,就在心里骂,狗日的贼娃子,简直成了土匪了!偷钱偷马达割电线,居然连兔子也偷!他骂着,把死掉的两只兔子抚弄一番,看看再无法挽救(那毛皮的热气越来越少),就哀叹一声丢到门外的台阶上。他把兔笼一一关好,又反身出来,锁了厦屋的门,听见老伴在街门口呼叫他。

他紧走几步,赶到大门口,老伴指着木门槛,似乎那儿有个不祥的死蛇。借着蒙蒙的星光,善民老汉看见,那木门槛上丢着一只小小的布兜儿。他顺手拾起来,看见布兜的两根系带儿全断了。他断定,一定是贼逃出门时,大门的闩子挂住了布兜的系带,拽断了,掉在木门槛上了。他一把抓起布兜儿,回到上房里屋,在明亮的电灯下,善民老汉把手伸进布兜儿,一把掏出一摞硬硬的东西来,眼睛就瞪起来了,老天爷,竟然是一厚扎人民币!老伴数一数,是五百元。

老伴说:"你丢的那二十三个兔,连带捏死的那两个,总共二十五个,能卖多少钱?总也卖不下这五百块吧?这下好!老天爷有眼,神灵有眼,总不会亏待善人,总不宽容恶鬼!"

善民老汉咂着旱烟袋,没有说话,瞅着那一厚扎人民币,扭过头来,又瞅着案板上方的墙壁。

案板上方的墙壁上,贴着一张灶王爷的神像。那灶王爷在人间所司的差使,就是监督黎民百姓锅前炕头的一言一行,是否违犯天纪,每到农历年尽,回天宫汇报一次。黎民百姓对灶王爷真是怯畏异常,就在神像两边贴一副对联:上天言好事,下地降吉祥。善民老汉笃信灶王爷,从来不在灶君面前说出任何贪心贪欲谋计他人的话来。

他脑子里筹思:这五百块钱怎么办?这不是在大路上拾下的,而是贼娃子丢下的。贼娃子丢下的钱敢拿吗?

二

一早起来,善民老汉洗罢手脸,就划着火柴,点燃了三根紫香,又点燃了一对蜡烛,供奉在灶王爷的像前,打躬作揖,跪拜在灶君面前了。他很虔诚地仰起头,盯着灶君的面孔,嘴里嘟嘟囔囔,向灶君明心,你老看得清白,恶人偷了我的兔,把钱兜丢在我屋里了。我可没有见钱黑心,没有财迷心窍,我等那丢钱的人来取,五百块一扎子整整齐齐照原样放着。你把事情的过场看得清清楚楚,我跟俺老伴都没贪财的心思……他想叮嘱灶君,年底回天宫去的时候,你可甭胡乱汇报我呀!

没有亲眼见过善民老汉敬奉灶君的人,一定不相信如今世上尚有这等迂腐的百姓,可姚店村的人都相信,因为他们看见过。

姚店村的姚善民老汉,信了大半辈子神了。他敬奉的神,一是灶君,二是土地爷,全是神幻世界里的末等芝麻官。他年轻时,也不信神,他爸却是一切神灵的忠诚信徒,进庙就跪拜,见神就上香,每月初一敬奉灶王爷和土地爷的一炷紫香是断然不能马虎的。善民老汉当时对他爸的行为十分厌恶,常用白眼斜瞅跪拜在灶膛里和土地堂前的父亲,说出一串串亵渎神灵的话。哼!穷得锅里没米下,倒是把钱买了香蜡纸表,烧给这两个窝囊废,顶屁哩!早该把它扔茅坑去了,还月月敬它?他父亲蹦起来,甩手就给了他两个响亮的嘴巴,又跪下去了。

事有凑巧,这年秋天,善民被拉壮丁了,同遭劫难的还有本村的姚兴娃。俩人一下子被拉到河南,开拔到一座不知名字的大山里,就到战场上了。俩人只领得一身军衣,兴娃穿衫子,善民穿裤子,刚刚学会放枪,打了一仗,倒下一片死尸,像夏收时横七竖八摆在田地里的麦捆子一样稠。俩人商量说,再打一仗,咱俩也就变成麦捆子了,得跑!就在队伍转移的极好机会里,趁着天黑,俩人就偷跑了。可怜兴娃被追来的子弹击中脑壳,变成了一个孤零零的麦捆子,他却逃脱了,一颗子弹劈掉了半拉子耳朵,却不影响他没命地跑。辗转月余,善民老汉一路讨吃要喝,有时住下来打几天短工,挣来十数个黑馍,背上再走,终于回到渭河平原东部原坡下的姚店村。当他呜呜哭着叙述了兴娃变麦捆子而自己丢了半拉子耳朵的经历以后,他爸顾不得安慰他的伤痛疲劳,立即点燃了香蜡纸表,拉着他先拜灶君,再拜土地爷。教训他说,你这下该信了吧!要不是我烧香敬神,你娃子也变麦捆摆到河南的沙土里了!你看看,神灵保佑着你,那枪子儿就只能挂住耳朵,耳朵离脑袋可没隔五尺一丈!善民从此也服了,月月初一跟他大一同跪拜灶君和土地爷,甚至比他大还虔诚几分。

"文革"闹到偏僻的姚店村的时候,乡村小学的娃娃在先生带领下,首先挖掉了善民老汉的土地堂,厦屋北山墙的墙壁上就留下一个豁豁牙牙的洞,洞上面留下一行黑字:横扫一切牛鬼蛇神。灶君被烟熏火烤变得黑苍苍的面目也被撕掉烧了。

近两年间,政策松活了,好些村子把毁掉的大寺小庙都修复起来了,善民老汉就在厦屋北山墙上又修复了土地堂,用青砖水泥砌成,倒排场了,一位捏面人的老艺人给他塑了土地神,他掏了五十块钱,心甘情愿。灶君的纸像也买到了。

善民老汉而今活得最滋润了。大儿子早已分家另过,在村子西头的新庄基上盖起一幢新屋,已经娶下孙子媳妇了,儿子和孙子常帮他犁地收割,倒也孝顺。二儿子从部队复员回西安,两口子都是吃公粮的人,年下节下回姚店看望老汉,一兜一袋尽是好吃好喝的东西。善民老汉和老伴农闲无事,清闲过余,反倒乏味,就养下一群兔子,剪兔毛卖给收购站,倒也不少收入。他的闲置的厦屋里,摆着一排排木格兔笼,多是长毛白兔,也有红兔和青紫蓝兔,他只剪毛而不食肉,认为食肉是作孽。姚店人除了叫他善民老汉之外,又叫他兔老汉,也有叫善兔老汉的,村长给乡政府汇报的登记表上,却命名他为养兔专业户。

善老汉也罢,兔老汉也罢,养兔专业户也罢,善民老汉不管这些称呼里包含着几分真诚又几分嘲笑,依然照例是每月初一敬奉灶君和土地爷一炉紫香。在他看来,贼娃子丢在街门木门槛上的布兜儿,那其实是土地爷给拽断的。

谁说神不灵?神无时无处不在!神无时不在保护善良百姓,无处不在惩罚恶人奸徒!

"你看,咱们都睡得死死的,土地爷给咱放哨着哩!"善民老汉得意地说,"土地爷看着贼娃子偷兔哩,把我给摇醒来;土地爷看贼娃子背着兔子跑了,就把狗日的钱布兜给拽断了……你看灵不灵?"

"灵!"老伴说,"贼娃子偷了二十几个兔,卖不上一百块,倒丢了五百元。老头子,我怕那伙贼不甘心……"

"甘心也罢,不甘心也罢,咱都不能拿这五百块钱。咋说哩?不是咱的钱嘛!"善民老汉说,"咱挣一个,花一个,挣俩,花俩,即使挣不下一毛钱,也不能收下不义之财。"

"你刚才说,这是土地爷给咱从贼娃子手里夺回来的嘛!"老伴说,"既是爷给的……"

"土地爷给的也不能拿。你忘了?灶君把一切都看得清白,要是汇报到天宫,咋了?"善民老汉说,"我想,那些贼娃子,大概是穷急了,看看要过年了,没钱办年货,猴急了,就想偷人,饥寒生盗贼嘛!咱还是把这布兜跟钱……还给主家。"

"还给谁呢?主家是谁?那些贼娃子还敢来取布兜儿?"老伴提出一串串疑问。

善民老汉一时也回答不了,没有开口,在想着万全之策。

"要不,交给乡政府去,或是交给派出所。"老伴说,"让乡政府或派出所——"

"不行不行不行。"善民老汉打断老伴的话,"贼娃子躲派出所,跟老鼠躲猫一样,怎敢到乡政府、派出所领布兜?那不自投罗网!"

"那……咋办?"老伴说,"交又不能交,搁又不能搁,这五百块钱倒该咋着办?"

"我看哪!那贼娃子既能偷兔,必是舍不得丢下的票子,十有九要来取。他来了,说几句好话,认个错,咱把钱跟布兜还给他不就完了!"

老伴点点头。

善民老汉照例去抚弄他的兔。老两口很坦然,也很从容,像什么事也不曾发生过。

三

善民老汉正睡得沉,正在做着好梦,就觉着一个人一手掐着他的喉咙,一手捉着明晃晃的攮子,那人的脸上全用黑墨涂得一满模糊,一条黑布蒙住了鼻子和脸颊,只留一对白仁多黑仁欠的眼睛珠子在外头。他想说话,喉咙被掐着,舌头转不动了。

那人把一块烂布塞进他的嘴里,松开了手,一把把他从被窝里拽起来。善民老汉一看,老伴的嘴也被一只臭袜子塞住了,被另一个人拽起来,那人也是把脸涂得一塌模糊,只留两只牛眼在外头。老汉再一转脸,就看见脚地的桌子旁边还坐着两个同样打扮的人,手里玩着攮子,嘴角哑着烟卷。

"拽下来!"坐在桌子正中的那人命令,他大概是这一伙恶鬼的头儿,"把这两个老熊拽到地上来!"

善民老汉被那小子一把拽下炕来,几乎栽了一跤。他从不习惯穿内裤睡觉,光溜溜赤条条被拽到脚地上,连忙用双手捂住下身。他一看,老伴也被赤裸着拽下来,和他站在一排,老伴羞得蹲下身去,又被拽起来。

"听着,谁要是敢把嘴里的东西掏出来,就挨一刀!"那头儿把手里的刀子抛起来,电灯下寒光闪闪,落下来又接在手里,命令说,"你俩老熊听着:学着兔子蹦吧!让哥儿们开开心,你不是兔老汉吗?就学兔子蹦吧!"

那个一直厮守着他的家伙一把把他按倒在地,在他屁股上踢了一脚,逼他学兔子蹦跳……

善民老汉冻得浑身像筛糠一般抖,简直支撑不住了。老伴已经倒在地上,爬不起来了。他在脚地上来来回回爬行的时候,早已猜断出来,这四个家伙肯定是偷兔子而丢了钱兜的恶鬼,"二返长安"来了。

"你老熊明白是怎么回事了吗?"那头儿撇声窝腔地问,"你说,明白了吗?"

善民老汉早已苦不堪言,实际上也不能言,嘴被堵着。他心里骂,我早把钱照原样装在兜里,只等着你们来拿,早知如此,该是交给派出所才好,或者塞到灶膛里烧了。他实在想不到,这些贼会采取这样的手段来讨钱,委实跟土匪一样暗偷强掠。他只好点点头,表示他明白他们的意图。

"明白了好!"头儿说,"既然你明白了哥儿们今日黑来做啥,你就自己拿出来,甭劳哥儿们翻箱倒柜。让他站起来。"

善民老汉站起来,从炕头的木箱里一把拽出布兜儿。那头儿一伸手就抢过去,掏出那一厚扎票子,自言自语说:"倒是没动!"

善民老汉心里不屑地说,我可不吃昧心食。

那头儿朝另外三个蒙面人努努嘴,其中一个把刀子拔出来,逼着善民老汉和老伴蹲在地上,那刀子尖就顶着他的后心。另两个家伙已经跳上炕,那张千把元的存折和三百多元的现金自然不能幸免。老汉动也不敢动,只怕那刀尖刺进肉里去。一千多块钱虽然可惜,而他和老伴的性命怎么也不能丢在这伙强盗手下。他悄悄捏住老伴的手腕,怕她一时沉不住气而跳起来护钱,事情完全就糟了。

那头儿再努努嘴,另三个蒙面人就动手把善民老汉和老伴的手脚捆起来,扔到炕上,用被子盖住,然后走了。

"拜拜!"一个说。

脚步声响到前院去了,消失了。

老汉把嘴在炕沿上搓擦,终于弄掉了毛巾,又用牙齿扯开了手腕上的绳子,再解开脚腕上的绳索,拉亮电灯,给老伴拔了嘴里的烂布袜子,解开手脚,老伴几乎被折腾得半死了。

他搂住老伴,"呜"的一声哭了。

深更半夜的哭声,惊动四邻,邻家的男人女人闻声赶来,惊恐地听着善民老汉的叙说。本族的侄儿姚天喜气得脸色铁青,直抱怨堂伯太糊涂,你昨日一整天为啥不吭一声?人家前天晚上偷了兔,丢了钱,你倒好心肠等人家来取!天下哪有这样愚昧的善人!你昨日要是透一点风,我们几个小伙子就有了防备,非把狗日砸成肉⋯⋯发了一通牢骚,就骑上车子出了门,奔派出所报案去了。

四

侄儿领着派出所的两位年轻警官到来时,天已微明。两位警官详细询问了经过,又拍了照片,又捡拾了几个蒙面人丢在地上的烟巴子,又带走了捆绑善民老汉和老伴的塑料纸绳儿,就告别了。

临走时,一位警官说:"大伯,你这人真是……不可思议!贼偷了你的兔,你反而等着贼来取他们丢下的钱!还怕贼不敢去派出所,因此就不交给我们。真是不可思议!像你老儿这样的善人……我还没见过哪!"

另一位警官站在旁边摇着头笑。

二儿子接到族里弟弟天喜打去的电话,早饭时间就急急忙忙从城里赶回乡下来,问清了遭窃的经过,也数落起父母来:"太糊涂了!糊涂得叫人无法理解!简直成了天方夜谭!而今社会发展到啥样的地步了,你还说'人心都是肉长的'!这下你看看,人心到底是不是肉长的?未必都是!你行善……他偏作恶……真是糊涂透顶!"

他在等待,等待派出所的警官来向他报信,贼娃子抓住了!可是等了五天,还不见音讯。老汉越等越烦,等不住了,也烦得躺不住了,一骨碌爬起来,一把撕了灶君的像,塞到灶膛里,又奔出里屋,捞起双刺镢头,把土地爷的坐像一镢头就挖了出来。他在嘟嘟囔囔地骂:"你这个废物!恶人糟践我老汉的时光,你做尿去了!我给你烧了一辈子香,你……"

善民老汉瞪着血丝斑驳的眼珠,抢着镢头,甩开老伴拉扯的手,捶砸着倒在地上的土地爷的泥坯身躯,口里骂着:"我不行善了!善人善行尽吃亏!我也作恶呀!我也学歪人的样儿呀!哪怕死了下地狱,活着再甭受恶气!"

老汉把土地爷砸得粉碎,扔了镢头,又奔进厦屋,从兔笼里抓出两只长毛白兔,走到院庭里,往砖石台阶上猛磕两下,活蹦乱跳的兔子顿时耷拉下脑袋,在地上蹬着后腿。

老伴惊慌地喊:"你疯了?"

老汉强硬地答:"我没疯!"

"今晌午吃兔肉!"善民老汉动手剥皮,双手已染得鲜血淋淋,"咱不能当兔子,当兔子太软绵了,我要吃兔,狼才吃兔。人都怕狼。我也学狼呀!"

"疯了疯了!"老伴又气又急,"我看你八成是疯了!"

一辆吉普车停在门口,一位警官走进屋来,笑说:"姚大叔,听人说,你养兔不吃兔,也不杀生,今日倒开杀戒了!"

善民老汉头一甩:"我学手哩!"

警官要他上车,到派出所去一趟,却不说做什么。善民老汉洗了洗手,就上车走了。

走进一间房子,警官打着手势,示意他不要说话,可以抽烟,也可以喝茶,只是不要说话,说是让他等一等,所长一会儿要和他说话,现在需得等一等。

善民老汉端起茶杯,喝了一口,就摸出烟袋来,一边吸烟,一边打量这间房子。房子很小,用一道黄布隔成两半,可以看见那一半的苇席顶棚。稍坐一阵儿,就见那边房子有人在说话,他听得十分真切。

"你说一遍:你俩老熊学兔子蹦吧!让哥儿们开开心!"

"你俩老熊学兔子蹦吧!让哥儿们……"

善民老汉还没听完,脑子里"嗡"的一响,呼地蹦了起来,手里攥着烟袋,骂了一句:"好个狗日的!"就一把拉开黄布帐子,奔到房子那边。

一位警官坐在椅子上,一个小伙站在房子中间。善民老汉走到小伙面前,死死盯着那小子的眼睛,白仁多而黑仁欠,就是那个发号施令让他光屁股学兔子蹦的家伙！他一巴掌扇过去，那小子打个趔趄，又站直了。那位警官忙拉住他的胳膊，问："大叔，口音听准了？"

"听准了！"

"模样子能辨认出来不？"

"我辨得出他的眼睛！白仁多黑仁少，狠毒的坏种全是这一号眼睛！"

善民老汉使劲挣脱警官拉他的手，却挣不脱，急得气喘吁吁，双脚跳弹……警官劝："姚大叔，你只要把人认准，有法律收拾他，你可不能动手打！"说着便把他拉出门去，推上吉普车，送他回家。他问警官，这贼是哪里人？谁家老子就养下这样一个孽种？警官说，这贼是姚店村西边韩寨子的，他爸叫韩豆腐，磨了一辈子豆腐。善民老汉张大嘴巴，"噢噢"了半天，大为惊诧："啊呀呀！韩豆腐跟我一样，也是顺民百姓，善得跟菩萨一般样儿，怎么养下这号东西？"警官笑着说："他爸善良不等于儿子都善良，这问题嘛……复杂啰！"

他又问警官，另外三个贼抓住了吗？

警官告诉他，这一伙贼共有八个人，这次全抓起来了，另有一个外逃，正在追捕。

老汉大兴感叹："那东西穿得也不错，脸上红堂堂的，不像是没钱花没饭吃喀！"

警官说："根本不是！"

善民老汉不说话了，抽起旱烟，心里纳闷，吃得好又穿得阔，怎么还做贼抢人呢？并非是饥寒才生盗贼，并非是得温饱而能修礼仪吧？

吉普车在秋天的原野上奔驰……

1987年2月 白鹿园

山 洪

这条小河年年都要发几场洪水；年年都有什么人被洪水溺死的凶讯；凶讯和洪水一样暴起暴落。

小河确实小，在省级地图上不见踪迹，在县级地图上可就威风地迤逦着，似乎比全国地图上的黄河长江还要活现神气。不管怎么说，小河总是一个存在。夏天旱季里，那一湾细流就显出百般妩媚，千般柔情。男人们从沤热的田禾地里奔到河边，脱下短裤，把臭汗和燥热丢给清凉的河水，落得个神清气爽，好不痛快。女人们提一笼合家老少脱换的脏衣，在水里洗，在石上捶，棒槌声和着嬉笑声，也算得怡然天趣。男人和女人都亲近这河，亲近这水。

一当阴雨连绵，千沟万壑的溪流汇于小河，这小河顿然变得凶恶狰狞，面目全非，黄汤涌着黄汤，排浪推着排浪，呼着吼着，左冲右突，气势相当怕人。也有水性好不怕水而借着洪水暴发之际发洋财的人，此时就很活跃。上游漂下来一棵树、一根椽子或一块木板，他们便跃入水中，起伏于波浪之上，捞得这些洋财，做盖房的木料，令那些不习水性的人眼红。然而也有失马丢了性命的人。这种水一般不会造成太大的损失，因为它来得缓，涨得慢，人皆防备着。可怕的是突然暴发的山洪，那时山里头突降暴雨，而平原上日红如炙，人们往来于河道之中，毫无戒备，突然一河铺天盖地的洪水涌将下来，跑躲无计，就成了这小河的溺死鬼。

供电局的老李就挨了这个挫。

老李本当年龄不大,才三十冒头,乡下人对一切公家人都称老某,算是尊敬。老李从河北岸过了河,催收了几个村子电费,后响又推着自行车过北岸去,赶到天黑前回县,与妻子儿女相会。他的自行车后架上装着一袋西瓜,车头上挂着的网袋里装着大蒜辣椒之类鲜菜,全是那些村子里的个体户农民顺手馈赠的时鲜果蔬。他在这条线路上跑了几年了,人都熟了,进得任何村子,干部和村民都认识他,都热情招呼,都愿意送他一点土特产。他走过烤热的沙滩,来到水边,穿着塑料凉鞋,也就不用脱鞋,推着自行车从水里往过蹚。水很清,很浅,只埋住半个车轱辘,水流又很窄,不消五分钟就蹚过去了。他撑起自行车,脱了长裤,脱了背心,只穿一件衬裤,就扑通一声钻进水里,洗呀,游呀,舒服得简直就跟神仙一样了。如果不是瞅见河下游有女人在洗衣服,他就要脱光脱净下水了。

老李躺在水中,任清凉的河水从胸脯滑过去,像有千万只柔软的手掌在抚摸着。他枕着一块河石,望着蓝天,几缕白云,如烟如丝,如薄纱如蝉翼,悠悠袅袅,陡然涨起一种愉悦之情。猛然间,他听见一种奇怪的声音,像是从大地里头发泄出来的一种沉闷的嗡隆声,又像是从天边传来的。初听时并不在意,错以为是飞机从远处飞过在河川两边原坡上的回声。不大工夫,那嗡隆声愈来愈响,像千军万马驰过荒原,突然变成一种吼声。他心里顿然感到一种恐怖,一种战栗,就从水里蹦起来,往上往下一瞧,只见上滩和下滩有几个人如逃命的兔子似的奔跑;再往上一瞅,天哪,一片黄汤,裹着一片浑雾正扑将下来。他顾不得穿衣,推起车子就跑。沙滩上软沙如泥;不能骑车,又离对岸河堤那么远,他心急如焚,眼看着吼声和浑雾越逼越近,一阵冷风直透胸窝。他撒手扔了车子,甩开双手,没命地奔跑……就在老李奔到离河堤仅有三两米远的时候,黄汤和浑雾就把他吞没了,裹挟而去了,简直轻若弹须。

老李霎时间就没有任何知觉了，没有欢乐也没有痛苦，奔逃时的恐惧和慌乱都在那一瞬间结束了。

水火无情！无情的水火！

老李完了。他才三十冒头就完了。他如果不贪着那一湾百般妩媚千般柔情的清水而早早推车走上北岸的河堤，他不仅不会完而且可以站在河堤上看水涨河塌，观赏这突然勃发起来暴怒起来的小媳妇一样妩媚柔情的小河。然而他毕竟完了，把万千悔恨留给河岸边的熟人或生人日后去传说去咀嚼。

可是老李竟然没有完。

老李遇着了救命的恩人。距老李出事地点三里之远的贺家村村民们把老李搭救起来了。

贺家村紧系小河。村民中不少爱发洋财的人。每当河水暴涨，一些水性好的年轻人就奔上河堤来，见木头漂下就想捞。当然，年轻人争强好胜，借此机会也想露一手，赛一赛水性。这一回，他们没发着洋财，却捞上来个死人。

头一个发现落水者而且率先跳下河的是三十岁的村民贺冷娃。冷娃在贺家村算得一条水中白条，在村里也数得一条汉子，膀宽腰细，双臂如猿，在县上的农民运动会上夺得自由泳冠军，只是姿势不大规矩，是自小在小河里狗刨式游泳的底功。他一眼瞅见上游漂下一个人头，倏忽又沉没了，转瞬又看见一条胳膊，冷娃就扑下水去了。随着冷娃下水，扑通扑通又跳进三四个后生，都是贺家村有好水性的青年。一前一后，直向河心冲去。

四个人围着，推着，拽着，终于把落水者拉上岸来，看热闹的村民们一摸鼻子，都丧气了："死尿了！死尿了！"

有老者颇富经验，说死也许是假死，救一救兴许能转活来。于是就把近旁放牛的孩子唤过来。拉来一条黄牛，把落水者扶上牛背，横搭上去，把鼓胀的肚子压在牛背上，让放牛娃牵着黄牛在河堤上转悠。

孩子走着。黄牛也走着。落水者突然哗啦一声吐出大股大股的黄泥汤来，臭气四溢。老者扶住双脚，命孩子继续牵牛转悠。放牛娃捂着鼻子，直嚷嚷腥臭不堪，仍是牵牛走着。落水者又吐了，这回吐出来的饭食，肉末菜屑，更是臭气熏人。放牛娃娃扔下缰绳跑了。黄牛一蹿，落水者从牛背上跌下来，竟然哼了一声，证明他确实还活着，并没有完。

村民们全都围过来，直呼此人命大。

有人嬉笑说，冷娃该上广播该上报纸该领舍己救人的奖金了。

老者把落水者翻过身来，那脸色像敷了一层黑土，怪怕人的，忽然眼皮一翻，眼珠转了，旋即又合上。这当儿，有人认出落水者是收电费的老李，大喊："啊呀！怎么把这驴日的救上来了？"

"怎么救上来的是这狗东西？"

"救这货干啥？救上来再来害人！"

于是，老者停了手。他已经扒拉到一堆干草干树枝，取出火柴，想燃烧一堆火来烘烘热气，听到众人说是收电费的那个驴日的老李，就把抽出来的火柴又装进匣子里。

于是，冷娃顿然变得暗淡无光。他第一个发现落水者，不容分说第一个跳下水去拉住了落水者，正受到贺家村村民们的崇敬和赞扬，有人还说他应该上广播登报纸得到表扬，现在变得不那么伟大了。他捞上来一个叫贺家村村民讨厌甚至憎恨的人，连他的英雄行为也失去了光彩。这情况恰如你救上来的不是个人而是一只耗子……想想人们还会敬重你吗？

一直表现着慈悲心肠的老者，撅着花白的胡须，失望地从老李身旁站起来，用火柴点燃了烟锅，抽起旱烟来，扫兴地说："我还以为咱救的……是个人哩！谁料想不是……"

一切人——贺家村围在河堤上的男人们，老的少的和放牛娃娃，

现在都揣着手,像看一条死鱼或一条死长虫一样看着老李,议论纷纷:

"这驴日的今日遭了洪水,真是老天有眼!"

"老天爷可真是有眼哩!看这驴日的坑人坑得太残火了!不容情了。"

"冷娃瓜不唧唧的只知下河捞人,捞上来个啥玩意儿!"

冷娃自始至终都没说一句话。人家说他该上广播该登报纸该拿奖金的时候,他可只是扬扬自得,自己能从这样凶猛的河水里救人,露了一手。现在,他懊丧地听着众人的牢骚,忽然恼了,一把抓住那人的胳膊,一把抓住那人的脚腕,嗨哟一声吼,把老李举起来,扔到河里去了。

众人大惊。真是个冷娃!冷熊!

老者慌了:"冷娃你这算弄啥?"

冷娃:"他从哪里来再回哪里去。"

老者:"你不救归不救,救了人又把人扔到河里,这等于杀人害命!"

冷娃又慌了,嘴里骂着:"妈的!救也不是,扔也不是,倒该咋着才对?"

老者:"快去捞上来!"

冷娃又跳下水去了。

好在岸边有石坝,水流打着漩涡儿,流速却极缓。冷娃跳下水,又把老李拉上来。老李的肚子又圆鼓鼓地灌满了泥汤浊水。

老者又唤来放牛娃。

放牛娃牵来黄牛。

老李又被驮上黄牛背,转悠,又吐,又是臭腥熏人。

众人却因此而哗哗大笑。

众人都开心了。

"叫驴日的吐！把这几年吃咱喝咱的昧心食全吐光吐净！"

"这驴日爱吃！凡是咱们地里长的，树上结的，圈里养的，他都爱吃爱拿！好！这回叫驴日的吐光！"

老李躺在河堤边的草地上，挣扎着睁开眼，似乎已经初步恢复听觉，双臂挣着撑住地面，坐了起来，忽然趴下，口齿不清地说："乡党爷们……我不是人……"

"你是……电霸王。"

"你是电老虎！"

"你是电——狼！"

老李趴在地上，呜呜地哭。

老者此时动了恻隐之心，蹲下身来，划着火柴，点燃了柴草，冒起火焰，烤着那瑟瑟抖索的老李，奚落说："老李哇！你以往做事也太绝情哇！你想想，那年我们正打麦子，你断了电，打麦机当下不转了。而今家家户户都要轮流打麦，你欺侮的是全贺家村农人……"

"你还给他烤火！"

"把驴日的扔到水里去！"

说时迟，那时快，冷娃拉住老李的双手，旁个青年抓住老李的双脚，从草地上提将起来，叫声一二，老李又回到河水里去了。

众人在岸上哗笑，取乐，看老李在水里没死没活地乱扑乱打乱刨。

冷娃又跃下水去，把老李又拉上来。

老李又灌满一肚子水。又被驮上牛背。又把黄汤吐出来。又是在草地上挣扎呻吟翻白眼。

众人很开心地笑着。爱说调皮话风凉话的人，此刻有了显露本领的机会。不爱说话的人甚至老好人，嘴里虽然不说而心里也很受活。大家都出了气了。这个屁股上挂个工具袋提兜里装着个账本的老李，往日里比省长比皇上还厉害，干部和村民一律没人敢惹，说不顺溜就断电!现在,这个电霸王电老虎电——狼,正被洪水折磨得半死,向他们感恩戴德。他落到他们手里了,真是上苍有眼!

小伙子们又哄闹起来:"把驴日的再撂到河里灌一肚子黄汤!"

老李本能地抱住了老者的腿,死死不放。

老者这回急了:"难道说……日后不用电了吗?"

话不在多,全看说到说不到点子上。老者这一句话,一下子把在场的人镇住了。大伙似乎突然从快活的开心境况里清醒过来:既然冷娃救下了老李,日后老李还要来负责贺家村的供电工作;如果冷娃不救他,让洪水把他冲到海里渺无踪迹,还可以指望县电管局另派一个好电管员来。老李没死还管他们用电。老李还是活生生的电霸王电老虎电——狼!

好几位村民蹲下身来拢火,给老李烘烤。有几位帮老李擦干净身上脸上的泥污,表示对刚才的不敬行为的忏悔。有的人咕咕哝哝抱怨冷娃太冷,既然把人救上来,就不该三番五次扔到水里瞎折腾……

冷娃突然往地上啐了一口,冷冷地说:"我准备用牛碾麦子用石磨磨面用煤油点灯豁出来不用电了,看他电狼电老虎电霸王还能把我坑死?"说着唾着,转身走了。

众人却忙活着救老李。

老李已经有气无力,浑身绵软,筋疲力尽了。他听见了这些人的全部议论,感觉到了贺家村村民现在对他的全部关心和救助:忙乱的手和热气灼人的火,然而心里却十分冷寂。

这些人还是怕他才……

1987年10月20日

石 狮 子

东堡子住着个王二和张三,左右为邻,一墙之隔,进门不见出门见,低头不见抬头见。几十年来,两家人虽然免不了为些鸡刨狗啄娃打捶的小事犯点口角,却也没有发生过大的干戈,更没有动过诉讼的事,基本上能够和睦相处。

王二这人长了一个特别灵的脑瓜,五十年代的初中毕业生,因为家穷,早早毕业回乡务农,本是乡村里不能多得的知识人才,当过团支书,也当过出纳、会计,还当过两任队长,但无论当啥干部,都弄不长时间,就惹得意见满村流。究其原因,主要是心眼太灵了,灵过头了,经常搞些小手小脚的事,渐渐失去了群众信赖,后来也就当个普通社员,人称他灵虫。张三和王二年纪相仿,小学毕业,文化低了一大截子,生性又木讷,缺言短语,从来也没当过干部,人称张三直杠,或简称三直杠,或谑称三杠子,无论你称呼什么,他都一概应承。

近几年来,乡村政策放宽了,经济搞活了,王二灵虫顺应时代潮流,灵虫早飞,养了两年鸡,挣下半万块钱,自然得意扬扬。三杠子看邻家养鸡发了家,也照猫画虎在后院围起栅栏,养起鸡来。这一年,乡村养鸡大发展,鸡蛋一多,价格下降。三杠子哀叹连声,抱怨轮着自己烧香时偏关了庙门,笨人真是不兴时了。王二灵虫早有所料,把五百只母鸡全部卖掉,等到三杠子哀叹的时光,他的鸡舍早已变成了貂场。几十只毛色油光黑亮的母貂已经怀胎待产,只要幼貂一长成,一出手,又是以千为单位的进项。这灵虫看着蔫不拉唧的三直杠,以先生开导学生的口气说:"杠子!老人有言,做生意要'撑迟不撑快',啥正兴时,不敢撑啥!啥还没兴时,赶紧撑!这是符合现代经济规律的。"

三杠子一听,很有道理,养鸡兴起来,蛋多了,自然就便宜了,于是就想把鸡卖了。恰在这时候,好多养鸡户好像都看出了门道,纷纷卖鸡倒圈,另谋营生。三杠子转而一想,大家都卖鸡了,明年鸡就少了,咱不能卖,这才是王二灵虫说的生意经:撑迟不撑快。于是就把这一批母鸡继续饲养,第二年一开春又养了一批小鸡。果然蛋价上涨,三杠子赚了大钱,喜不自胜。

再说王二灵虫却运气不佳,等到幼貂生下来时,貂价已经大跌,成倍成倍下跌,灵虫气得吹胡子瞪眼,也莫可奈何。无奈之中,王二灵虫又得着獭兔毛皮昂贵的信息,于是就孤注一掷把貂卖掉,掏四五百元的高价买回几只优种獭兔。因为过于娇惯,过于精心,反而适得其反,四只獭兔死了一半,待到剩下的两只怀胎下仔,獭兔价又跌落千丈。王二灵虫气得跺脚骂娘,自认倒霉,把头两年养鸡赚下的半万块钱赔光蚀尽。再看隔壁三杠子,稳打稳扎,已经摸熟了养鸡经验,不断改进饲养方法,逐步更新设备,两年间把圈养蛋鸡全部改造为笼养,早已成了万元户了。王二灵虫被村人耻笑,说灵虫七倒八捣,袍子倒成夹袄。王二越听越气,怄气难出,两腿生疮,脓水不断,行走不便,生财无力,只好自认倒霉。

生意倒闭,灾病接连,王二灵虫抚摸着晶亮发光的脑门,终于听信了乡人的劝告:去请一位神汉,看看究竟是冲了哪门子的神,撞了哪路子的鬼。

神汉高个,黑脸,精瘦,左腮上有颗赤痣,痣上长一撮黑毛,一直吊到脖颈上,人称一撮毛先生。一撮毛先生家居后岭,深居简出,白天蛰伏,夜间捉神弄鬼。传说他出门便坐鬼抬轿,再远的路程,眨眼便到,比直升机方便又快速,但天明鸡啼前必须赶回家中。

一撮毛先生进得王二灵虫家门,先吃了四菜一汤,喝了半瓶太白酒,然后吩咐王二两口子跪在当院,点蜡焚香。一撮毛先生掐诀念咒,阴森恐怖,吓得王二灵虫抖如筛糠,后脊梁上似有长虫蠕动。再看一撮毛先生挥拳抖臂,做跨马状起伏于庭院的各个角落,又直蹿后门而出,大喝一声:"邪气在此!"

等得王二灵虫抬起头时,一撮毛先生已经走到当面,把手中提着的一块石头扔到脚下。王二灵虫夫妇两个对视片刻,不知所措,难道这石头上出了什么毛病?

一撮毛先生说:"你细看看,这不是一块石头,是个石狮娃,它龇牙咧嘴正对你家后门,你一家人能安生吗?如不早早除此妖石,后头还有大祸!"

王二灵虫这时才记起来,这石头是垒在后院茅房(厕所)的土墙上的,还是那年学大寨平整土地时,从一堆乱石窝里挖出来的,他扛了回来,用它做茅房的围墙,没想到竟然招此大祸。

王二灵虫早吓得魂魄分离,发如手提,结结巴巴,话不成串儿:"先生高明……高明……你快说……该咋办哩?"

"咋办哩?"一撮毛先生眼珠一转,"办法有的是,怎能叫鬼把法官缠住!这办法多种多样,有临时性措施,也有根治久安的办法,你看你愿意采用哪种办法?"

"当然是根治!根治!"王二灵虫忙说。

"那……你是明白人——"一撮毛先生说,"根治就要你破大费了……"

王二灵虫掏出早已准备好的五十块钱,递上去。

一撮毛先生说:"这只够临时措施的。"

王二灵虫赶快捅捅女人,女人回到屋里,又取来五十,交给一撮毛。一撮毛这才吐着烟雾,捻着那一撮黑毛说:"三天后,择一单日,避过三六九,夜黑星全时,扔到河滩里去。记住,要撂到最高的那个石坝根下,最好择在七日。"

王二和他婆娘连声应诺。

一撮毛走出街门,就决然不让王二灵虫再送,说他要召唤抬轿的小鬼了。

王二灵虫回到屋里,拉亮电灯,把那块石头仔细看看,真是一头石狮子,不留神还真看不出来,越看倒越害怕,恨不得当晚就把它扔到河滩去。好容易挨过三天,遇到七日,王二灵虫心里"咕儿"翻起一个怪念头来。

他忽然想到了三杠子,心里就扑扑扑往外冒气:我王二这两年连倒大霉,你他妈真是福星高照;我养貂烂本儿养兔死兔,你他妈养鸡发财,鸟枪换成大炮了;我害下了连疮腿越活越瘦,你他妈越吃越肥连个痢疾也不拉,凭心眼凭学问,我王二哪一样比不过你个又闷又笨的三杠子?这么想着,王二灵虫就把那个石狮娃搁到三杠子街门外的猪圈围墙上头了。三杠子的猪圈围墙是用杂石垒成的,这尊石狮子撂在墙上,无甚异样,谁也不会留心这儿什么时候添多了一块石头。

事有凑巧,祸中生福。第二天,两位文物普查工作者来到东堡子,无意有意之间,发现了那尊石狮子,忙问:"这是谁家的猪圈?"村人告之,于是把三杠子传了出来。文物普查工作者说:"这个石狮子,我们想把它带回去,需要鉴定一下,看看是不是有价值的文物。"说着,就给三杠子打了一张借条。三杠子憨憨地笑着,说:"同志,尽管拿,尽管检验,尽管……"

王二听见门口人声喧哗,以为石狮子显灵了,三杠子招下祸了,急忙跛着腿走出来,一问明缘由,急得一拍大腿,脸黄眼红脖子硬,拉住那位同志的手不放。

"石狮子是我的!"王二灵虫喊。

"胡赖!"三杠子也火了,"半路上杀出个程咬金,你胡咬胡赖,猴急咧吗?"

围观的村民们交头接耳,窃窃议论,说王二猴精了,精到爱钱不顾场面不要脸皮的地步了。石狮子明明在三杠子家的猪圈围墙上头嘛!王二灵虫心里有鬼,在众人面前不敢把石狮子的来龙去脉说出来,只是缠住两位文物工作者不放,不让人家拿走。这时,村长闻听吵闹声走来,把俩人和两位文物工作者一齐叫到办公室,坐下来。

"怎么回事?"村长问,"王二哥,你说石狮子是你的,有啥凭证?"

三杠子坐在旁边,一看村长开口先问王二,也就听出了村长的倾向性,心里踏实地吸着烟。

王二灵虫低着头,吸着烟,急得头上冒出一层虚汗。犹豫再三,终于把心一横,还是先抓票子,甭顾脸面。这样,王二灵虫就把怎样请一撮毛来耍神弄鬼,怎样发现了石狮子的邪光阴气,怎样清除这不祥妖物的经过一一叙述出来,末了说:"不信,你去找一撮毛先生调查,我要是胡说一句,让我这连疮腿再流十年脓!"

王二灵虫不说还罢,一说这个过程,把在场的四个人全惊呆了。那两位文质彬彬的文物工作者相对一瞧,推推眼镜,撇撇嘴,摆摆头,做出一副万万料想不到的惊奇的讥笑。三杠子惊得像做了一场噩梦,脸都气黄了,双手打战,嘴里却说不出一句话来。村长也惊奇地睁大了眼睛,说:"王二哥,你这人心眼太不端正呀!这事做得太缺德了嘛!要是传出去,乡党们非把你笑臭不可!"

"你批评我接受,全部接受,村长。"王二低头不敢抬起来,"那石狮子确确实实是我的。"

"你说的这些鬼事我不管!反正石狮子在我家墙上就是我的。"三杠子寸步不让,反而更加执拗,"是害,你塞到俺家门口来祸害我;是利,你又打上门来抢了!你这回错打算盘了——没门!"

"好了好了,不要吵了。这样——"村长摆摆手,制止了王二和张三,一刀两劈,"要是文物部门鉴定真是有用的文物,政府收买的钱,你俩人二一添作五。你们谁不服谁上告去,先让两位同志把石狮子带走。"

三杠子闷了一会儿,想着,看来这石狮子是王二灵虫的,自己能得一半,也够了,于是便说:"算了算了!我同意村长的意见!我不在乎那几个钱,倒是把他的坏心眼看透了!"

王二灵虫眼看着飞走的人民币又捞回来一半,也就只好自作自受,忙点头说:"算了算了,按村长说的办。"

两位文物工作者告辞了。

王二灵虫回到家,老婆子指着鼻子,对着脸骂:"你也太多事了!人家一撮毛说叫你把石狮子撂到河滩,撂了也就撂了!咱损失了,他三杠子也甭想得意外财。咱也不会丢人现眼,让乡党指脊背骂祖先。你可倒好,把石狮子搁到人家墙上,把钱给人家口袋塞,自己还落下个瞎心眼坏心肝!你能你灵你鬼你能把你先人羞死!"

王二灵虫自知理亏,又惹不下婆娘,干脆蒙头睡了。

这天晚上,王二听见敲门声,一拉开门闩,又吃一惊,一撮毛先生神不知鬼不觉又来了。王二正有气没处发泄,这下遇到对手了。他想立马发作,又怕惹动左邻右舍,就假装啥事也不曾发生,把一撮毛礼让到厦屋里,看他还会耍什么把戏!

一撮毛在椅子上坐下,捋一捋左腮上那一撮长毛,悠悠哉问:"王二,你可按我吩咐的事情办过了?"

王二也佯装着说:"办了办了!"

一撮毛问:"那个石狮子扔到哪里了?"

王二不假思索:"扔到河滩的水里头了。"

一撮毛生气地说:"我叫你扔在哪里?"

王二假装失误地说:"噢噢噢!你叫我扔在最高那个石坝根下。我当时想,扔在河水里,叫水把它冲远,叫沙石把它埋深,叫它永世不得见天日,再也不能祸害人了!"

一撮毛双手一拍,眼露阴光:"糟了糟了糟糕透了!你想那狮子本是旱兽,怎奈得水淹?必是对你仇恨万分!一旦河水改道,那石狮子有了重见天日的一天,必是你大祸临头的灾日!"说罢,紧盯着王二,看他害怕不害怕。

王二却一拳捶在桌子上,气得浑身打战。他早已不能忍耐这个家伙继续哄骗自己:"你狗东西骗了我一百块钱,吃了我的饭,喝了我的酒,还害得我在乡党面前丢人现眼,还叫我把无价之宝扔给旁人……你今日来甭想走了!娃他妈,快去叫村长!"

"吱——哇——"

王二婆娘刚站起身,还没转过身,却见一撮毛呼的一声跳到门口,喉咙里发出"吱——哇"一声怪叫,像鬼哭狼嚎,阴森逼人。一撮毛把那撮黑毛咬在嘴里,从腰里摸出一把尖刀,压低声说:"跟我走,到河滩,把扔石狮子的地方指给我。不然的话,我这把专门指挥鬼的刀子,把阴间的大鬼小鬼恶鬼泼鬼全给你引来,闹得你死不下也活不旺!"

王二婆娘吓得背靠墙站着,大气不敢出,脚不敢移,直翻白眼。王二毕竟是个男人,早已不信什么大鬼小鬼的事,倒是那把寒光闪闪的刀子令他胆颤。他忽然想,这一撮毛为啥要去扔石狮子的地方?莫非他要下水打捞?他说:"先生!我是黑天撂下河的,现在也记不清具体地点了。那石狮子有朝一日出来了,祸害我王二就祸害吧!我不怪你,也不怪你的神术不灵!你走吧!"

那一撮毛见王二口气软了,也就收起刀子,重新坐下,点燃一根黑色雪茄,说:"王二,咱干脆挑明了说吧!你那个石狮子,我看像是个'古董',叫你扔在石坝上,今黑来取,不料你个闷熊给撂到河水里去了。这样吧,你引我去捞,捞出来卖下钱,咱俩二一添作五。"

王二这下才暗暗叫苦,暗暗吃惊,没料到这个一撮毛先生也在石狮子上头捣鬼。自己捣三杠子的鬼,岂不知一撮毛正捣自己的鬼。

这一撮毛以耍神弄鬼为名,骗取钱财,深入人家,以杀鬼捉鬼为由,前院后院,屋里楼上,旮旯拐角,到处钻营,一旦发现"古董",就想着法儿骗走,说是不祥之物,吓得主人不敢吭声。他转手卖给文物投机商,赚得不少钱财。现在,眼看一尊石雕狮子到手,却被王二扔到河里,只好实话明说,等把石狮子捞出水来,再作主意。

王二这边一听,完全明白了,再也隐瞒不住,也只好实话实说,把今天发生的事叙说一遍,唉声叹气:"好我的先生哥哩!你那晚要是把话说明白,这石狮子由你卖,卖下钱咱俩二一添作五,哪有后来这些麻烦。现在让我丢了财,丢了脸,你也得不到钱了,单给三杠子弄下好事!你看,我没办法了!"

一撮毛一听,忽然又跳起来,"吱嘎"一声鬼叫,用刀尖指着王二说:"一块到口的肥肉,硬叫你他妈给旁人塞到碗里了!也罢!此事就此了结。你不许再给人说我来找过你,要是说了,我就不客气了!"

王二连连点头,发誓赌咒,绝不漏风。王二婆娘吓得软倒在地。一撮毛忽地一跳,蹿出门去,跑了。

三天之后,一辆吉普车开进东堡子,一直开到村长家门口,走下那两位文物普查工作者。村长随之传呼王二和张三到他家去。

王二灵虫一进门,向两位文物普查工作者点点头,看看这个,瞅瞅那个,想从他们的眼色里得到某些兆头:石狮子到底值钱不值钱?却看不出来,人家俩人只抽烟,脸孔挺平着。不过两分钟,三杠子也进来了。

一位戴眼镜的同志说:"一般人认为这石狮子是明末清初的石刻,大约是乡村的财主在祖先坟上敬奉的石兽,没啥价值,刻工也平常,和一块普通石头没啥差别,是谁的让谁抱走……"

王二浑身都松了劲儿,像上紧的发条一下子啪啦啦绽开来。他转而一想,翻来倒去,钱没捞上一个,倒是给村里人留下笑柄,留下一个瞎心眼的坏名声,灵机一动,计上心来,忙笑着说:"这石头不是我的。我给村长坦白,请一撮毛捉鬼的事是我临时编的,没那事。"

三杠子倒莫名其妙了。他确实记得,自家猪圈墙上就没有这个石狮子嘛!王二弄得他真真假假糊里糊涂自己也搞不清了,就笨嘴笨舌地说:"算尿了!这石狮子虽不值钱,当块石头垒猪圈还能派上用场,我抱走了。我不怕鬼!"说着就抱起石狮子出门去了。王二也跟着走出去。

村长撵到门口,把俩人又唤回来。

那个戴眼镜的文物工作者郑重宣布:"但是经过专家鉴定,这是一尊汉雕石狮,造型朴拙,浑厚,正是汉时的艺术风格。张三同志,政府奖给你五百元人民币。请你签字。"

三杠子把石狮子放到桌子上,接过一厚扎人民币,怔住了,再接过那戴眼镜同志递过来的钢笔,呆呆地站着。

王二灵虫"唉"了一声,蹲在地上,双手抱头,再也说不出一句话来。半天,他瞅瞅这个,望望那个,站起身,朝门口走去。

三杠子忽地转过身,拉住正要出门的王二,一把把钱塞到他手里,再把钢笔也递上去:"这石狮子是你的,我心里有数!钱你拿上,字由你签。这不含糊!"

王二灵虫眼睛睁得像个鸡蛋,不敢接钱,也不敢接钢笔,羞愧地低下头,喃喃地说:"老三,三杠子,不管咋说,这钱我没脸拿了!"

村长明人快语:"还是按那天的口头协议办吧!二一添作五,王八一半俺一半,王八填字俺也填字!哈哈哈!"

三杠子倒认真起来:"村长,这石狮子确实是王二的,只是他捣来捣去,把他自己的石狮子反而倒给我了,我可不能白拿旁人的钱财。再说,王二这几年家事不顺,营生也不顺,经济紧张。我嘛——实说并不在乎这三百五百……"说罢,把五百元一扎人民币硬塞进王二口袋,出门走了。

　　王二愣愣地盯着三杠子的背影,眼泪涌出来了,捏着钢笔,手竟然抖得写不出自己的名字……

轱 辘 子 客

轱辘子客给派出所民警逮走了。

消息和黎明一起来到龟渡王村。村民们并不分辨消息的真伪更不惊诧。

轱辘子客是乡间对那些赌博成性的赌徒的通称。龟渡王村的人把做豆腐营生的人叫豆腐客,把做风箱绝活儿的人叫风箱客,把那些在集镇上做买主与卖主中间协调的人叫牙客,把作风不好的男人叫嫖客,又把那样的女人叫窑客。把赌徒叫轱辘子客是起源于一种甚为古老的赌具。在龟渡王村当代村民的意识里,轱辘子客是专指王甲六的,谁一说轱辘子客大家就明白那是指的王甲六。

王甲六赌博的名声远近皆知。解放后禁绝多年以致后来出生的男女村民像看工艺品一样看见的麻将,就是王甲六不知从哪里弄回来的。米黄色,骨质,小巧玲珑,印着点点花花杠杠圈圈。那形状像缩小了百余倍的一页一页砖头。所以赌徒们根本不说打麻将而用行话说"搬几把砖头"。王甲六弄回麻将来又找不下对手,于是叫来几位对劲儿朋友,不厌其烦地教给他们麻将的玩法儿,然后就围坐在火炕上玩起来。王甲六的女人起初也没料到这东西会那么邪乎,不过跟扑克牌象棋一样玩玩而已,她还热情地给那些前来凑兴赏光的乡党沏茶递烟招待哩!他们开始从一支劣质纸烟赌起,然后是一分二分的硬币,再往后就从角票发展到块票以至十块一疙瘩的票子像柿树叶子一样飘落。王甲六的女人早已懊悔不迭,满村追寻王甲六的踪迹。王甲六有时三天五天不沾家不露面,她提着菜刀满村满街寻找,声言要把狗日的手剁了。

軲辘子客王甲六打麻将已修炼成一身真功夫。一摆开麻将,如果没有派出所的民警和提着菜刀的女人的惊扰,他可以一直打下去,不吃一口饭也不喝一口水更不会丢盹打瞌睡,最高的纪录是五天六夜。那一晚记忆深刻,进入地道(备战年代修的)时小麦才现黄色,而当出地道时满川满原的麦子已收割过大半。他的女人扬着割麦的镰刀照他脖子砍来的时候,他巧妙地抓住她的手腕,而且把那手腕扭到背后,一直把她推进大门,然后从腰里摸出一厚扎票子塞到女人怀里说,看看能不能补上被风摇落的麦子。女人还是被那一扎砖头厚的票子镇住了,气自消了大半。王甲六赌博功夫深厚,赌技却也一般,据说根本不靠赌技而全凭运气。他有输有赢,自然也就有痛快淋漓和沮丧不堪。他赢了想赌输了更想赌。无论村人的鄙视亲友的苦劝、警长的训斥以及最难对付的女人的混闹,一当看见赌友的眼色时全部烟飞云开忘记得干干净净。他的正当营生是杀猪卖肉,从农户手里买得生猪然后自宰自销,累计下来至少也有三几万元的收入了,可大都孝敬给赌徒了。他把自个手中的钱赌了输了又把女人的存折搜出来赌了也输了。

女人终于逮住了一回,撕着耳朵把他拖回家里,问今晚输了多少?他态度和蔼满脸堆笑,没输也没赢。女人追问说,去了赌场身上自然装着钱,既然没输没赢那钱也就原数未动就该立马交出来。他依然笑着说他根本没有一块钱只是看看热闹。于是她就扒光他的衣服,搜了里子又搜夹层,果然只搜罗到几张烂糟糟的毛票。她肯定他输光了。打得男人王甲六跑到炕上又钻到桌子底下,她依然不停不饶地追着打着。王甲六的头上脸上隆起一个个鸡蛋似的疙瘩身上横竖交错着红血印子。王甲六实在撑不住招不起猛地拉开门闩往外逃。女人急了赶上两步一家伙砸在他的未跨过门槛的那条腿腕上。王甲六扑通一声栽倒在门外,挨打的那条腿慌急中甩脱了棉鞋,那鞋窝里哗啦啦飞出一张张十块面额的人民币,少说也有七八十张。她顾不得他摔得是死是活赶紧扔下擀面杖捡拾票子。这当儿王甲六已经金蝉脱壳似的逃走了。他并不十分难受,另一只棉鞋里还藏着五六百块,总算保存下来已属万幸。他又赶往赌场里去了。

辘辘子客刚临不惑之年。他的老子是个笑弥陀佛的屠夫杀手,生就一张笑眉笑脸,却成就了一辈子白刀子进去红刀子出来的行当。无论他怎样和善,毕竟是杀生的刀子手,下九流,入不得王氏家族的祠堂。那些吃猪肉喝猪血的族长族子族孙们入得而杀猪的他入不得,他也不曾认真地想过,不准入就不入了。王甲六生就一副俊相,俊俏的腰身俊俏的肩膀,俊俏的眉眼俊俏的脸庞,开口自带三分笑,谁见了都愿拉上几句闲话儿。人说这娃子承继了老屠夫的全部优长而又排除了老屠夫的缺陷,譬如老子的那双水眼泡儿绝无痕迹。老子入不得祠堂而王甲六根本不用顾虑入不入祠堂的问题,祠堂早已改建成龟渡王大队的办公室了。

王甲六长得俊俏而命运不济。他高中刚念了一年却推迟了几年毕业,这其中正好遇着没完没了的"文化大革命"运动。他回到龟渡王村就参加"农业学大寨"运动。他有文化会写又能画常常帮助党团支部搞宣传工作,满村满街的墙壁上都是他写的画的标语口号和图画。他的俊俏眉眼不仅吸引男青年更吸引女青年。他很快成为青年们的领袖,很快取代了已经超龄的团支部书记而成为龟渡王村的重要角色。尽管免不了一些闲言碎语,说入不得祠堂的人的后代居然也在人前吃五喝六,但终因其霉味太重而放不到桌面子上来议。况且年过六旬的党支部王支书特别器重王甲六,明显表示出要把甲六培养成接班人的意向。王支书与刘大队长几十年来貌合神离,谁把谁也搞不掉,谁对谁也服不下,形成这种局面的根本原因在于两人所代表的龟渡王村的两大姓氏。老支书因为比大队长年龄大过十余岁而率先感到了威胁,想在王姓姓氏里培养出一个年轻人来接班,以免大权旁落,王甲六应运而至。刘耀明大队长早已明白这个底里,却不动声色。老支书说要着手培养接班人的工作,他立即表示拥护,而且由他提出培养对象王甲六。

刘耀明既厌恶老支书的狡猾又蔑视他的愚蠢。如果把王甲六安排为一个副书记,那么他就由二分之一变成三分之一了。然而目下从中央到地方都在大喊大叫培养革命接班人,自己根本不能愚蠢地表示抵制;况且王甲六的表现有口皆碑,表示异议同样是愚蠢的。他如果连这点路数都回旋不开岂能与王支书共事到今天?

他早已观察到王甲六和女青年王小妮眉来眼去意意思思。他最初一直不大在意,认为那是年轻人的事而现在却觉得有机可乘。王小妮很活泼很积极很泼辣也很漂亮,是龟渡王村学大寨运动中的"铁姑娘"。她老子王骡子却是个吃生米甚至连谷穗也嚼食的冥顽不化的拗熊,他与王甲六的屠夫老子有旧仇,尽管是解放前为地畔争执早已不复存在况且屠夫已经谢世,而他仍然记着死仇。他早已向女子小妮警告过,除非王甲六当了接班人倚权借势杀了他才能成婚云云。大队长刘耀明把这一切算计得准确无误,然后就找寻一个合适的机会或者说创造那个想要得到预期目的的机会。机会总是有的。

老支书到县上开会去了,会议专题学习中央关于加速培养各级革命接班人的指示精神,会期三天。大队的工作自然由刘耀明主持,大队办公室也自然由他值班睡觉。他第一夜睡在办公室的土炕上,想着三天后王支书回来就会理由更充足地着手王甲六的任职问题的实施了。第二天晚上他照例坐在办公室里翻报纸,满纸都是有关接班人的论述和报道。王甲六来了,和他商量青年突击队加班夜干修水库的问题,而且提出青年们要添置一个新篮球而必须经大队长批准才能开支。他大大赞扬了青年突击队学大寨的热情而且顺手就在申请买篮球的纸头上签了字。他很爽快果断而不像老支书那么啰啰唆唆。他答应了王甲六的要求之后又连连咂舌皱眉。王甲六以为他反悔了忙问究竟。他说他老舅要盖新房是夜夯地基理应去帮忙去庆贺而恰恰不能脱身。王甲六自告奋勇代替他值班。结果是刘耀明披上夹衣上原给老舅父夯地基去了,王甲六睡在大队办公室里值班。

夜半时分。大队办公室里,那个铺着公用被褥的土炕上,王甲六和王小妮正在如愿以偿初试云雨,而且不一而足。春夜里弥漫着春花春草气息的春风从纱窗吹进屋子,两个十分要好十分钟情的青春男女狂热地在那个公用土炕上没完没了地爱抚。他们庆幸得到了一个难得的机会而丝毫不知这是刘耀明设下的陷阱。

后来的事情就完全按刘耀明大队长的准确设计一步一步演进着。王骡子正睡着听见一个陌生的声音在窗外喊:老骡子你狗日还睡! 你女子在办公室炕上……老骡子手提板斧,奔出大门时,后襟被老伴扯断了,光着脚一气奔到昔日的老祠堂现今的大队办公室窗根下,一斧头就劈断了纱窗,吓得两个正在柔情蜜意中的男女魂飞魄散,抱头鼠窜。而老骡子未能跳进窗子就差点气死在窗台上。看热闹的人围来的时候只看见办公室大炕上遗丢着王甲六和王小妮的衣裤鞋袜和擦过排遗物的烂纸……局面像打碎的瓷器一样不可收拾。

当老支书带着自信的微笑走回龟渡王村的时候,他在县上学到的理论以及深思熟虑的决策全部宣告破灭。刘耀明冷静而又谦卑地连连检讨自责,说他失职。王支书只好硬着头皮给自己圆面子,说根本不是失职不失职的问题而是王甲六的自我爆炸。自我爆炸是自林彪死于温都尔汗之后的一个时兴名词。

最惨的是王小妮。有多少个条件优越的求婚者像过眼烟云一样被她拒绝了。现在,王骡子以不顾一切的急躁情绪托亲告友为丢尽了脸面的女儿觅寻落脚之地,不管贫富不论长相瞎子跛子都不在意只要求愈远愈好,而且声言一旦嫁出就不再往来全当女儿死了没那个女儿了。龟渡王村最漂亮最活泼最积极最泼辣的"铁姑娘"终于被嫁到山里去,谁也没见过她的女婿是什么模样,据说不见比见了要好些。

其次是王甲六。他的能写会画不仅不再是一个令人羡慕的优长,而成为令人厌恶的诱人干坏事的手段,他的俊眉俊眼也变成令人恶心的流氓的标志表征。他长过二十五岁又长过二十八岁还没见任何媒婆媒汉为他提亲做媒。他完了。他灰得比龟孙子还灰。他比龟渡王村揪出来的"地富反坏"分子还灰。这原因在于,龟渡王村历史悠久,民风淳厚,仁义之乡也!他在村里实在活得太窝囊了。有一天,刘耀明大队长悄悄给他说了一桩亲事。

那个女人其实跟王小妮的遭遇大同小异。离这儿百余里的田家庄的一个女青年和下乡来帮助搞路线教育的一位干部发生了关系,名声倒了,难得出嫁,亦是托人远嫁。刘耀明当干部眼宽路熟,得到这消息,就想到了王甲六。他觉得对王甲六有一种说不出的负疚,这未尝不是一种心理慰藉。王甲六早已失了婚配选择的基本条件,饥不择食地娶回了那个失过身的女青年,就是现在拿着切面刀满村撵着要剁他手腕的女人。

多年以后,当王甲六搂着这个女人睡觉并且有了儿子又有了女儿的时候,他不止一次地想到刘耀明这个人。这个人令他憎恨得咬牙切齿又令他折服得五体投地。和王小妮的风流韵事酿成的灭顶之灾过后不久,他就知道了刘耀明在其中所做的手脚。恨不得用他爸留下的杀猪尖刀捅了那个刀条脸的家伙,然后再一刀结束了自己,免得一想到可爱的王小妮如今的下落心头刀绞般的痛楚。这个并不令他留恋的龟渡王村之所以还使他留恋,仅仅只是看着老屠夫留下的比他还小的两个妹妹和一个弟弟都未成人。当刘耀明给他又介绍下这个女人的时候,他除了平复仇恨更多地折服刘耀明的为人。天哪!

相比之下,凭他自己的无知和浅浅的涉世能主宰龟渡王村的大权吗？差得太远了！令他安慰的是,刘耀明介绍的这个女人长得虽不及小妮,可也算得女人中的上梢人品,至于婚前跟某下乡干部的勾当根本不必计较,说穿了与自己是殊途同归。平静的生活使他得到满足,这个女人诱人的身体也使他的感情渐渐平复。后来发生的事却使王甲六又一次体味到人生的另一种痛苦和开心。

无论如何,王甲六做梦也想不到刘耀明还会在他的女人身上打主意。在他看来,刘耀明是龟渡王村最厉害的一个人,他的心计和心数儿在龟渡王村可以说空前绝后,老支书根本不是他的对手。可王甲六从来不会想到刘耀明还会搞他婆娘之外的旁的女人。那人的刀条脸上永远没有大喜大怨的时候,那刀条脸永远也看不到谄媚什么人或厌恶什么人,那刀条脸对龟渡王村的男女老少永远是帮你解决一切最困难最琐屑的愁怅事的认真诚恳的态度,你只能完全信赖而不会产生一丝猜忌。

那一年刘耀明承包了大队的砖厂,雇用了一些龟渡王村的男女青年。王甲六一时找不到挣钱的营生,又不愿意下气到刘耀明手下去挣钱。刘耀明大约看出什么而邀请他去当推销员,又请他的女人去做会计和给雇工计工计时。事情就从那时候开始起变化。

那一晚他从西安一家建筑单位回来是偶然的机遇,原先说好不回来因为事情的变化而又回来了。回来了就在砖厂刘耀明的卧室的小窗户外听到了他不想听到的那种动静和声音。他在像老骡子一样砸碎窗框的时候却比老骡子多了一副心计也多了一份节制力。他悄悄离开了。

他离开砖厂就跑起来,奔回家门,没有惊动正在熟睡的孩子和老娘,悄悄摸出老屠夫弃置已久锈迹斑斑的杀猪刀,直奔刘耀明家。他叫开了门而且悄悄告诉那个半老女人说,刘耀明喝醉了,呕吐出血来了,要她去关照男人。他拉着惊慌失措的半老女人走出村子以后,就把尖刀的锈痕斑驳的刃子横在她的鼻尖上,威胁她跟他走绝不许胡拧呲,无论她看到什么听到什么而没有得到他的指示绝不许说话或轻举妄动……他把她像吓傻的猪一样拖到砖厂的窗户下。

她听到了窗户里头床上的令人噎死的淫荡的声音,又看见鼻尖上横着的刀刃,一下子气死过去了。王甲六一刀割断她的腰带,就在窗下的台阶上抹下了她的裤子。她迅即醒转来就再也忍不住了,叫起来喊起来撕扭起来。王甲六死死压着她扬扬得意地说,现在你喊吧你叫吧声音越大越好……

紧锣密鼓似的过了一天,刘耀明在砖厂摆弄下一盘腊羊肉和一盘腊牛肉,两瓶西凤酒,邀请王甲六。王甲六和刘耀明坐在当面,心情竟是从未有过的沉静。他侮辱了刘耀明比刘耀明欺侮了他更使他觉得划算得多。他已经无所顾忌而刘耀明却顾忌甚多。他冷眼瞅着刘耀明掏出来的一厚扎票子迫使刘耀明又缩手装回口袋。刘耀明对他再不是一个可怕的蝙蝠翅膀而不过是一只癞蛤蟆。他解除了多年以来那有形无形的蝙蝠翅膀投射在心里的阴影。他报复了他想报复的一切而酣畅淋漓。他根本不计自己付出的代价因为他的代价早已付出得太多。他第一次觉得和刘耀明坐在对面没有畏怯之感了。

酒后的默契是各行其是和忘却前嫌。刘耀明继续承包砖厂一年比一年挣得多。王甲六把老屠夫杀猪刀上的锈痕磨光擦亮,无师自通地干起了白刀子进去红刀子出来的祖传营生。那个女人经过一番风流二番惊吓之后也收缰拘心,跟着王甲六压猪腿拔猪毛卖猪肉。两个身上和手上都沾着猪毛油腥气息的肉体互相不能嗅觉,倒显出相对的安静和和谐。

王甲六日子好过了,钱多了,老娘突然仙逝,高血压致使一跤而毙命。王甲六大动响器,八挂五的乐人外加一台木偶戏,公社电影队的电影连放三晚,七寸厚的松木棺材是龟渡王村死过的老人中的最高级享受。他的两个妹妹早已出嫁不提。唯一令人惋惜的是弟弟入赘过继到县城跟前一个无男娃的人家里去了,那时候王甲六正背霉正困顿正活得人不人鬼不鬼毫无办法挽留亲爱的同胞弟弟。现在,当他久久地跪在新堆成的母亲的坟堆前,茫然瞅着和新坟并列的荒草萋萋的老屠夫的旧墓堆时,心里忽然幻起一股黄烟,弥漫过头顶又迷蒙了眼睛。他久久处于一种茫然的无知觉状态。

王甲六醒过来时,看见缀满天幕的星星。星际那么浩渺又那么虚幻,离他那么近又那么远,看去什么都清清楚楚又什么都朦朦胧胧……他觉得自己可怜可笑又十分可憎。他觉得刘耀明可憎可笑又十分可怜。

第二天早晨,他从帽子上摘下了孝布扔在炕角里,觉得为母亲守孝白布要戴过百日的仪礼也十分可笑。他没有踏上自行车走村串庄去收买肥猪。他想散心了。他想逛他妈的一逛了。他把千余元现钞塞进腰里就搭乘远郊公共汽车进西安逛去了。其实他在西安只逗留了半天,看见那些穿着时髦新装的年轻男女在大街上勾腰搭背的亲昵动作,忽然想到了小妮!哦!恍若隔世啊仅仅只不过十来年光景。他找到山里去,没有找到王小妮而终于弄清了可爱的小妮的下落,她在新婚之夜就走进了自己的坟墓。他在山里小镇上逛了两三天,竟然绵绵思想与小妮的魂灵陪伴……他再次回到西安城里,进电影院看不完最叫座的时髦电影而提前退场,进豪华餐厅叫来一桌酒菜拨拉不了几筷子又惶然离去……他终于如愿以偿带着一副米黄色骨质麻将回到龟渡王村里来……

王甲六现在给派出所淘厕所。派出所的一切杂事脏活都留给那些被抓进去的倒霉鬼干了。轱辘子客王甲六用铁勺舀挖腥臭不堪的秽物的时候,忽然想到自己四十年来的这许多劣迹,而又无可奈何,正像人总想走一条笔直的路而其实每一步都歪着一样无可奈何。他现在等待县公安局拘捕车来载他进拘留所。警长正忙着办理拘捕他的手续。午后,警长回到所里时突然通知他,尽管他属屡教不改早该收监劳改仍然再给他一次机会,今晚在龟渡王村召开村民大会,让轱辘子客王甲六和那一帮轱辘子客向村民坦白检讨保证。

轱辘子客王甲六却竟然感到小小的意外。

坐乘供销社的运货卡车,王甲六回到龟渡王村昔日的祠堂前多年的大队革委会如今的村民委员会办公室。一进院子再一进屋子,那个土炕依然盘踞在那儿。那个留下他和王小妮半宿风流一生悔恨的土炕啊!

他听见了那个熟悉的昔日曾令他毛骨悚然而今又令他恶心的声音。嘿!刘耀明。刘耀明老了也更老到了,刀条脸上的表情比以往任何时候都更趋成熟了。刘耀明和警长又和乡长安排着今晚的大会议程。刘耀明推托让别人主持会议说自己老了不行了。警长和乡长一致说他是村长不出面主持这样的大会太不像话。刘耀明根本无法推托就勉强接受下来了。王甲六蹲在墙角旮旯里,心里呼呼呼往上蹿火,刘耀明有什么资格主持批评教育我王甲六的大会。他龟孙子给我回话求和还来不及哩!他忽然从地上蹿起来一蹦蹦到警长当面:

"警长乡长乡长警长……我有一句话要说,龟渡王村任何一个安着鼻子安着眼睛的人主持这个大会我都诚心实意作坦白作交代作检讨,只有这个……刘耀明……没资格主持批判我的会……"

警长和乡长一齐瞪起眼睛。

乡长说:"这事你管不着你只顾做检讨!"

警长说:"啥时候了你还不老实!"

轱辘子客王甲六急了也豁出来了:"我宁愿去坐监去劳改,你们现在立即送我去县拘留所,可我绝对不愿再听见刘耀明在我面前说三道四!"

乡长似乎听出什么蹊跷,对警长示一个眼色就做出和蔼耐心状:"你甭急你甭躁你说说到底有什么问题?"

轱辘子客想把刘耀明从根到底连兜子翻一遍，忽然想到自己曾经用锈痕斑驳的杀猪尖刀割断刘耀明婆娘裤腰带的犯法的事，他咬着嘴唇瞪着眼睛半天说不出一句话来。再闷下去就会给乡长和警长造成无理取闹的印象，轱辘子客王甲六脑子一转就改口说："刘耀明倚仗职权承包龟渡王村集体砖厂，承包租金少得跟白占一样，你是乡长你是警长为什么不管他只抓我王甲六赌博？"

　　乡长骤然变色训斥说："刘耀明的问题归刘耀明，砖厂承包合理不合理也不是你一个人说了算，你赌博成性屡教不改至今仍混闹不休看来真是无可救药了……开会开会立即召集村民开会！"

　　警长也厉色道："看来你是不想珍惜我给你的这个最后机会了？"

　　轱辘子客想说什么却说了风马牛不相及的话已经颓然闭起了眼睛，扑通一声跌坐在地上，嘴里嗫嚅咕哝着什么话，谁也听不清，谁也不再想听他胡说什么，只顾忙活召集村民开会。

　　龟渡王村几年来甚为稀罕的村民大会，说定了最终还是由刘耀明主持。

1988 年 2 月 13 日　白鹿园

害　羞

一

轮到王老师卖冰棍儿。

小学校大门口的四方水泥门柱内侧，并排支着两只长凳，白色的冰棍儿箱子架在长凳上，王老师在另一边的门柱下悠悠踱步。他习惯了在讲台上的一边讲课一边踱步，抑扬顿挫的讲授使他的踱步显得自信而又优雅。他现在不是面对男女学生的眼睛而是面对一只装满白糖豆沙冰棍儿的木箱，踱步的姿势怎么也优雅不起来自信不起来。

王老师是位老教师，今年五十九岁明年满六十就可以光荣退休。王老师站了一辈子讲台却没有陪着冰棍箱子站过。他在讲台上连续站三个课时不觉得累，在冰棍儿箱子旁边站了不足半点钟就腰酸腿疼了。他站讲台时从容自若有条不紊心底踏实，他站在冰棍箱子旁边可就觉得心乱意纷左顾右盼拘前谨后了。他不住地在心里嘲笑自己，真是莫名其妙其妙莫名，教了一辈子书眼看该告老还乡了却卖起冰棍儿来了！

临近校门也临近公路的头一排教室是低年级学生，从一边的教室里骤然暴起合读拼音文字的声浪，琅琅的嫩声稚气的童音听起来十分悦耳。听到这声音使人会联想到雨后空谷的草地,青日蓝天上悠悠飘浮的白云;听到这声音使人会化释积郁的心境,变得宽宏仁慈心地和善。每个男女都曾经发出过这样优美这样纯净这样动人的声音,后来永远发不出这样动人这样优美这样纯净的声音了。年岁递增随之使他们的嗓音一律变化了,有的变得粗暴狂放了,有的变得气使颐指了,有的变得深沉忧郁了,有的变得油腔滑调了,有的变得奴性十足酸味十足了。王老师天天都能听到这种嫩声稚气的童音合读或合唱,几十年来的每一天都在这种纯净的声音里滋养。他的面色柔和,纹路和善,明眸皓齿,鹤发银亮,全是稚气童音长期滋润的结果。直到今天轮他卖冰棍儿,王老师就有点惶惶不可终日似的踱起步来。

"王老师好运气!今日轮到你卖冰棍儿天公也凑趣儿!预报37℃,该当发财!"

历史科任老师刘伟正从大门进来,手里捏着几盒烟,穿一件罗筛眼儿背心,两颗男性的黑色乳头隐约可见,脚尖上挑着厚底儿泡沫拖鞋。一副悠然自在的神气,瞧着王老师说话。

王老师嘿嘿嘿笑着,表示领受了慕雅,明知刘伟从外边买烟回来,也明知历史课排不到头一节,还是要搭讪着问:"噢噢!刘老师,你出去买烟了?你这节没课?"问完了立即就意识到全部是废话。

刘伟大约也知道这是废话,可以根本不回答,只顾瞧着他的冰棍箱子,然后摇摇头,咻地笑了:"啊呀我说王老师呀!你把冰棍儿箱子藏在大门柱里头,外边过路人瞅不见,学生又没下课,你的冰棍儿卖给鬼呀?"

王老师说:"没关系没关系。学生下课了就来买哩!"

"把冰棍箱子摆到大门外头,学生下课了卖给学生,学生上课了卖给过路的人,你把箱子摆在大门里头损失太大了。"刘伟瞅着他,端详着,忽儿一笑,"噢呀! 王老师,你是害羞呀?"

王老师一下子红了脸,有点窘迫,却装出根本不是害羞的样子说:"我老脸老皮了还害什么羞!"

"不害羞就好!"刘伟说,"而今可不兴害羞。你要害羞啥事也弄不成。不害羞才能挣钱升官发洋财。凡要成大事发大财者必须先接受一项心理素质训练:排除羞怯。"

王老师已经品出刘伟话里是含沙射影,机锋毕露,这种谈话已经超出他的素有的习惯,就哑了口,不去迎合。他的职能范围是六年级甲班班主任,教授语文课,外兼六乙班语文,扩大到头他的职责只有两个毕业班的一百零三名学生。他搪塞说:"啊呀!刘老师,今日轮我卖冰棍儿,班里的事你多照应一下。"刘伟是他的助手,六甲班的副班主任。

"班里没事,你放心卖你的冰棍儿。"刘伟说,"我倒是担心你的冰棍儿卖不完,化成水,你赚不了钱还得把老本贴进去。我来帮你把箱子挪到大门外首去,躲在门里不行哇!"说着,他把纸烟放到箱盖儿上,腾出手来背起箱子,又招呼王老师挪凳子。王老师一手提一个长凳,挪到大门外头,并排放好。刘伟搁稳箱子,给王老师做起卖冰棍儿的规范动作来:"王老师你瞅着,一只手搭在箱子盖上,这一只手防护住钱袋,钱袋要挂在脖子上。一只脚站着另一只脚歇着,这只脚站累了再换那只脚。眼睛瞅住过往的人,老远就吆唤一声'冰——棍儿——'。弄啥就得像啥,教书你得像个先生,卖冰棍儿就得像个卖冰棍儿的架势……"

王老师被逗笑了:"好好好!刘老师,我多谢你启蒙开导,我会了。"

刘伟滑稽地笑笑,摇摇摆摆走进门去了。

刘伟走了,他还是没有勇气按刘伟示范的架势去做,还是在离冰棍箱子一二米远的路边踱步,却不由得在心里品评起刘伟来了。

三十几岁的刘伟是恢复考试制度头二年考中师范学校的,七八年来在本乡所属的几所小学校转来转去最后算是在本校扎住了脚。他有一颗聪明透顶的脑瓜唯独缺少了一点毅力,他多才多艺学啥会啥结果却是样样精通样样稀松。他教高年级语文嫌其浅显无味教数学又讨厌其枯燥,最终他选择了历史科目主要是可以不负太多的责任,升学考试或本乡统考不考历史他就没有任何压力。他已经放弃了写小说弹电子琴而对围棋兴趣正浓。他的性格有时可爱有时又执拗得不近人情。他走过的学校没有一个领导喜欢他,但事后却说那小伙子其实不错。他读过不少古今中外的野史,对一切人和事都用历史典故来佐证他的看法属天经地义。他不巴结谁也不故意伤害谁,谁要是惹下他他会把中外历史上一切奸党逆臣引来证明你与他们属一丘之貉。领导害怕他又藐视他。他在本校唯一没有犯过交葛的人就是王老师,所以让他做王老师的副手当六甲班副班主任。王老师有时觉得这人正直得可爱聪明得可爱有时候又觉得这人不成景戏!穿那样裸身露肉的衣服满镇子上跑,老师总得注意点仪容仪表嘛!然而他只顾结紧自己的风纪扣而绝不会去指责刘伟的涣散。

一个牵着孩子的女人买了一支冰棍走了,留下一枚五分硬币。王老师接过那五分硬币时手掌里竟有一种异样的感觉,无论如何,第一个买主已经光顾了,冰棍生意开张了。

二

入夏之前,学校买回来一套冰棍儿生产机器,这是春节后开始新学期一直吵吵嚷嚷的结果。开学后,教师们议论最多是春节期间的见闻,见闻中共同强烈的感觉是在本校教书最可怜了。张老师说他弟弟所在的工厂除了发年终奖金还发了过年所需的一切,鸡鱼油菜粉丝黄花木耳猪和牛羊肉以及烹调所需的大料都每人一份发齐了,连卫生纸也发了一大捆。胡老师说他姐所在的公司除了发上述吃食外还发了电热毯电热杯气压热水瓶。大家觉得学校毕竟比不得企业，于是就与本乡的学校横向比较，这个学校办个皮鞋加工厂给每个老师发了一双毛皮鞋价值三十多块，那个学校买了豆芽机卖豆芽老师们分了说不清多少钱，唯独本校什么也给老师发不出……议论从私下发展到公开，终于进入本校校务会议议事日程，冰棍机器买回来了。

原先勤工俭学让学生"学工"的两间房子彻底进行了清除，墙壁刷新了，冰棍机器安装好了。因为一开始就明确是利润性生产，自然不能指靠学生来担承，于是就得雇民工，于是就有几位以至大部分老师向校长成斌申述自己的种种艰难，要求把自己的儿子或闲在农村的妻子招来做冰棍工人。成斌校长的爱人也在农村，春闲无事，他想把身强力壮的中年爱人弄来挣一点收入，面对好多老师的申求而终于没说出口。他对所有申求者都一律说"好好好，统一研究之后再说"。成校长和吴主任研究出一个最公道的办法，让所有申求者抓阄。抓阄的结果自然是抓中的高兴抓空的也对校长没有意见，因为校长自己也抓空了。没有后门。王老师没有参加抓阄，他的三个女儿早已出嫁，一个独生儿子正在交通大学读书，令好多老师羡慕。

冰棍生产顺利而且质量不错，招来了附近村镇一些男女青年趸取冰棍儿。没过几天，几个教师向校长成斌提出建议，咱们生产冰棍却让旁人把钱赚了，倒不如让老师们自己赚。在成校长和吴主任进一步研究的时候，体育教员杨小光已经等待不及勇敢地闯过禁区，率先在冰棍厂趸了一箱冰棍儿，放在操场上的树底下，让学生们在炎炎烈日下打篮球踢足球跳绳翻杠子，然后宣布休息五分钟："每人至少一根冰棍儿，有现钱的交现钱，没现钱的跟同村同学借下，借不下的先欠着后晌来校时带上就是了。"他每天有四五节体育课，销售的冰棍可以赚七八块钱。有人立即向校长成斌反映了杨小光向学生兜售冰棍儿的问题。成校长找杨小光谈话，想不到杨小光比校长更理直气壮:"你生产冰棍儿是不是给人吃的?是不是只许外人吃而不许本校学生吃?你看不见那些小贩趸了冰棍就在学校门口卖给学生?这样热的天学生上体育课热得要命渴得要死,纷纷奔大门口去买冰棍儿,我这体育课还能不能上下去?我为学生服务关心学生健康给学生供应冰棍儿有什么不对?我赚了几个烟钱你就有意见了是不是?你没意见谁有意见叫谁当面给我提出来,让他来教体育课好了!我三伏能热死三九能冻死教体育算是倒八辈子霉了,你们当领导的谁说一句公道话来?"

校长成斌在连珠炮下首先乱了阵脚,立即转了笑脸换了口气对杨小光解释起来,要正确对待群众意见,有则改之无则加勉云云。好像他不是找杨小光谈问题而是做劝慰安抚工作来了。不是成斌校长软弱无能而是杨小光的一技之长教他硬不起来。他已经预感到杨小光接下来就要说出那句半是高傲半是骂人的话来:"此处不养爷自有养爷处。"体育教师奇缺。过去的老体育教师因为上了年纪大都搞了后勤事务,年轻的体育教师多年来连一个也分配不到本乡的学校来。杨小光原也不是体育专业教师,他在本县参加市里的农民运动会上夺了跳高金牌,县体委珍爱这个为本县夺得荣誉的小伙,推荐到本校来做民办体育教师,而且因一技之长优先转为吃皇粮的公办教师,比那些教政治教语文教数学的教师牛皮一百倍。成校长说:"你教体育辛苦这一点我表扬过多次了,问题在于卖冰棍得由学校统一研究。你该晓得一句古话,'天下不患寡而患不均'。你卖冰棍别人要不要卖?所以你不必动肝火而应该心平气和地考虑一下……"

"我根本不考虑,也没法心平气和。"杨小光根本不认账,态度更硬了,"你……干脆给我的申调报告上签个字,让我走好了。你签了字我立马就走。县体委早就要我去哩……"

成斌校长连下台的余地都没有,只好尴尬地摊开手,不知所云地说:"你看你,说到哪儿去了!我说的是卖冰棍的问题,你却扯起调动工作……"

王老师的宿舍与杨小光是一墙之隔,苇席顶棚不隔音响,他全部聆听了成校长和杨小光的谈话。他尚未听完就气得双手哆嗦不得不中止备课。他想象校长成斌大概都要气死了。他想象如果自己是校长就会说"杨小光你想上天你想入地你想去县体委哪怕去奥林匹克运动会,你要去你就快点滚吧!本校哪怕取消体育课也不要你这号缺德的东西!"他想指着那个满头乱发牛皮烘烘不知深浅的家伙呵斥一声,"你这样说话这样做事根本不像个人民教师……"然而他什么也没有说,只是实在听不下去了,走出门来,在操场上转了一圈,又自嘲自笑了,我教了一辈子书,啥时候也没在人前说过两句厉害话,老都老朽了,倒肝火盛起来了,还想训人哩!没这个必要啰!

当晚召开全体教师会,专题研究如何卖冰棍的问题。王老师又吃惊了,没一个人反对杨小光卖冰棍,连校长主任也不是反对的意思,而是要大家讨论怎么卖的问题,既可以使大家都能"赚几个烟钱",又不致出现"不患寡而患不均"的问题。讨论的场面异常活跃,直到子夜一时,终于讨论出一个皆大欢喜的方案来:教师轮流卖冰棍儿。

三

大门离公路不过十米远,载重汽车和手扶拖拉机不断开过去,留下旋起的灰尘和令人心烦的噪响。骑自行车的男女一溜带串驶过去,驶过来,铃儿叮当当响。他低了头或者偏转了头,想招呼行人来买冰棍儿又怕熟人认出自己来。"王老师卖冰棍儿!"不断地有人和他打招呼。打招呼的人认识他而他却一时认不出人家,看去面熟听来耳熟偏偏想不出人家的名字,凭感觉他们都是他的学生,或者是学生的父亲抑或是爷爷。他教过的学生有的已经抱上孙子当了外公了,他教了他们又教他们的儿子甚至他们的孙子。他们匆匆忙忙喊一句"王老师卖冰棍儿"就不见身影了。似乎从话音里听不出讽刺讥笑的意思,也听不出惊奇的意思。王老师卖冰棍其实平平常常,不必大惊小怪。外界人对王老师卖冰棍儿的反应并不强烈,起码不像王老师自己心里想的那么沉重。他开始感到一缕轻松,一丝寂寞。

"王老师卖冰棍儿?"

又一个人打招呼。王老师眯了眼聚了光,还是没有认出来,这人眼睛上扣着一副大坨子墨镜,身上穿一件暗紫色的花格衫子,牛仔裤,屁股下的摩托车虽然停了却还在咚咚咚响着。王老师还是认不出这人是谁。来人从摩托上慢腾腾下来,摘下墨镜,挂在胸前的扣眼上,腰里插着一只手,有点奇怪地问:"王老师你怎么卖起冰棍儿来了?"

王老师看着中年人黑森森的串腮胡须,浓眉下一双深窝子眼睛,好面熟,却想不起名字:"唔!学校搞勤工俭学……"说了愈觉心里别扭了,明明是为了自个赚钱,却不好说出口。

"勤工俭学……也不该让你来卖冰棍儿。这样的年龄了,学校领导真混!"中年人说着,又反来问,"是派给每个老师的任务吗?"

"不是不是。"王老师狠狠心,再不能说谎,让人骂领导,"是老师们自己要卖的。"

中年人张了张嘴,把要说的话或者是要问的问题咽了下去,转而笑笑:"王老师你大概不认识我了,我是何社仓,何家营的。"

"噢噢噢,你是何社仓。"王老师记起来了。他教他的时候,他还是个细条条的小白脸哩,一双睫毛很长的眼睛总是现出羞怯的样子。他的学习和品行都是班里挑梢的,连年评为"三好",而上台领奖时却羞怯得不敢朝台子底下去看。站在面前的中年人的睫毛依然很长,眼睛更深陷了,没有了羞怯,却有一股咄咄逼人的直往人心里钻的力量。他随意问:"社仓你而今做什么工作?"

"我在家办了个鞋厂。"何社仓说,"王老师你不晓得,我把出外工作的机会耽搁了。那年给大学推荐学生,社员推荐了我,支书却把他侄儿报到公社,人家上了大学现在在西安工作哩!当时社员们撺掇我到公社去闹,我鼓足勇气在公社门口转了三匝又回来了。咱自个首先羞得开不了口喀!"

王老师不无诧异:"还有这码事!"

何社仓把话又转到冰棍箱子上来:"王老师,我刚才一看见你卖冰棍儿,心里不知怎么就不自在,凭您老儿这一头白发,怎么能站在学校门口卖冰棍儿呢?失了体统了嘛!这样吧,你这一箱冰棍全卖给我了,我给工人降降温。我去打个电话,让家里来个人把冰棍带回去。你也甭站在学校门口受罪了。"说着,不管王老师分辩,径自走进学校大门打电话去了,旋即又出来,说:"说好了,人马上来。"何社仓蹲下来,掏出印有三个"5"字的香烟。

王老师谢了烟,仍然咕哝着:"你要给工人降温也好,你到学校冰棍厂去趸货,便宜。我还是在这儿慢慢卖。"

"王老师你甭不好意思。"何社仓说,"我在你跟前念书时,老是怕别人笑话自己。而今我练得胆子大了哩!不瞒王老师说,我这鞋厂,要是按我过去那性子一万年也办不起来。我听说原先在俺村下放的那个老吕而今是鞋厂厂长,我找他去了,想办个为他们加工的鞋厂。他答应了。二回我去他又说不好弄了。回来后旁人给我说'那是要货哩!'我咬了咬牙给老吕送了一千块,而且答应鞋厂办起来三七分红,就是说老吕屁事不管只拿钱。三年来我给老吕的钱数你听了能吓得跌一跤!"

王老师噢噢噢地惊叹着。此类事他虽听到不少,仍是由不得惊叹。

"王老师,而今……唉!"何社仓摇摇头,"我而今常常想到你给我们讲的那些做人的道理,人的品行,现在还觉得对对的,没有错。

可是……行不通了!"

王老师心里一沉,说不出话。对对的道理却行不通用不上了。可他现在仍然对他执教的六年级甲班学生进行着那样的道德和品行的教育,这种教育对学生是有益的还是有妨碍?

又一辆摩托车驰来,一个急转弯就拐上了学校门前的水泥路,在何社仓跟前停住。何社仓吩咐说:"把王老师的冰棍儿箱子带走。把冰棍分给大家吃,然后把钱和箱子一起送过来。"

来人是位长得壮实而精悍的青年,对何社仓说的每一句话都要点两下头,一副俯首帖耳唯命是从的神气。他把冰棍箱子抱起来往摩托车的后架上捆绑,连连应着:"厂长你放心,这点小事我还能办差错了?"

何社仓转而对王老师说:"王老师你回去休息,我该进城办事去了。我过几天请你到家里坐坐,我有好多话想跟你说哩!你是个好人,好老师。"

那位带着冰棍箱子的小伙驱车走了。

何社仓重新架上大坨子墨镜,朝西驱车驰去了,留下一股刺鼻的油烟气味。

王老师望望消失了的人和车,竟有点怅然,心里似乎空荡荡的,脑子也有点木了。

四

中午放学以后,王老师卖了半箱冰棍儿。学生们出校门的时候早已摸出五分币,吵吵闹闹围过来。"王老师卖给我一根冰棍儿"的叫声像刚刚出壳的小鸡一样熙攘不休。他忙不迭地收钱付货,弄得应接不暇。往日里放学时他站在校门口,检查出门学生的衣装风纪,歪戴帽儿的,敞着衣服挽着裤脚的,一一被纠正过来,他往往有一种神圣的感觉，自幼培育孩子养成文明的生活习惯是小学教师重大的社会责任。现在，他已经无暇顾及这些了，收钱付货已经搞得他脑子里乱哄哄的，而且从每一个小手里接过硬币时心里总有点不受活，我在挣我的学生的钱！因为心里不专，往往找错钱或付错了货。这时候，他的六甲班班长何小毛跑过来："王老师，你收钱，我取冰棍儿。"王老师忙说："放学了你快回家吃饭吧！"何小毛执意不走，帮他卖起冰棍来。放学后的洪峰很快就要流过去，何小毛突然抓住一个男孩的肩膀，拽到王老师面前："你怎么偷冰棍儿？"

王老师猛然一惊，被抓住的男孩不是他的六甲班的学生，他叫不上名字。男孩强辩说："我交过钱了，交给王老师了。"小毛不松不饶："你根本没交！我看着王老师收谁的钱，我就给谁冰棍儿，你根本没交。王老师，他交了没？"

王老师瞅着那个男孩眼底透出一缕畏怯的羞色，就证明了这男孩交没交钱了。他说："交了。"那男孩的眼里透出一缕亮光，深深地又是慌匆地鞠了一躬，反身跑走了，刚跑上公路，就把冰棍儿扔到路下的荒草丛中去了。何小毛却努嘟起嘴，脸色气得紫红："王老师，他没交钱。"王老师说："我知道没交。"何小毛激烈地问："那你为什么要放走他？你不是说自小要养成诚实的品行吗？你怎么也说谎？"王老师说："是的。有时候……需要宽容别人。你还不懂。"

何小毛怏怏不乐地走了。

杨小光背着冰棍箱子来了，笑嘻嘻地说："王老师，换地方了，该我站前门了。"

王老师点点头，背了箱子进校门去了。回头一看，杨小光把板凳已经挪到公路边上，而且响亮地吆喝起来："冰棍儿——白糖豆沙冰——棍儿——"他才意识到，自己在整整一个上午的时间里，连一声也未吆喝过。他匆匆回到宿舍，放下箱子，肚里空空慌慌却不想进食。他喝了一杯冷茶，躺倒就睡了。

王老师正在恍惚迷离中被人摇醒,睁开眼睛,原来是何小毛站在床前。何小毛急嘟嘟地说:"王老师快起来,同学们都上学来了,趁着没上课正好卖一茬冰棍儿!"王老师听了却有点反感,这么小年纪的学生热衷于冰棍买卖之道,叫人反感。他又不好伤了学生的热情,只好说:"噢……好……我这就去。"

　　何小毛更加来劲:"王老师你要是累了,我去替你卖一会儿,赶上课时你再来。"

　　王老师摇摇头:"你去做课前准备吧!我这就去卖。我不累。"

　　何小毛走到正在脸盆架前洗脸的王老师跟前,说:"王老师,我爸叫我后响回去时再带一箱冰棍儿,你取来,我带走,你又可以多卖一箱。"

　　王老师似乎此时才把何小毛与何社仓联系到一起,他说:"你爸要买就到学校冰棍厂去买好了,又便宜。"

　　何小毛说:"俺爸说要从你手里买,让你多赚钱。"

　　王老师听了皱皱眉,闭了口,心里泛起一股甚为强烈的反感。这个自己执教的六甲班班长热情帮忙的举动恰恰激起的是他反感的情绪,这个年仅十二岁的孩子对于经营以及人际关系的热衷反而使他觉得讨厌,然而他又不忍心挫伤孩子,于是装出若无其事的口气再次劝说:"你去做课前准备吧!"

　　何小毛的热情没有得到发挥,有点扫兴地走出房子去了。临出房子门的时候,何小毛又不甘心地回过头来:"人家体育杨老师已经卖掉三箱了。王老师……你太……"

　　王老师冷冷地说:"你去备课吧!小孩子管这些事干什么?"

　　何小毛走了。王老师背着箱子朝后门口走去。后门口有一排粗大的洋槐树,浓密的叶子罩住了一片阴凉,清爽凉快。王老师坐在石凳上,用手帕儿扇着凉,脑子里却浮着何小毛父子的影像。这何小毛活脱就是多年前的何社仓,细条条的个头,白嫩嫩的脸儿,比一般孩子长得多的睫毛和深一点的眼睛,显得聪慧乖觉而又漂亮。他与他父亲一样聪明,反应迅速,接受能力强,在班里一直挑梢儿,老师们一直看好他将来会有大发展。现在,王老师才明显地感觉到何小毛和他父亲何社仓的显著差异来,他父亲何社仓眼里那种总是害羞的神光在何小毛眼里已经荡然无存了,反倒是有一缕比一般孩子精明也与他的年龄不大合拍的通晓世事的庸俗之气色……

"王老师,给我买冰棍儿!"

四五个小女孩儿已经围在跟前,伸向他的手里捏着钱。王老师中断了思想立即收钱付货。他从后门朝校园里一瞅,一串一溜的男女学生朝后门涌来,他的生意顿时红火起来。骤然升起高温的午休时分,正是冰棍以及冷饮走俏的黄金时间,孩子们趁着课前的自由活动时间来消费一支冰棍儿,是很惬意的。王老师忙不迭地收钱付货,头上脸上冒出豆大的汗珠来,也顾不得擦擦,眼看一箱冰棍儿就要卖完了。

"王老师生意好红火!"

王老师仰起汗津津的脸,看见杨小光站在一边,体育教员结实柔韧的身体有一种天然美感,然而王老师听着那话里带有一股馊味儿,透过那眼里强装的笑容,王老师看到了底蕴的敌意。他无法猜测其来意,只是应答说:"唔!这会儿天气热,孩子们……"

杨小光却神秘地眨眨眼:"王老师,我引你看场西洋景儿——"说着就来拉王老师的手。

王老师莫名其妙:"有什么好看的!别开玩笑。"

杨小光执意拉住他的手:"你去看看就明白了,可有趣儿了!"

王老师已不能拒绝,那双体育教师的有劲的胳膊拉着拽着他,朝校园里走去。

当王老师站在一个教室窗外,看到教室里的一幕时,几乎气得羞得昏厥过去——

五

三年级丙班教室里的讲台上,站着六年级甲班班长何小毛,正在给三年级小学生做动员:"同学们要买冰棍儿快到后门去!后门那儿是我们班主任王老师卖冰棍儿。王老师有教学经验,年年都带毕业班,你们将来上六年级还是王老师给你们当班主任,教语文。现在王老师卖冰棍儿,大家都帮帮忙,行行好,让王老师多卖冰棍儿多赚钱……"

王老师吃惊地瞅着何小毛,眼前忽然一黑,几乎栽倒,这个学生的拙劣表演使他陷入一种卑污的境地。杨小光现在变了脸,露出本色本意:"王老师,你要是有兴趣,到各班教室都去看看,你们六甲班的班干部现在都给你当推销员广告员了……"

王老师手打哆嗦,嘴里说不清话:"杨老师……我不知……这些娃娃……竟这样……"

杨小光撇撇嘴:"王老师,我可想不到你有这一手哩!往日里我很尊敬你,你德高望重,修养高雅,想不到你竟是个……巧伪人!"

王老师立时煞白了脸,说不出话来。这时候何小毛已经跑出来,站在两个老师面前,毫不胆怯地说:"我当推销员有什么不好不对?你上体育课硬把冰棍摊派给我们,一人一根不吃不行。你昨日上体育给同学们说今日轮你卖冰棍儿,要大家都一律买你的……"王老师听着就扬起了手,"啪"的一声响,打了何小毛一记耳光。何小毛冤枉委屈地瞪他一眼,捂着脸跑了。

杨小光愈加恼怒,大声吵嚷起来:"太虚伪了嘛!王老师!学校开会讨论卖冰棍问题时,你说教师卖冰棍影响不好啦!不能向钱看啦!我以为你真是品格高尚哩!想不到你比我更爱钱,而且不择手段,发动学生搞阴谋活动……"

王老师看见已经有不少学生和教师围观,窘迫地张口结舌,有口难辩,恨不得一头碰到砖墙上去。杨小光更加得意地向围观的学生和教师羞辱他:"我杨小光爱钱,可我赚钱光明正大。我心里想赚钱嘴里就说想赚钱,不像有些人心里想赚钱嘴里可说的是这影响不好那影响不佳,虚——伪!"

王老师再也支持不住,从人窝里出来,干脆回屋子里去。历史课教师刘伟一手摇着竹扇,脚尖上仍然挑着拖鞋走过来,挡住王老师不让他退场,然后懒洋洋仰起脸对杨小光说:"杨小光你骂谁哩?六甲班的学生干部是我组织起来行动起来的,你有什么意见朝我提好了。"

杨小光忽然一愣:"我……关你什么事?"

"我说过了是我组织六甲班干部动员学生买王老师的冰棍儿。"刘伟说,"你骂错了人,先向被你错骂的王老师赔礼道歉。然后你再来骂我。"

杨小光反而被制住了。

刘伟不紧不慢地重复:"你先向王老师道歉,然后再跟我说你有什么想不通的!"

杨小光终于从突然的打击里恢复过来:"你刘伟甭充什么硬汉!谁使的花招谁做的手脚我完全清楚,你甭在这儿胡搅和……"

刘伟眼睛一翻也上了硬的:"我是不是充得上硬汉搁一边儿。我倒是真想搅和搅和。你杨小光牛什么?不就是蹦了一下得了一块没有金子的金牌才混上个体育教师!你整日里骂这个训那个你凭什么要厉害?领导怕你我也怕你不成?"

杨小光被讽刺嘲笑得急了,拳头自然就攥紧了,朝刘伟走过去:"就这我还不想当这破教师哩!你不怕我我什么时候怕过你?甭说这小小学校即就是本县我还没怕过谁哩!"

校长成斌正在睡午觉,最后被叫醒来到现场,先拉走了刘伟,再推走了杨小光,学生和教师们也各自散了。成斌只是嘟哝着:"刘老师快回房子里去,让学生围观像什么话!杨老师快去大门口卖你的冰棍儿,在学生面前吵架总是影响不好嘛!再有理也不该在学生场合吵嘛!"

王老师早在成斌到来之前已经逃回房子。

王老师坐在办公桌前,脑子里乱成一窝麻,那总是梳理得很好的银白头发有点散乱了。他没有料到卖冰棍儿会卖出这种不堪收拾的局面。他想到校务会讨论卖冰棍儿时自己说过影响不好的话,但没有坚持而放弃了,他随着教师们一样参加了轮流卖冰棍儿。他怕别的教师骂他不合群、清高、僵化,都什么时候了还拉不下面子……明年满六十本可以光荣退休了,最后一个毕业班毕业了他就该告老还乡了,临走却被一个年轻的体育教师骂成"巧伪人"!他已灰心至极,再三思虑,终于拔笔摊纸写下了"退休申请"几个字,心里铁定:提早退休!

放晚学的自由活动时间,校长成斌来了。成斌说问题全部调查清楚,何小毛和六甲班学生干部到各班动员学生买王老师冰棍儿的举动,完全属于何小毛的个人行为,既不是王老师策划的,也不是刘伟策划的。所以杨小光辱骂王老师是错误的。如果仅仅是这件事就简单极了,由杨小光向王老师赔礼道歉。问题复杂在王老师失手打了何小毛一个耳光,打骂体罚学生是绝对不允许的。成斌说他和吴主任研究过了,做出两条决定,王老师向被打学生家长赔情,争取何小毛的乡村企业家的父亲的谅解,然后再在本校教师会上检讨一下。如果上级不查则罢,要是查问起来,咱们也好交代,王老师也好解脱了。为此,成斌征求王老师的意见。

王老师把抽屉拉了两次又关上,终于没有把"申请退休"的报告呈给成斌校长,担心会造成要挟的错觉。对于成校长研究下的两条措施,他都接受了,而且说:"你和吴主任处理及时,本来我自己打算今晚去何小毛家,向家长赔情哩!"

六

　　成斌校长不放心,执意要陪着王老师一起去何小毛家,向那位在本乡颇具影响的企业家赔情,听说那人财大气粗,一个老夫子样儿的王老师单人去了下不来台怎么办？刘伟也执意要去,理由是与自己有关,六甲班他任副班主任,责无旁贷,另外也怀着为王老师当保镖的义勇之气。王老师再三说不必去那么多人,何小毛的父亲何社仓其实还是他的学生,难道会打他骂他不成！结果仍然是三个人一起去了。

　　这是乡村里依然并不常见的大庄户院。一家占了普通农家按规定划拨的三倍大的庄基,盖起了一座二层楼房,院子里停着一辆客货两用小汽车,散发着一股汽油味儿,院里堆积的杂物和废物已不具一般庄稼院的色彩,全是些废旧轮胎,汽油桶子,大堆的块煤以及裁剪无用的各色布头堆在墙角。何社仓闻声迎出来,大声喧哗着"欢迎欢迎"的话,把三位老师引进底层东头套间会客室,质地不错的沙发,已经适应时令的变化铺上了编织的透风垫子,落地扇呜呜呜转着。何社仓打开冷藏柜,取出几瓶汽水,揭了盖儿,送给三位老师一人一瓶。

　　成斌校长摇着瓶子没有喝,刚开口说了句"何厂长我们来……"就被何社仓挥手打断了,何社仓豪气爽朗："成校长、王老师、刘老师,你们来不说我也知道为啥事。此事不提了,我已经知道了。我那个小毛不是东西。我刚刚训过他。咱们'只叙友情,不谈其他'。"他最后恰当不恰当地引用了《红灯记》里鸠山的一句台词,随后就吩咐刚刚走进门来的女人说："咱们小毛的老师也是我的老师,难得遇合,你弄几样菜,我跟我老师喝一点。"女人大约不放心孩子的事,只是开不了口,转身走出去了。

成校长企图再次引入道歉的话题,何社仓反而有点烦:"总是小毛不是东西。这小子太胆大,宠得什么事也敢做什么话也敢说。我像他那么大的时候,胆小得很,一到人多的地方就吓得像个小老鼠,一见生人就害羞——王老师一概尽知。这小子根本不知道害怕害羞……咱们不提他了,好好……"

王老师愈觉心里憋得慌,终于把自己要说的话说出来:"社仓,我打了小毛一个耳光,我来……"

何社仓腾地红了脸:"王老师,打了就打了嘛!我也常是赏他耳光吃。这孩子令人讨厌我知道。我在你的班上念了两年书,你可是没有重气呵过我……好了好了不提此事了。大家要么去参观参观我的鞋厂。"

何社仓领着三位教师去一楼的生产车间参观,房子里安着一排排专用缝纫机,轧制鞋帮,另一间屋子里是裁剪鞋帮的。夜班已经开始,雇来的农村姑娘一人一台机子,专心地轧着鞋帮头也不抬。

何小毛的母亲已弄好了菜,何社仓把三位老师重新领进会客室里,斟了酒,全是五星牌啤酒,而且再三说叨谦让的话,青岛牌啤酒刚刚喝完。然后把筷子一一送到三位老师手里,敦促他们吃呀喝呀。

王老师喝了两杯啤酒,不大会儿就红了脸,头也晕了,脚也轻了,他今天只是吃了一顿早餐,空荡荡的肚子经不住优质名牌啤酒的刺激,有点失控了。

何社仓大杯大杯饮着酒,发着慨叹:"我只有跟三位老师喝酒心里是坦诚的,哎哎哎!"

刘伟听不出其中的隐意,傻愣愣眨着眼。

何社仓说:"王老师,我现在有时还梦见在你跟前念书的情景……怪不怪?多少年了还是梦见!我小时候那么怕羞!我而今不怕羞了胆子大了。我那个小子小毛根本不知道害怕害羞!我倒是觉得小孩子害点羞更可爱……"

王老师似乎被电火花击中，猛地饮干杯中黄澄澄的啤酒，扔下筷子，大声响应附和着说："对对对！何社仓，小孩子有点害羞更可爱！我讨厌小小年纪变得油头滑脑的小油条。"说着竟站了起来，左手拍了校长成斌一巴掌，右手在刘伟肩上重重拍了一下，然后瞅瞅这个，又瞅瞅那个，忽然鼻子一抽，两行老泪潸然而下，伸出哆哆嗦嗦的手，像是发表演说一样："其实何止小孩子！难道在我，在你们，在我们学校，在我们整个社会生活里，不是应该保存一点可爱的害羞心理吗？"

　　三个人都有点愣，怀疑王老师可能醉了。

1988年6月27日　白鹿园

两个朋友

一

王育才和媳妇秋蝉的离婚案还在民事法庭赵法官的卷宗里悬着。这场旷日持久的案件连头带尾已经持续了五个年头。王育才和秋蝉以及双方的亲戚朋友都被这场官司拖得精疲力竭身心交瘁却又欲罢不能。

五年里王育才三次起诉,三次均被赵法官判为不予离婚。按照民事法庭现行的规矩,一经裁决为不予离婚后要再次起诉,必须有新的理由而且要在半年之后。理由总是可以找到的,唯有时间无法通融,再难熬也得熬过半年六个月一百八十多个日日夜夜。民事法庭还规定,离婚双方或一方如果不服判决进而提起上诉又被上级法院驳回维持原判,那么要再起诉除了更充分的理由之外,时间的规定要在一年之后。王育才第二次起诉就发生了这种情况,硬硬地熬了整整一年才得以第三次向民事法庭重提旧案。现在,他已经做好了第四次起诉的一切准备,主要当然是状子,另外花在排除亲戚朋友苦口婆心劝解上头的力气也比上三次更多。

王育才挟着装有离婚申诉的黑色皮包走进桑树镇民事法庭的小院时,正好碰见急匆匆去上厕所的赵法官。赵法官只是减慢了脚步而并不驻足说:"老主顾又来了。"王育才苦笑一下说:"我不来过不成日子。"随之装出大不咧咧的样子说:"你要是烦了,干脆给我判个离婚算尿了,我也就再不麻缠你了。"赵法官已经走到小院墙角的厕所门口,一只手下意识地去解裤扣,回过头来笑笑:"不烦不烦我不烦。我吃的就是这碗麻烦饭嘛!你才起诉了四回这不算个啥,经我手判的一个离婚案男方起诉了十一回,前后经过十七年。你这四五回只是一般纪录。"

王育才听了就哑了口,像是中了一位法咒无边的禅师点来的定身法,立在那儿僵住了手脚。

二

秋蝉用独轮小推车刚刚拉回一车苞谷秆子,满脸淌着汗,解开捆绑的皮绳,再把干透的苞谷秆子垒堆在场院里。邻居一位抱着奶娃的小媳妇半裸着胸脯,一边给孩子喂奶一边说:"嫂子你而今还拉那苞谷秆子做啥?我要是你连麦子都不种了。"秋蝉笑笑,继续卸下车上的苞谷秆子。这种话她已经听得太多不屑解释。她去鸡场买小鸡,女人们甚或男人们见了也说:"秋蝉你今还买那些毛草子货做啥?"她去卖鸡蛋,人见了又说:"秋蝉你而今咋还卖鸡蛋?你该吃鸡蛋才对哩!"她干啥人都说她不该干啥;应该吃好的,应该睡,应该逛,应该好吃好睡好逛好好享福。这其中不言自明的原因是她的男人而今挣了大钱了,钱多得乡党邻里无法猜清估准其数目,总而言之多得很。秋蝉何苦还要一篮一篮卖鸡蛋一车一车拉苞谷秆子呢?秋蝉虽然最清楚自己究竟存下多少货,绝对不像人们纷传得那么厉害,倒是确也攒下了万儿八千的存款。无论如何,她在感到虚名徒有的压力的同时也感到许多被人羡慕的愉悦。截至现在,她还不曾打算好吃好睡好逛。她继续精心养鸡继续咬紧牙关卖鸡蛋,继续拉苞谷秆子当柴烧既节省了买煤的开支又烧热了火炕。育才给她买下电褥子她锁在箱子里不用。对人说是怕触电怕睡不踏实。其实是怕花了电费。电费公家收二毛二，本村电管员收三毛五。电管员私抬电费而且理直气壮："而今小至一根针大至彩电哪一样价钱没翻几个筋斗？要说没涨价只剩下良心反倒掉价了。我管电电不涨价难道叫我喝风吃屁不成？"秋蝉就憋足劲儿拉苞谷秆子，省了煤又省了电，你涨得再贵总不抵我不用不买。

车上还剩下一抱苞谷秆子没有卸下来，她的大儿子小强骑着自行车放学回来，把一只黄皮信封塞到她手里。她看看落款竟是"桑树镇民事法庭"几个红字就不由蹙紧了眉头，一道不祥的阴影立即弥漫过心头，她撕拆信封的手指紧张得发抖。信瓤是一页铅印的传讯通知，要她后日到桑树镇法庭过堂，她的男人王育才提出要和她离婚，已经申诉到桑树镇民事法庭了。

说是晴天霹雳一点也不过分。秋蝉看罢传讯通知，眼前一黑险乎栽倒，一股恶心的浊气从腹腔蹿起冲到喉咙口就堵在那里。她的儿子小强一手扶住车子一手搀住母亲，吓得惊叫起来。那个给娃子喂奶的小媳妇跑过来，一边搀扶她一边瞅着掉在地上的信皮和信瓤儿，再也不说嫂子不该拉苞谷秆子的玩笑话了。秋蝉已经没有力气卸下小推车上最后一抱苞谷秆子，强挣着走回家去，扑倒在炕上就号啕起来。她感到羞辱又感到委屈。她没有丝毫的精神准备，无法承受这晴天霹雳般的打击。她被最不幸的家庭灾难一下就击昏了。她现在根本无法理清这突发的灾难的来龙去脉只觉得自己活到了尽头，照耀她的九十九个太阳和九十九个月亮全都在一瞬间熄灭了，眼前是永不复明的黑夜。她的脑子里一片昏天黑地一片混沌。她的胸腔里骤然聚满了恶气又排泄不出，整得她几次哭得闭气，亏得隔壁邻里的女人们用针尖戳她冰凉的手指扎她冒着冷汗的鼻根，她才还过阳气来。一霎时间，这个令人羡慕的家庭的里屋和庭院，就弥漫起混乱和破败的灰暗气氛。

阿公和阿婆是在天麻麻黑的时候走进儿媳的小院的。老两口后响上磨麦子,轰隆作响的磨面机房里没有闲人来传递消息。当阿公头发和衣服上扑着一层白茸茸的面粉推着面袋走回家时,立即就有好心的乡邻向他通报了儿媳秋蝉家里发生的变故,老汉顾不得掸去面粉就跑来了,女人颠着一双稀世的小脚也急火火赶来。阿婆倒是有主意:"甭哭!秋蝉。他想离婚就离了?这事全由他了?他想离婚得先埋葬了我!过堂时你甭去叫我去,让他跟我说这婚咋个离法儿……"阿公坐在椅子上吸着烟,不劝也不叹。女人们纷纷离去后,阿公才说:"你先甭慌,事情嘛总有个了了。明日我去把他叫回来,叫他先跟我说个张王李赵。"说到这儿,老汉才忽然想到,儿子育才住在什么地方自己根本不知道。他问儿媳,秋蝉也不知道。他的儿子在西安发了大财,他们却从来也没有被儿子邀去做客,临到有了急事需要找他时却弄不清儿子的单位和地址。这一瞬间婆媳和阿公三人几乎同时想到一个人——王益民。王益民是儿子育才的好朋友,育才的情况他知道得比做父母和妻子的要多得多。于是翁婆媳三人立即统一了举措:立即去找王益民。

王益民是本村小学校教导主任,晚上宿在学校里,王子杰老汉找到家里又找到学校,堵在心里的火气就再也无法忍住不发了:"益民呀!你看育才这狗日的咋么就生出六指儿来了?好端端的安宁日子一下就给搅得云天雾障!你明日领我去寻他,我只说一句话叫他先杀了我再去离婚。法院传票后日过堂只有明日一天时间了,益民你无论咋说也得抽空请假领我去寻那个狗日的东西……"王益民也很震惊,只是远远不及子杰老汉那么强烈罢了。他其实早有预感或者说精神准备,今天发生的事实不过是对于以前的某种预感的证实而已。然而他还是自然地表现出一种震惊。他首先安慰盛怒不息的老伯,然后立即答应明天去找育才,无论育才干什么忙事紧事都非得拉他回来见父亲说清道明;再下来就劝老伯不要亲自去,一旦说得不好育才拉起硬弓不回家反而更糟……子杰老汉完全信任地听取了益民冷静入理的劝告,把至关重要的切肤切心的事交给益民去办理。

三

王益民第二天一早就出了校门。他做好了找人的准备所以骑自行车不乘公共汽车进城。初冬的田野已显示出冬天的肃杀和冷峻。一切变故的根源也许是从育才离开学校开始发生的。育才被一位高中同学拉去搞什么公司,他给乡政府写了停薪留职报告就去老同学兴办的一家公司做了会计。那年寒假,王育才半夜来敲他的门,说妻妹来了屋里住不开,要他学校办公室的钥匙。第二天他到学校去找他闲聊却已不见踪迹,钥匙也未留下来。他又找到育才家里,秋蝉睁大眼睛说不仅没有妹子来家更没有见育才的影子。王益民开始心生疑窦。他想见不着育才得不到钥匙又轮着他护校日子,于是就砸了锁子进了门。他看见满地都是带把儿的烟蒂以及糖纸糕点盒子和饮料罐子;揉皱的床单上有一坨污痕,那是男人的排遗物令人一见就恶心顿起;从地上尚未干涸的一堆痰迹判断,王育才昨晚还睡在这里。于是,他就完全肯定育才借他的房子干什么勾当了。直到这个春节王育才回到龟渡王村把钥匙交给他的时候,他不无生气地揶揄老同学说:"这把钥匙留给你作纪念吧!锁子已经砸了扔了还要钥匙干什么?"王育才连连道歉,说他忘了交还钥匙,万万料想不到第二天就乘飞机去广州出了急差。王益民想戳穿这个急就的谎话却又碍于面子上拉不下来,只好以明白装糊涂听他大谈特谈广州的新潮新景儿。春节后新学期开始,一位老教师向王益民彻底揭开了发生在他的办公室里的秘密——

那天晚上轮着我和小刘老师护校。王主任你知道俺俩是老对手,下棋下到三点还落马不下来,我想拉屎就急匆匆往厕所跑。从厕所出来经过你的办公室门口时,我听见里面有打鼾声心里就奇了,王主任你啥时候悄没声儿睡到里头的?回到房子跟小刘老师一说,小刘老师说王主任也是个棋迷咋能不来观战悄悄就睡了呢?他拉着我去看个究竟,在门口窗根下听了半晌又听出一个女人睡梦中的一声呻唤。我吓得跑了,心想,王主任怎么跟老婆放着热炕不睡跑到学校来过夜?小刘老师又跑过来对我说,肯定不是王主任。咱们必须弄清楚谁睡在里头,这是护校的责任。于是,我俩敲响了门板。好久才应了声。好久都没拉电灯。灯亮门开之后,万万想不到是王育才老师和一个女的。那女人你猜是谁?是吕红。我已经羞得难以和王育才老师说话。王育才老师到底是熟人,有点尴尬,可人家而今到底经见了大世面,比不得咱们这些四堵墙里圈定的"小教儿"孤陋寡闻,不开化,一会儿就没事人一样掏出把纸烟来让俺俩抽,大谈神谈他出门不是飞机就是软卧,一桌饭吃掉两千多块把老广都镇住了。俺俩穷"小教儿"倒给他吹得忘了自己干什么来了……

王益民先是叮嘱白发已现的老教师后来又叮嘱小刘老师到此为止,再不要扩大宣扬。他随之就为自己调换了办公房子。他在那间房子里莫名其妙地瞅着那天发现痰迹的地方出神,瞅着自己床单上那已经洗得绝无痕迹的地方,心里仍止不住恶心。他换了房子。他把那件床单撕成布条扎了拖把。他把被子洗了烫了仍觉得心里毛森森的,于是破费买了一条被罩把被子罩起来。自从老教师彻底揭开这桩秘事一直到他完成那一系列净化工作,心里总是叽咕着一句话:这人怎么就没羞了呢?

王益民和王育才自幼交好,从小学一直念到初中毕业,王益民被保送到师范学校而王育才考取了高中。王益民曾经后悔自己上了师范只能去教小学而失去了争取高等教育的机会,后来的生活演变却使他庆幸不已,"文革"后他被分回本乡小学有工资有商品粮,王育才返乡回家当了农民。王育才的父亲解放前当过两年保长列入专政对象,自然成了村子里最倒霉的青年。为王益民说媒提亲的人踏细了门槛,王育才家却门可罗雀无人光顾,直到王益民喜添贵子而王育才依然孑然一身。

王益民每每看见王育才低头耷脑的样子心里就十分难受。他越来越明确地意识到,如果他再不给他帮忙想办法,王育才一辈子就完蛋了。适逢王益民被提拔为教务主任有了说话的身份也有了说话的机会,他便大胆地向公社举荐王育才到自己的学校来当民办教师。公社竟然同意了。当他把这个喜讯告知王育才时,王育才却连连摇手说自己根本不适宜做老师。

看来不是谦虚,也不完全是背着保长父亲的政治压力,主要障碍来自王育才的内向性格。王育才怕羞。这个人已经长到二十大几仍然羞羞怯怯。他从来不在任何人面前抢说一句话。几个人围在一起闲谈,他总是悄悄默默站在外围或坐在人背后静静地听着,笑也是羞怯怯的样子。像他那样羞怯的神气别说男子汉很少有,在造反精神激励下的女学生女青年也无法与他相比。他的羞怯不是强装的而是真实的,课堂上猛乍被老师点名回答问题,他未站起先兀自脸红了,脸一红眼里就潮起一缕羞怯的雾气,说话也就磕磕巴巴了。从小学启蒙一直到高中毕业的漫长的读书生活中,他从一个纤细的少年变成了一个体魄强健的男子汉自然发生了许多重大变化,唯其害羞的样子有增无减。他在整个高中阶段的学习是他认识自己的重要阶段。他的数学和理化科目总是列全年级的前茅,他对这些学科的兴味愈来愈浓。他相信自己肯定会进入名牌大学。即使这样,他在被老师表扬被同学欣羡以至嫉妒时,仍然羞羞怯怯地抬不起头来。相比之下,那些学得好同时也骄傲到蛮横的学生与他就形成了截然不同的对比,同学和老师更喜欢他爱戴他亲近他,觉得王育才那根深蒂固的羞怯里蕴藏着迷人的色彩。

王益民和王育才自小玩耍长大,村子背后的山坡和村子前面的河川处处留着他们相依相伴的足迹。他们春天背着草笼提着草镰到坡沟到河岸去割青草,冬天里像大人们一样腰缠绳索肩扛镢头到山坡上去挖柴火。他们夏天在刺丛中搜捕绿色的蝈蝈秋天又兴味更足地逮捉蛐蛐,为此几乎踏平了山坡上的每一丛刺棵翻遍了村子里的每一堆砖石瓦砾。他们背着母亲多掺了白面的馍馍第一次走出偏僻的小村龟渡王村到桑树镇读中学的时候,几乎同时第一次意识到了友谊而且产生了继续加深这种友谊的要求。他们之间可以说完全平等完全信赖。他们能玩在一块说在一搭而不是其他。他们一个是一个的影子,一个是一个的寄托,他们之间如果有一个是异性,那么他们就完全可能是龟渡王村的梁祝而且会有一个最完美最浪漫的结局。王益民的母亲曾经对王育才的妈妈说过:"他俩要是有一个生来时少带一件行李就好了。"他们俩谁也不明白那行李的真实含义,及至后来知道了其中的意味的时候,连王益民都有点羞了,王育才更是羞得连脖子都红了。

王益民曾经不止一次有意无意地思索过王育才的羞怯。育才的母亲敦厚朴实并不多见羞怯。他的父亲解放前当过两年保长,解放后自然就成了黑斑头儿。王益民对保长大叔解放前一无记忆也一无印象,打有记忆起就只记得保长大叔那张讨好巴结的笑脸。他曾经十分讨厌那张笑脸,小孩子的王益民也能觉察到那笑脸里十有九分都是虚假的强装的,只有那脸上的笑容收敛散尽的时候才现出一分真实来。印象太深了,那令人讨厌的笑脸,这位体格雄壮的中年汉子见到任何人都是柔声细气讨好巴结的口吻和神色,哪怕不是龟渡王的干部而是一位红边烂眼的麻糊婆媳甚至是一个不懂饭香屁臭的小孩,他见了都会堆出一脸笑来,老远就与人打招呼,一天到晚都关心别人的生活起居似的问人家"吃了吗?"那笑容好像孙悟空的金箍棒装在耳朵里随时都能顺手扯出来布满整个眉眼和嘴脸。可是在他们家里,保长大叔对他的妻子儿女却非但不见笑颜,从早到晚从春到冬永远是一副冷冰冰的严厉的脸孔,一家人悄悄默默地做事,悄悄默默地吃饭,悄悄默默地睡觉。很少有什么人到这个终年弥漫着肃穆冷清气氛的小院来串门。孩子们说话声高了,保长大叔就会冷冷地呵斥一声"张狂啥哩?"孩子们全都惊慌地缩了脖子哑了声息。王益民很不习惯这种压抑的家庭气氛,总是站在王育才家院墙外学几声狗叫或鸟鸣,把育才勾引出来,那是他们约定的暗号。暗号不得不时常变换,防止保长大叔识出破绽来。

记得王育才被他推荐来学校上第一节课的时候,这个老三届誉满全校的高才生面对几十个刚刚进入戴帽中学班的乡村孩子,竟然比学生紧张十倍,满脸臊红地站在讲台上,两只手不知该放在讲桌上还是该贴紧裤缝,头上的汗粒由小聚大,纷纷滚落下来。他的羞怯和紧张被学校师生们传为笑话,校长不无担心地对王益民说:"王主任,你推荐来的人纵然有一肚子蝴蝶,可飞不出来也是枉然!"王益民信心很足:"没关系。疏通了堵塞喉咙的障碍,蝴蝶自然就飞出来了。关键的问题是,我们明知他肚子里有蝴蝶,总比那些满肚子稻草甚至连稻草也没吃下多少的人靠得住。"校长再不坚持什么。王育才由紧张到不大紧张再到完全不紧张,他的满腹经纶满肚子的蝴蝶就随心所欲恣意舞蹈,成为小学校戴帽中学班里的权威教师。许多只能教小学而硬着头皮提到中学班任教的教师,常常是先由王育才那里趸下货第二天再到课堂上热蒸现卖。王育才的人品极好,他很少是非,只埋头于备课授课,逢有劳动他也积极踏实,甚得领导师生的尊重。王益民也因此而放心。

大约不到一年时间,王育才陷入了初恋的情网。女方是一位刚刚从师范学校毕业的年轻姑娘,一分配到龟渡王村学校就安排到中学班任教。如果这位姑娘稍少一点虚荣心不要到中学班而是到小学班任教,那么后来的事情就不会发生,至少可以推迟发生。姑娘叫吕红,初中一年级尚未读完就发生了"文化大革命",后来从乡村推荐到师范读了两年书其实有一年多的时间都是搞革命大批判,切实说仍然是初一水平充其量不会超过初二,如今要给初中班任教自然不可避免洋相百出破绽百出。她就去找王育才请教,先趸来再卖出去。王育才待人极平和,从来恪守待同志一视同仁,从来恪守不参与校内派系斗争的生活原则,更不会挑肥拣瘦瞅红蔑黑,他给吕红辅导讲解就像对其他老师一样耐心认真而绝不显示自己的能耐气儿。时日一长,吕红随着知识的增长感情也开始膨胀,为了报答他为自己补习而花费的时间,几乎本能地甘心情愿地代他洗扔在床下的脏衣服,她从家里来时带点好吃的东西也往往首先想到应该送给王育才。除了补习之外她和他开始谈一些无关教学的事甚至笑话,她待在王育才房子的时间越来越多,一当有空儿就想往那个房子跑。王育才虽然害羞但不是木头,他已远远超过晚婚年龄对男女之情更灼热却也更冷静。有一天晚上,吕红买了两斤月饼送到王育才屋子,说明晚是中秋之夜她提前向他谢恩。王育才一下子急了连连摇头说:"这算干什么?我怎敢图老师们的报答呢?革命同志互相学习互相提高,怎么能送月饼呢?"说着就把吕红往门外推。在即将推出门的一瞬,吕红忽然一扑跑进来,一下子抱住王育才的脖子就止不住哭起来了。王育才呆呆地垂着手,脖子被吕红搂得喘不过气,却没有勇气举起自己的双手拥抱对方。

　　这之后俩人就进入热恋。吕红的红红的丰腴的面颊和他的已现青色的腮帮久久厮磨,难分难解。这桩甚为美满的婚事却被吕红的父亲给彻底破坏了。吕红的父亲是村党支书,已经听到一些风言,就找女儿吕红正儿八经训导:"爸是支书你相信不会给你搞封建婚姻。你自由恋爱爸坚决支持。你选下个王育才爸也觉得那小伙子不错。可是王育才他老子是伪保长专政对象。你已经是共产党员,王育才连个团员也没当过。你已经是公办教师王育才是个民办,他老子要不是伪保长还有转为公办的希望。你跟育才结了婚以后咋办？将来有了孩子也就沾上了黑斑，爷爷是伪保长你看看还能有什么出息？婚姻是一辈子的事，你自个冷静想想去。"

吕红陷入了痛苦而终于做出了与父亲一致的选择。王育才很快由痛苦转变为懊悔。他悔愧万分地对王益民说："我真是个十足的混蛋！我怎么刚刚活出了一点眉眼就忘记自己的小名叫个啥嘛！要不是你帮助我而今还在队里淘稀粪哩！我怎么一下子就忘乎所以了？怎么敢跟党支书的女子恋……"这些话都出自肺腑，王育才很快又冷静下来，再三向吕红表白并不责怪她。于是俩人和平分手。到下一学期开始以后，吕红已经调到另一个小学去了，而且结了婚。之后不久，王育才也心平气和地完成了一桩重要的事，结婚了。王益民和他女人齐心协力把她的一个远房表妹介绍给育才，就是秋蝉。

王益民现在怀着沉重的使命和甚为急切的心情，骑车来到这座古城饭店的大门口，不禁被那堂皇的高大建筑物镇住了。天哪！那一根用大理石砌成的明柱，肯定把戴帽中学的全部家当都折掉了。

四

王育才拿出最好的香烟糖果糕点饮料招待王益民，又是随随便便的样子，正是那随便到漫不经意的样子才显出一种阔人阔气的气魄。那些好吃的好喝的好抽的高档次消费品对王育才已是家常便饭，而对王益民这样的小学教育主任就成为超级超常超前享受了。他对享受这些高档消费品感到的不是愉悦而是痛苦，那一罐铝皮饮料的价值就把他一天的工资全喝掉了。尽管花掉的是王育才的钱他仍然觉得太可惜了。王育才不等他开口就猜中了他来找他的事端，而且直言不讳地袒露了事情的全部真相："我要离婚。我要和吕红结婚。我和吕红的婚姻才是最符合道德的。我和秋蝉的婚姻是一种没有感情的死亡的婚姻。尽管我至今仍感谢你在我最困难的时候帮助我娶下一个女人,但我的感情无法从吕红身上移到秋蝉身上。我在做出离婚决定时首先想到的是你,其次才是我的父母,我知道离婚的结果首先伤害的是咱俩的友情,至于断绝父子关系我都没有什么包袱。你和俺爸俺妈骂我的话我都能猜到,但我还是决定离婚。"

王益民倒没有话说了。他一路上组织起说服王育才不该离婚的语言大军全部溃散了。王育才的坦率反倒感动了他。他知道王育才和吕红感情甚笃旧情难逝。他现在只能提出一些具体的困难来让王育才考虑:"孩子怎么办?三个孩子正处于幼学阶段,既要人抚养更需要心灵上的温暖。你想想你离了婚争得了自己的幸福,其实把痛苦不是摆脱掉了而是转嫁到孩子身心上了。与其这样不如将就着全当为了孩子。"

提到孩子以后王育才就哑了口,只顾抽闷烟,随之就哭了:"只有孩子是无辜的。对孩子来说我是十恶不赦的罪人。我在决定离婚的过程中百分之九十九的脑筋都伤在这上头。我只能从财力上保证他们求学读书,从生活上满足他们的一切需求。当然,如果秋蝉能明白一点,我会毫不吝啬地给孩子以父爱的,只是担心秋蝉不会给我这机会。没有办法,我与吕红已经不可分割了。她也和丈夫闹翻了。我无法回头也不想回头了。我已经觉得没有吕红一天都活不下去,父母以及老朋友你根本体味不来我的这种感情。我只希望你给秋蝉多做点解释工作,一来秋蝉是你的亲戚,二来这件事是你好心促成的。你就再不必管其他事了。"

王益民再无话可说。他感到劝解毫无作用,所以就不想多费唇舌。他想骂他又骂不出来。王育才而今比过去坦率了。王育才眼里的那种羞怯已经褪净,一种冷漠,一种淡泊,一种成熟的冷峻,一种经见了大世面后的遇事不惊的老练,所有这些神色把原有的那种根深蒂固的羞怯之色覆盖了或者说排除了。他抽着育才的高级香烟,一支值二毛五分钱,相当于一斤苞谷的市场价格。他一面当教育主任一面种责任田,大脑的一半装着龟渡王戴帽中学的全部教务,另一半装着肥料种子以及各种粮食蔬菜的市场价格。他已经充分感觉到王育才已经不是过去的保长狗崽子也不是龟渡王学校的"穷小教"了,无疑已经是当代社会中最活跃最气魄最会生活的人了。他想,如果王育才不来这个公司而继续在龟渡王教书,那么他会怎么样呢?他会提出与秋蝉离婚与吕红追求真正的"符合道德的婚姻"吗?再退一步说他如果继续背着保长儿子的政治压力呢?想到这儿王益民又自责起来,这种想法本身就是不好的,好像他倒希望王育才继续当狗崽子似的。

记得吕红与别人订婚以后,王育才曾经懊悔不迭地痛骂自己是癞蛤蟆想吃天鹅肉。他劝了他安慰了他。他做到了一个朋友仁至义尽的义务。他亲自跑到秋蝉家,说服了秋蝉又说服了秋蝉的父母,说王育才是个绝对的好青年,保长父亲属保长父亲,王育才本人是最可靠的。直说得秋蝉父亲下了决心,说他完全相信了,权当秋蝉不是嫁给民办教师王育才而是嫁给农民王育才,只要人可靠就行了。王育才当时很感激他们夫妇,保长两口子更是感激不尽。王益民曾经因为他对朋友至诚的帮助而心底踏实。现在,他不仅不能说服王育才反而使自己陷入为难的境地,该怎么对秋蝉说话?怎么去见秋蝉的父母?

记得王育才和秋蝉结婚的时候,他去参加乡间的婚礼,王育才邀他做伴郎,他欣然应允,把秋蝉引回来。王育才在过了一周新婚生活之后,情不自禁地对王益民说:"秋蝉不错。勤快俭省,脾性也好,正适合咱这样的家庭,人家这样清白的贫农女子能嫁到咱家,我已经够了。"王益民想把这话重新说给王育才听,想想又觉得没有必要,就告辞了。

临走时,王育才叮嘱他:"益民哥,你甭费心了。我知道你是个好心人。你对我的恩情我永远不忘。你在我最困难的时候给了我最大的帮助。即使我要离婚,仍然感激你给我介绍下秋蝉。你的动机百分之百是好的。现在我求你再甭跑冤枉路了,无论俺爹俺妈或是秋蝉找你,你都推开甭管,让他们找我说话。"

王益民说:"这事不用你叮嘱我也不再来了。你的事你自己处理吧!"

五

王益民回到龟渡王村时,王育才的父亲王子杰老汉在村口佯装割草,实际是等待王益民。王益民说了他找育才的经过,子杰老汉听得心里松不滋滋凉不唧唧软不哝哝,气急败坏地说:"益民呀你怎么糊涂了?我叫你无论如何把那狗日的拉回来,你……"王益民苦笑一下说:"好叔哩!那么个大活人儿,我怎么拉得回来?"而且做出一副无可奈何的神气。王子杰老汉问清了地址,迫不及待地当晚就搭末班车进城去了。

王子杰老汉一踏上豪华的古都饭店的廊沿几乎滑了一跤,那地板太光滑了。站在门口的一男一女两个侍者看着粗手笨脚的乡村老汉爬起来不搀不扶而且嗤笑着问找谁。王子杰老汉说他找儿子王育才。他得到放行,开始爬楼梯。他敲响了二楼十九号房间,看见门缝开处露出儿子的脸,气血呼啦一下冲到脑顶,及至他跨进门去看见长沙发上斜倚着一个女人,凭感觉老汉就知道那是吕红,一下子失去控制,一甩手就抽到儿子的脸上。那女人从沙发上跳起来,拉他的胳膊,叫着:"大伯有话慢慢说……"子杰老汉嗅到一股浓郁的香气,"呸"地一口吐出去,骂道:"婊子!"那女人一甩手走出门去。

子杰老汉已经完全失控。他一抡手,把茶几上的香烟饮料糖果全都扫荡到地上,杯子瓶子罐子在地板上乱滚。他又一把揪住儿子系在脖颈下的紫红领带,扯着拽着往门外拉。儿子育才被勒得直翻白眼,狼狈不堪地挣扎着,以求饶讨好的口气劝父亲坐下说话。子杰老汉说:"回家说!这地方我不坐!这是什么地方?婊子院!"这当儿走过来两个服务员,威胁老汉说再不停手就打电话叫警察来,子杰老汉才坐下来。

子杰老汉坐下来仍然盛怒不息地嘲骂:"我以为你在城里干什么体面工作,原来是逛窑子!瞅瞅楼上楼下站的跑的都是些啥货,脸上搽的嘴唇涂的耳朵上吊的都是啥?旧社会窑子院也没有这么厉害!你住在这儿能学好?你狗日的跟我回家种地去!"

王育才只是小声劝:"爸你骂我尽管骂,你甭胡乱骂人家服务员……"

"尿!啥尿服务员!"王子杰不买账,"我当过保长,解放了共产党把我教育好了,没料到你小子倒学坏学瞎了。我当保长也没住过这么阔气的房子!你看你龟孙子穿洋服打领带装贼更像绺娃子!你今日不回家我就死在你面前。"

王育才已经没有任何招架之力。他佯装尿尿就走出房子躲进另一间屋子,让他的公司的同志去打发丧失了理智的父亲。同时叫来一辆出租汽车连拉带哄把子杰老汉送回近郊乡村龟渡王,王育才才得以从尴尬中解脱。

解脱是暂时的。第二天,当王育才坐在桑树镇民事法庭里向赵法官申诉一条一条离婚理由的当儿,他父亲王子杰老汉正站在民事法庭大门口的街道上向赶集上街的男女揭露儿子离婚的内幕,针锋相对。王育才真诚地列出好几条足以说明他和秋蝉没有感情因而是不道德的婚姻的理由,赵法官冷静地甚至无动于衷地问了一句:"既然没有丝毫的感情,那么三个孩子是怎样出来的?"一句话问得王育才张口结舌,虚汗交流。与此情此景形成强烈对比的王子杰老汉获得了完全的成功。他慷慨陈词,言真意切,一件件一桩桩历数自己在前多年顶着黑斑头的困难日月里,王育才的龟孙相可怜样儿,秋蝉怎么来到这个家,怎么贤惠,怎么勤俭,根本不多嫌这个倒霉的家庭,一下子把听他演说的男女感动了,一齐骂王育才忘恩负义不是个东西。王子杰老汉得到众人的呼应,更加来劲地斥责儿子的背叛行为,骂儿子是无情无义没有人性的畜牲,是豺狼是混蛋是陈世美是杂种。人们纷纷议论,像王育才那样的儿子如今并不少见而像王子杰这样知情仗义的老子倒是少有的。消息从桑树镇反馈回龟渡王,子杰老汉的威望空前高涨。

王益民听到这一切时很平静。他是教育主任经常读书看报,一知半解当今社会潮流总的趋向是有利于王育才追求"真正的符合道德的婚姻"的,然而乡村人依然敬佩王子杰这种重情义的侠贤心肠。他无法确定自己站在哪一边去反对另一边。只觉得自己已无能为力只好任其自然发展。

王子杰老汉时常来找他,不断把这桩离婚案的进展情况汇报给他。"法官判了不准离。"王子杰得胜似的告诉他,"看那狗日的还要咋样?"过了半年,王子杰又神色紧张地说:"益民,那狗日的又告到法院了。"随之又大感不解地问:"头回告了判下不准离就完了嘛,怎么还容得再告?没完没了了?"他显然不懂得关于离婚法律的特殊规定。过了半年老汉又得意地说:"再告也是白告,赵法官还是判下个不准离婚。狗日的爱告尽管告,赵法官是个好法官,再告一百次也是白告。"这场离婚官司便旷日持久旷年持久地拖延下来,以至王子杰老汉自己也磨得发不起火来。对王益民报告案件进展时的口吻也像说别人的闲话一样:"又告了……爱告告去!"

王益民甚至同情起王育才来。当离婚事件发生时他同情秋蝉是自然的事。现在他依然同情秋蝉也同情王育才。秋蝉虽然得到阿公阿婆的诚心相待全力袒护,毕竟代替不了丈夫。育才和吕红虽然感情呼应仍然摆脱不了偷偷摸摸的被动局面,理想的"符合道德的婚姻"好梦难圆。王益民的同情心产生不久,又被突如其来的一件事冲淡了,这就是吕红丈夫的来访。

吕红的丈夫是个工人,他给王益民第一眼的印象正与他的职业完全吻合。他很率直,衣服穿着很随便,上衣是一件新潮夹克,肩上和臂上以及胸部附加了许多带儿和扣儿,衬衣的领子在脖子里窝叠着;人长得粗壮,一颗硕大的头。他开宗明义说:"我来找你是听说你既与王育才交好也认识吕红,希望你劝一劝王育才也劝一劝吕红。"他声明他之所以不愿意离婚并不是离了吕红就再找不到媳妇,完全是咽不下这口气,王育才太欺侮人了。他警告说他的工友哥儿们早已不能忍受暴发户欺侮已不吃香的工人阶级,要砸断暴发户王育才的狗腿,要把王育才的眼珠挖出来当泡儿踩,只是因为他觉得为了一个吕红臭婊子犯不着让哥儿们受牵连吃官司。

自称已不吃香的"工人阶级"向王益民诉述了他和吕红成亲的经过。那时候他在省建筑三公司当工人,有三个和他同时进厂的女工追求他,只是因为全是外省籍而遭到父亲反对。父母坚决要给他找一个本乡本土的媳妇,最不行也得是个陕西人,于是吕红大得父母的欢心。他也承认他父母喜欢吕红,见了一面就喜欢上了。他不知道吕红曾经与王育才有过恋爱史,后来知道了也宽容了她。问题在于已经有了一女一男两个孩子了,吕红仍然旧情萌发,把他闪到半路地里真是哭笑两难。他让王益民给王育才捎话过去:暴发户王育才欺侮已不吃香的工人阶级是没有好下场的。

王益民又为王育才深深地担心了。他整日提心吊胆,似乎随时都可能飞来一个王育才被打残的噩讯。他想提醒他警告他又见不着王育才。他又一次找到古都饭店二楼十九号,房子早已换主儿,再也打听不到王育才的下落了。他仍然忧心忡忡。

吕红的父亲接着来访。这位已退位的吕家村的老支书本该休养生息,安度晚年,却被女儿的婚变搅得焦头烂额。他一面痛斥女儿不检点的行为,一面又对自己过去在女儿婚事上的自作主张后悔不及。他说他完全是为了女儿吕红好而想不到弄了窝囊事。他说在当时的情况下,眼瞅着女儿与一个保长儿子结婚,不仅他做党支书的父亲通不过,亲戚朋友也没一个通得过。怎么也想不到而今世事会变成这样。老支书恳切地说:"益民呀!你和叔认识也不是一天两天了,你就好心好意劝一下育才,甭瞎折腾了。都四十的人了,还能再活四十呀!四十岁的人为儿女活着,甭伤了儿女,俩人都有儿有女,折腾不起呀!只要他一收心,我收拾红红也好办了。人到事中迷,需得朋友点明要害……你全当为叔除去心病,好生劝一劝育才。"

王益民被感动了,他送走老支书,心情愈加沉重。我的天爷呀!育才要追求理想的"符合道德的婚姻"的背后,连结着多少人的焦虑忧愁的痛苦。只剩下吕红没有来找他了,所有与这桩离婚案有牵连的人都一次或多次找过他了。王子杰老汉不必说。王育才的母亲不必说。秋蝉自然也不必说。秋蝉的娘家父母找他使他十分难堪地无言以对。吕红的丈夫和吕红的父亲现在也都找过他了。两个家庭的几十个成员都被搅得吃饭不香睡觉不酣。他们都知道他和王育才是朋友,是可以解除他们苦恼的人。然而王益民却毫无办法,他根本说服不了王育才。

吕红最终也来找王益民了。这位女性的到来,才真正摇撼了王益民的心,使他大吃一惊大睁双眼惊骇不已……

六

又一个灵魂在王益民面前痛苦地颤抖。

当吕红走进龟渡王学校的大门的时候,那些认识她的老师和不认识她的新教师全都像看珍禽异兽一样瞪起了好奇的眼睛。她在龟渡王学校任教时和王育才的恋爱产生过轰动本校的效应。她停薪留职跟上王育才到某公司去挣大钱在全乡教职员中产生了轰动效应。她和王育才在某公司旧情复发的桃色事件的轰动效应扩及全县的教职工。她和王育才偷偷在教育主任王益民的房子做爱的事更使龟渡王的新老职员无人不晓。她现在敢于硬着头皮再次走进龟渡王学校的校园其实已谈不上勇气，王益民第一眼就发现这位女教师的神经有点不大正常。

吕红显然已不是当年在龟渡王学校任教时的吕红了。姑娘的特有的红色从脸上褪失净尽，脸色呈一种非自然的白色，那是过多施用脂粉的结果。无论什么现代化妆品都无法挽回已失去的青春。王益民首先感到的不是这些浅显的变化而是吕红的眼睛。吕红的眼睛里是绝望和恐惧，恰如一个人得知了自己的生死簿上的秘密，吕红一坐下就说："王老师，我是实在无路可走了才来求你，现在只有你能救我了……"

王益民搞不清何以这样。就问："怎么回事？吕红，你慢慢说。"他顺手闭了门。

"你的朋友王育才……是个野兽！"吕红咬着牙说，"是个吃人不吐骨头的豺狼！"

王益民惊奇地问："你怎么也骂他？"

"他把我害得好苦！"吕红说，"我一直觉察不出他对我设着圈套……"

王益民更迷惑不解："他怎么会对你设圈套？"

吕红这才告诉他，王育才和她私下里已说好约定：他和秋蝉离婚，她和丈夫离婚。现在，自己已和建筑工人的丈夫离了婚，王育才却突然从桑树镇民事法庭抽回了起诉，不离了……

王益民愈加迷惑："那为啥？"

"报复！报复报复报复！"吕红癫狂了似的喊，"他要报复我！恶毒的报复！"

"他怎么会报复你？"王益民问，"他和秋蝉的离婚案闹了四五年了，怎么会报复你？"

"全是假的！"吕红说，"他一次一次上诉，又一次一次托人暗里给赵法官塞钱，不要判决离婚。他一直把这场假戏演到我离婚才……"

"啊呀！我的天……"王益民半信半疑。

吕红哭了："我怎么办？我已离婚了。他在耍我。他记着旧仇。他说他才出了一口气。他说君子报仇十年不晚。他说我当初欺侮了他，我丈夫也欺侮了他，我父亲欺侮了他，全都是欺侮了他有个政治黑疤……现在全都报复了！"

"我信不下！"王益民说，"我信不下去！王育才真会这样歹毒？你们恋爱失败时，他亲口给我说'并不怪责'你吕红嘛！"

吕红苦笑着摇摇头："王老师，我唯一求你一件事，你去找找王育才，说我死了。他如果还记得我对他全是一片真心，如果还能原谅我当初的动摇，权当说的'势利眼'也行，我只有一丝希望了……"

王益民突然涌起一股强大的责任感，大声肯定说："吕红你千万别急，绝对不能走绝路，也千万不敢急出毛病来。我明天就去找王育才，你一定等我见了他以后咱们再面谈……"

王益民虽然热诚有余，心中却不免打鼓，如果真如吕红所述，他能扭转王育才吗？他已经比较切实地想另一条路，设法使吕红与那个建筑工人复婚。他说："万一不行，我去找你丈夫，争取和解……"

吕红冷笑一声："那样的路我还能走吗？那比死艰难十倍！"

未等第二天王益民去找王育才，王育才当晚打电话找王益民来了。

王益民一接上电话就迫不及待："育才育才你说你现在在哪里？我有话要找你说。"

王育才却冷静地说："我们永远不会再见面了我的好朋友。你不要再问我的住址,我们抓紧时间说几句话。"

王益民有点激动,一时找不到说话的头绪。

王育才问:"吕红是不是找你了?"

王益民答:"是的是的。到底怎么回事?"

王育才说:"吕红说给你的事是真的。我已经抽回了离婚诉状,但并不是说我要回龟渡王了。请你告诉父母和秋蝉以及孩子,请他们忘掉我,权当这世界上压根就没有过我。"

王益民急了:"这到底为什么?"

王育才说:"不要问'为什么'。我只告诉你,吕红已经离婚了,这是我的圈套。我要报复。我已经报复了。我和吕红恋爱失败时就等着这一天。这一天终于等到了。我当时太痛苦了,她和她父亲完全想不到被扔掉的女婿会是怎样的痛苦,我现在叫他们亲自感受一下。她的那个丈夫当时比我优越的唯一一条是家庭出身好,而吕红选择了他却舍弃了我。让他现在尝一尝此中滋味,也就理解当初我的苦处了……"

王益民实在忍不住了:"你是个毒虫!王育才——你是个歹毒的家伙!"

王育才说:"我曾经是个羞怯的青年……"

王益民说:"假的!你的羞怯是假装的!你的骨子里是歹毒残忍惨无人道!"

王育才却依然冷静:"朋友你说错了。我的羞怯是真实的。我的太多羞怯使我苦恼。我现在又因为那种羞怯丧失殆尽而惋惜。"

王益民骂:"你害了多少人……"

王育才说:"首先是这些人先伤害了我。"

王益民回转了口吻:"育才,我们甭辩嘴了。我需要冷静,你更需要冷静,你无论如何告诉我你的住址,咱们见上一面,想想挽回残局的办法,一切还不是完全无望的。"

王育才说："不必了，我明天就要走了。"

王益民又急了："你到哪里去？我敢说世界上没有容你的地方！你的良心也宽容不得……"

王育才说："我要找一个恰恰能容我的地方。我已经不想再挣钱了。顺便告诉你，我所在的这个公司纯粹是个不摊本只赚钱或者说是光骗钱的公司。我对骗钱也觉得腻了。"

王益民："你到底要干什么？"

王育才："我要找一个能使我恢复羞怯的地方去。你想想，还不明白吗？"

王益民一时转不过弯："我想不来！你干脆回学校来吧？"

王育才轻轻叹口气："我已经不可能再回到讲台上去训导别人子弟了，那地方太神圣，我不配。我正在钻营的这种公司也不干了，越干我越无耻。我又不想自杀，我想在我恢复了人应有的那一点羞怯之后，再论死生之事吧！"

王益民沉默了。

舔　碗

一

　　黑娃在主家吃头一顿饭时有点拘束。黄灿灿的小米粥里下着细匀如丝的白面条儿，调着清油爆炒的葱花，喷香喷香的，黑娃刻意节制自己不敢吃得太快太猛，免得给主家留下馋极饿狼的第一印象。倒是主家黄掌柜真诚地催促他说："吃快！小伙子吃饭斯斯文文的弄啥？吃快吃快！"黑娃吃完一老碗又要了半碗，本来完全可以再吃下一满碗这种金银面的，同样是出于第一印象的考虑只要了半碗。在两碗饭之间，黑娃从桌子上的竹篾浅篮里拈起一个馍来。馍是淡黄色的豌豆仁馍馍，茬口很硬也很耐得咀嚼，嚼半天满嘴里仍然是细小的沙粒似的疙瘩，唾液急忙把紧硬的馍块浸润不软。这样，黑娃吃饭的速度就是真实地而不是做作地慢了下来，直到主家黄掌柜连着吃完两老碗饭，他还有半个豌豆面儿馍馍拈在手里；这样，黑娃就瞅见了主家黄掌柜的舔碗的动作。

　　黄掌柜放下竹筷子右手撑着小饭桌的边沿，左手四指勾着碗底儿大拇指掐着碗沿儿，仰起脸伸出舌头，先沿着黄釉粗瓷大老碗的碗沿舔了一圈，左手粗壮如算盘珠儿的指关节却灵便自如地转动着碗；吧唧一声脆响，舌头在碗的内壁舔过去，那一坨儿碗壁上残留的小米粒儿葱花屑儿全部扫荡净尽,比水洗过比抹布擦过还要干净;吧唧吧唧的脆响连住响着,大老碗在左手间均匀地转过一周,碗内壁所有的残滞物尽皆舔光揽净,只留下碗底儿上的残汤米屑;舔除碗底的滞留物才显出黄掌柜有一条出众出色的舌头,在碗底儿只旋转了一下便一览无余,鼻尖和脸颊并不挨碗沿儿,一般人的舌头不可能有那么长也没有那么灵巧;黄掌柜放下碗在口袋里摸烟袋时,那只奇妙的舌头伸出来从下唇到左嘴角再到上唇和右嘴角齐齐儿扫荡了一圈,嘴唇嘴角干干净净湿润润地柔和起来。黑娃的眼光瞅着黄掌柜缩进口腔的舌头最后落在下唇上,那个下唇又厚又长,一合拢就把上唇严严地包裹起来几乎挨着鼻头,这种地包天式的嘴唇成为黄掌柜面部器官最突出的特征,见一面隔十年八年肯定还能认出他来,因为世界上恐怕再不会有这样出众的地包天式的嘴唇了。黑娃吃完了手里的豌豆麦馍也吃光刮净了碗里的金银面,放下碗再放下筷子,用手掌抹抹嘴唇站起身来准备去喂牛。黄掌柜从地包天嘴唇里拔出短杆儿烟袋说:"你把碗舔了。"

黑娃停住脚转过身迟疑一下说:"我不会舔碗。"

黄掌柜说:"不会就学嘛!"

黑娃仍迟迟畏畏说:"我怕学不会。"

黄掌柜说:"这活儿不难一学就会了。"

黑娃找出一条理由:"我舌头太短舔不上碗底儿,连碗壁儿也够不着。"

黄掌柜耐心地教导说:"舌头这东西跟橡皮松紧带儿一样,越抻越长不抻它就缩短了。你学着舔吧越舔舌头就越长。"

黑娃愣愣地站着不动,再找不出什么理由来拒绝舔碗。

黄掌柜说:"你坐下。"

黑娃在小马扎上又坐下来。

黄掌柜说:"快舔。这不算啥难为事嘛!"

黑娃垂着手低着头不动。

黄掌柜笑呵呵地说："舔个碗比上轿还难吗？"

黑娃终于下定决心说："掌柜的，任啥活儿你咋指派我咋做，做不完做不好你打你骂我都受哩！舔碗么……我不……"

黄掌柜短粗的胳膊一抡，短小的指掌里攥着的短杆烟袋在饭桌上空抡成一个半圆，站起身来说："今日这回不舔了算了，碗也凉了难舔了，下顿饭我教你舔……好学着咧！"

二

黄掌柜在第二天早饭时对长工黑娃进行舔碗的启蒙教育。这种启蒙本该在昨晚的第二顿饭进行，无奈晚饭一般都是吃馍喝开水，碗是无物可舔的。早饭是黄澄澄的苞谷糁子熬烧的稠粥，碗壁儿上残滞的糁子粒密度很大。黄掌柜突兀地问："你知道不知道我这家业是咋么着发起来的？"

黑娃摇摇头说："不知道。"

黄掌柜神秘地说："你估你猜——"

黑娃说："是你勤勤谨谨发起来的。"

黄掌柜眯着小眼珠儿撇撇厚厚的下唇：

"不对。"

黑娃说："掌柜的你德行好积下的。"

黄掌柜依然摇摇头。

黑娃说："你祖荫厚实留下的？"

黄掌柜喝着糁子粥头也没抬。

黑娃便大胆问："你发过一回横财？"

黄掌柜笑着摆了摆头，用筷子指定端在左手里的黄釉粗瓷大老碗说："舔碗舔下的。"

黑娃眨眨眼没有吱声儿。

黄掌柜咚的一声把碗蹾到矮腿饭桌上,扬起右手里的竹筷子指着头顶的高大厅房,又指着院子两边对峙的四间厦屋说:"我这个三合院是舔出来的。一瓦一砖一页土坯一根椽一根檩条一根柱子都是我一口一口从碗壁儿上舔下来的!"黑娃瞅着黄掌柜凛凛然神圣的脸色,不敢贸然乱问乱说。黄掌柜也没有让黑娃插话添言的意思,继续着刚刚引出的话题,站起来用手里的筷子指着街门外头:"圈里的犍牛母牛是我从碗里舔下来的,坡上的旱地川里的水地一块一块一亩一分都是我舔下来的。你明白吗?"黑娃勉强点点头不敢说不明白。黄掌柜缓和一下情绪说:"当然,也不是我一个人舔下来的,我爸我妈我爷我婆我老爷和老太人老五辈就舔碗,才舔出来这份家业……这下你信了吧?"黑娃连忙点点头。黄掌柜接住说:"这下你明白我为啥叫你舔碗的道理了吗?"黑娃说:"明白。"黄掌柜却摇摇头说:"你娃子还没明白。"

黄掌柜对黑娃讲解:"庄稼人过日月就凭俩字,一个是勤,一个是俭。勤开财源,俭聚少成多积小到大。一般人做到勤容易,俭字上就分开了彼此。钱挣得再多花掉了等于没挣,粮食打得再多糟蹋光了跟没打粮一样。你打下八石麦吃光吃净你明年还得受穷,我打下八石俭省下一石我明年就比你好过了。一家大小一顿从碗里舔下一两,一天按两顿算就俭省二两,十天俭省二斤一月六斤一年就有七十斤正好二斗,十年两石一百年二十石。二十石粮食能置买多少地多少砖瓦木料?再甭算从其他路途省下的粮款。你家人老几辈要是养成舔碗的好习性,你娃子而今就不会出门给人熬活了,倒是要雇旁人给你熬长工哩!这下你明白了吧?"

黑娃反倒不服气这笔账:"洗了碗洗了锅,稠泔水喂牛喂猪还是没糟践嘛!反正喂牛喂猪还得搭配精料喀!"

黄掌柜说:"你说的恰好是一般庄稼汉们的想法儿,可见你还是不明白。该给牲畜搭配的麸料不能减,可人吃的饭食还是应该舔进人肚里。人一日舔两三回碗,人就一天从早到晚都记着俭省,这跟孔老先生说'吾日三省吾身'是一样道理。你娃子不信就试试舔一回,舔一回碗该花俩钱你就只花一个或是不花,舔过一月你手里攥钱攥得比死人的手还紧,一个麻钱都舍不得花了。你不信先试着舔一回……"

黑娃说:"我情愿受穷情愿出门给人熬活儿,我压根儿没敢想雇旁人给我熬长工的事,掌柜的我不试那舔碗。"

黄掌柜问:"我刚才说下一河滩话儿,你听进耳朵没?"

"听进去了。"

"你说我说的话有道理没?"

"有有。"

"我说的道理是教你学好还是学坏?"

"是为我好。"

"对呀!既是为你好你为啥不听不做?"

黑娃被迫逼得无言以对,沉默半晌才想出一个办法:"黄掌柜……这样吧!我每顿少吃半个馍或者少吃半碗饭,算是赔了我不舔碗糟践的粮食,你甭让我舔碗了——"

"啥话嘛你倒胡吣的啥话!"黄掌柜打断他的话,"我是为你好盼你能过上滋润日子,才教给你娃娃这个诀窍,哪里是要你少吃欠喝?你不吃饱咋推得动车子咋抡得起镢头?"

黑娃再想不出搪塞的主意,便硬着头皮说:"掌柜的反正我不想舔碗。就是能舔出金能舔出银我也不舔。再说当初议定工价时你也没说舔碗这家法……"

"话说到哪儿去了哇?"黄掌柜摊开两手委屈地说,"我为你好倒惹你恼了!你今儿不舔算咧!可你得弄清我是好心不是恶意。"

"我知道你是好心没有恶意。我领受不了这个好心。"黑娃说,

"要不你另换个会舔碗的来,反正长工多的是喀!"

"算咧算咧不说咧!"黄掌柜看看黑娃弓已拉硬,便暂且妥协,"日后你兴许会明白舔碗的好习性……"

三

连着三天,黄掌柜再没提舔碗的要求,黑娃以为这件事也就过去了不再成为一个矛盾的事,抗争虽然取得了胜利,心里总有一缕违拗主家伤了主家脸皮的歉疚,于是便更用心地经管牲畜,更主动更卖力地干活儿,企图以此弥补那件事上的缺憾。黄掌柜似乎也没有苛待和报复的举动,只是不和他说话,饭桌上默默地吃馍喝粥,然后扛着工具到田地里去。一路上无话,整晌整晌俩人都自顾干活儿不说一句话,只是屁声连绵不断。自离开家门从村庄走向田头,主仆二人一前一后此起彼伏着屁声,谁不奇怪谁谁也不笑话谁,豌豆仁馍馍吃下以后尤爱生屁,这是无法抗拒的。黑娃双手攥着刨耙给棉田打圪梁,心里逐渐有了对主家的初步评判,黄掌柜人不错,活儿尽着做饭馍尽着吃,偶尔某项农活做得不合辙,也是和和顺顺地指出来让黑娃重新做好,没有打没有骂甚至连呵斥也很少有过。黑娃猜忖,黄掌柜确实是几辈人靠吃苦耐劳节俭省用积攒下一份家业,不是为官发财也不是挖土挖出金条银锞发的横财;黄掌柜没有大财东家严厉的家法也没有大财东人的架子,一天三晌出工干活不避重不图轻,黑娃推车翻地挑担他也推车翻地挑担,尚无完全指靠长工做务庄稼自己抽水烟品香片茶叶的架子。头两天黄掌柜和黑娃一边干着活儿一边扯闲话,近三天来却抿着厚厚的地包天嘴唇一句不吭,脸上的气色愈来愈不柔顺,说不上是憋气还是忧郁难受。到第四天晌午,黄掌柜躺下起不来了,说是心口疼得厉害。

午饭前,黑娃走进三合院上房东屋去问候黄掌柜,屋里光线晦暗,飘浮着一股苦冽冽的中草药气味。黄掌柜侧身躺在炕上,轻声呻唤着,下唇愈加显得更厚更长地咧开着。黑娃问:"掌柜的你哪儿害难受?"

"心口憋,还疼。"

"服药后好点吗?"

"药不顶啥。"

"你甭急,药吃三遍就显效了。"

"啥药也不顶用,我的病我知底儿。"

"那你就说嘛！该咋治就咋治嘛！"

"我的病除非你治——"

"我？我能帮上忙的话,你只管说。"

"你把碗舔了。"

"这跟舔碗有啥关系？"

"你不舔碗糟践粮食,我顿顿饭后看见你那碗心里就难受,整日整夜都难受,黑间睡不稳,白天胸口憋得闷得出不来气儿。你不舔碗我可受不了哇……"

黑娃大为惊诧,想不到自己不舔碗竟然把主家气下病了,却又信不下去这个事实,便支支吾吾说:"要是舔了碗能除你的病,那我就……舔。"

黄掌柜一骨碌翻身坐起来,双手抓住站在炕边的黑娃的胳膊,抖颤着厚长的下嘴唇说:"黑娃你要是舔碗就把我救下了!"说着溜下炕来,呼唤女人上饭。女人端上来的是麻食,这是春三月里的好饭食了。

吃罢以后,黑娃放下筷子,照着黄掌柜的姿势右手扶住桌沿,左手掐着黄色釉子的粗瓷老碗,先沿着碗沿舔了一圈,舌头摩擦瓷碗时浑身一阵痉挛,差点把碗掉到地上。黑娃舔碗壁儿时才觉得舌头太短,鼻头倒先舌头一步蹭到了碗壁,粘上了麻食饭的残汁,他用手擦了擦鼻子，低头再舔，又是先给鼻尖碰上了，便索性子不擦了，待舔完后再擦。

黄掌柜鼓励说："对着哩对着哩就这样舔法儿，一回生二回熟喀！"

黑娃舔完碗壁，虽不及黄掌柜舔得净，总是舔出了个大致干净的效果，碗上还留着一绺一道残痕，像是没扫干净的地面。黑娃觉得腹腔里开始翻搅，有点恶心，想到只剩下一个碗底儿，便低下头伸长舌头去舔，舌头触及碗底儿已经冰凉的残汤，即告第一次舔碗成功。

黄掌柜双手一拍说："好！舔得还好！"

黑娃从碗底仰起头来，呜哇一声从喉腔里爆发出来，连忙放下刚刚舔过的碗，三两步抢到台阶上，嘴里便喷发出一股浊流，肚腹里翻江倒海似的扭结翻搅，连续喷泻出一股又一股浊流，刚刚吃进肚里的麻食全部呕吐出来，在院庭的湿地上滑动蠕流。黑娃停止呕吐心腹平静之后，用手掌抹擦了噎出的眼泪，没有说话。他想，这下黄掌柜亲眼看见了，他的舌头是不能适应舔碗的良好习性的，这下再不会强逼他接受舔碗的习性了。不料，黄掌柜对他的呕吐无动于衷，更不惊奇，缓缓地从地包天嘴唇里拔出石头烟嘴儿，平淡无奇地说："吐不要紧。再舔几回就习惯了，习惯了自然也就不吐了。"

连着两三天，早饭和午饭，黑娃默不作声地吃饭，默不作声地舔碗，舔着舔着就呕吐起来，头一天尚可舔到碗底，一天比一天一顿比一顿舔的面积更小，就吐，直到最近一次舌头刚挨着碗沿儿，腹腔里便猛烈一震，把吃下的饭馍反弹出来。黑娃想，舔碗不仅没有进步，反而一天比一天退步，再一次对自己修炼这个良好习性产生了动摇，求饶似的对黄掌柜说："我怕是学不会舔碗了。"

黄掌柜毫不动摇继续鼓励他说："能学会。我能学会你也就能学会。人都能学会，因为人的舌头都是肉长的。"

黑娃说："我一舔就吐。舌头一挨着碗沿就恶心……"

黄掌柜说:"吐到不吐得个过程。这跟修炼功夫一样。我娃他妈刚过门时也不会舔碗,也是一舔就吐,舔了半年吐了半年,后来就不吐了,而今舔得比我还老到。"

黑娃心里猛地一沉,要是舔半年碗吐半年饭,自己还能活不能活?

四

吃了舔舔了吐的日子强撑硬挣着又过了半月,黑娃的身体彻底垮下来。吐了以后他就重新吃个豌豆面馍,吃馍无须再舔碗,自然不会再吐。这种豌豆面馍不单爱生屁,石头一样硬的茬口令人望而生畏,一天三顿嚼食的结果是口腔糜烂,坚硬的馍茬子蹭得口腔内皮脱落出血溃烂,连舌头都被感染生出一层密密麻麻的小脓疱儿,他无法进食了。他空着肚子扛着工具到了地头,已经强烈的日光晒得头脑发昏,眼睛一阵阵发黑,浑身酸软无力心慌气短,满脸虚汗涌流不止,强撑到吃午饭时收工回家,他没有去吃饭,径直走进牛圈撂下工具躺到炕上一动不动。

黄掌柜走进牛圈来叫他吃饭,见状哈哈大笑:"撑不住了哇?哈呀这是一道关,撑过这道难关就没事了。走!吃饭去,越吐越吃越吐越舔,人就把自己的坏毛病改掉了,就把好习性养成咧!"

黑娃有气无力地坐起来:"掌柜的你快吃饭吧!我嘴里生疮了吃不成饭。"

黄掌柜说:"把饭晾凉就能吃,不怎。"

黑娃又重新提出最初的打算:"黄掌柜你甭让我舔碗,我情愿年底少开二斗工钱粮,全当我不舔碗糟践的粮食……"

"不不不不不!"黄掌柜说,"我跟你想的正好相反,只要你舔碗,我不光不扣你二斗,年底给你再加上二斗。你这下明白我的好心了吧?"

外加二斗粮食的奖赏已不能使黑娃动心,而是担忧这种日子难以为继,终于再次说出自己只好离去的打算,态度坚决而话语却很委婉:"黄掌柜你是个好主家。你让我舔碗也是为我好。我试着舔了学不会这好习惯,我硬撑了一月时光还是学不会。我而今弄成这病恹恹的式子给你干不动活儿,我白吃饭不干活儿咋能成?"

黄掌柜说:"抗两天没啥事咧!"

黑娃依然诚恳地说:"我不舔碗你受不了,你都难受得憋下病了;硬叫我舔碗我也受不住,吃了舔舔了吐我身子撑不住,给你干不动活我心里难为情;我想来想去,你另找个舔碗的长工,我另找个不叫长工舔碗的主家,都好受些。"

黄掌柜短胳膊一挥:"算咧算咧!从今日起你甭舔碗了。"

黑娃尚不知道,去年黄掌柜雇下一个长工,因为无法学成舔碗的好习惯而中途辞职。黄掌柜半路上不好再雇长工,只好临时叫短工帮忙做务庄稼。如果黑娃今年再辞职,下一年雇工都可能困难。黄掌柜便妥协了。

黑娃便感激地说:"黄掌柜你看见,我不是不学好不舔碗,确确实实是我生下一条贱舌头,学不会这好习性;而今你不要我舔碗,我就按我刚才说过的少拿二斗粮……"

黄掌柜决然说:"不行。年初说下多少我年底还给你多少,一颗粮食也不少。"

黑娃说:"那我拼死拼活给你干,报答你的好处恩情……"

主仆二人终于得到了和解。

五

得到黄掌柜的宽容和关怀,黑娃在家歇息了两天,不到田地里去做活儿,只在家里喂牛垫圈,这使他很感动。口疮稍微收敛之后,他强迫自己多吃饭,以期尽快恢复体力尽早到田间去干活儿,吃人家熟的挣人家生的不给人家干活算什么长工呢!好在黑娃并没有其他毛病,进食以后身体恢复很快,三五天后就又是浑身抖擞生龙活虎的原姿原样了,捉犁扯耙挖土翻地起圈推土全部能够承担起来。不过几天,却又发生了一件意料不到的不大美妙的事——

这天早饭桌上,黄掌柜给黑娃吩咐下来几天内的几项重大农事活路的安排,先干什么后干什么中间穿插捎带着再干什么,安排得井井有条纹丝不乱,可以看出主家完全是一位精明细致的庄稼人。黑娃一一应诺一再表示遵从吩咐保证按时按质做完做好,绝对不会迟误农时耽搁时机,而且主动大胆到甚至不无讨好地向主家提出建议,给棉田压施的底肥应该从每亩五十车增加到八十车至一百车,因为棉花施足底肥比追施明肥的效果要显著得多。主家黄掌柜全面谋算过自家有限的粪肥,指令他每亩压施五十车,留下一部分给麦收后的苞谷追施。黑娃说:"你甭愁给苞谷没粪上,我给牛圈每天多垫一两回土就有了;我抽空打几摞土坯给你把三个火炕换了,炕土坯上苞谷再美不过了。"且不说黑娃的主意的合理性与可行性究竟如何,单是这种主动精神就使黄掌柜深为感动,最难得长工和主家合成一股的心劲儿。黄掌柜咧开厚厚的下嘴唇只是嗯嗯嗯地点头笑着,没有当即明朗地表示行与否,仰起脸舔起碗来。黑娃进一步解释自己的意见,企图证明这意见属于万无一失而不必担心什么。这时候,黑娃突然看见,黄掌柜放下自己的已经舔净了的碗,伸手又把他的饭碗抓起来,伸出黄牛一样的长舌头舔起来。黑娃愣呆了,哑然闭口说不出话了,几乎闭了气,看到黄掌柜舔他吃过饭的碗,似乎比自个舔它更难以忍受,胃里头猛然痉挛了一下,呜哇一声又呕吐起来,整个腹部像簸箕簸着又像筛子旋着,直到把吃进去的饭食吐光吐净。

黄掌柜问:"咋的又吐?"

黑娃嗫嚅说:"你舔我的碗……"

黄掌柜更奇怪了:"你舔你的碗,吐,我不叫你舔了;我舔你的碗与你屁不相干嘛,你咋的还吐?"

黑娃依然歉疚地嗫嚅着:"我也说不上来这究竟咋的了,看见你舔我的碗就吐了……"

黄掌柜不满地撇撇嘴,忍了忍说:"那好……下回我舔碗时你先离开。"

黑娃点点头。

然而糟糕的是,响午饭时情况更加恶化,不说舔不舔碗,也不说避不避开黄掌柜舔碗,黑娃瞧见黄掌柜吃饭时伸出唇来的舌头就反胃就恶心就发潮就想吐。黄掌柜吃饭时与众不同,筷子挑起碗里的面条儿时,嘴里的舌头同时就伸出嘴来,迎接送到口边的食物,而一般人只张嘴不伸舌头的。黑娃看见那长舌头接到筷头上的食物便卷进嘴去,舌头的边沿赤红而舌心里有一片黄斑。他低下头不敢仰起来闷着头吃饭,仍然抑制不住阵阵恶心,一口饭也咽不下去,便悄然离开了饭桌。

随后发展到更为严重的程度,黑娃一瞅见饭碗就恶心,他想到这碗也是黄掌柜的舌头舔过的,舌心里有一片尿垢似的黄斑。

及至后来,黑娃瞧见主家黄掌柜又厚又长的下唇也忍不住恶心反胃。

黑娃又犯了口疮,身体迅即垮下来。

黄掌柜终于火了:"我说舔碗舔下家当,是想让你小伙往后学下好习性过好日子哩!你舔了吐我舔你也吐,我再没法容让你了嘛!我说干脆还是你再舔碗,舔了吐吐了再舔,直到把你这坏毛病舔掉吐掉,像我娃他妈一样学会舔碗。这叫以毒攻毒!"

黑娃根本谈不上实施以毒攻毒的新方案,因为他看见黄掌柜说话时闪动的下唇就又作起呕来。黄掌柜觉得受了侮辱,骂道:"穷小子穷命鬼贱毛病倒不少!"

　　黑夜,黑娃给牲畜添过最后一槽草料,便逃走了,俩月的工价粮食自然是不敢索要的。

散文·报告文学

第一次投稿

背着一周的粗粮馍馍,我从乡下跑到几十里远的城里去念书,一日三餐,都是开水泡馍,不见油星儿,顶奢侈的时候是买一点杂拌咸菜;穿衣自然更无从讲究了,从夏到冬,单棉衣裤以及鞋袜,全部出自母亲的双手,唯有冬来防寒的一顶单帽,是出自现代化纺织机械的棉布制品。在乡村读小学的时候,似乎于此并没有什么不大良好的感觉;现在面对穿着艳丽、别致的城市学生,我无法不"顾影自卑"。说实话,由此引起的心理压抑,甚至比难以下咽的粗粮以及单薄的棉衣遮御不住的寒冷更使我难以忍受。

在这种处处使人感到困窘的生活里,我却喜欢文学了;而喜欢文学,在一般同学的眼睛里,往往是被看作极浪漫的人的极富浪漫色彩的事。

新来了一位语文老师,姓车,刚刚从师范学院毕业。第一次作文课,他让学生们自拟题目,想写什么就写什么。这是我以前所未遇过的新鲜事。我喜欢文学,却讨厌作文。诸如《我的家庭》《寒假(或暑假)里有意义的一件事》这些题目,从小学作到中学,我是越作越烦了,越作越找不出"有意义的一天"了。新来的车老师让我们想写什么就写什么,我有兴趣了,来劲了,就把过去写在小本上的两首诗翻出来,修改一番,抄到作文本上。我第一次感到了作文的兴趣而不再是活受罪。

我萌生了企盼，企盼尽快发回作文本来，我自以为那两首诗是杰出的，会震一下的。我的作文从来没有受过老师的表彰，更没有被当作范文在全班宣读的机会。我企盼有这样的一次机会，而且正朝我走来了。

车老师抱着厚厚一摞作文本走上讲台，我的心无端地慌跳起来。然而四十五分钟过去，要宣读的范文宣读了，甚至连某个同学作文里一两句生动的句子也被摘引出来表扬了，那些令人发笑的错句病句以及因为一个错别字而致使语句含义全变的笑料也被点出来，终究没有提及我的那两首诗，我的心里寂寒起来。离下课只剩下几分钟时，作文本发到我的手中。我迫不及待地翻看了车老师用红墨水写下的评语，倒有不少好话，而末尾却悬下一句："以后要自己独立写作。"

我愈想愈觉得不是味儿，愈觉不是味儿愈不能忍受。况且，车老师给我的作文没有打分！我觉得受了屈辱。我拒绝了同桌以及其他同学伸手要交换作文的要求。好容易挨到下课，我拿着作文本赶到车老师的房子门口，喊了一声："报告——"

获准进屋后，我看见车老师正在木架上的脸盆里洗手。他偏过头问："什么事？"

我扬起作文本："我想问问，你给我的评语是什么意思？"

车老师扔下毛巾，坐在椅子上，点燃一支烟，说："那意思很明白。"

我把作文本摊开在桌子上，指着评语末尾的那句话："这'要自己独立写作'我不明白，请你解释一下。"

"那意思很明白，就是要自己独立写作。"

"那……这诗不是我写的？是抄别人的？"

"我没有这样说。"

"可你的评语这样子写了！"

他冷峻地瞅着我。冷峻的眼里有自以为是的得意,也有对我的轻蔑的嘲弄,更混含着被冒犯了的愠怒。他喷出一口烟,终于下定决心说:"也可以这么看。"

我急了:"凭什么说我抄别人的?"

他冷静地说:"不需要凭证。"

我气得说不出话……

他悠悠抽烟:"我不要凭证就可以这样说。你不可能写出这样的诗歌……"

于是,我突然想到我的粗布衣裤的丑笨,想到我和那些上不起伙的乡村学生围蹲在开水龙头旁边时的窝囊,就凭这些瞧不起我吗?就凭这些判断我不能写出两首诗来吗?我失控了,一把从作文本上撕下那两首诗,再撕下他用红色墨水写下的评语。在朝他摔出去的一刹那,我看见一双震怒得可怕的眼睛。我的心猛烈一颤,就把那些字纸用双手一揉,塞到衣袋里去了,然后一转身,不辞而别。

我躺在集体宿舍的床板上,属于我的那一绺床板是光的,没有褥子也没有床单,唯一不可或缺的是头下枕着的这一卷被子,晚上,我是铺一半再盖一半。我已经做好了接受开除的思想准备。这样受罪的念书生活还要再加上屈辱,我已不再留恋。

晚自习开始了,我摊开了书本和作业本,却做不出一道习题来,捏着笔,盯着桌面,我不知做这些习题还有什么用。由于这件事,期末我的操行等级降到了"乙"。

打这以后,车老师的语文课上,我对于他的提问从不举手,他也不点我的名要我回答问题,校园里或校外碰见时,我就远远地避开。

又一次作文课,又一次自选作文。我写下一篇小说,名曰《桃园风波》,竟有三四千字,这是我平生写下的第一篇小说,取材于我们村子里果园入社时发生的一些事。随之又是作文评讲,车老师仍然没有提到我的作文,于好于劣都不曾提及,我心里的底火又死灰复燃。作文本发下来,揭到末尾的评语栏,连篇的好话竟然写下两页作文纸,最后的得分栏里,有一个神采飞扬的"5"字,在"5"字的右上方,又加了一个"+"号,这就是说,比满分还要满了!

既然有如此好的评语和"5$^+$"的高分,为什么评讲时不提我一句呢?他大约意识到小视"乡下人"的难堪了,我猜想,心里也就膨胀了愉悦和报复,这下该有凭证证明前头那场说不清的冤案了吧?

僵局继续着。

入冬后的第一场大雪是夜间降落的,校园里一片白。早操临时取消,改为扫雪,我们班清扫西边的篮球场,雪下竟是干燥的沙土。我正扫着,有人拍我的肩膀,一仰头,是车老师。他笑着。在我看来,他笑得很不自然。他说:"跟我到语文教研室去一下。"我心里疑虑重重,又有什么麻烦了?

走出篮球场,车老师的一只胳膊搭到我肩上了,我的心猛地一震,慌得手足无措了。那只胳膊从我的右肩绕过脖颈,就搂住我的左肩。这样一个超级亲昵友好的举动,顿然冰释了我心头的疑虑,却更使我局促不安。

走进教研室的门,里面坐着两位老师,一男一女。车老师说:"'二两壶''钱串子'来了。"两位老师看看我,哈哈笑了。我不知所以,脸上发烧。"二两壶"和"钱串子"是最近一次作文里我的又一篇小说的两个人物的绰号。我当时顶崇拜赵树理,他的小说的人物都有外号,极有趣,我总是记不住人物的名字而能记住外号。我也给我的人物用上外号了。

车老师从他的抽屉里取出我的作文本,告诉我,市里要搞中学生作文比赛,每个中学要选送两篇。本校已评选出两篇来,一篇是议论文,初三一位同学写的,另一篇就是我的作文《堤》了。

啊！真是大喜过望，我不知该说什么了。

"我已经把错别字改正了，有些句子也修改了。"车老师说，"你看看，修改得合适不合适？"说着又搂住我的肩头，搂得离他更近了，指着被他修改过的字句一一征询我的意见。我连忙点头，说修改得都很合适。其实，我连一句也没听清楚。

他说："你如果同意我的修改，就把它另外抄写一遍，周六以前交给我。"

我点点头，准备走了。

他又说："我想把这篇作品投给《延河》。你知道吗？《延河》杂志？我看你的字儿不太硬气，学习也忙，就由我来抄写投寄。"

我那时还不知道投稿，第一次听说了《延河》。多年以后，当我走进《延河》编辑部的大门深宅以及在《延河》上发表作品的时候，我都情不自禁地想到过车老师曾为我抄写投寄的第一篇稿。

这天傍晚，住宿的同学有的活跃在操场上，有的遛大街去了，教室里只有三五个死贪学习的女生。我破例坐在书桌前，摊开了作文本和车老师送给我的一扎稿纸，心里怎么也稳定不下来。我感到愧悔，想哭，却又说不清是什么情绪。

第二天的语文课，车老师的课前提问一提出，我就举起了左手，为了我的可憎的狭隘而举起了忏悔的手，向车老师投诚……他一眼就看见了，欣喜地指定我回答。我站起来后，却说不出话来，喉头哽塞了棉花似的。自动举手而又回答不出来，后排的同学哄笑起来。我窘急中又涌出眼泪来……

我上到初三时，转学了，暑假办理转学手续时，车老师探家尚未回校。后来，当我再探问车老师的所在时，只说早调回甘肃了。当我第一次在报刊上发表处女作的时候，我想到了车老师，应该寄一份报纸去，去慰藉被我冒犯过的那颗美好的心！当我的第一本小说集出版时，我在开着给朋友们赠书的名单时又想到车老师，终不得音讯，这债就依然拖欠着。

　　经过多少年的动乱,我的车老师不知尚在人间否?我却忘不了那淳厚的陇东口音……

1987 年 8 月 13 日

敬上一杯酒

一九八七年十一月一日下午，我赶往北京新桥饭店，参加中国作协书记处召集的十三大的作家代表座谈会。上午刚刚结束的党的十三大代表大会着实令人欢欣鼓舞。所有邀约的作家代表无一缺席，每个人都滔滔不绝，喜形于色。张光年同志在发言中，说他度过了一生里最愉快的一个生日。十一月一日是他的生日，欣逢党的里程碑式的十三大闭幕。与会者闻听此讯，一齐鼓掌，祝贺光年同志幸福。

我的心里很不平静。我不认识张光年同志。张光年同志也不认识我。然而我祝贺他生日的鼓掌是真挚虔诚的，他可能意识不到。

一九七九年六月，我发表在《陕西日报》的一篇小说《信任》在《人民文学》第七期转载。不久，编辑部来信告诉我。主编张光年同志正住院诊疾，在病床上看了刊物，尤其赞赏《信任》的艺术构架。作为一个作者，自然关注自己的作品公之于世之后的种种反应，但也不至于因为听到几句赞扬的话而忘乎所以。问题在于，那时候我的心境不佳，真是想听到几句赞扬的话以壮阳哩！

三年前我曾因一篇不好的小说而汗颜和内疚不已。作为新时期文艺复兴的第一声潮音是刘心武的《班主任》，我读这篇小说是在一个水利工地的大工棚里。我感到了中国文学艺术的春天到来的气息，与我内疚的心境形成愈大的反差。此前《人民文学》一位编辑从北京赶到西安又找到我下乡的偏僻山村，要我写一篇小说，哪怕写一篇散文在报刊上先亮一亮相。因为据说编辑部收到不少读者来信,询问陈忠实是否趴下了？我听了说不出话,感动得热泪滚滚。然而我仍然拒绝了约稿,怀着使他千里迢迢而来失望而去的沉重负担,我仍然咬牙谢绝了。我说我现在不是亮不亮相的问题,趴不趴下也全在我自己。我不要亮相。我要以自己创作的进步告慰那些关心爱护着我的读者和编辑们。

这年冬天我调到文化馆。我躲在一间废弃的房子里读书,整整读了一个冬天又一个春天。我需要充实是因为深知自己艺术功底的浅薄。这个时期中国文坛新刊物如雨后春笋,几乎每个月都有热门作品爆响,有新的作家跃上文坛。我心里十分鼓舞,却依然冷下心来读我的书。到一九七九年五月末,我觉得心力和气力都已充实才开始动笔,写下了《信任》。

我第一次渴望别人的鼓励。我如愿以偿得到了十分及时的热诚的鼓励。作品见报的第二天我在一个座谈会上碰到杜鹏程同志,一见面就转达了他和王汶石同志鼓励的话。十天后接到责任编辑吕震岳的电话,要我去报社看读者来信。我一封一封仔细翻阅那一摞热情洋溢的读者来信的时候,我的鼻腔连连发酸。我此刻才发觉自己精神世界里十分脆弱的另一面……大约过了一月,我又从《人民文学》编辑朋友的来信中得知光年同志的热切关怀和鼓励。

八年过去了,《信任》荣幸获奖,又被翻译成英文和日文在美国和日本出版,每一次有关该篇小说的反响到来的时候,我总是首先忆及关心过她也鼓励过我的读者、编辑和老前辈。然而我至今也没有向张光年同志写过一封感谢的信,更没有一次机会能与他相识。机会终于在我们欢庆党的十三大胜利闭幕的时刻到来了。

吃便宴时,作家们互相频频举杯开怀畅饮,为了自己欢愉之心情,更为了党和国家的里程碑式的胜利。我与同桌的金河提议,向光年同志敬一杯生日喜酒,金河欣然,同桌的李希凡也响应了,我们三人走到张光年同志的桌前,说一声:"光年同志,祝您生日愉快。"张光年同志举起杯来,喜不自胜。他大约从口音上听出了陕西关中的古调,笑问:"你是忠实同志吧?"我点头称是。

再没有多说一句话。再多说什么都多余。对于一个宽厚老者来说,他一生爱护关心鼓励过多少后来者,我想他并不要听被鼓励被关心者的什么感谢的话。

然而我毕竟偿还了一宗积沉八年的夙愿,向德高望重的文学前辈,敬一杯生日欢庆的酒,祝这样的宽厚长者在中国长寿。我也同时想到步入中年的自己,文学创作的进展和拓宽自然全得靠自己埋头苦干,不论所得属大属小属高能属低能,那仅仅只是问题的一个方面而不是全部;另一方面也许是很重要的一面,得修一副宽厚的心胸,与同人们共同前进,共同开创文学艺术欣欣向荣的新局面。

1988 年 1 月 6 日

默默此情谁诉

十一月三日,我从乡下住处回到作协已是十二点钟了。我匆匆赶到西安晚报社张月赓家里,交给他一件捎带的东西。闲聊间月赓说,好久没见老蒙了,我想请你和老蒙到家里来喝一杯,我们三个还没在一起喝过酒哩!我就告诉他,老蒙给我说过至少两三次:约月赓来,咱们三个喝一杯。于是,我就让他约人定时间。我期待着这样的一次聚会……可是,谁料想,就在这一天清晨,蒙老师突然离开我们到另一个世界去了。

他走得那么匆忙,没来得及给他的亲人和朋友们留一句话,这是令人多么痛心的事啊!

此前四个月的七月中旬,作协在太白县召开"陕西长篇小说创作讨论会",蒙老师作为陕西文学界活跃的评论家被邀参加。他是从宝鸡来到太白县的。他在宝鸡为西大作家班的青年作家联系洽谈写报告文学集子的事,忙得不亦乐乎,终于完满地解决了问题。这是暑假,没有了教学的负担而可以潜心著书立论的宝贵时间,他毅然放弃了,冒着关中三伏的酷热到宝鸡奔走,为青年作家创造创作实习的条件。

在太白一见面,他就说,太白好凉快;我是到这儿乘凉来了。完全是一种逛会的宣言。我已经了知他的这种习性,其实他是最认真的会员。他一次不拉地参加讨论会,听取发言者的或是长篇宏论或是一言半语的插话。他一直没有说话,直到最后一个下午才说了大约不到一刻钟的话。他的发言不是所有的人都会赞同,这是极正常也是极普通的事,而他的坦率诚恳的用心却几乎使所有的人都为之感动。他是那样严肃认真热情地关注着长篇小说创作的发展以及陕西中青年作家的创作的现状。评论家刘建军和畅广元随之借着他的话题即兴发挥,讨论由此而逐渐深入并且形成热点。他在认真地思考问题,他却说他是来乘凉的。

我因此而想到八年前在太白的相聚。那是粉碎"四人帮"后文艺复兴初期作协召开的一次很成功的会议。当时陕西开始涌现出一批中青年作家,会议讨论这批作家的优长和发展。我和蒙万夫老师被会议的组织者安排在一个屋子。我当时和他认识不久,交往不多,有点怯生或者说陌生。我想,我是来自乡间的草莽,他是高等学府的教师,我总觉得无法掩饰自己的浅陋。但他待人随和的态度和那种随意的习性使我很快消除了拘谨。那时候我的短篇《信任》刚刚获得全国优秀短篇小说奖,我说到从这篇小说引起的惶惑。他说,你就写你的,你按你的兴趣写。《信任》好得很!有个性。没有个性的作品就跟没有个性的人一样让人难受。短短几天的相处,我感受到了一个可信赖的良师益友的脾性正与我合拍,从此就开始了我们愈来愈真挚的感情的交汇和友情的发展。此后八年之久以至到第二次相聚在太白,我们的友谊可以说像夏天一样成熟了。

我那时在灞桥区文化馆工作,馆里举办了一期创作讲习班,灞桥地区的农村、工厂、学校等单位的五六十名文学爱好者参加了。我去西大约请蒙老师讲课,他满口应承,这就一下消除了我来时心存的"庙小难安大神"的顾虑。我随之就抱歉地说明,文化馆无车,我也借不来车,只好委屈你坐公共汽车了。他反而怨我说,你这人,作那个难干啥哩!你给我说清去灞桥该坐哪路车,在哪儿乘车、换车就行了,再就甭管了,保证误不了讲课。

果然,我早晨起来还未来得及吃早点,蒙老师已经走进我的屋子。一进门就轻松地说,汽车方便得很嘛!路也不远。我就感到他是继续以轻松的话来解除我的窘迫。金钱和利害可以使人结成铁哥儿死党,而真诚却使人更觉得可靠和信赖,也更耐人回味和珍惜。

他的讲演大获成功——我是第一次听他正儿八经拉开场子讲文学创作。他没有讲义,一直站着而拒绝坐椅子。他一口气讲了三个多小时,讲到托尔斯泰、巴尔扎克、雨果和柳青,又讲到中国一九八〇年那时候活跃于文坛的中青年作家以及陕西的中青年作家和他们的作品。他纵古横今旁征博引深入浅出,把比较干巴的文学理论讲得生趣盎然,偶尔挟带的轶事趣闻引起哗笑,而又紧紧围绕他讲话的命题。课后几个学员直后悔没带录音机来,说把这场讲课录下来再整理出来就是一篇严密的论文。我有同感。他讲课时的选词用语十分严密,似乎是在念讲义,而他手里什么也没拿。这是我第一次见识作为学者的蒙万夫的硬功夫、真本领以及演讲的风采。

作为学者的蒙老师身上又保存着明显的农民的生活习性。他对农村的事特别有兴趣,我们见面时,他就问农村的收成,责任制实行过程中的农民情绪。他第一次到我乡下的住处来,我正在完成新屋建筑的最后工作,几个农民青年工匠正吃饭,他就和他们坐到一张小桌上,拒绝我为他另外置饭的考虑,而且很快就和那些青年工匠聊得嘻嘻哈哈。

那天饭后我领他到灞河川道里散步,春夏相交时节的河川正是最丰满的景色,麦子孕穗,豌豆结荚,河水清冽,水鸟恋情于水上沙滩。我和张月赓在水边说话,蒙老师已脱了鞋袜,泼水到河心露出水面的大石头上,掬膝而坐,环顾四野。老张对我说,看看,老蒙陶醉于大自然的韵味里去了。我却想到他说过他也是来自农村,考上大学才进入西安,他也许沉入童年农村生活的回味,那是对一种熟悉的却又久违了的生活的回嚼。老张说,我们还是不要扰乱老蒙的情绪。

于是，我俩就顺着水边走下去，走过半里多远，回头望过去，蒙老师仍然坐在那块露出河心的大石头上凝神不动，像一尊石雕。当我们终于涉过河水，走上对岸的沙堤会面以后，蒙老师第一句话就是：现在才最清醒地感觉到城市单元楼的全部可怕了！

认识蒙老师不久，他即向我提出，你以后在什么地方发表东西，告诉我一声，说清报纸杂志的名字和期号，我一定会找到的。如果你有多余的寄给我一份更好了。他没有说要这些东西作何用。我也没有问，以为他想看看我的创作发展罢了。自此以后，我就如约把我在一些杂志和报刊发的东西寄给或送给他。他看罢后，往往就成为我们再见面时的话题。此后他又提出，让我把此前发表过的全部作品送给他一览，包括"文革"前的几篇很难称为作品的习作以及"文革"当中曾使我汗颜的几篇小说，我把存留下来的全都背去给他看了。当他后来送还我的时候，已经替我编了码，整理得有条有理了。

后来，他约我认真谈一次，不仅是创作，还有生活的历程。那天在一间储藏杂物的屋子里我们谈开了，有他的三四个学生一起谈，整整谈了一天，从家庭谈到读书和工作的整个历程，谈到第一次对文学感兴趣以及后来走过的坎坷的创作之路。谈话虽然杂乱无章，却也是我自己一次较为认真的回顾。不久他和学生把我的谈话整理成文，打印成册，并送给我几份。我仍然搞不清他费这么大的力气的用意，只是以为他想了解我的生活和文学经历而已。但有一天他告诉我，《笔耕》文学评论组拟出版一本评论西北五省活跃的中青年作家的评论集，《笔耕》的主要评论家每人写一个作家，我的评论由他写。他说，我现在才觉得可以给你说这个话了，关于你的评论我可以写了。又过了好些日子，有一天收到他的信，说文章已写完，让我去看看。我一看就愣住了，洋洋三万言，已经誊写清楚，名曰《陈忠实论》。那本书规定只能容纳一万字，他就节选出一万字编入了，整个文章后来发表在《文学家》杂志上。看罢文章我才明白，此间我们几次见面,几次交谈,都是他对我的创作的一些思考,和我交换看法。那些看法成为他的评论文章的重要论点。我无意评说这篇文章。我对这篇文章的看法早已与他谈过,尤其使我感动的是他做学问的那种认真精神,为了这篇文章,他间接和直接摊了多少工夫啊!

大概正在他酝酿写作这篇文章的时间里,我在《延河》上发了一篇《答读者问》的创作谈。他看罢即写信给我,说他想不到我说的"最喜欢的作品是《梆子老太》"的话,约我谈一下。此前他曾谈过他不大欣赏《梆子老太》,认为与其他中篇相比是次一些的。我说,我不是觉得这部中篇写得好与不好的问题,我喜欢这部中篇只是因为《梆子老太》改变了以往以故事和情节结构作品的手法,是以人物结构的,是创作试验。他仍然申述这篇作品不好的原因,而且有点激动。于是,我们第一次发生了争论。争论的结果是他仍然把自己的观点写进了评论。我因此反而更敬重他:一个认真做学问的人的品格本该如此。

今天离蒙老师去世已近百日,回忆我和他从相识到相知的十个年头里,我们已经有过多少次倾心的交谈:他催我奋进,给我安慰。可如今,天上人间,何处话衷肠……

1989 年 1 月 28 日 白鹿园

又见鹭鸶

　　那是春天的一个惯常的傍晚,我沿着水边的沙滩漫不经意地悠步。旱草和水草都已经蓬勃起来,河川里满眼都是盎然生机,野艾苦蒿薄荷和鱼腥草的气味混合着弥漫在空气里,风轻柔而又湿润。在桌椅间窝蜷了一天的四肢和绷紧的神经,渐渐舒展开来松弛开来。

　　绕过一道河石垒堆的防洪坝,我突然瞅见了鹭鸶,两只,当下竟不敢再挪动一步,生怕冲撞了它惊飞了它,便蹑手蹑脚悄悄默默在沙地上坐下来,压抑着冲到唇边的惊叹,哦!鹭鸶又飞回来了!

　　在顺流而下大约三十米外,河水从那儿朝南拐了个大弯儿,弯儿拐得不急不直随心所欲,便拐出一大片生动的绿洲,贴近水流的沙滩上水草尤其茂密。两只雪白的鹭鸶就在那个弯头上踯躅,在那一片生机盎然的绿草中悠然漫步;曲线优美到无与伦比的脖颈迅捷地探入水中,倏忽又在草丛里仰起头来;两条峭拔的长腿淹没在水里,举趾移步优然雅然;一会儿此前彼后,此左彼右,一会儿又此后彼前此右彼左;断定是一对儿没有雄尊雌卑或阴盛阳衰的纯粹感情维系的平等夫妻……

　　于是,小河的这一方便呈现出别开生面令人陶醉的风景,清澈透碧的河水哗哗吟唱着在河滩里蜿蜒,两个穿着艳丽的女子在对岸的水边倚石搓洗衣裳,三头紫红毛色的牛和一头乳毛嫩黄的牛犊在沙滩草地上吃草,三个放牛娃三对角坐在草地上玩扑克,蓝天上只有一缕游丝似的白云凝而不动,落日正渲染出即将告别时的热烈和辉煌……这些时常见惯的景致,全都因为一双鹭鸶的出现而生动起来。

不见鹭鸶,少说也有二十多年了。小时候在河里耍水在河边割草,鹭鸶就在头前或身后的浅水里,有时竟在草笼旁边停立;上学和下学涉过河水时,鹭鸶在头顶翩翩飞翔,我曾经妄想把一只鸽哨儿戴到它的尾毛上;大了时在稻田里插秧或是给稻畦里放水,鹭鸶又在稻田圪梁上悠然踱步,丝毫也不戒备我手中的铁锨……难得泯灭的永远鲜活的鹭鸶的倩影,现在就从心里扑飞出来,化成活泼的生灵在眼前的河湾里。

至今我也搞不清鹭鸶突然离去突然绝迹的因由,鸟类神秘的生活习性和生存选择难以揣摩。岂止鹭鸶这样的小河流域鸟类中的贵族,乡民们视作报喜的喜鹊也绝迹了,张着大翅盘旋在村庄上空窥伺母鸡的恶老鹰彻底销踪匿迹了,连丑陋不堪猥琐笨拙的斑鸠也再不复现了,甚至连飞起来遮天蔽日的丧婆儿黑乌鸦都见不着一只,只有麻雀种族旺盛,村庄和田野处处都只能听到麻雀的叽叽喳喳。到底发生了什么灾变,使鸟类王国土崩瓦解灭族灭种留下一片大地静悄悄?

单说鹭鸶。许是水流逐年衰枯稻田消失绿地锐减,这鸟儿瞧不上越来越僵硬的小河川道了?许是乡民滥施化肥农药污染了流水也污浊了空气,鹭鸶感到窒息而逃逸了?许是沿河两岸频频敲打的庆贺"指示"发表的锣鼓和震天撼地的炮铳,使这喜欢悠闲的贵族阶级心惊肉跳恐惧不安,抑或是不屑于这一方地域上人类的愚蠢可笑拂尾而去?许是那些隐蔽在树后的猎手暗施的冷枪,击中了鹭鸶夫妻双方中的雌的或雄的,剩下的一个鳏夫或寡妇悲怆遁逃?

又见鹭鸶!又见鹭鸶!

落日已尽红霞隐退暮霭渐合。两只鹭鸶悠然腾起,翩然闪动着洁白的翅膀逐渐升高,没有顺河而下也没见逆流而上,偏是掠过小河朝北岸树木葱茏的村庄飞去了。我顿然悟觉,鹭鸶原是在村庄里的大树上筑巢育雏的。我的小学校所在的村庄面临河岸的一片白杨林子里,枝枝杈杈间竟有二十多个鹭鸶搭筑的窝巢,乡民们无论男女无论老幼引为荣耀视为吉祥。一只刚刚生出羽毛的雏儿掉到地上,竟然惊动了整个村庄的男女老少,合议着公推一位爬树利落的姑娘把它送回窝儿里。更不必担心伤害鹭鸶的事了,那是被视为作孽短寿的事。鹭鸶和人类同居一处无疑是一种天然和谐,是鸟类对人类善良天性的信赖和依傍。这两只鹭鸶飞到北岸的哪个村庄里去了呢?在谁家门前或屋后的树上筑巢育雏呢,谁家有幸得此吉兆得此可贵的信赖情愫呢?

我便天天傍晚到河湾里来,等待鹭鸶。连续五六天,不见踪影,我才发现没有鹭鸶的小河黯然失色。我明白自己实际是在重演那个可笑的"守株待兔"的寓言故事,然而还是忍不住要来。鹭鸶的倩影太富于诱惑了。那姿容端的是一种仙骨神韵,一种优雅一种大度一种自然;起飞时悠然翩然,落水里也悠然翩然,看不出得意时的昂扬恣肆,也看不出失意下的气急败坏;即使在水里啄食小虫小虾青叶草芽儿,也不似鸡们鸭们雀们饿不及待的贪馋和贪婪相。二三十年不见鹭鸶,早已不存再见的期冀和奢望,一见便不能抑制和罢休。我随之改变守候而为寻找,隔天沿着河流朝下,隔天又溯流而上,竟是一周的寻寻觅觅而终不得见。

我又决定改变寻找的时间,于是舍弃了一个美好的出活儿的早晨,在黎明的熹微中沿着河水朝上走。大约走出五华里路程,河川骤然开阔起来,河对岸有一大片齐肩高的芦苇,临着流水的芦苇幼林边,那两只鹭鸶正在悠然漫步,刚出山顶的霞光把白色的羽毛染成霓虹。

哦!鹭鸶还在这小河川道里。

哦!鹭鸶对人类的信赖毕竟是可以重新建立的。

我在一块河石上悄然坐下来,隔水眺望那一对圣物,心头便涌出一首脍炙人口的诗歌来:

蒹葭苍苍
白露为霜
所谓伊人
在水一方

1992 年 8 月　西安

汽笛・布鞋・红腰带

一个年过五十的人,依然清晰地记得平生听到第一声火车汽笛时的情景。

他当时刚刚勒上了头一条红腰带。这是家乡人遇到本命年时避灾禳祸乞求平安福祉的吉祥物,无论男女无论长幼无论尊卑都要在本命年到来的头一天早晨穿裤子时勒上腰的。那是母亲用自纺的棉线四股合成一股,经过浆洗经过大红颜色的煮染再经过蜂蜡的打磨,然后把经线绷在两个膝盖之间织成的。早在母亲搓棉花捻子和纺线的时候就不断念叨:"娃的本命年快到了,得织一条红腰带。"在标志着一年将尽的最后一个月份——腊月——到来之前,母亲已经织好了一条红腰带,只让他试着勒了一下就藏进木板柜里,直到大年三十晚上才取出来放到枕头旁边,叮嘱他天明起来换穿新衣新裤时结上那根红腰带。他那时只是为了那条鲜红的线织腰带感到新奇而激动不已,却不能意识到生命历程的第二个十二年将从明天早晨开始……

半年以后,他勒在腰里的红带已经变成了紫黑色的了,鲜艳的红色被汗渍尿垢以及褪色的黑裤污染得失去了原本的颜色。他依旧勒着这条保命带走出了家乡小学所在的小镇,到三十里外的历史名镇灞桥去投考中学。领着他的是一位四十多岁的班主任老师,姓杜;和他一起去投考的有二十多个同学,这些小学同学中有的已经结婚,那是他们在新中国成立后才迟迟获得读书机会的缘故,他是他们当中年龄最小个头最矮的一个。

这是一次真正的人生之旅。

从小镇小学校后门走出来便踏上了公路。这是一条国道,西起西安沿着灞河川道再进入秦岭,在秦岭山岩中盘旋蜿蜒一直通到湖北省内。这是他第一次走出家门三公里以外的旅行。他昨夜激动惶惧得几乎不能成眠;他肩头挎着一只书包,包里装着课本,一支毛笔和一只墨盒,还有几个学生灶发给的混面馍馍,还有一块洗脸擦脸用的布巾,同样是母亲用织布机织下的手工布巾……口袋里却连一分钱也没有。

开始上路他和老师、同学相跟着走,大约走出十多里路也不觉得累,同学们大都是来自小镇附近村庄,谁也没出过远门,兴致很高心劲十足一路说说笑笑叽叽嘎嘎。后来的悲剧是从脚下发生的。他感觉脚后跟有点疼,脱下鞋来看了看,鞋底磨透了,脚后跟上磨出红色的肉丝淌着血,血浆渗湿了鞋底和鞋帮。他首先诅咒的便是砂石铺垫的国道上的砂子,全然想不到母亲纳扎的布鞋鞋底经不住砂石的磨砺,随后才意识到是一双早已磨薄了的旧布鞋的鞋底。在他没有发现鞋破脚破之前还能撑持住往前走,而当他看到脚后跟上的血肉时便怯了,步子也慢了。

似乎不单是脚后跟上出了毛病,全身都变得困倦无力,双腿连往前挪一步的勇气都没有了,每一次抬脚举步都畏怯落地之后所产生的血肉之苦。他看见杜老师在向他招手。他听见同学在前头呼叫他。他流下眼泪来,觉得再也撑不上他们了。他企望能撞见一位熟人吆赶的马车,瞬间又悲哀地想到,自己其实原来就不认识任何一位车把式。

他看见杜老师和一位结过婚的小学生大同学倒追过来,立即擦干了眼泪。老师和同学的关心鼓励丝毫也不能减轻脚下的痛楚和抬脚触地时引发的内心的畏怯。老师和大同学不能只等他一人而往前走了。他没有说明鞋底磨透脚跟磨烂的事,不是出于坚强而纯粹是因为爱面子,他怕那些能穿起耐磨的胶质球鞋的同学笑自己穷酸。这种爱面子的心理不知何时形成的,以至影响到他后来的全部生活历程,不愿意在任何人面前哭穷。老师和大同学临走时留给他的一句话是:"往前走不敢停。慢点儿不要紧只是不敢停下。我们在前头等你。"

　　他已经看不见杜老师率领着的那支小小的赶考队伍了。他期望在路上捡到一块烂布包住脚后跟,终于没有发现哪怕是巴掌大的一块碎布而失望了。他从路边的杨树上将下一把树叶塞进鞋窝儿,大约只舒服了两分钟走出不过十几米就结束了暂短的美好和幼稚。他终于下狠心从书包里摸出那块擦脸用的布巾,相当于课本的两倍大小,只能包住一只脚。洗脸擦脸已经不大重要了,撩起衣襟就可以代替布巾来使用。用布巾包住的一只脚不再直接遭受砂石的蹭磨减轻了疼痛,况且可以使另一只脚踮起脚尖而避免脚后跟着地。他踮着一只脚尖就跛着往前赶,果然加快了行速。走过不知有多少路程,布巾很快又磨透了,他把布巾倒过来再包到脚上,直到那块布巾被踩磨得稀烂而毫无用处。他最后从书包拿出了课本,先是算术,后是语文,一扎一扎撕下来塞进鞋窝……只要能走进考场,他自信可以不需要翻动它们就能考中;如果万一名落孙山,这些课本无论语文或是算术就都变成毫无用处的废物了。那些课本的纸张更经不住砂石的蹭磨,很快被踩踏成碎片从鞋窝里泛出来撒落到砂石国道上,像埋葬死人时沿路抛撒的纸钱。直到课本被撕光,他几乎完全绝望了,脚跟的疼痛逐渐加剧到每一抬足都会心惊肉跳,走进考场的最后一丝勇气终于断灭了。他站下随之又坐下来,等待有一挂回程的马车,即使陌生的车夫也要乞求。他对念中学似乎也没有太明晰的目标,回家去割草拾柴也未必不好……伟大的转机就在他完全崩溃刚刚坐下的时候发生了,他听到了一声火车汽笛的嘶鸣。

他被震得从路边的土地上弹跳起来。他被惊吓得几乎又软瘫坐下。他的耳膜长久地处于一种无知觉的空白。他的胸腔随着铿锵铿锵的轮声起伏着战栗着。他惊惧慌乱不知所措而茫然四顾,终于看见一股射向蓝天的白烟和一列呼啸奔驰过来的火车。他能辨识出火车凭借的是语文课本上的一幅拙劣的插图。这是他平生第一次看见火车。第一次听见火车汽笛的鸣叫。隐蔽在原坡皱褶里的家乡村庄,一年四季只有人声牛哞狗吠鸡鸣和鸟叫。列车从他眼前的原野上飞驰过去,绿色的车厢绿色的窗帘和白色的玻璃,启开的窗户晃过模糊的男人或女人的脸,还有一个把手伸出窗口的男孩的脸……直到火车消失在柳林丛中,直到柳树梢头的蓝烟渐渐淡化为乌有,直到远处传来不再那么震慑而显得悠扬的汽笛声响,他仍然无法理解火车以及坐在火车车厢里的人会是一种什么滋味儿?坐在飞驰的火车上透过敞开的窗口看见的田野会是怎样的情景?坐在火车上的人瞧见一个穿着磨透了鞋底磨烂了脚后跟的乡村娃子会是怎样的眼光?尤其是那个和他年岁相仿已经坐着火车旅行的男孩?

天哪!这世界上有那么多人坐着火车跑哩而根本不用双腿走路!他用双脚赶路却穿着一双磨穿了鞋底磨烂了脚后跟的布鞋一步一蹭血地踯躅!似乎有一股无形的神力从生命的那个象征部位腾起,穿过勒着红腰带的腹部冲进胸腔又冲上脑顶,他无端地愤怒了,一切朦胧的或明晰的感觉凝结成一句,不能永远穿着没后底的破布鞋走路……他把残留在鞋窝里的烂布绺烂树叶烂纸屑腾光倒净,咬着牙在砂石国道上重新举步,腿上有劲了,脚后跟也还在淌血还疼,走过一阵儿竟然奇迹般地不疼了,似乎那越磨越烂得深的脚后跟不是属于他的,而是属于另一个怯弱者懦弱鬼王八蛋的……在离考场的学校还有一二里远的地方,他终于追赶上了老师和同学,却依然不让他们看他惨不堪睹的两只脚后跟。

……

在那场历时十年的大浩劫发生时，他虽未被完全打翻却感到已经走到生命的尽头。那一年又正好是他勒上第二条红腰带开始第三轮十二年的时候。他被划进刘少奇路线而注定了政治生命的完结，他所钟情的文学在刚刚发出处女作便夭折了，家庭的灾难也接踵而至，不是祸不单行而是三面伏击四面楚歌。他步入社会尚无任何生活经验也无丝毫的防卫能力，很快便觉得进入绝境而看不出任何希望，不止一次于深夜走到一口水井边企图结束完全变成行尸走肉的自己。没有促成他纵身一投的缘由，便是他在那最后一刻听到了发自生命内部的那一声汽笛的鸣叫……

在他勒上第三条红腰带开始生命年轮的第四个十二年的时候，恰好又遭遇到一次重大的挫折。如果说上一次的遭遇与红腰带有无什么联系尚无意识，这一次就令他暗暗惊诧了，人类生命本身是否存在着一种神秘的周期性灾变？他不再以一个简单的无神论者的简单态度轻易去判断其有无了。这一次挫折纯粹是自作自受，不能怨天不能怨地更不能怨天下任何人，自己写下一篇对生活做出简单谬误判断的小说而声名狼藉。他曾想告别政坛也告别文学，重新回到学校做一名乡村教师，与农村孩子去交朋友。在那个人生重大抉择的重要关头，他不仅又一次听到了那声汽笛，而且想到了那双磨透了鞋底磨烂了脚跟的布鞋。有什么可畏惧的呢？本来就是穿着磨透鞋底的布鞋走进社会的，最终最糟失掉的大不了也就是又一双破烂布鞋……他走进图书馆，把莫泊桑和契诃夫的小说抱回住屋，昼夜与这两个欧洲人拥抱在一起。

他后来成为一个作家，但不是著名的，却终归算一个作家。这个作家已过"知天命"的年岁，回顾整个生命历程的时候，所有经过的欢乐已不再成为欢乐，所有经历的灾难挫折引起的痛苦也不再是痛苦，变成了只有自己可以理解的生命体验，剩下的还有一声储存于生命磁带上的汽笛鸣叫和一双破了鞋底的布鞋。

他想给进入花季刚刚勒上头一条或第二条红腰带的朋友致以祝贺,无论往后的生命历程中遇到怎样的挫折怎样的委屈怎样的龌龊,不要动摇也不必辩解,走你认定了的路吧!因为任何动摇包括辩解,都会耗费心力耗费时间耗费生命,不要耽搁了自己的行程。

1993 年 6 月 18 日草 小寨
6 月 21 日改定

猜 想 死 亡

天宇里
有一颗专司死亡的星星

是有意还是无意
是选择还是冒碰
一旦砸下来
便要击中一个天灵盖
这人便死了
无论是元首还是将军
抑或只是一个平民

它不辨善也不择恶
不分贵也不分贱
更没有公平可论
撞上谁
算谁倒霉

这个猜想如果成立
我们反而坦然

被砸中了便走向死亡
砸不上便继续做自己的事
总统继续竞选连任
将军继续操练士兵
平民继续忙油盐酱醋的日子

担忧根本无用
躲藏更属徒劳
运气仅仅在于
一个迟些……一个早些

1992年11月26日草
1993年9月16日改

晶莹的泪珠

我手里捏着一张休学申请书朝教务处走着。

我要求休学一年。我写了一张要求休学的申请书。我在把书面申请交给班主任的同时，又口头申述了休学的因由，发觉口头申述因为穷而休学的理由比书面申述更加难堪。好在班主任对我口头和书面申述的同一因由表示理解，没有经历太多的询问便在申请书下边空白的地方签写了"同意该生休学一年"的意见，自然也签上了他的名字和时间。他随之让我等一等，就拿着我写的申请书出门去了，回来时那申请书上就增加了校长的一行签字，比班主任的字签得少自然也更简洁，只有"同意"二字，连姓名也简洁到只有一个姓，名字略去了。班主任对我说："你现在到教务处去办手续，开一张休学证书。"

我敲响了教务处的门板。获准以后便推开了门，一位年轻的女先生正伏在米黄色的办公桌上，手里提着长杆蘸水笔在一厚本表册上填写着什么，并不抬头。我知道开学报名时教务处最忙，忙就忙在许多要填写的各式表格上。我走到她的办公桌前鞠了一躬："老师，给我开一张休学证书。"然后就把那张签着班主任和校长姓名和他们意见的申请递放到桌子上。

她抬起头来，诧异地瞅了我一眼，拎起我的申请书来看着，长杆蘸水笔还夹在指缝之间。她很快看完了，又专注地把目光留滞在纸页下端班主任签写的一行意见和校长更为简洁的意见上面,似乎两个人连姓名在内的十来个字的意见批示,看去比我大半页的申请书还要费时更多。她终于抬起头来问:

"就是你写的这些理由吗?"

"就是的。"

"不休学不行吗?"

"不行。"

"亲戚全都帮不上忙吗?"

"亲戚……也都穷。"

"可是……你休学一年,家里的经济状况也不见得能改变,一年后你怎么能保证复学呢?"

于是我就信心十足地告诉她我父亲的精确安排计划:待到明年我哥哥初中毕业,父亲谋划着让他投考师范学校,师范生的学杂费和伙食费全由国家供给,据说还发三块钱零花钱。那时候我就可以复学接着念初中了。我拿父亲的话给她解释,企图消除她对我能否复学的疑虑:"我伯伯说来,他只能供得住一个中学生;俺兄弟俩同时念中学,他供不住。"

我没有做更多的解释。我的爱面子的弱点早在此前已经形成。我不想再向任何人重复叙述我们家庭的困窘。父亲是个纯粹的农民,供着两个同时在中学念书的儿子。哥哥在距家四十多里远的县城中学,我在离家五十多里的西安一所新建的中学就读。在家里,我和哥哥可以合盖一条被子,破点旧点也关系不大。先是哥哥接着是我要离家到县城和省城的寄宿学校去念中学。每人就得有一套被褥行头,学费杂费伙食费和种种花销都空前增加了。实际上轮到我考上初中时已不再是考中秀才般的荣耀和喜庆,反而变成了一团浓厚的愁云忧雾笼罩在家室屋院的上空。我的行装已不能像哥哥那样有一套新被子新褥子和新床单,被简化到只能有一条旧被子卷成小卷儿背进城市里的学校。我的那一绺床板终日裸露着缝隙宽大的木质板面,晚上就把被子铺一半再盖上一半。我也不能像哥哥那样由父亲把一整袋面粉送交给学生灶,而只能是每周六回家来背一袋杂面馍馍到学校去,因为学校灶上的管理制度规定一律交麦子面,而我们家总是短缺麦子而苞谷面还算宽裕。这样的生活我并未意识到有什么不好,因为背馍上学的学生远远超过能搭得起灶的学生人数,每到三顿饭时,背馍的学生便在开水灶的一排供水龙头前排起五六列长队,把掰碎的各色馍块装进各自的大号搪瓷缸子里,用开水浸泡后,便三人一堆五人一伙围在乒乓球台的周围进餐,佐菜大都是花钱买的竹篓咸菜或家制的腌辣椒,说笑和争论的声浪甚至压倒了那些从灶房领取炒菜和热饭的"贵族阶层"。

  这样的念书生活终于难以为继。父亲供给两个中学生的经济支柱,一是卖粮,一是卖树,而我印象最深的还是卖树。父亲自青年时就喜欢栽树,我们家四五块滩地地头的灌渠渠沿上,是纯一色的生长最快的小叶杨树,稠密到不足一步就是一棵,粗的可作檩条,细的能当椽子。父亲卖树早已打破了先大后小先粗后细的普通法则,一切都是随买家的需要而定,需要檩条就任其选择粗的,需要椽子就让他们砍伐细的。所得的票子全都经由哥哥和我的手交给了学校,或是换来书籍课本和作业本以及哥哥的菜票我的开水费。树卖掉后,父亲便迫不及待地刨挖树根,指头粗细的毛根也不轻易舍弃,把树根劈成小块晒干,然后装到两只大竹条笼里挑起来去赶集,卖给集镇上那些饭馆药铺或供销社单位。一百斤劈柴的最高时价为一点五元,得来的块把钱也都经由上述的相同渠道花掉了。直到滩地上的小叶杨树在短短的三四年间全部砍伐一空,地下的树根也掏挖干净,渠岸上留下一排新插的白杨枝条或手腕粗细的小树……

  我上完初一第一学期,寒假回到家中便预感到要发生重要变故了。新年佳节弥漫在整个村巷里的喜庆气氛与我父亲眉宇间的那种根深蒂固的忧虑形成强烈的反差，直到大年初一刚刚过去的当天晚上，父亲便说出来谋划已久的决策："你得休一年学，一年。"他强调了一年这个时限。我没有感到太大的惊讶。在整个一个学期里，我渴盼星期六回家又惧怕星期六回家。我那年刚交十三岁，从未出过远门，而一旦出门便是五十多里远的陌生的城市，只有星期六才能回家一趟去背馍，且不要说一周里一天三顿开水泡馍所造成的对一碗面条的迫切渴望了。然而每个周六在吃罢一碗香喷喷的面条后便进入感情危机，我必须说出明天返校时要拿的钱数儿，一元班会费或五毛集体买理发工具的款项。我知道一根丈五长的椽子只能卖到一点五元钱，一丈长的椽子只有八角到一块的浮动区。我往往在提出要钱数目之前就折合出来这回要扛走父亲一根或两根椽子，或者是多少斤树根劈柴。我必须在周六晚上提前提出钱数，以便父亲可以从容地去借款。每当这时我就看见父亲顿时阴沉下来的脸色和眼神，同时，夹杂着短促的叹息。我便低了头或扭开脸不看父亲的脸。母亲的脸色同样忧愁，我似乎可以看；而父亲的脸眼一旦成了那种样子，我就不忍对看或者不敢对看。父亲生就的是一脸的豪壮气色，高眉骨大眼睛统直的高鼻梁和鼻翼两边很有力度的两道弯沟，忧愁蒙结在这样一张脸上似乎就不堪一睹……我曾经不止一次地产生过这样的念头，为什么一定要念中学呢？村子里不是有许多同龄伙伴没有考取初中仍然高高兴兴地给牛割草给灶里拾柴吗？我为什么要给父亲那张脸上周期性地制造忧愁呢……父亲接着就讲述了他得让哥哥一年后投考师范的谋略，然后可以供我复学念初中了。他怕影响一家人过年的兴头儿，所以压在心里直到过了初一才说出来。我说："休学。"父亲安慰我说："休学一年不要紧，你年龄小。"我也不以为休学一年有多么严重，因为同班的五十多名男女同学中有不少人都结过婚，既有孩子的爸爸，也有做了妈妈的，这在五十年代初并不奇怪，解放后才获得上学机会的乡村青年不限年龄。我是班里年龄最小个头最矮的一个,座位排在头一张课桌上。我轻松地说:"过一年个子长高了,我就不坐头排头一张桌子咧——上课扭得人脖子疼⋯⋯"父亲依然无奈地说:

"钱的来路断咧!树卖完了——"

她放下夹在指缝间的木质长杆蘸水笔,合上一本很厚很长的登记簿,站起来说:"你等等,我就来。"我就坐在一张椅子上等待,总是止不住她出去干什么的猜想。过了一阵儿她回来了,情绪有些亢奋也有点激动,一坐到她的椅子上就说:"我去找校长了⋯⋯"我明白了她的去处,似乎验证了我刚才的几种猜想中的一种,心里也怦然动了一下,她没有谈她找校长说了什么,也没有说校长给她说了什么。她现在双手扶在桌沿上低垂着眼,久久不说一句话。她轻轻舒了一口气,仰起头来时我就发现,亢奋的情绪已经隐退,温柔妩媚的气色渐渐回归到眼角和眉宇里来了,似乎有一缕淡淡的无能为力的无奈。

她又轻轻舒了口气,拉开抽屉取出一本公文本在桌子上翻开,从笔筒里抽出那支木杆蘸水笔,在墨水瓶里蘸上墨水后又停下手,问:"你家里就再想不下办法了?"我看着那双滋浮着忧郁气色的眼睛,忽然联想到姐姐的眼神。这种眼神足以使任何被痛苦折磨着的心平静下来,足以使任何被痛苦折磨得心力交瘁的灵魂得到抚慰,足以使人沉静地忍受痛苦和劫难而不至于沉沦。我突然意识到因为我的休学致使她心情不好这个最简单的推理。而在校长班主任和她中间,她恰好是最不应该产生这种心情的。她是教务处的一位年轻职员,平时就是在教务处做些抄抄写写的事,在黑板上写一些诸如打扫卫生的通知之类事,我和她几乎没有说过话,甚至至今也记不住她的姓名。我便说:"老师,没关系。休学一年没啥关系,我年龄小。"她说:"白白耽搁一年多可惜!"随之又换了一种口吻说:"我知道你的名字也认得你。每个班前三名的学生我都认识。"我的心情突然灰暗起来而没有再开口。

她终于落笔填写了公文函,取出公章在下方盖了,又在切割线上盖上一枚合缝印章,吱吱吱撕下并不交给我,放在桌子上,然后把我的休学申请书抹上糨糊后贴在公文存根上。她做完这一切才重新拿起休学证书交给我说:"装好。明年复学时拿着来找我。"我把那张硬质纸印制的休学证书折叠了两番装进口袋。她从桌子那边绕过来,又从我的口袋里掏出来塞进我的书包里,说:"明年这阵儿你一定要来复学。"

我向她深深地鞠了躬就走出门去。我听到背后咣当一声闭门的声音,同时也听到一声"等等"。她拢了拢齐肩的整齐的头发朝我走来,和我并排在廊檐下的台阶上走着,两只手插在外套的口袋里。走过一个又一个窗户,走过一个又一个教室的前门和后门,校园里和教室里出出进进着男女同学,有的忙着去注册去交费,有的已经抱着一摞摞新课本新作业本走进教室,还有从校门口刚刚进来的背着被卷馍袋的迟来者。我忽然心情很不好受,在争取得到了休学证后心劲松了吗?我很不愿意看见同班同学的熟悉的脸孔,便低了头匆匆走起来,凭感觉可以知道她也加快了脚步,几乎和我同时走出学校大门。

学校门口又涌来一拨偏远地区的学生,熟悉的同学便连连问我:"你来得早!报过名了吧?"我含糊地笑笑就走过去了,想尽快远离正在迎接新学期的洋溢着欢跃气氛的学校大门。她又喊了一声"等等"。我停住脚步。她走过来拍了拍我的书包:"甭把休学证弄丢了。"我点点头。她这时才有一句安慰我的话:"我同意你的打算,休学一年不要紧,你年龄小。"

我抬头看她,猛然看见那双眼睫毛很长的眼眶里溢出泪水来,像雨雾中正在涨溢的湖水,泪珠在眼里打着旋儿,晶莹透亮。我瞬即垂下头避开目光。要是再在她的眼睛里多驻留一秒,我肯定就会号啕大哭。我低着头咬着嘴唇,脚下盲目地拨弄着一颗碎瓦片来抑制情绪,感觉到有一股热辣辣的酸流从鼻腔倒灌进喉咙里去。我后来的整个生命历程中发生过多少这种酸水倒流的事,而倒流的渠道却是从十四岁刚来到的这个生命年轮上第一次疏通的。第一次疏通的倒流的酸水的渠道肯定狭窄,承受不下那么多的酸水,因而还是有一小股从眼睛里冒出来,模糊了双眼,顺手就用袖头揩掉了。我终于仰起头鼓起劲儿说:"老师……我走咧……"

她的手轻轻搭上我的肩头:"记住,明年的今天来报到复学。"

我看见两滴晶莹的泪珠从眼睫毛上滑落下来,掉在脸鼻之间的谷地上,缓缓流过一段就在鼻翼两边挂住。我再一次虔诚地深深鞠躬,然后就转过身走掉了。

二十五年后,卖树卖树根(劈柴)供我念书的父亲在癌病弥留之际,对坐在他身边的我说:"我有一件事对不住你……"

我惊讶得不知所措。

"我不该让你休那一年学!"

我浑身战栗,久久无言。我像被一吨烈性"梯恩梯"炸成碎块细末儿飞向天空,又似乎跌入千年冰窖而冻僵四肢冻僵躯体也冻僵了心脏。在我高中毕业名落孙山回到乡村的无边无际的彷徨苦闷中,我曾经猴急似的怨天尤人:"全都倒霉在休那一年学……"我一九六二年毕业恰逢中国经济最困难的年月,高校招生任务大大缩小,我们班里剃了光头,四个班也仅仅只考取了一个个位数,而在上一年的毕业生里我们这所不属重点的学校也有百分之五十的学生考取了大学。我如果不是休学一年当是一九六一年毕业……父亲说:"错过一年……让你错过了二十年……而今你还算熬出点名堂了……"

我感觉到炸飞的碎块细末儿又归结成了原来的我,冻僵的四肢自如了冻僵的躯体灵便了冻僵的心又嘡嘡嘡跳起来的时候,猛然想起休学出门时那位女老师溢满眼眶又流挂在鼻翼上的晶莹的泪珠儿。我对已经跨进黄泉路上半步的依然向我忏悔的父亲讲了那一串泪珠的经历,我称呼伯伯的父亲便安然合上了眼睛,喃喃地说:"可你……怎么……不早点给我……说这女先生哩……"

我今天终于把几近四十年前的这一段经历写出来的时候,对自己算是一种虔诚祈祷,当各种欲望膨胀成一股强大的浊流冲击所有大门窗户和每一个心扉的当今,我便企望自己如女老师那种泪珠的泪泉不致堵塞更不敢枯竭,那是滋养生命灵魂的泉源,也是滋润民族精神的泉源哦……

1993 年 11 月 22 日　渭南

毛泽东的人格力量

我想引用一段小插曲作为这篇祝辞的开头。这是今年十月我随中国作家代表团访问意大利的一朵花絮。在一家皮货商店里，一位年轻店员突然对着作家张锲惊叫起来："毛——毛——"张锲是中国作家，兼着中华文学基金会总干事长。他长得酷似毛泽东的面容，脸形眼睛鼻子和嘴巴都像极了，只是下巴上少一颗痣。加上超出一点八米的个头和魁梧的块头，挺气魄的。那位店员接着就要与张锲合影。张锲有点不好意思冒充伟人，在大伙嘻嘻哈哈的敦促下就当了一回毛泽东。这种情景在我已不觉新鲜，因为自进入意大利以来已经发生过三次，在宾馆，在饭店，常有人走上前来拉住张锲的手惊喜地呼叫着"毛——毛——"。

这是在亚平宁半岛。这个半岛上的许多普通人，甚至可以说是社会最底层的人，至今还记得一位业已逝去十七年的中国人的领袖毛泽东的音容笑貌，我在那一刻确实感到了作为一个中国人的自豪。因为，在我来说，恐怕根本无法在人群里辨别出与任何一届意大利总统相像的人来。

毛泽东至今依然被这个半岛上的普通人记着，肯定不单是他作为一个大国大党的领袖；他的思想他的智慧他创立的伟业，甚至包括他晚年的错误，都证明他起码不是一个平庸的领袖。因为在他谢世后，世界上有些政客朝他泼去了够多的污水，这种泼污水的举动与中国共产党严肃地纠正错误不在一个思维档次,也不在同一人格品位上。亚平宁半岛的普通人似乎并没有把泼给毛泽东的污水当回事,依然崇敬他,以至惊呼着要与一位和毛泽东相像的中国作家照相留念。

我现在更深地感受到毛泽东的人格力量,他不单具备一个大国大党领袖的崇高人格,而且代表着一切普通中国人的独立人格。除了他的思想他的文采,现在更能唤起我们心灵呼应的就是这种人格力量。我们在阅读许多追忆毛泽东往事的资料时,恰恰是他一顿简单的午餐,一双破烂的皮鞋或拖鞋,一串自然泄出的风趣幽默的话语,一个有力的手势或是一个由激奋过渡到微笑的表情,常常引起我灵魂的战栗。尤其在看到他与政治经济大国首脑接触谈话时毫不做作的自然举动中的自信,维护国家和民族独立的坚定与凛然,便自然引发起心灵的震撼……这是所有演技演员所无法模拟的。

相信随着社会的进步、繁荣和多样化,我们将更崇尚这种独立人格作为灵魂的支撑,因为这毕竟是一个具有五千年文明史的伟大的民族。聚在这里的年轻人,对自己逝去的领袖所洋溢着的巨大热情,使直接经受过毛泽东时代的我感到欣慰,这是我们在争取新生活的历程中所最可珍贵的情怀。

1993 年 12 月

寓言两则

老母鸡和小公鸡的故事

一只老母鸡在一堆垃圾里刨食。这自然是乡村里的垃圾堆而不是城市里的垃圾桶。老母鸡刨得专心致志全身心投入,不时有所收获,一颗谷粒麦粒一片菜叶菜根,甚或一条肥嫩的蛆虫,她每遇此等美事便情不自禁地咕咕咕吟唱起来。

她突然刨出来一只蛋壳。这只蛋壳顶部有个圆洞,其余部分都十分完整,虽然表皮上粘着灰屑和泥痕,仍然可以辨别出原来的黄色。老母鸡正想啄食蛋壳,猛然间觉得眼熟,似曾相识,终于确认出这只蛋壳是她春天孵育过鸡雏的一只空壳,便停止了企图啄食的欲望,而且思绪浮动起来,这毕竟是她翅膀和肚皮温暖过整整二十一个日日夜夜的一只蛋壳。

这只黄色蛋壳育出过一只小公鸡。她清楚地记得这只小公鸡是第一个啄破蛋壳出世的,红褐色的绒毛,而且一直是那一群姊妹兄弟中最健壮也最好强的一个。他已经出脱为一只健美漂亮的血冠如帜的红公鸡了。老母鸡仰头四顾,想找到儿子,让他来看看曾经养育过他的这只了不起的蛋壳。

红公鸡正在不远处的一个柴火垛子上引颈啼鸣,向人们报告午时已到的时辰。阳光灿烂,暑热如炙。他刚刚学会叫鸣啼唱,声音还不雄浑,还不嘹亮,还不大自如自然,甚至有些引人发笑的稚声奶气,然而他依然站立在柴火垛子上,或是跳上树枝,或是跃上农家围墙,毫不羞怯地朝着太阳啼鸣高唱……老母鸡拍打着翅膀呼叫自己的儿子。

红公鸡跳下棉花秆儿垛子,飞跑着来到母鸡刨食的垃圾堆上。

"亲爱的大儿子,你认识它吗!"

"一只蛋壳嘛!"

"瞧你轻淡的口气儿——'一只蛋壳嘛'!你仔细瞧瞧——"

"我再看一百遍也还是一只普普通通的蛋壳。你说吧妈妈,它有什么好贵重的?"

"它是你出生的那只蛋壳!"

"哦——是吗?让我好好瞧瞧……"

老母鸡便情不自禁地向儿子叙说这只蛋壳的全部美妙:"那时候你睡在这只蛋壳里,我用翅膀把你抱在肚子底下,不论外头刮风、下雨、闪电、打雷,不论白天黑夜,你都不用担心受冷受冻,也不担惊受怕,更不用担心老鼠和狗猫伤害你……"

红公鸡感恩戴德地说:"不敢忘妈妈养育之恩。"

老母鸡说:"孩子,你那次偷吃人家晾晒的苞谷,差点给主人一鞭子抽死;有一晚鼠狼子钻过窝里叼走了你三弟,你吓得大病一场;前天那场暴风骤雨,差点儿把你拍击死了……这世界时时处处充满凶险!"

红公鸡说:"是的,凶险不少。"

老母鸡说:"孩子,你还是回到这个蛋壳里头去,那里头又安全又温馨。"

红公鸡瞅着蛋壳愣住了。

老母鸡说:"在你们兄弟姊妹伙里,我最喜欢你了,总怕你有个三长两短灾祸闪失。"

红公鸡瞅着那只被污泥烂物沾染得脏兮兮的蛋壳说:"危险确实不少,但这世界还是美好的。我受不了壳子里那种永久的黑暗。"

老母鸡嗔怪:"黑暗怕什么?只要你安全。再说你过去不是一直就在那里头吗?"

红公鸡说:"我在那个壳子里头没见过阳光没见过绿草没见过春风鲜花倒也罢了,现在见到了光明和鲜花就再也无法忍受黑暗了。"

老母鸡依然苦苦规劝:"孩子,妈为你安全为你好……"

"好吧妈妈,我来试试。"红公鸡跷起一只爪子伸向蛋壳,蛋壳顷刻便粉碎了。他对妈妈说:"你看,它连我的一只脚也盛不下啰!"

老母鸡无奈地摆摆脑袋。

红公鸡却信心十足地宽慰母亲:"放心吧妈妈。退回庇护我的黑暗的壳子是不可能的了,暴风雨和狐狸猛兽还会有,光明的阳光永恒。我小心着点就是了。"

关于人脸的争论

这个人很不幸,出生时先天失明双眼都是瞎子,而且害过一场天花,落下一脸麻坑儿。再没有这么厉害的麻脸了,大麻坑搂着小麻坑儿,小麻坑套结着大麻坑儿,整个面部几乎没有指甲盖儿大一块儿光滑平整的皮肤,一脸都是层层叠叠大大小小的麻坑儿麻花儿麻点儿麻兄麻弟麻姊麻妹儿。

他很不幸,却很聪慧机敏,尤其对音乐具有出神入化的敏感,任何外界传来的曲子只需听到一次,他便能用口哨吹得惟妙惟肖。他的父亲便给他买来一把胡琴。他的手指更具音乐天赋,无师自通便把一把胡琴拉得入丝入扣。他的手指细腻如葱白儿,许是生来就没有接触过任何粗糙的劳动工具的磨砺,手指十分灵巧也十分敏锐。他除了摸二胡的弦常就是摸自己的手脸,自从有记忆能力的年岁起,他没有摸过别人的脸,当然也无法看见旁人的脸。他在拉胡琴拉得双手酸麻时就搓一搓手指,再搓搓自己的脸颊,那脸上波浪起伏,搓摸起来也挺舒服。

他拉胡琴出了名,到一家县剧团去当头把二胡演奏师,因而收入可观,因而被一位挺漂亮的姑娘所钟情,自然而然结了婚。

新婚头一夜,他怀着激动不安的爱心伸手摸了摸新媳妇的脸,惊吓得触电似的跳起来又翻跌到床下,哆嗦成一团。

媳妇正进入羞怯的柔情蜜意之中,以为他有什么毛病,连忙扶他上床,问:"你怎么了?"

他不说话,伸手又去摸了一把媳妇的脸,又惊恐地抽回手差点跌倒。媳妇这回有了准备,双手扶住了他:"亲爱的,你到底怎么了?"

他惊惊咋咋地说:"你是个……怪物!"

媳妇莫名其妙:"我……怪物?我怎么是个怪物了?你摸到了什么了?"

他说:"你长的不是一张人脸!"

媳妇气红了脸追问:"我怎么不是人脸呢?"

他振振有词:"人的脸就像我的脸,坑坑洼洼的大坑连着小坑小坑套着大坑,我摸了我的脸二十年有余,难道还会有错吗?你的脸竟然平整整光溜溜的。光溜溜平整整的脸怎么能算人脸呢?"

媳妇顿然明白了原委。她想给他解释,光溜溜平整整的脸是人脸,有麻坑的脸也是人脸;平的光的脸是绝大多数人的脸,有麻坑的脸只是极少数人的脸;在基本消灭了天花的当今,麻坑脸尤其少见。她后来没有做任何解释,反倒是怕伤害了他的自信,尽管这种自信是偏见是狭隘;悲哀在于他根本无法了知博大纷彩的世界,一旦戳破他的那种偏狭的自信,他可能会陷入一种心理灾难。

他依然咄咄逼人:"我敢拿脑袋作赌,你的脸绝对不是一张人脸!"

她宽厚地笑笑说:"我要是有法力让你睁开眼睛就好了。"

他更强硬地说:"我不用睁眼也敢断定你长的不是人脸。"

她只好沉默缄言。

1993 年冬

秦人白烨

从意大利回到北京的第一件事便想到吃,吃一顿涮羊肉。不足半月的亚平宁半岛之行,且不说花样单调的西餐如何使人腻味,即使享誉世界的意大利面条,无论宽的细的长的短的实心的空心的,都让人连回味的勇气也没有。想想一盘橡皮筋儿似的面条里,再浇上一勺子奶酪的那种甜腻腻的滋味,看看怎么入口下肚。涮羊肉便成为一种企盼。其实早在回国的飞机上就谋算定了回京后头一顿饭的目标。

到旅馆办完手续住下,想到立即可以去开涮,心里竟然是如同雀跃的激动。突然又想到一个人太高兴,有位朋友作陪,面对热气蒸腾的涮锅,俩人对饮扎啤又在火锅里乱涮乱戳才开心,便立即打电话给白烨。

恰好白烨没有出远门,人在。

于是,在北沙滩一条小街的小饭馆里,我们便面对一只红铜涮锅而心意融融。他还是那么和悦地笑着,说着文化界的一些新鲜事,声音柔和悦耳。他的悦耳的语音在陕西关中人中也应属个别,听起来特别和谐。他的模样也属于关中人中那种"细活人",细眉细眼,平头整脸,少了粗犷而多了"细活",倒更像江南那种才子佳人的眉眼。这些我当然都很熟悉,也无多少变化,却都不是他的主要魅力所在。他的魅力在哪儿?我似乎也很难说清楚一二,交识了十余年,依然无法归纳,倒是常常想起李星对他的一句形象概括:"白烨这熊是老少皆宜,男女皆宜!"

我们吃得很畅快,而我似乎确凿有点贪馋,喉咙底下好像有一只手在往里拽着。而我们的无边际的闲谝(北京人说侃),真正是东拉西扯域内海外过去时现在时,现在留下记忆的却只有一件事。似乎是谝起我们过去的旧交时,白烨突然冒出一句话:"你知道我写你那篇文章是在哪儿写下的?"我当然不知道他在西安或在北京或在办公室或在家里甚或在出差的火车上……他断定我猜不中,这是我从他紧紧盯着我的眼神里判断出来的。他紧紧盯着我的眼神有少许神秘多几分认真,却绝无卖关子的意思,在即将开口道破那个神秘而庄重的写作处所时,先释然一笑,眼角眉梢都是释然的轻松:"我在家门口的路灯下写成的!"

大约是一九八〇年春天,我从区文化馆赶到省作协去开会,或者可能是听《延河》编辑部谈对我某一篇小说稿的处理意见,反正除了这两种可能再不会有其他事。那天中午在前院碰见白烨。是他先叫住我,因为我不认识他,他大约是问了门卫之后冲我走过来的。

那时候我尚未听说过这个名字。他便简单作了自我介绍,说他在中国社会科学出版社文学编辑室做编辑,兼做业余文学评论。他说他原在陕西师范大学教学,刚刚调到北京不足一年。他那一口纯正的关中北部口音,顿然化释了初识时的诸多陌生与隔膜,我和他便在鱼池的水泥围栏上坐下谝起来——他说他要和我说事。

他受《文学评论》杂志之约,要写一篇关于我的小说创作的评论,要我提供已经发表过的小说清单、篇名以及所发表的杂志的刊号;还要交谈这些小说创作前后的有关和相关和不沾边的情况。

这是中国进入划时代的八十年代的头一个春天。文学正在复苏。伤痕文学和反思文学正以其可以理解的特殊社会因素而影响社会影响人心,一篇万把字甚至几千字的短篇小说可以轰动全国,影响普通公民的生活秩序和心理秩序,真可谓文学的"特异功能",然而我们只要稍微回顾一下此前多年文学被"左"棍子们闹成什么样子,便觉得这种奇异的现象在当时的中国合情合理。文学新作和文学新人都如雨后春笋,各种文学期刊和报纸都在为文学新人和文学杰作张扬。《文学评论》杂志似乎已经不能适应那种局面,在刊物之外又编了一种不定期的评论专集《当代作家评论》,把一拨一拨在文坛初具影响的中青年作家的创作予以概括性评述,推向社会。我有幸被列入某一辑中,由白烨来写这篇评论文章。他便是奔这件事来找我的,而且再三郑重强调:"这是我这回回西安最重要的事。"

后来我就再没有见到他。大约到年底,他寄来两本《当代作家评论专辑》。我读了他写的关于我的七八篇短篇小说的综合评论,近乎一万字。我的感觉是贴合初发阶段的那几篇小说的实际,多是方方面面的分析,没有大而不当的溢美,也没有生拉硬扯与什么流派什么主义攀附,纯粹是就作品实际的分析,很中肯,予长处的肯定时也明朗着弱点和希望。

这便是我们的第一面认识和头一回交手。再次见面是相隔四年以后的一九八三年五月,我到《当代》编辑部住下修改中篇小说《初夏》,我们才得此机缘第二次握手。那天中午我们在朝内大街一个饭馆吃了一顿烧卖,喝着散啤酒,说着家乡事以及个人的粗略经历,情感渐渐交融了。之后又是几年,我一直住在乡下,他偶尔回到西安,匆匆来去,很难遇合到一起。大约是一九八九年三伏,我为安顿孩子的读书在西安住着,晚上热得睡不下,大家都习惯聚在编辑部四合院里乘凉闲谝。蒙蒙月光下,白烨幽灵似的悄没声儿走进人窝来,大家认出后就惊呼起来。他从黄陵老家探亲回来,到作协熟人处找床来了。那一夜,大家谝得很开心,谝什么都一概记不得了,反正就是文学上的一些活动,文坛信息和动向,某位作家某部新作的成败得失,而很少涉及人事纠葛之类。他似乎对于人际间尤其是文艺人士间的亲疏好恶不感兴趣,常扯到一些文人纠纷时便讷言拗口起来。直到去年我三次去北京,才多了几次接触,然而他都没有提及十三年前的那篇文章在什么地方写的。我可真的想不到,他当时竟然如此困窘……

白烨是陕西黄陵县人,黄帝的陵墓在那儿,那儿便得此县名。他的家在山地在平川我至今也不甚了了,距黄帝陵有多远也搞不清,只知道他和我一样是一个纯粹的农民家庭,父母都是以抚弄庄稼获取生存能力的农民。

白烨很聪明,记忆力超人,念书总是受老师的器重。聪明的脑瓜又兼着一个好性情,在家在校在村子走亲戚,到哪儿都招人喜欢。确凿,他不属于那种在一切场合都张扬自己突出自己的人,也不是另一种阴冷诡谲的人;他热情开朗坦诚,在重要和不重要的场合随意找个空位就座,只是坦诚地说出自己的意见,而不期望压倒所有意见,不见霸道而多了些文质彬彬,不想成为话题中心反而容易让人回味他的观点。

他的人缘好,主要因了他的性格好。讨大人喜欢也得同伴们喜欢,也讨一个洋娃娃女子的喜欢。这女子是当时上山下乡插队锻炼到黄陵的北京知青,由一般喜欢到二般三般深深钟情,再到爱死爱活非白烨不嫁的如痴如傻的程度……

她后来成为他的妻子。

白烨后来到陕西师范大学念书,毕业后留校任教。她后来招工到了西安的铁路系统,随后调到北京附近。白烨随后也调进北京,在中国社会科学出版社做编辑。我们的生活里很快排除了婚恋中必须以政治流行语作表达方式的假大空,她和他留存下来的就只剩下真诚。她骄傲自信自己比伯乐还眼尖手快,认准了白烨也抓住了白烨无怨无悔,白烨总是陶醉于她过去的温情和现在的贤惠,而且温情不减。

初到北京,白烨除妻子一家人外再没有亲朋好友。住就凑合在岳父母家里,那是一个胡同里的小杂院内的小屋子,住着一大家人。拥挤到什么程度无法细述,反正给他连支一张小茶几铺稿纸的地方也没有,于是就把书桌摆到街巷里。书桌其实只是一个四方形的机凳,座椅便只能是一只小马扎,这套行头简单轻便,易于搬出来也易于搬回去。照明设备是高悬在电杆上的昏黄的路灯。关键是得耐心等待时机,等到巷道胡同里那些纳凉的大爷大娘侃够了闲话抱着茶壶瓷缸走回各自的小院,奔跑耍闹的孩子疯够了闹够了像鸟雀一样回归窝巢,骑车往来的过路人由稠到稀再到零三稀四,白烨才能搬出机凳马扎在电杆下摆置开来,摆开舞文弄墨作文作论的架势。其时,夜已深沉,五月的温馨的风抚摸他的脸颊和肌肤,而他已经进入一种艺术的思辨之中。

五月北京深夜的电杆路灯下,坐着一位未来的文学评论家白烨,在做文章。

白烨是黄帝陵墓下的古老臣民的后裔,是北京的女婿。按陕西关中乡俗,娶了这个村的媳妇,便是整个村子的女婿。白烨是整个北京的女婿。

一篇万言的评论文章在电杆下起草,修改,直到抄写整齐,我不知道他在电杆下持续了多少个夜晚,而且肯定要受到譬如刮风下雨,譬如突发事件的干扰,也真是难为他了。直到现在,作家和社会都在呼吁给知识分子以较好的工作和生存条件,譬如白烨不能永远在电杆路灯下写文章。我的一位朋友的二十多万字的长篇小说,草稿和修改稿都是在两三平米的厕所里干完的,同样是住室容不得他安一张书桌。然而我又反过来想,关键还是肚里得有货。蚕儿没有簇可上时便把茧子结到墙上,母鸡下蛋找不到窝时可以随便下到地上,作家肚里有文章找不到桌子便扑马路进厕所,是肚里有货要倒出来。

肚里没货的蚕和鸡和作家,即使安置到五星级宾馆即使坐进金銮殿,照样拉不出丝屙不下蛋写不出文章来。

无论如何,电杆路灯下奋笔疾书的白烨,算得古老而又现代的北京熙熙攘攘花花绿绿的一种风景。

这是年轻白烨的一段小小的鲜为人知的插曲,而更具一种学人奋斗精神风貌的事,便是在这更困窘的一年里,他除去上班完成自己的工作任务外,利用一切休息和空暇时间奔图书馆。他所工作的单位从调入的头一天起就给他形成一种威压,中国社会科学院这样的大学府,无疑是各路学问大家聚集之地,他立即意识到自己需要进行基础工程建设。其实何止高等学府,在任何单位任何场合,都是容不得浅薄者半瓶子醋的。问题在于个人自学的迟早和程度,我们并不少见那种到处夸夸其谈的半瓶子醋式的人。有了这种自觉便获得了最原始的攀缘的策动力。白烨读过多少书已经很难算计了,最具意义的是,他把马、恩、列、斯的全部著作研读完毕,而且作了十几万字的笔记。他的记性之好令人惊异也令人妒羡,一些专搞马列理论研究的人常常为一个论点或一句"语录"而找不到出处,或者搞不清记不全原文,便问询白烨。白烨便一口报出在某一卷的某一篇文章里,如翻查一下卡片,连页码也准确无误地报将出来。他可以说是一部马列著作的"活字典"。

十余年里,常常在报纸刊物上看到他的名字,虽然不能见面,读到他的文章,便有一层了知,知道他又读了一本什么好书,研究过某个作家的作品或某一种文学现象。看到他的论述和观点,也常常受到启示。就整个印象而言,他似乎没有极端的言语,没有在赞赏某种流派的同时,就以不同流派或主义的作品为牺牲对象,甚至连生存一刻的宽限也不给。我常常想到他对各种文学现象文学样式的冷静和宽容,便想到这可能不只是他的性情好或人格修养好,恐怕主要出于他对艺术创造的深刻理解,而这种理解又得之于艺术眼界的宽泛开阔。一个艺术视野狭窄到只能看见自己的笔尖所画的那几条墨痕的人，自然很难容纳别一根钢笔所画的墨痕。艺术视野的开阔首先得之于阅读的广泛，对于近代、当代中国文学和世界文学的了解，才可能使人悟觉，自己的笔所划拉的墨痕值得一赏，前人和今人也同样画出了诸多有赏析价值的墨痕。白烨对许多文学现象的评价和前景观瞻，多数都被急骤变幻发展的文坛现实所证实。这可不是算卦问卜。

虽然相识多年，直到去年九月我才第一次到白烨家里去。我一般不大愿意去朋友家里，扰乱了一家人的生活秩序。然而这一次却是我主动要去的，儿子刚刚到陌生的北京上学，总怕出点什么事而鞭长莫及，让儿子认下他的家门，万一有什么急事也好有个大人给出出主意帮帮忙。

按照他在电话里的指点，倒是顺利地找到那条胡同和那个院子的大门，进大门以后反倒六神无主了。那么一个深宅大院，那么多曲里拐弯的岔口岔道，每走一个岔口就得问人：找白烨该当向左还是向右，好笑竟是一路向右拐，好笑如搁"文革"该打右派了！直到走到他家门口还在问路，倒是他在屋里听见我的声音便蹦了出来。我却释然慨叹："下次来下下次来照样还得问路！"

两小间平房。房子很低矮，扬起手就可以摸到檐瓦，然而墙是水泥和砖头砌成的，成色还有几成新，算不得古老。整个屋子里，三面墙壁都摆置着书架，中间仅留一条小甬道，俩人并肩走过去就摩肩接踵。只在靠着门口的两扇小窗下摆着一张小书桌。我马上猜想到这张恰尺等寸的小书桌，肯定是事先量过剩余的地方让木工师傅制作的。

这就是文人学士们所习惯戏称的"斗室"。他就在这张小桌上抒写一篇又一篇论文。我忽然又想起肚里有货无货的蚕和母鸡来，有货便可以就着这张小桌如行云流水般倾泻笔端，无货则干瞪眼，住什么房子摆怎么阔的桌椅都帮不上屁忙。白烨却是一副上中农自满自足的笑脸:"不错了不错了,能有一张桌子一个窝铺真不错了!"而且补充说,单位正在盖住宅新楼,可望分到一套。由此又忆及刚到北京时挤住岳丈家的困窘:"现在真是不错不错了!"

不单是他工作在政治经济文化中心北京,他的阅读之广泛视野之开阔信息之敏锐是大家公认的,所以见面时总想听他说点新鲜话题。我常玩笑问他,文坛又插出什么新旗帜了?或者说,哪个主义领着风骚了?他便侃侃而谈。这回坐下喝茶,我便问起刚刚公布的一九九三年诺贝尔文学奖得主莫瑞森。除了报纸上简单到可谓勤俭节约楷模的片言只语的介绍,我对托尼·莫瑞森一无所知,似乎以往对她的著作评价介绍的本来就相当少,更不要说阅读她的作品了,白烨便介绍莫瑞森的生平著作略要,顺手从书架上抽出一本薄薄的小册子,是托尼·莫瑞森的长篇小说《秀拉》中译本。这是一部十三万字的长篇小说,就是白烨供职的社会科学出版社出的书。

这天中午我们在他家吃的素包,喝的小米稀饭,这是我事先预约好了的。北京沙滩小巷道里的小米粥五毛钱一小碗,贵且不说,西北主产的小米卖上好价钱,心里竟有一种阿Q式的自豪。关键在于那些小铺店的脏乱,一瞅就令人心悸,所以便跃跃然要求一碗小米粥喝。白烨夫人许是在黄土高原插队时学下了手艺,烧熬的小米稀饭是再好不过了,稀稠合宜软硬适度,一种纯属于粮食自身的香味特别可口,素包也好吃极了……白烨便大笑:穷命薄命,吃家常饭比吃国宴还来劲!

从小居出来,我就有一种酒足饭饱的慵懒,在异国被洋餐搞倒弄败了的胃口一下子复原了。我们到旅馆坐下喝茶,他因酒力而脸泛红光,侃侃而谈,腰里的BP机不时鸣响。他便不厌其烦地去回电话。他精力充沛,善与人交善与人处,思维敏捷,也很精明,许多文学朋友的麻烦事都乐于和他商量,他往往能做出最清醒的判断,能找到最恰当最妥帖的处理办法……相交既久,便见善心。文章写到这里,依然觉得是有感有觉而难下结论概括白烨,似乎还是评论家李星的概括形象准确:白烨这熊是老少皆宜男女皆宜……

1994年3月15日 小寨

足球与古典式

——《歪看足球》之一

看足球比赛便联想到战争,且为古典式。

绿色草坪是球场也是战场,挑战和应战,一齐出兵,两军列阵,甲胄区分颜色,旗鼓相对,对面摆开架势。兵对兵,将对将,头对头,脚对脚。一方要陷另一方城堡,另一方要夺一方城池,进一球就说"下一城"。足球世界里的习惯用语、技术战术用语全部都是军事语言,恕不一一。只要看看近日《三秦》《西安》两家晚报体育版,你会误以为整个世界已经笼罩在世界大战的烟火硝尘之中。

现代战争不是足球比赛所可比拟的。现代战争已经拉开了士兵与士兵的距离,天上地下,海这边和海那边,对手看不见对手,只是盯着仪表刻度按电钮,胜利者看不到战败者的尸体和鲜血,失败者也免去了目睹胜利者的骄妄狰狞的痛苦。如果丢开正义与非正义,仅就战争直观来说,现代战争不如古典式战争好看,拍现代战争的影片前途堪忧。

如果把足球之战也变成现代战争会怎么样呢?双方前锋前卫后卫和守门员把着咖啡杯,抽着香烟,然后在电盘上按动电钮去控制足球,世界杯可能到此终结,足球运动就成为电子游戏。看来足球这种纯粹的"体力劳动"或战争的古典形式搞不成现代化,原始形式将继续。

如果世界有一天终于警悟：打球啥仗嘛！把所有战争都转化为足球战争，把血肉横飞的战场变成绿草茸茸的足球场，人类从此可能真正进入认识人本身价值的一个时代。

不过，参考足球规则，恐怕那时的世界起码得有一个如同黑衣法官那样的联合国秘书长。这秘书长不应看经济大国的眼色，也不要轻视经济弱国。这样的联合国秘书长至少现在还没有受孕，更谈不到诞生。所以那个美好的世界还相当遥远，且到足球场边去愉悦去歪思去遐想。

1994年6月22日

上帝之手

——《歪看足球》之二

足球场是竞技场。靠一颗脑袋去顶,凭一双脚去踢。脚都是大同小异的脚,脑袋也都是一样的脑袋,关键是看谁的脑袋和双脚功夫更老到。一般正常的公平的竞争结果,总是劣汰优胜,与人类在任何其他领域的竞争无本质差异。一般不正常的不公平的竞争结果,可能就是劣胜优汰了。比如除脑袋双脚之外,有的球员还有一只手。手球是会犯规的,但仍消灭不了手球。意外的和意内的情况都发生过,手球不仅没有犯规,而且把球拨进对方球门,且是制胜也致命的一球,致命当然是指凭这一球置对方于死地了。最著名的手球是超级球星马拉多纳在上届世界杯的那个闻名足坛的手球,被誉为"上帝之手"。

其实誉中多含讥诮,西方人信上帝的多,也常常用上帝来作讽喻。中国人的幽默有中国特色,把这种手叫"第三只手"。譬如对贼不说贼而说"那人是三只手"。意指与正常人两只做工干活的手之外,还有一只带贼气的隐蔽的不光明正大的手。这丝毫不亚于西方人说的"上帝之手",因其内涵完全相同。

其实,无论说"上帝之手"也罢,说"第三只手"也罢,都是足球场上不能容许的手。手在足球场上变成了非足球因素,即非正当竞争手段。靠非足球因素而获取足球荣誉和地位,即使捧起那个金杯,于人于己都是一种不光彩。

靠非足球因素弄足球,绿色球场就脏了。

足球的发展和永久不衰的魅力在足球本身,即一颗脑袋和两只脚。这回败了,回家去卧薪尝胆,再练脑袋再练双脚,四年后再来报一球(箭)之仇来雪被淘汰之耻,是为足球正道。

让"上帝之手"或曰"第三只手"不仅从足球场,而是从社会的各个领域停止犯规。

1994 年 6 月 22 日

生命之雨

　　一个年过五十的人,某天傍晚突然警悟,他的生命中最敏感的竟然是雨。

　　秋日。傍晚。
　　细雨如丝如缕如烟,无穷无尽的前方和已经穷尽的身后都是这种雨丝,飘飘洒洒却无声无息。他沿着家乡的河水在沙滩上走着。一旦有雨或雪降下,他就有一种迎接雨雪的骚动而必须刻不容缓地走向雨雪迷蒙的田野。他的腋下挟着一把黑色雨伞,除非雨点变得粗疾起来才准备打开。
　　沙滩上的野苇子的茸毛已经飘落,蒿草和绿色无可挽救地变得灰黑而苍老了。他看见河的远处有人在涉水过河,辨不清过河的是男人还是女人,雨雾把雄性和雌性的外部特征模糊起来了。走过滩柳丛生的一道沙梁,一个看去和他年龄相仿的女人伫立在沙地上,看守着七八只羊。女人的右手攥着一根新鲜的柳枝儿,无疑是用来警示她的羊的武器;她的左腋下挟着一只金黄色的草帽,而让头发也淋着雨。她的生命中也敏感雨而渴盼细雨的浇灌和滋润么?
　　女人满脸皱纹,皮肤皴黑而粗糙,骨骼粗硬而显示着棱角;她挽着黑色的裤脚,露出小腿如同庄稼汉一样坚硬的筋骨的轮廓。他瞅着她,又瞅着她的羊,瞅过去是七只,倒瞅过来却成了八只;数过了羊又瞅她。他瞅着数着羊是潜意识的行为,避免死呆呆瞅着她而引起反感。瞅了瞅她又去数羊,这回数过去是八只,再数过来又成了七只。

她却只瞅着她的羊,或者根本就没有瞅羊。她也不瞅他。他想,在她说不清是呆滞或是不屑的眼神里,他不过也是一只羊吧?他便走开了,踏上高踞沙滩的河堤。

母亲说生他的时候正是三伏天。母亲强调说他落地的时辰是三伏天的午时。母亲对他落地后的记忆十分清晰,落地后不过半个时辰全身就潮起了痱子,从头顶到每一根脚指头,都覆盖着一层密密麻麻的热痱子。只有两片嘴唇例外地侥幸,却暴起苞谷粒大的燎泡。母亲说整整一个夏天里,他身上的热痱子一茬尚未完全干壳,新的一茬便迫不及待地又冒了出来,褪掉的干皮每天都可以撕下小半碗。母亲说她在月子里就只是替他从头到脚撕揭干壳了的痱子皮……母亲对已经成年了的他遭遇灾难时便说:"你落生的时辰太焦躁了。那天能遇着下雨就好了。"

他后来得知,他与父亲同一个属相:马。这根本不用奇怪,家族中两代人和两代人之中同一属相的现象屡见不鲜完全正常。奇异的是,他和父亲同月同日生,而且时辰都是午时。只是没有人说得清,父亲出生时潮没潮起那么厉害的热痱子,父亲出生时是否侥幸遇到了三伏天的雨。

他便猜疑,在他来到这个世界时便领受到的如煎如煮的酷热焦躁,在父亲来说早已领受过了,从而并不以为什么了不起。

关于他的父亲,他想写篇小文章来悼念那位如草芥一样无声无响度过一生又悄然死去的农民,然而终于没有形成文字。原因在于,那个念头刚一产生,如潮的记忆便把他齐头盖脑淹没了。他喘息着又合上了钢笔。父亲是一本书,不是一篇小文章。

现在，他只能说一句话，在这个世界上，他最熟悉最了解的是他的父亲，而最难理解的也是他的父亲。他深深地懊悔，直到父亲离开这个世界时，才发觉自己从来也没有太在意过父亲。起初他剖析造成这种懊悔心理的因素，是他既不可能对父亲寄托稍大点儿的依赖，更不可能发现以至研究他有什么伟大和不平凡之处；后来随着生命体验的不断加深，终于有一天醒悟过来，便是从来也没有想到过对父亲的心理设防，是一种绝对的心理安全的天然依赖，反倒不太在意了。

父亲死亡的情景永难忘记。一个自身生长的异物堵死了食道，直到连一滴水也不能通过，那具庞大的躯体日渐一日萎缩成一株干枯的死树……哦！生命中的雨啊！

他一个人坐在家乡的河边，天上洒下旱季里少见的蒙蒙细雨。他刚刚二十岁，开始了永远的没有限期的暑假，从学校走向社会了。他半是豪勇半是惶惑，怀着宏大的文学梦却又怀疑自己是否具备文学的天赋，自信与自卑五十对五十折磨着他，便有了一种孤自散步的欲望，尤其是在雨雾迷茫之中。

这条河不大却闻名于遥远悠久的历史，河有多长，河边的柳林就有多长。骚客文人折柳赠别也抛洒离愁思怨的诗句，成为一代又一代文化人寄托情怀的佳作。他坐在水边，一个琴瑟般的声音不期而至："大哥哥你饿吗？"他转过头就看见了一只小仙鹤，是的，这个大约不过十岁的女孩像河滩草地上偶然降至的仙鹤。他苦笑一下摇摇头。处于整个民族的大饥饿年代，小孩子看世界的眼睛也是饥饿。他笑笑说："我渴。"河堤上传下来一声笑，他看见那儿站着一位干部，这是一家大企业的党的领导干部，据说是一位出身富贾而又背叛了自己阶级的老革命，革命胜利了他已成为企业领导，却依然需要下放乡村锻炼改造……他很忠诚，不仅自己老老实实在农民中间生活，而且还利用暑假把小女儿也领到这炼狱里来改造了。

几十年后,在一次全国性的文学集会上,有一位中年女人向他走来:"你现在是饿还是渴?"

"还是渴。"

"还是渴?"

"是渴……生命之雨。"

她说她后来随父亲到北方一个城市,又转过四五个城市。她现在在一家报纸主持着一个《婚姻与家庭》的专栏。她在年轻男女中名声显赫,几乎家喻户晓,当然是她坦率而又真诚地解答过来自全国各地青年男女关于爱的困惑,并因此而很自信:"你比我写的书多,我比你写的信多;你只是在文学圈子里有名声,而我却在青年人心中是知音。"她的佐证是多年来收到和回复青年人的书信数以万计。她说她读过他的全部作品,当然不是因为作品好不好,亦不是要研究他的创作,主要是因为在他未成名之前她见过他一面,那时她不足十岁。她说:"我至少给青年朋友写过两万多封信,而你的小说最多发行五千册。"

他很尴尬,随之反诘:"我也来请你解答一下过去的问题,有一对年轻夫妇在'文革'中分属对立的两派组织,妻子向自己一派的造反队司令报告了丈夫的行踪,丈夫被抓去打断了一条腿。这位现在走路还颠着跛着的丈夫仍然和那位告密的妻子生活在一起。他向你写过信没有?如果他有一天写信给你要求解释困惑,你怎么回答他?"她张了张口却摇摇头笑了,竟是一副不屑回答的神气。

半年以后,他接到她从千里之外的城市打来的长途电话,说她今天收到一封信,信中所表述的精神痛苦使她陷入深沉的无言以对的心境之中,那人的遭遇与他所说的"文革"夫妇的故事大同小异,关键在于他们的故事一直延续到今天而且还有发展,类似于被打断腿的这个跛子丈夫,居然投靠那个抓他施刑的造反队头儿的门庭挣钱去了。造反队头儿受过几年冷落之后,现在是一位腰里别着大哥大的公司老板了……现在反倒是类似于那个告密妻子的陷入痛苦境地,据说是丈夫现在跟着那个不计前嫌的老板北上南下东闯西骗,出入星级宾馆酒楼歌舞厅,既卡拉 OK 又 KTV 还桑拿浴……她在电话中向他复述了这个故事,情绪很沉静,似乎没有了她写过两万余封回信的那种自信与得意,很真诚地说:"上次你讲的那对'文革'夫妇的故事我没有回答,我觉得那是你们上一代人的故事和困惑;你们上一代人所处的那个时代是一个不正常的时代,用今天正常人的思维是无法理解也无法解释的,因为他和她都是不正常生活里的不正常的人所演绎的不正常故事。现在,当他和她在今天正常的社会里继续演绎不正常的故事时,我竟然第一次感觉到我的肤浅,无法回答那个类似告密妻子的新的苦恼……"他反而宽厚地安慰她说:"是的,你不可能解除所有痛苦着的心灵的痛苦,也不可能拯救所有沉沦的灵魂。"她说:"我总得给她回信呀!情急之下,我用了你的一句话回复了她,就是'生命之雨'。"

他说:"这话太……"

她说:"我就想起你的这句话……恰不恰当都不管了,上帝!"

蒙蒙细雨依然。依然是如丝如缕如烟。依然是飘飘洒洒无声无响。他已经走到这一段河堤的尽头,河堤朝南拐弯伸展过去,顶头和南岸的山崖接住了;那一段河堤从山崖下开始延伸到雨雾迷茫的无穷无尽的上游。人生其实也类似这河堤,分作一段一段的,这一段到头了,下段又从这儿开始,一直延伸成为一个生命的河流。

河堤拐弯的内堤里,就圈住了好大一片滩地。滩地里有一幢孤零零的土坯房,房子的南墙和西墙上苫着一层长长的稻草,那是防止西风和南边的下山风卷来的骤雨对泥皮土坯的冲刷的,就像一位插秧的农夫身披的蓑衣。房前有一片偌大的打谷场,场角靠近房子的地方有一个黄色的麦秸垛。他猜测这是一个土地承包经营者仓促建筑的房子，从那简陋的建筑判断，主人完全是出于一种临时的考虑，不愿投注更多的钱财给这幢远离村庄的建筑。

一个男人吆着牛拽着犁在翻耕打谷场。打谷场已经完成了夏季打麦秋季打谷的用场，现在翻耕以恢复土地的疏松和绵软，然后撒下早熟的青稞或者油菜籽，赶明年收割小麦之前先收获了青稞或油菜，再把这块土地碾压瓷实做打谷场。男人悠悠地吆着牛扶着犁，没有戴草帽，一任细雨淋着。一个女人站在麦秸垛下撕扯麦草，撕下一把便弯下腰纳到一只大竹条笼里，动作也是悠悠的不急不忙的样子。只是那一件红色的衣衫像一簇火焰在迷茫的河滩上闪耀。

一男一女一低一高两个小孩在场地上追逐，他们从土屋里奔出来时就是互相追逐着的，大约是男孩抢走了霸占了女孩的吃食或玩具，争执便发生了。女孩追着男孩显然力不从心，在溜滑的打谷场上摔倒了，顺势在场地上打滚而且号啕起来。那女人扔下柴火笼飞跑过去，在滑溜的打麦场上跑起来闪动着两只胳膊，像是一种舞蹈。她没有扶起倒地打滚的女孩，一直冲到男孩跟前，一巴掌抽过去就把男孩打翻在地了。她随后转身走过来抱起女孩，另一胳膊挎上柴火笼走进土屋里去了。

他竟然大声喊起来，愚蠢你愚蠢！你是个愚蠢的妈妈！

男人喝住牛插住犁，慢腾腾走过去抱起男孩，也走进那间土屋里去了。

一头在套的牛站在打麦场上甩着尾巴。

土屋房顶的烟囱有灰色的烟冒出来。

他依然站在河堤上。几十年后，那个扯柴火打男孩抱女孩的愚蠢的女人肯定就变成那个放牧着七八只羊的粗硬的老女人了吧？那个受宠的女孩会不会成长为如那个写过两万多封回信的专栏主持人？

那土屋里暴起激烈的吵闹声,浑厚的男声和尖锐的女声。肯定那是关于应不应该打倒男孩的争执。他忽然想到她,如果把这幢远离人群的河滩土屋里的争论提到她的专栏上,她还会用他的"生命中的雨"这话来解释给这一对乡野夫妻吗?

拥有一方绿荫

——《我的树》之一

农历十月初一是家乡的鬼节,活着的人要给死去的亲人烧纸送钱,好让他们在冬季到来之前备置防寒的衣物。在这种事情上我一直是处于理智和情感的分离状态,结果却是一次又一次顺从了情感的驱使,便匆匆赶回乡下老家,去为我的那位终身都在为吃饭穿衣愁肠百结的父亲烧一匝纸钱,让他在冥冥之域不再饥寒交困。

转过村里那座濒临倒塌的关帝庙,便瞅见我的家园。那株法桐撑开偌大的三角形树冠,昂昂扬扬侍立在大门前不过十米的街路边。我的树——每一次回归家园第一眼瞅见这株法桐,我的心里就会涌出"我的树"的欣然浩叹。原因再简单不过,这株法桐是我栽的。父亲在世时喜欢栽树,我们家的房前屋后现在还蓬勃着他老先生栽植的树群,场塄上的那株白椿树已经有一搂粗了。然而我每一次回乡看见自己栽下的树都要比看见父亲栽的树更亲切,说穿了不过是栽树的人对那株幼苗当初所寄托的希冀将实现。是的,当我看见自己掘坑栽下的那株不过指头粗细的幼苗终于雄壮起来,倚立在村巷里,在浩渺的天空撑起一片绿盖的时候,我的那种感觉颇近似阅读自己刚刚写完的一部小说。

十二年前的这个月,我调进陕西作协专业创作组。我那时的唯一感觉便是开始进入最理想的人生状态;专业创作对我来说它的实质性含义只有一点,所有时间可以由我自由支配,再不要听命于谁对我的指派了。压力也同时俱来,生活、学习、创作既然全由自己支配,那么再写不出像样的作品,也就没有任何托词可以替自己遮羞了。

我几乎同时决定回归老巢。回归我父亲我爷爷我老太爷一脉相承的家园。不是因为他们都死了需要由我来承继,纯粹是为了图得一个耳根清净的环境,可以平心静气地坐下来读书,思考一些不单是艺术也包括艺术的问题。深知自己知识残缺不全,而生活演进的步伐又如此急骤,好多好多问题太需要沉心静气地想一想了。

住在乡间真是令人心旷神怡,所有的骚扰和诱惑都自然排除。每每在清静到令人寂寞的时候我便走出大门,和村巷里随意相遇的任何一个人拉拉闲话,哪怕逗小孩玩玩也觉得十分快活。夏天暴日当头时,走出门来就招架不住炎炎烈日的烤炙,暴晒后我的头顶和赤臂就生出一层红红的小米粒似的斑点,奇痒难支,医生说那叫日光性皮炎。我便畏惧已构成暴力的太阳,于是便想到应该有一方绿荫做庇护。出得大门站在浓厚而清凉的树荫下和农人闲谝、抽烟那真是太惬意了……便想到栽两株树。

首先是树种的选择。我要栽两株法桐。几近四十年前我读初中,看过一场中国和法国合拍的儿童电影《风筝》,巴黎街道上那高大的街树令我记忆特深,我在家乡没有见过这种树。又过二十年我才知道这种树叫法桐,中国的许多城市的公路两边已经形成风景,家乡的一些农家屋院也栽植起来。

是我动手那部长篇小说写作那年的早春,我托村子里一位青年从庙会上买回两株法桐,一株一块钱。树买到了自然很遂心愿,只是遗憾着它太小太细了,仅仅只有食指那么粗。天哪! 想要乘它的荫凉,想要拥有一方绿荫,得等多少年啊!

我仍然毫不犹豫地挖了坑,给坑底垫下土肥,把它栽下了;栽下了它,也就把一种对绿荫的期盼坚定地埋下了。我挂着铁锨把儿抹着脸上的汗水,欣赏着只及我胸脯高的幼株,一缕忧虑产生了,猪可以拱断它,小孩随手可以掐折它,它太弱小了嘛!于是我便扛着镢头上山坡,挖回一捆酸枣棵子,插在幼株周围,把它严严密密地保护起来。

令我失望的是,几乎所有树木的嫩叶都变成了绿叶,我的两株法桐依然叶苞不动。我拨开酸枣棵子在那树干上掐破表皮,发现已经是干死的褐色。我想把它拔起来扔掉,就在我拽住树干准备用力的一瞬,奇迹发生了,挨近地皮露出来一点嫩黄的幼芽,我的心就由惊喜而微微颤抖了。

这是从法桐的根部冒出的新芽,证明树根还活着。树根活着就会发出新的幼芽,生命多么顽强又多么伟大啊!那是一个尚看不出叶形的粗壮的锥形幼芽,刚刚拱破地皮而崭露头角,嫩黄中有淡淡的嫩绿,估计也不只经受过一两回春天阳光的沐浴吧。我久久地蹲在那里而舍不得离开,庆祝一个新的生命的诞生。我把扒掉的酸枣棵子重新插好,这幼芽不仅经不起车碾马踏人踩猪拱,鸡爪子只要一下就会轻而易举地把它刨断把它摧毁。

我一日不下八次地看那幼芽。它蹿起来了。它由嫩黄变成嫩绿了。它终于伸出一片绿叶了。它又抽出一片新叶了。它终于冒过围护着它的酸枣棵子,以一身勃勃的绿叶挺立起来,那么欢实,那么挺拔地向着天空⋯⋯唯其丝毫不敢松懈,每年春天挖一捆酸枣棵子加固防护的围障,它依然还弱小,依然经不起意外的或有意的伤害。

它长到我的胳膊粗的时候,我终于享受到它的绿荫了。那树荫投射到地面上,有筛子般大小,我站在我的树的荫凉下,接受它的庇护。它的尚不雄壮的枝干和尚不宽厚的绿叶,毕竟具备遮挡烈日烈焰的能力,我想拥有的一方绿荫的愿望实现了。那一年年底,我也终于完成了历时四年的长篇小说写作工程,回城里去了。临走之前,我仍然给它的周围加固一层酸枣棵子。

去年夏天我回去,发现那树干已经长到小碗那么粗了。不知哪家的孩子用小刀在树干刻写下我的名字,刻刀的印迹已经愈合,颜色却是褐红色的,在树皮的灰白色中十分显朗。从去年到这次回归,我发现那树干急骤加粗,刻着我名字的那俩字也在长大。树下已经有偌大一片绿荫了。

法桐已经成为一株真正的树挺立在那里,巨大的伞状树冠撑持在天空。父亲在世时给我说过,树冠在天空有多大,树根在地下就会伸延多么远;树干有多粗,树的主根也就有多粗;树枝在空中往上往前伸长一尺一寸,树根在地下也就往下往周围延伸一尺一寸。我至今无法判断父亲这话有多少科学的可靠性,但确凿相信,这树的根已经扎得很深了,即使往坏处想到极点,譬如说突然被过往的汽车撞断了,或者被几十年不遇而在某一天却遇到了雷劈电击,这自然都无法预防,但这根是不会被撞毁劈断的。它会重新冒出新芽,它的生命还会重新开始。真的发生这种情况,我将无怨无悔地再去挖酸枣棵子,重新开始对我的法桐新芽的围护。

我久久伫立在我的法桐树旁,欣赏着那已经变形却依然清晰可辨的我的名字,那刻下我名字的淘气鬼也该和这树一样长高长壮了吧?天空飘落着零星小雨,日头隐没了,虽然看不到树荫,却也毫无遗憾。到明年三伏那燥热难熬的时候,我就回家园,享受暴日烈焰下的我的那一方绿荫。

绿蜘蛛,褐蜘蛛

——《我的树》之二

记不清究竟是临近清明前的哪一天早晨,我洗罢脸走出房门便惊得站住了脚,小院围墙根下的梨开花了,一嘟噜一嘟噜粉嫩嫩的白花,疏疏朗朗点缀在嫩绿的枝叶之间,密集的花朵绣结成团,稀疏的花朵独秀一枝。在我最初瞧见的一瞬顿然幻化出一位白衣天使的绰约风姿。

我走到梨树下,竟然是潜意识的轻脚慢步,似乎单怕惊飞了这位白衣仙女。树干上湿漉漉的,夜气和露水浸润着的褐色的树干像刚刚出浴的小腿。嫩绿的叶片也湿漉漉的,像仙女濯洗过后随意披散的长发。花是一簇一簇的,一根花梗里多则生出七八朵,少则四五朵,团成一簇;白如雪的花瓣,暗黄的花蕊,绿色的花柄儿,团团簇簇有如凝脂,装扮得这梨树恰如一位冰清玉澈神采仙风的白衣天女了。

记得是五年前秋末冬初的一天傍晚,邻村的一位青年时期的农民朋友到我家来,腋下挟着一捆果树苗,有几株桃树,有几株杏树,有几株李树,还有几株梨树,都是刚刚嫁接一年的幼株,说是特意送给我的。我解开捆扎的草绳儿,捏着看着那一株株细如小指的树苗,竟然激动起来了。他说他知道我盖起一年多的新房前有一块小院,他说他知道我喜欢栽树,他说他觉得给围墙内的小院栽几株各色果树最好。我也知道他现在在责任田里侍弄各种果树苗,嫁接树苗和管理果树的本领在本地区小有名气,常常被一些果树专业户请去指导。他虽然只有小学文化,生性却极聪慧,闲暇时总是对果树栽培专业书籍乐而不疲。他和我坐下喝茶,头头是道娓娓述说各类果树管理的尖端新潮技术,美国怎么怎么了,日本又怎么怎么了,令我大开眼界。

送他走后我就作难了,小院里已经栽下两株樱桃和一株小柿树,剩下的空间无论如何也容纳不下这一捆树苗生存发展的,于是我就开始了甚为困难的抉择。首先淘汰的是桃树,原因是农业合作化前我家拥有一方桃园,那几种美好的桃子的味道至今想起来依然馋涎欲滴,对如今种种好听的新品种实在不敢恭维。杏树随之也被否决了,原因是我家后坡上长过一抱粗的一棵杏树,杏子又是我们这里的土著果品已无新鲜感觉。最后割舍的是那李子树,这水果红里透紫十分好看,味道却不怎么可口,耐看而耐不得嚼。这样,便留下来四株梨树苗了,我没有种过梨树,我父亲似乎也没有栽过梨树。幼年时记得我们家有一小块地叫作梨园,父亲总是说"后晌割梨园地里的麦子",或者说"梨园那儿的苞谷旱得撑持不住了水还轮不上浇"。我问过父亲梨园地里为啥没有一株梨树,没有一株梨树为啥把这块地又叫作梨园。父亲说他也不知道其中的缘由,说他从爷爷手里继承下来家业时这块地就称作梨园,爷爷这么称梨园他也就跟着叫梨园,我在跟着父亲称梨园的同时却多了一份期望,这梨园真要是有几株梨树会多好啊!我们村子里压根儿就没见过谁家种过一棵梨树,我那时候尚不知梨树的叶子是圆的还是长条的。

赶在天黑之前,我便把三株小小的梨树栽在小院里,剩下一株左看右看再也无法插足,便只好栽到围墙外边靠近大路的空地里。遭到淘汰的桃、杏、李子树毅然分送给邻居的小伙子,他们有责任田有果园。我顿然产生了失丢田地以后的某种失落感和生存的狭窄感。

这时候我基本完成了一部长篇小说的构思和准备工作,就要开始草拟,不料母亲却大病始发,整整一个冬天都奔波在医院和家园之间，难得进入创作的沉心静气状态，便推后到次年春季。

草稿本子上记下的草拟开工的日子是四月一日，其时梨树苗儿已经绽出新叶，四株全部成活，显示出勃勃的生命的茁壮气势。我便在写作困倦想抽一口烟时走到小院里，在这一株旁边蹲一会儿了，在那一株跟前站一站，数一数叶子增加了几片，心头恬静得如同抚摸着小儿头上的黄毛。梨树周围是坚决不能容忍一株杂草的，几乎每天早晨都能发现刚刚拱出地皮的草芽，我随手便用一把锋利的挖铲连根刨出来……到了秋天落叶时，我竟然有一缕不忍落去的依恋，然而看着这梨树由小拇指加粗到大拇指粗，从齐我胸高一下子冒过我的头顶，一年里长高了一米多，而且四周抽出几条旁枝，初具树形了，我就真切地惊叹这绿色生命的伟力了。

当春风又一次吹绿万物，我的梨树也应时发出新芽绽出绿叶。我已不再惊讶和好奇，而是以一种沉稳踏实的心境开始盘算，到今年秋天它肯定要冒过围墙了，树干也会加粗到擀面杖一般了。去年冬天到来时，我给它们的根部埋下了充足的有机肥料，整年生长发育的养分都会绰绰有余。

意外的挫折使我心疼不已。那天我写累了又抽着烟转悠到梨树跟前，发现地上掉下来几片嫩叶，还有两个小芽尖儿。往树上一看，发现主干刚刚冒出半尺长的新芽尖儿被掐断了，一根朝西的小小分枝的芽尖也被掐断了，还有一些嫩叶梗被折断。我大为惊诧，甚为惋惜心疼，便猜想是谁家小孩子弄坏的。可是大门一直关着，孩子不可能翻墙来干这种事的。我就在这幼树上一枝一叶逐渐查证，突然在一片稍大点儿的叶子的背面发现了一只怪物，它不过像一颗扁豆粒儿那么大小，通体绿色，绿得嫩亮亮的，六只左右对称着的复足也是绿色，纹丝不动趴伏着。我在看见它的一瞬心头掠过一阵儿恐惧，皮肉收缩而悸颤起来。它的绿色不像梨树的嫩绿唤起人对于生命的礼赞，而切实让我感到了阴冷鬼祟和毛骨悚然。我虽然自小生长在农村,自以为天上飞的地上跑的飞禽走兽都可以按家乡习惯叫出名字,这个绿色的怪物却系头一遭发现。我便斗胆用手去捉它,刚刚触及树叶,那怪物便自动掉下来,在地上跑得好快,我一脚便把它踩得灰飞烟灭了。在它从树上自动坠地时,我发现了它吐出一道细丝,大约是一种自卫的安全坠地的本能,这倒启示我把它与吐丝作网的蜘蛛联系起来:绿蜘蛛。

一场你死我活惊心动魄的人蛛大战便由此启幕。我逐树逐枝逐叶一一检查,发现了绿蜘蛛,便用一根树棍儿轻轻敲击一下树叶儿,那怪物故伎重演坠到地上,我便跟上一脚将它消灭。我得意于我对它的战略战术的成功。却不料发生了问题,在东墙角的梨树上一敲,那怪物没有弹到地上而是弹到另一片树叶上,然后就在绿叶中哧溜哧溜逃窜,搞得我眼花缭乱而终于丢掉了目标。好在就这么一棵小树,没有几根分枝,从头再侦察起来。到我终于再发现它的诡秘的行踪,便忘记了它可能身蕴毒汁,一把抓上去,连同那片绿叶都揉碎在掌心了。

整死了绿蜘蛛我也陷入老大的不自在,这右手的手心总是感到别扭和不舒服。我已经用肥皂洗过三回,没有发红也没有发肿,证明那怪物体内尚无蝎子和蛇一群的毒汁。然而我仍然感到极大的不自在,我便坐在小院里抽烟。这绿蜘蛛其实既不食枝也不噬叶,它是咬断芽尖和嫩叶叶梗吸吮树的汁液来养活那绿色肉体的,这未免有点太可恶。我又想了,我未栽梨树的时候,这种怪诞的昆虫从未发现过,梨树刚刚栽下一年,它就出现了,或者说它就来了。那么,它是打哪儿来的?也许它的卵在我朋友的苗圃里就附着在小杆上或根部,而它是专门以梨树汁液为生的寄生虫却确定无疑。我也就明白了,世上有多少种禾苗多少种花草多少种树木,就会有多少种专门以各种禾苗各种花草各种树木的叶、汁甚至于为生存依托的寄生物,不必惊诧。

我后来便不再愤愤更不惊诧了,便在写作间隙里转到小院来捕杀绿蜘蛛,常常使我疲惫的神经亢奋起来,然后又沉心静气地拔出钢笔写作。整个一个春天和夏天都在进行着这种习以为常的间断性的战争,四株梨树在我的游戏似的战斗保护下蓬蓬勃勃生长起来,四棵中生长最慢的一棵也有擀面杖那么粗了。

到第三个年头的春天到来时,门外的那一株成熟了,当嫩芽开始在枝上逐渐膨胀肥大起来的时候,我发现有四五个芽苞儿几倍于普通的芽苞,我突然想到这是花苞儿而不是芽苞儿。果然,那包裹着花苗的胞衣在那天夜里自然破裂了,蹦出一束花蕾来。我更加警惕地监视绿蜘蛛的出现,绝不能让它危害第一茬花朵。花儿绽开了,是在夜里。早晨我推开大门时就瞅见绿叶之间点缀的那几束白花,心都微微悸颤了。

绿蜘蛛果然出现了,而且又多出了一种灰褐色的蜘蛛。比起绿蜘蛛来,这种灰褐色的蜘蛛就显得太平常太土老帽了,它与普通的蜘蛛似乎无大的差异,只是个儿很小;普通的常见的蜘蛛凭自己天才的织网本领捕捉昆虫以为生存手段,而这种灰褐色的蜘蛛却和那种绿蜘蛛一样,以吸吮梨树汁液来养肥壮大自身,它吐出的丝不是为织网而是作为潜逃保命的护身宝器,本质的差异就在这里,人类的我们判定它们为益虫或害虫的分界也在这里,绿蜘蛛褐蜘蛛的生存和发展是以残害梨树为生存条件的,而且是一种无可改变的生性本能。

在我严密的监视下,七束梨花完成了授粉而终于凋谢了,花芯里托出一枚小小的豆粒大小的青色小梨。我竟然一时不敢相信,这小不点儿日后果真能长成一只拳头大的黄灿灿的梨子?在我的疑惑尚未解除的时候,突然发现,那些小青果的果梗全部被咬伤而干死了。我搞不清是绿蜘蛛咬的,还是褐蜘蛛咬的,反正是咬了,却又没把那梗咬断,依然支撑着,可能是那梗把儿比嫩芽坚硬吧?它把梗咬破吮咂了汁液就达到目的了。我一枚一枚揪下已经干死的豆粒大的小梨,心头涌出的不单是愤怒,还有对自己过失的内疚。反省之后的重大举措就是动用化学武器。我向邻居借来喷洒农药的器械,10CC灭虫剂就把四棵梨树喷洒得药水嘀嗒,蜘蛛们无论绿的还是褐色的全都毙命——树大叶密了,凭眼睛瞅瞄凭手抓脚踩已经是费力而难以收效的笨事了。

终于又等到梨开花!

靠近北边围墙的那一棵长得最健壮的梨树,花儿开得好繁,头一次开花就如此繁盛却是出乎意料。金色的蜜蜂在花朵上嗡嗡缭着绕着亲吻着,在白色的花瓣上起落蠕扭,我居然嫉妒起那小精灵如此亲近我的梨花仙子的举动了。我在放下笔点燃烟以后,便走出房间在这棵梨树下站一站,又转到那一棵梨树下站一站,尽管这棵只开了一束五朵花,也值得看,然后又走出大门站在第二次开花的这棵梨树旁边,她也是满树雪片一样的白花。悠悠的花香沁入心脾,嗡嗡的蜂声柔声蜜语,我忽然从心头飘出一句悠扬的歌:每当梨花开遍了原野……

我时刻也不敢忘记那绿的褐的蜘蛛。我按捺着不敢动用化学武器,唯恐杀伤采花酿蜜同时也替我的梨树完成授粉的蜜蜂。待到花色呈现衰败花心已现出麦粒大小的梨子的时候,我便又动用了化学武器。而且根据去年积累的经验,二十天喷洒一次,不等前次喷洒的药力消失,这一次又喷上树叶了。这一年,狡猾而阴毒的绿蜘蛛褐蜘蛛都没有构成大的危害。我胜利了。

这一年难以忘记,就在梨花开放的前一周,我把那部长篇小说的手稿交给了北京来的高、洪两位先生。交给他们的时候,我心里涌到唇边一句话:我连生命一起交给你们了。考虑这话会对他们构成心理压迫,我终于忍住不说。

我真正进入一种闲适的轻松状态,像负重远行走到尽头卸下了负载,而这负载又是精神的。我在小院里铺就一方砖地,垒起一个小小的石桌,砖地上可以放置一把竹编躺椅和一只竹编矮凳。天气渐渐热起来,我早晨喜欢躺在竹躺椅上喝茶,晚上更喜欢躺在这里独斟独饮"西凤"。太阳从东边移向西边,月亮也随其后从东边的原顶沉入西边的原坡,灞河里涨起的湿润的水汽则不管阴阳转换一直滋润人的肺腑。我躺在竹椅上,看着那从花瓣里分离出来的小梨渐渐膨胀,栗子大了,核桃大了,鸡蛋大了,又渐渐呈现出大头细尾的形状了。这么小小的一棵树上,居然长成了近五十个梨子,果梗终于承受不住不断长大的梨子的重负而变弯了,梨子便一个个头颅下垂吊在树上。乡邻们发现了我的梨树上的奇观,接二连三来参观,纷纷感叹"咱们这地方还是可以种梨树的嘛!"

梨子的颜色由深绿渐渐褪色为浅绿,而终于透出淡黄来,我知道它成熟了,怎么也舍不得把它摘下来,破坏了这一方风景。我总是想,如若摘去了梨,我躺在竹椅上看到的将会是怎样空落的梨树?每当村里有乡邻来看稀罕,我就只摘下一两个,用刀切了让大伙品尝,都说是酥脆水大甜香……直到剩下的梨子成熟过度而自己往下掉时,我才把它们摘了。我的那位送来梨树苗的朋友教导我说,梨子熟了就要摘,摘了好让梨树歇息下来,要不就会影响明年收成,我大为惊讶。

这年冬天我进城住了,小院的大门便永久性地锁上了,连同我的家园和我的梨树。我一去便陷入了一种无序的忙乱之中,常常几个月不能回乡下的家。到我夏天终于抽暇回家打开大门时,天哪,擀杖粗的蒿子被风吹倒匍匐在院子里,过道也被堵得走不过去。最悲哀的是梨树,不要说挂果了,芽芽叶叶被咬断得七零八落,真个是疮痍满身,可见绿蜘蛛褐蜘蛛以怎样的疯狂和得意对我进行了报复。

今年初春,我依然搅缠在纷纷纭纭的杂事之中而不能脱身,看到城市街树绿了,便想着家园里的梨树也该绿了,花苞也该开绽了,何时再能得到早晨起来看见袅袅娜娜的白衣仙女的惊喜?遂成一阕拙词:《阳关引·梨花》——

  春风撩拨久,梨花一夜开。露珠如银,纤尘绝。晨光里,看团团凝脂,恰冰清玉澈。四年矣,终究等到清明节。 便手舞足蹈,歌一阕,自信千古,有耕耘,就收获。依旧谢浮华,还过愚人节。花无言,魂系沃土香益烈。

1994 年 12 月 9 日 西安

绿 风

——《我的树》之三

大约是十年前的那个夏天的末尾,即我下决心从都市返归故居的那一年,据说是关中几十年不遇的一个湿夏。这一年的麦子被连绵不断的淫雨浸泡得在麦穗上又发出绿芽来,稀泡泥泞的麦田里,农人无法挥动镰刀收割已经熟透已经发霉已经出芽的麦子。阴雨持续到夏末,满川已是一片绿色的苞谷、谷子和棉花,阴雨还在持续着,往常的百日大旱变成了百日阴雨,农家用石头和土坯垒筑的猪舍和茅厕十有八九都倒塌了,猪们便满村满地乱跑乱拱⋯⋯

那天晚上交过子夜睡得最酣的时刻,一声天崩地裂似的响声震得我从被窝里蹦起来,坐在炕上足足昏厥了五分钟。天塌了?地震了?我是否还活着?当我肯定并没有发生这样的灾难的时候,也就判断出来后院里可能有小的灾变发生。我打着手电筒出了后门,后坡上滑坡了,幸亏滑塌的泥浆土方不大,否则我早已在酣睡中被泥浆葬埋了——我祖居的房根距后坡充其量不过十米。

我吓得再也无法入睡,坐等到天明一看,才真正地惊恐了。绿草和树木全部倾覆在后院里,和泥浆石头搅缠在一起。坡上竟是一片白花花的沙石鹅卵石堆积起来的沙坡。我从有智能的年岁起,就记得这后坡上长满了迎春花,每年春天便率先把一片金黄的花色呈现给世界也呈现给父亲。父亲年年都要说一句:迎春花开了!然而父亲也说不清是我们家族的哪一位祖宗栽植的,反正整个后坡上都覆盖着迎春花的厚茸茸的枝条,花丛中长着一些不能成材的枸树榆树和酸枣棵子。现在完了,整个都完了,什么树什么花什么草全都滑塌下来,和泥浆沙砾搅缠堆积在坡根下捂死了。陡坡上也不知被掩盖了几千年乃至几万年的沙砾重新裸露出来,某种史前的原生原始的气韵瞬间使我感觉到一种莫名的畏怯。我联想到被剥掉了衣服刮光了皮肉的一架骷髅,这骷髅确凿又是我们祖先我们家族里男人的骷髅……一种从家族墓穴里透出的幽冷之气直透我的骨髓。

我在那一刻便想到了覆盖,似乎不单是覆盖那一片史前的沙砾,而是把家族的早已腐蚀净尽血肉的骷髅覆盖起来。我要栽树,植草,然而须得等到秋后。

树叶落光白露成霜的秋末冬初是植树的好时节。我到山坡上挖了十余株野生的洋槐树,很随意地栽下了。所以随意,是我深知洋槐树生存能力特别强,一般树难存活的贫瘠干旱的石山河滩都能繁衍它的族类。然而我也不能太随意,在那很陡峭的沙坡上挖下坑,再给坑里回填上肥沃的一筐黄土,以便它能扎根。我相信,在这一堆黄土里扎下根来,它就可能再把它的根一寸一寸一尺一尺地伸向砂层。

当这一批指头粗细的小洋槐绽出绿叶的时候,我又忍不住浮想联翩。一束一束鲜嫩的绿枝绿叶婷婷于沙坡上,一种最悠远的古老和新近的现实联结起来了,骷髅和新生的血脉勾连起来了,生命的苍老和生命的鲜嫩融合起来了……无法推演无法判断家族悠远的历史,是一个从哪儿来的什么样的人在这里落脚或者可能是落草?最先是在山坡上挖洞藏身还是在河滩上搭置茅草棚?活着的最老的一位老汉只记得这个家族出过一位私塾先生,"字写得跟印出来的一样"。这位先生可能是近代以来家族中最伟大的一位,因为后人只记着他和他的字并引以为骄傲……整个家族的历史和记忆全部湮没了,只有一位先生和他写的一手好毛笔字的印象留传,家族没有湮没的竟然只是一个会写字的先生。

洋槐很快就显出了差异,栽在坡根下有黄土的一株独占优势水肥,越往高处的树苗就逐渐生长缓滞了,尤其是最顶头的那一株,在抽出最初的几片叶子之后便停止生长了。直到随之而来的伏旱,我终于惊讶地发现它的叶子蔫了。我想如果再旱下去,不过三五天它就会残废,便提了半桶水爬上坡顶,那次水倒下去像倒入一个坑洞,然而那叶子就在眼皮下重新支棱起来了……这株长在最高处也是沙层最厚的地方的洋槐苗子,终究无法蓬勃起来。几年过去,最下边的那棵已经粗到可以做椽子了,而它却仍然只有指头粗细。那里没有水,它完全处于饥渴之中。在濒临旱死的危亡时刻,我才浇给它半桶水,而且每次都要累出我一身汗。然而它毕竟活下来了。

活下来就是胜利。它和其他十余棵洋槐苗子并无任何差异,在我从山野把它们挖出来移栽到我家后坡上的时候,它们自身仍然没有任何差异,只是我移栽的生存条件发生了巨大的差别,它们的命运才有了天壤之别。最下边的坡根下完全植根于肥沃土壤的那一株自然很欢实,我也最省事,从来也没给它浇过一滴水。而最上边的那一棵生存最艰难,我甚至感伤无意或者说随意选中它植于这块缺水缺肥几乎没有生存条件的地方真是亏待了它,把它给毁了,它未来也应该有长成一棵大树的生存权利的。然而它也给我以启迪,使我理解到一种生命的不甘灭亡的伟大的顽强。

这个启示是前年初夏又加深了的。那些洋槐已经成为一片林子,它们的各种形态的树冠在空中互相交接,形成一个巨大的绿盖,把那史前沉沙严密地覆盖起来,那沉沙上也逐年落积了一层或薄或厚的黄土,各种耐旱的野草已形成植被,只有少许几坨地方像秃疤裸露。五月初,我的后坡上便爆出一片白雪似的槐花,一串串垂吊着,蜜蜂从早到晚都嗡嗡嘤嘤如同节日庆典。那悠悠的清香随着微微的山风灌进我的旧宅和新屋,灌进大门和窗户,弥漫在枕头床被和书架书桌纸笔以及书卷里。我不想说沉醉。我发觉这种美好的洋槐花的香气可以改变人的心境,使人从一种烦躁进入平和,从一种浮躁进入沉静,从一种黑暗进入光明,从一种龌龊进入洁净,从一种小肚鸡肠的醋意妒气引发的不平衡而进入一种绿野绿山清流的和谐和微笑……尤其是我每每想到这槐香是我栽植培育出来的。

最上边的那一棵没有开花。我根本没有对它寄托花的期望,它能保住生命就很不容易了,它保存生命所付出的艰辛比所有花串儿繁密的同族都要多许多。前年春天我回家去,我惊喜地发现它的朝着东边的那根枝条上缀着两朵白花,两朵距离很大而不能串结成串儿的花。我的心不由得微微悸动了,为了这两朵小小的洋槐花而悸颤不止。它终于完成了作为一种洋槐树的生命的全过程,扎根,绿叶,青枝和开花,一种生命体验的全过程,而且对生存的艰难生存的痛苦的体验最为深刻。我俯身低头亲吻了这两朵小花,香气不逊于任何别的一树。

每有风起,这片洋槐组成的小森林便欢腾起来,绿色的树冠在空中舞摆,使我总是和那海波海涛联系起来。是的,绿色的波涛汹涌回旋千姿百态风情万种,发出低吟响起长啸以至呐喊,都使我陷入一种温馨一种激励一种亢奋。每有骤雨声,和整个村庄的树木群族不可分割地融会在一起。每当风和日丽,我在写作疲惫时便走出后院爬上后坡,手抚着那已经粗糙起来的树干倚靠一会儿,或者背靠大树坐在石头上抽一支烟,便有一种置身森林的气息。旱薄荷依然有薄荷的清香,腐烂的落叶有一股腐霉的气味。我的小森林所形成的绿色的风,给我以生理和心理的调节。而这种调节却是最初的目的里所没有的。

1995 年元旦 西安

皮　实

一

确实有点不可思议，胡兴汉创办乡村工业竟然是受一个"历史反革命"诱发的。

岳家沟一位老女婿，"文革"中被打成"历史反革命"，从西安遣送原籍山东农村改造。那一年，老女婿从山东来岳家沟探亲，闲逛闲遛到大队试验站，和党支部书记胡兴汉闲聊起来。他说他们那儿的农村，办了不少企业，比单纯的种庄稼收入大多了。他不理解：你们岳家沟离西安不过三十来里地，西安有那么多厂矿单位，你们搞点附件加工还不容易吗？

此话正中胡兴汉下怀。他在岳家沟担任大小队干部、做配角或唱主角，近三十年了，仍然无法向亲爱的社员们兑现当初实行农业合作化时提出的美好而又浪漫的口号，反倒越搞越穷了。社员们普遍缺粮。七个生产队的劳动日价值，好的不过三毛五，差的只有几分钱。能使的方儿都使过了，就是无法让社员的粮缸冒起来，钱兜肥起来。他仔细询问老女婿，得知那些生产队办的企业其实并不都是难弄的，譬如那里生产一种木工凿子，盘一台小烘炉，收集生产队扔掉的那些破铧做钢料就可以生产了。他当即决定，托这位老女婿回去与他那个生产队联系，派一位或几位师傅来，收入对半分。

这个"老反革命"还真顶用，回去不久就来信说一切均告谈妥。四位制凿师傅千里迢迢从山东来到了岳家沟村。

没有厂房，没有工具，没有材料，关键是岳家沟大队根本没有资金。胡兴汉唯一能够想出的办法是：凑合。在沟底一孔废弃的破窑里，第一台烘炉盘起来了。废铁破铧也收来了。

点火了。土窑里火光闪闪，铁锤叮当。大锤小锤相间，砸出轻重有致的节拍。这单调却又响亮的锤声，震荡着岳家沟那些蜗居在土窑里的庄稼汉的胸膛，首当其震的自然莫过于胡兴汉。他兴奋得精神反常，常常感到很累却又没有瞌睡。

历史上只生产过小麦、玉米、棉花和豆类的岳家沟的原野上，破天荒生产出来了第一件工业品——钢凿。销路甚好，令人鼓舞。几年以后，当胡兴汉连续创办起十个工厂和作坊的村办企业，年收入达到二百七十六万元的光景的时候，常常忘不了第一台烘炉打制出第一把钢凿时的兴奋心情。

矛盾随之发生。山东师傅提出来要给自个儿提成，把胡兴汉难住了。协议是以岳家沟大队和山东师傅所在的生产队签订的，公对公，对半开成，毫不含糊；山东师傅的所得由他们所在的生产队解决，与岳家沟大队无涉。很显然，师傅想给自己掏腾个一半成，自然得从岳家沟那对半里提取。胡兴汉颇伤脑筋，不给吧，师傅在技术上留下一手或消极怠工，损失更大了；给吧，路数不正，倒不在乎那几个钱。那时候，胡兴汉还不开窍，还不通晓人际关系中的奥秘，还要坚持党的秉公办事的原则，不想开也不敢开这一辙。于是，结局比预料的更惨更糟，那四位师傅毫不留恋地背上行李卷告别了岳家沟的小窑洞而怒返山东。刚刚红火了一阵儿的土窑洞又沉寂了。火灭了。烘炉成了死炉。叮当作响的优美旋律从山沟里消失了。岳家沟深而又狭长的沟壑里又复原了数百年来的沉寂与和谐。

胡兴汉的心却怎么也沉寂不下来，用乡里话说叫凉不下。他紧跟尻子追到山东去，心头火急火燎，不光是要想法重新点燃小烘炉；更迫急的是，那位"老反革命"女婿因为给两个生产队牵线搭桥而招来了横祸，作为资本主义倾向的阶级根源，正好切入，正好被推上台子斗争。胡兴汉于心不忍。

他找到山东师傅所在的大队，并不解释协议破裂的内部秘密，只是一味向党支部解释责任并不在那个"历史反革命"，是自己要他牵线介绍的，一切责任由自个承担。"老反革命"遂得解脱，感激不尽。关中人的义气使山东大汉完全折服，冒着更大的风险，悄悄引着胡兴汉到邻近的七八个村子去观看村办企业的派势。

胡兴汉真是大开眼界。时在一九七七年，中国刚刚除掉"四害"，社会刚刚出现转机，仍然贯彻着"阶级斗争为纲"的既定方针，农业学大寨高潮迭起，资本主义尾巴照砍不误。胡兴汉发现，山东那儿农村也批也砍"尾巴"，而队办企业却照办不停。他在观看了名目繁多的队办企业之后，对一家纺织配件厂大感兴趣。这个小小的村子，从西安进料，又把制成的配件返还给西安的棉纺织厂。他虽不懂技术，看去也不甚复杂，最简单的卡扣不过是一根粗铁丝压扁转弯就行了，每件卖一毛多钱，值一斤小麦价。他当即拍定，办一个纺织配件厂，为西安、咸阳、郑州的棉织厂生产配件。仅西安一地就有多少台纺织机械呀？而西安却没有一家配件厂。他与那个村子签了协议，请来师傅，当年建成投产，一九七八年正式生产，搞了七万元产值，净赚二万。老天爷，岳家沟大队什么时候有过两万块钱呀！往常要办一件大事小事，先得与生产队队长商量个没完没了，大队有权没钱是个实实在在的空架子，生产小队长才是实权实钱派。大队有钱了，腰粗气壮了。到一九七九年，产值翻番达到十六万元。一九八〇年再翻番上到三十万元，获利十万元。胡兴汉手里有十万元了，这个书记才当得有滋有味胆壮气昂了，三十万元的产值和十万元的纯利润不过投入了五十几个劳力,却相当于岳家沟最好年景里全大队农业总收入。到一九八六年年底,工副业总产值达到二百七十六万元,占全村工农业总收入的百分之九十,纯农业收入被挤缩为百分之十。

二

已近花甲之年的胡兴汉,向一切对他饶有兴趣的来访者叙述自己的人生历程的时候,显示出一个诚实的关中人的天真和坦率。那些昨天发生过的事,都是自己的双足踏踩下的笔直或者扭歪的脚印,留在岳家沟的沟道里和原野上,无法更改了。那些自己说过的对的错的似是而非的话,留在同代乡亲的心里,抹也抹不掉掏也掏不出来了。那是昨天的事,已经变成历史。既是胡兴汉的光彩混掺着不光彩的历史,也是岳家沟的历史,也是我们国家的历史。

多年后的今天,在他回顾几十年的历程的时候,他的诚实坦率的品格令我钦佩。他说他一生里有过四次最来劲的事。第一次是上骊山南麓的洪庆山区植树造林。他是团支书,领着本村的男女青年向荒山秃岭进军,挖修鱼鳞坑,植树播种,绿化祖国,成绩显著,被评为先进团支部,出席了一九五六年在绥德召开的团省委的表彰会。他说那时候根本不知道累,真来劲!第二次是六十年代初他给岳家沟办电器化。一无资金,二无材料,他东奔西颠,背着干馍跑机关又跑供电局,硬是把电通进了岳家沟的沟道,结束了煤油和豆油照明的历史,成为原坡和山区第一个通电的村子。想着明亮的电灯的种种美妙,想着电动石磨的风采,他很来劲。第三件事是七十年代初的打井工程。这是在"农业学大寨"的风潮里完成的壮举。无论当今怎样评价学大寨运动,都不能改变他高原打井给自己也给村民以及子孙带来的福荫。同样是缺资金又缺材料,硬是在高原上打成了七眼深井,安装了水管,解决了人畜用水的头道难题,结束了自古旱原吃水比油难的悒惶历史。最来劲的是他在七十年代末和八十年代初雄心勃勃兴办村办企业的那阵儿……

胡兴汉说他最不来劲最窝劲的时期是一九六五年的"四清"运动。

那年初夏,半百名操着中国南北西东各地口音的"四清"队员拥进狭长高深的岳家沟来。他们不像解放以来多次进入岳家沟的那些区、乡干部,进村先找干部,了解情况,布置工作,开展积肥、扫盲或者是捕杀老鼠麻雀的突击运动;土地改革、合作化和公社化这几个大的运动中下乡来的干部也是这样。"四清"运动派来的干部却一反往常的做法,男女队员们直接进入这家那家的窑洞,直接用自己蛮声蛮调的口音和岳家沟的土著通话,直接串联,直接扎根,直接发动群众,直接培养自己发现的积极分子,直接搜集材料,直接面对面地批斗所有的大小队干部。

胡兴汉在以往的所有运动中都来劲过,这回来不上劲了。他被限定在一孔窑里,由工作队员监视着交代问题,不许与外人接触,也不许与家人碰面,饭食要在监视下送交。且不评这算不算软禁,运动中新创造的专用名词叫"上楼",交代清楚问题被释软禁叫"下楼"。岳家沟有窑而无楼,说"上楼""下楼"实际不如说"进窑""出窑"更切合乡土实际。有问题没问题谁也难担保,难担保就请你"进窑"。火烧一番。真金不怕火炼。真革命就不怕"进窑"火烧。

胡兴汉委屈难受。他受不了亲爱的党派来的干部对他的冷漠,对他的鄙夷,对他的敌意。他的母亲对他的担忧甚至暗暗施行的防范更使他加重了难受的程度。他母亲只怕他一时转不过弯来,而把裤带错勒到脖子上。岳家沟村民悄悄传递着可怖的谣言:××村的×××和×××村的××她男人,一个就是把裤带系错了位置,一个却把指头塞进电灯接口里,统统都变成"不齿于人类的狗屎堆"了。

胡兴汉还有一次来劲而办失塌了的事:学习小靳庄。

现在的年轻人也许对小靳庄感到陌生。这是天津市郊的一个小村庄,是江青亲手培育出来的一个样板,以农民唱歌跳舞诵诗练拳评法批儒活动而红极一时。胡兴汉起初只是响应号召学大寨平整坡地和打井,后来市上把这个山沟瞅中而作为学小靳庄的"点"来抓。驻队干部抓得紧,胡兴汉也配合得好,很来劲。岳家沟的农民也唱歌了,跳舞了,作诗诵诗了,唱样板戏了,武术队也组织起来了,坑头地头的批判会和高台大会相互掺和补充,日日夜夜窑里院里村巷田间都弥漫着批儒评法的火药味儿,岳家沟七华里长的沟道成了个火药库。岳家沟很快成为西安市的小靳庄。来岳家沟学习经验参观取经的人络绎于山道,岳家沟被邀去做报告传经送宝的人活跃于机关、工厂、学校、农村的讲台上……

　　十年后胡兴汉向我叙说这一次来劲的蠢事的时候,自嘲地笑笑:"那阵子简直是胡尿闹哩!麦子摊在场上要碾要扬,学习班的人雷打不动坐在窑里批孔老二。咱自己全当没文化没脑筋胡尿闹哩,那些驻队的市上干部也……真是胡尿闹还当真个的闹哩!"

　　胡尿闹的事,其实不只学小靳庄。一九五八年"大跃进"放卫星,胡兴汉记忆犹深。岳家沟一夜间变成了军事组织,队长成了排长,大队长变为连长。上级团长一声军令,军令如山倒,连排长们带着穿黑袄红衫的男女兵士赶到一二十里外的平原上去帮那些村子收秋,掰苞谷棒子又掐谷穗子,那些平原上的同类士兵又跑上坡原地带帮岳家沟的人挖红苕。挖下的红苕胡乱堆放在几个大窑里,没等得分给社员就烂成一堆黄面酱了,臭了一条沟……胡尿闹也不是?不过,那时候胡兴汉在营部当一名秘书的角色,并不负主要责任。而学小靳庄的事,他是党支部书记,挂帅的人,带头的火车头。

　　胡兴汉坦率地陈述他出五关斩六将的来劲的事,也不文过饰非,毫不隐瞒他来劲地学习小靳庄而弄失塌了的事。"胡尿闹的事"是农民式的严格的自我审判。

三

胡兴汉穿一身质地不错的蓝中山装,玳瑁眼镜,蓄大背头,裸露着宽大的额头。这身装备,很像区或乡的中老年干部的派头。然而稍加留意,我就发现他的关中农民的习性仍然浓厚。一根短柄旱烟袋,一个黑布烟荷包,不停地挖着,多是一种习惯动作而不是要挖出烟来抽。尽管他现在可以不计较吸烟的花费,仍然宁舍雪茄而取旱烟,旱烟比一切国产或进口的洋烟都好得远,味绝,味正,味硬,过瘾。

胡兴汉向我侃侃而谈他创办十个企业的艰难经过,也谈他更为艰难曲折的人生历程。刚一解放,胡兴汉就投入到新政权的建设中来。他做过团支书,农业社主任,公社某管理区文书,生产队以及党支部书记。他在岳家沟以一个基层干部的身份经历了土改,查田定产,合作化,公社化,三年因自然和人为造成的困难时月,"四清"以及"文革"运动,学大寨加学小靳庄,一直到一九七六年十月"四害"被粉碎。这一年,胡兴汉四十六岁,已经逼近习惯上的老年人的界限。他面对着一沟两旁依然破旧的一孔孔窑洞以及窑洞里那些依然为塞饱肚皮而发熬煎的社员和乡亲,虽然尚不完全明朗但确已意识到自己近三十年来花费的身力和心力没有给他们带来多少好处,多年来以一双胶鞋或一只热水瓶而喋喋嘤嘤忆苦思甜似乎已变成一种嘲讽而不再构成自己的功绩,他的心痛苦地翻腾,自己还能再这么折腾三十年吗?三十年后还有脸面继续炫耀一只热水瓶和一双胶鞋吗?

从山东来岳家沟探亲的"历史反革命"老女婿,向他建议搞点工业和副业的时候,正当他思索而找不到新的出路的当儿。他毫不犹豫地干了起来,终于走出了一条新的路子。

我看着他的短柄旱烟袋在他紫红的脸前冒出一缕缕蓝烟,听着他的谈叙,隔着烟雾瞧着他的熠熠闪光的眼睛,我的心里忽然冒出来这两个字:皮实。

这人真皮实。这是乡下人的用语。大约包含着顽强泼辣吃苦耐磨百折不回诸种意思,而反意就是怯懦脆弱经不起风也经不得雨或者是一蹶不振一触即溃的人。如果没有这种皮实的品格和内在气质,他能在几十年来频繁不断的运动里撑持下来吗?他能从一会儿学"大"一会儿学"小"一会儿说学"小"不对学"大"对随之学"大"学"小"都学错了的莫测风云中透过一口活气来吗?还能有心思还会来劲地寻找他自己的和岳家沟乡亲的新的出路吗?

一九八一年的初夏时节,给我心头留下了永难忘怀的历史性印记。农业责任制在关中农村由风传变为付诸实施,且不说社员群众的情绪如何,我接触到的许多农村基层干部都处于一种思想上的混乱和心理上的惶惑,诸如"辛辛苦苦二十年,一夜回到解放前"的顺口溜就是这种混乱和惶惑的真实写照。有的人分完地分完牛就无事可做而一蹶不振了,有的人一心一意经营自己的麦田菜园和母牛去了,有的人利用过去当干部熟人多关系稠找自己发财致富的门路去了。农民群众生产热情的突然暴涨和农村基层组织的骤然瘫痪形成了峰巅和谷底。我问胡兴汉,在这个乡村历史的转折时期,你怎样想和做着什么?

"嘿!我那阵心里畅快得很,政策才正顺我的心来咧!"

"为什么?"

"我从一九七七年建成纺织配件厂,到一九八一年又建成了两个厂,收入大增。我感到农业生产成为包袱了,碍着我办企业。责任制一推行,土地由各家各户去操心经营,我就不花费多少精力了,正好腾出手来抓村办工业……这当儿,我的劲儿大得很!"

我信他的话。

"土地牲畜一下户,一九八二年我到南方走了一趟,南京、无锡、上海,又转到青岛和北京,专门找乡镇企业学习。一看,妈呀!咱的那点小家当差得'核'大!回来就重整旗鼓,对旧有厂子改造设备,长远打算,又一股气促成了三个新厂,砖厂、鞋厂和建筑队。一九八三年巩固了一年,一九八四年又促建了四个厂子,这一年产值过了百万大关,区政府给我们挂了旗。一九八五年做了一年巩固完善的工作,一九八六年又促上来两个厂子,去年年底产值达到二百七十六万元……"

"发展真快!"我有点眼花缭乱了。

"土地一下户,农业劳力闲下了,一家分那么几亩地,只忙收种俩月,一年有成十个月没活儿干。再加上一拨一拨的中学生毕业回村,地不够他爸种,小青年做啥呀?我加紧办厂,就是给农村青年找活儿干。现在,村办企业有五百六十人,占全村劳力的百分之六十。"

这个人在许多同类基层干部惶惑的时候却特别来劲。这人皮实,我愈加重了这个感觉。

这个皮实的人的品质令人折服。

一位因某些历史积怨尚不和他"招嘴"的村民,有个儿子学识颇佳,干部们聚会研究确定一位民办教师时,胡兴汉就把此人的儿子提出来,得以通过。不仅干部们钦佩,村民更称颂他的胸怀。

有一位和他一起工作的干部,负责一个工厂,生产搞得不错。这位干部向他提出,想辞去职务,自己另办一个工厂,征询他的意见。胡兴汉很坦诚地劝说,私人办厂,符合政策,我不阻挡,还要支持。你办个工厂,富得肯定快,也是好事。可村子里的村民呢?咱们办企业,吸引本村村民,家家增加收入,我们也增加收入,当然比自个办厂要少。我还是希望你留在村办厂里,咱们合伙把村办企业搞好。谁让咱们都是共产党员呢!这位干部留下来,继续为村办厂效劳,工作挺好。

其实岳家沟的任何人都能解开这个简单的问题:既然胡兴汉有能耐给村里办起十个厂子,年产值二百多万,他何愁给自己办不起一个厂子来?他的收入会几十倍于当今的干部补贴。他为啥不干呢?

这问题既简单又复杂。简单的问题在复杂化了的社会生活里就不简单而复杂了。胡兴汉想,生活在变化,社会在前进,人不能抱残守缺冥顽不化,要开眼界,要接受新观念,要甩开一切陈腐的东西而随着社会潮流一起汹涌。但,不是一切观念都得改变,一些生活的基本观念不能改变。比如说,共产党员为人民服务这个观念能改变吗?能变或改换了,就不是共产党了!

四

从沟垴看下去,一条时宽时窄弯弯曲曲的壑沟,从骊山南麓的浅坡地带延伸下去,一直延伸到国营工厂巨大的厂房和高耸的烟囱拥挤的平原上。如果从南面或北面望过去,只能看见宽阔的原坡上有一条缝缝,那是从沟里冒出的树梢。如果不是沟南沟北刚刚簇起的一座座新房和小洋楼,谁也不会想到那里有一条沟,那沟里还有一个二千余人的世界。沿着七华里长的沟道,岳家沟所辖的柿园、沟南、任东、沟北、于家、西胡和庙沟七个自然村自东至西依次窝藏在这个深沉的黄土沟壑里。

记不清这条沟壑从何年始有人迹。记不清第一位来这个沟壑打凿第一孔窑洞的开沟祖宗。记不清七个自然村里哪个村子首先形成村落。现成的事实是:到本世纪进入八十年代的时候,这个沟壑里的二千多村民与他们的无以名记的开沟祖宗一样,依然是倚穴而居。

沟底阴湿。沟坡陡峭。树木茂盛,窑洞却因之晦暗。这条被风雨无情剥蚀得残破不堪的沟壑里的一代一代居民,经历了中国远古和近代史上无数次改朝换代兵荒马乱的洗劫,遭遇过魔幻般的奇寒奇旱奇涝奇热大蝗虫冷子虎列拉瘟疫的轮番劫难，而终于没有灭绝，而且人满人稠超计划生育成为大患。解放后欣欣鼓舞过自由的天和自由的地，敲响过合作化公社化奔天堂的阵阵锣鼓，发疯的"文革"发疯地学大寨发疯地学小靳庄跳舞唱歌演样板戏批孔老二。无论什么运动以怎样崇高的目的发动起来又以不大崇高的结局告终，这个沟道里的居民依然还是以窑洞为生为窝为快。这沟壑里的一个个人都皮实！

现在，来到岳家沟的工作干部采访记者和走亲访友的亲戚，远远就可以看见沟南沟北已经形成了几个居民点或者说新村，一色的红砖红瓦，或瓦房或平顶屋或镶瓷片贴玻璃马赛克的二层小洋楼，比窑洞漂亮比窑洞美观比窑洞阳光充足比窑洞风光风流。

从洞顶看下去，一孔孔被遗弃的破窑洞在初夏的艳阳下更显得荒寂，围墙坍塌。猪圈鸡埘倒塌。流水的淤泥漫过烟熏变黑的窑面。拆除了门窗的窑面下堆着破碎的土坯和瓦砾。没有发生洪荒或地震或水灾，不必为之悲怆！窑洞的主人已经迁居到光也充足风也爽利交通更方便的沟顶上的新村里去了，毫不留恋地告别了祖居几百年的沟壑里的土窑洞。一个皮实的农村干部领着他的二千余名皮实的乡亲终于从沟壑地缝里站立到开阔的原坡上，值得欢呼。

历史性的告别！

1987年5月

最珍贵的记忆

——日记五则

一九八七年十月二十五日

北京,秋末冬初,一个难得的无风无沙阳光和煦如春的早晨。中国共产党第十三次代表大会今天召开。今天,将因为发生这样重要的事情而在我的心里不胜负载。汽车在天安门广场停下,走过这阳光绚烂的广场,踏上通向大会堂的石阶,我的心里像绚烂的太阳一样热烈。

人生道路上的台阶,不似通向大会堂的台阶这样平整。那是六十年代初,我忍受着瓜菜代粮的饥饿,坐在学校操场的浓密的柳荫下,听一位戎马疆场的人民解放战争的英雄慷慨激昂的演讲。"我一生无他求,高官嘛,没意思;金钱嘛,太乏味!我唯一的人生目标,就是做一个真正的共产党员。"这段话,一字一句浮雕般地铭刻我心头⋯⋯

在开阔的大会堂里,我找到了自己的座位。静静地坐下来等待,等待那个重要时刻的到来。我一向缺乏等候的耐心,而今天却异乎寻常。我瞅着拥进会场戴着代表证急急寻找座位的男女各族代表,瞅着大会主席台上十面红旗簇拥着的金色的由铁锤镰刀构成的党徽,我的心里是如此安详却又思潮澎湃。

那是二十一年前的一个冬天的早晨,在公社一个简陋狭小的房间里,我羞怯不安地坐在一个角落里,听那些比我年长的共产党员们对我的评价,听介绍人向支部汇报对我的考察结果……我被接收了。我走出那个狭小房间的时候,看见灿烂的太阳,几乎流下眼泪来,同时又想到了在学校听战斗英雄演讲的情景,特别是那段话。我那时是一个社办农业中学的教员,民办的,这似乎并不影响我当时圣洁的心境……整整二十一年过去了。

我没有奢望过能有参加党的代表大会这样的机会。我知道,我是坐在整个中国和世界都在翘望着的北京人民大会堂啊!我感到了一种从未有过的幸福!二十一年过去了,而且是人生的最重要的二十一个年头,我现在竟然如此冷静地回首这一切。有几步走得顺畅,可也有几步摔得鼻青脸肿,唯一所幸者,我知道路很长,我依然往前走着。我没有因为些微的成就而忘记了目标,忘记了赶路。此刻,既往的那些曾经确也令人激动的赞誉和荣耀顿然失去了光彩,那些曾经使人焦灼愧悔甚至痛苦不堪的失误也变得冷寂了,我在面对着主席台上那庄严的党徽的此刻,心里只剩下了必须继续往前走这一个单纯而坚定的信念了。

那个重要的时刻,正在分针、秒针的运转中逼近。

八点五十分,大会堂骤然沉静下来,不闻一丝声息。主席台前聚集的中外记者,也安静不动。

一种自然的沉静。

一种重要企盼的沉静。

八点五十五分,大会堂主席台的出口处,走出来那位全国和全世界都十分熟悉的矮矮的巨人,暴风雨般的掌声骤然掀起来。

邓小平以他稳健的步履走向主席台。他微笑着回报代表们的鼓掌。

陈云同志在赵紫阳的搀扶下缓慢地移着小步,那是一种强烈的意志力支配下的步履。那搀扶与被搀扶,正是中国两代人的形象。

邓小平同志以他沉稳雄浑的四川口音宣布大会开幕,暴风雨般的掌声经久不息……

企盼已久的那个重要时刻到来了!

十月二十六日

讨论学习赵紫阳的报告:《沿着有中国特色的社会主义道路前进》。

报告提出"社会主义初级阶段"的重大理论。立论根据有三:一是对百余年来半封建半殖民地的中国国情的客观剖析,二是对三十余年来社会主义在我国初步形成的经济状况的客观分析,三是对五十年代后期开始的犯"左"倾错误主要根源的分析,在于对社会主义初期阶段的主要矛盾认识的偏差上。这样从正反两方面深刻地论证了在中国这样的具体国情里只能是社会主义的初级阶段,而且要延续上百年时间;这个初级阶段的根本任务是发展社会生产力,坚持以经济建设为中心,而不是以阶级斗争为纲,更不可能"跑步进入共产主义"。在这样的理论指导下提出的党的基本路线是实际的。

我们为今天得到的这个科学理论付出了血的代价。

世界上的社会主义国家在对自己国家的认识和发展中也不是一条坦途。赫鲁晓夫五十年代末就提出"全面建设共产主义"的口号,他又被苏联的历史证明失败了;勃列日涅夫提出"建设发达的社会主义"的口号显然是比赫鲁晓夫在理论上后退了一步,也没有得到他想得到的成功;戈尔巴乔夫不仅在理论上比他的前任又后退了一步,而且提出改革。可见,对世界各国共产党人来说,对社会主义的认识仍然是一个没有先例的新鲜的课题。关键不在于仿效哪种模式,而在于对于自己的国情的科学分析。

三中全会以来生动活泼的生活现实使人想到了理论的贫困,人们需要强有力的理论辨识急骤变化着的生活,立志改革的先锋之子渴望科学的理论指导自己的实践,被极左的条律捆绑着的心灵也希冀科学的理论去解开绳索……正在改革浪潮中的中国和在改革生活中奋进以及彷徨的种种人都在呼唤科学理论的诞生。

初级阶段的理论为中国的深入改革提供了一个科学的理论基础,为今后从我们的政治生活里彻底排除"左"或"右"的干扰廓出一条准绳,为中国实现伟大的第二次腾飞找到了一条自己的切实的道路。

说我们党是伟大光荣正确的党,最重要之点就体现在她是以科学的理论指导中国的革命和建设的实践。

"上百年"的初级阶段,将以其波澜壮阔的发展过程不断丰富这个理论,为马克思主义理论增添新的光彩!

重大真理的发现,总是要耸立一座丰碑,划开一个时代。

十月二十七日

我必须把昨晚看电视中激动人心的时刻记述下来。

十月二十六日下午六时。中国和日本的足球队为争夺进军一九八八年汉城奥运会资格的最后决战,准时拉开战幕。随着主裁判一声哨响,我的心就绷紧了,许多党代表的心也绷紧了,我相信,全中国有数以千百万的球迷此刻正守坐在电视机旁,比我们的心绷得更紧。

此役对中国队是背水一战。用主教练高丰文的话说是"自古华山一条路"。非胜即亡,别无选择。

贺龙元帅生前为中国三大球走向世界呕心沥血,而终于壮志未酬。中国的足球发展步履维艰。苏永舜教练在上届奥运会争夺出线权的关键一役中饮恨绿茵。曾雪麟主持的国家队静水翻船,"五一九"的阴影笼罩着岂止是曾教练一人苦难的心?高丰文教练操导下的东京决战,远远超出了一场足球胜负的狭隘的意义。

足球象征着我们的国家,象征着我们的民族。中国要走向世界,中华民族要跻身世界民族之林。足球的低水平与经济的落后一样不能使任何一个炎黄子孙安于现状。中国要第二次腾飞,足球也要腾飞。作为世界第一运动的足球竞技场,往往是一个民族意志力的象征。

中国队踢得相当有气势,传接球迅速准确,左冲右突,射门果断,开赛二十分钟里,已有几次威胁极大的射门,日队门前,已是风声鹤唳,防不胜防。终于在三十七分钟,柳海光头槌破门,立下了头功。下半场唐尧东一记冷射,可以说是气壮山河,彻底打碎了日方的梦想。我的绷紧的心完全松弛,被难以容纳的太多的欢乐和激情所充斥。

电视机转播刚结束,我就听到了爆豆般的鞭炮声。幽幽的火药味儿弥漫在清凉的夜风里。我走到大街上,行人如鲫,热情洋溢的青年们不断高呼:"中国万岁!"四面的楼房上,从一个个窗户里冒出爆竹的火光!炎黄子孙们自豪地庆贺中国足球第一次冲出亚洲,第一次获得参加世界比赛的资格。它标志着我们民族的雄劲,兴旺,勇往直前。

中国必将走向世界,以自己的信念和姿容。

十月二十九日

讨论中委、纪委候选人。

邓小平同志提出全退,中委都不进,令代表们震惊。

人们依据自己对这位领袖的不同程度的了解而得出一致的结

论：他以他远见卓识的政治眼光和实事求是的务实精神而使他与中国当代史融为一体；他以他坚定顽强的品格在中国革命和建设的重要关头于个人安危而不顾力挽狂澜于既倒，从而展示出一个少有的颇富戏剧性的领袖人物的生命历程；无论民主革命或社会主义建设尤其是十一届三中全会以来的卓著功勋，使他和每一个中国人都紧紧地联系在一起。

他无论如何不喜欢对他歌功颂德，而我们只是以一个党员的感知来客观地理解他。

邓小平同志的断然举措，表现出一位无产阶级领袖人物高瞻远瞩的政治眼光。"中央就那么些位子，我们不退，年轻同志就上不来嘛！"这样听来并不复杂的道理，却只有他做到了。共产主义运动中诸多的党的领袖人物，单从这一点上来说，首先做到的是邓小平同志。

他带了怎样了不起的一个头啊！

十一月一日

北京初雪。银装素裹。阳光柔媚。

大会堂里春意盎然。今天举行选举和闭幕式。人们抓住会前的时间，在一切都值得留恋的地方摄影留念。坐在自己的座位上，背景是大会主席台，那红旗簇拥的党徽，那十三大的会标，连同幸福自豪的微笑一同摄进镜头，留作也许是一个普通党员个人生命中最珍贵的记忆。

下午，中国作协书记处召集参加十三大的作家代表座谈。这是我参加过的作家们发言最踊跃的座谈会。作家们为赵紫阳的报告欢欣鼓舞，任何一个作家都能在这个报告里找到自己的位置。作家们为党的代表大会所体现的民主精神欢欣鼓舞，这无疑是中国政治生活的重要演进。作家们为选出全党全国人民拥戴的新的党中央领导人而欢欣鼓舞,这是中国人民的福气!

赵紫阳的报告里论述文化艺术事业的发展时用语是"欣欣向荣"。这是对新时期以来文学艺术整个风貌的极准确的概括。

文学将继续欣欣向荣,我满怀信心。

山里有黄金

黄金贵重。采金淘金这活儿总是笼罩着神秘和冒险的色彩。

黄金又很稀少,似乎总是埋藏在人迹罕至的深山莽林或冰雪覆盖的荒原之中,那里险恶的自然环境更加渲染了神秘和冒险的气氛。这些印象是我从许多传说里自幼便铸就了的,后来阅读和观看了一些中外以淘金为题材的小说电影,验证了也加深了这神秘冒险的印象。

新年佳节的气氛日渐浓郁,街巷里频频爆响的鞭炮催促着新年的脚步。我日渐一日地感到火药气味的压迫,莫名地陷入一种惶惶一种烦腻一种紊乱交织的心境。徐岳约我走一趟汉中,看看那里已经形成气候的采金淘金业,我便怀着逃亡的目的跟他上路了……我们踏上了庞然大物蔚为壮观的采金船。我们看到了翻捣过滤过的砂石的山。我们看到了刚刚从泥沙里披拣分离出来带着羞怯之色的原生状态的黄金。我有点失望,因为那些神秘冒险的印象不仅没有得到验证,反而轻易地粉碎了。不过,我的那种惶惶烦腻紊乱的心绪已经平静下来,那些刚刚结识的朋友给我以深刻的影响,他们才是人生真实意义上闪闪发光的金子。

阳平关——嘉陵江
一组英姿纷呈的群雕

阳平关紧紧贴着嘉陵江,静静地偎依在大巴山的怀抱之中,四面巍峨的群峰安谧的气韵滋润着这个古老陈旧的名镇。我在中学读《在和平的日子里》时留下了嘉陵江暴戾不羁的强烈印记,眼下的嘉陵江却像被阉割了的牡马一样温顺,蓝色的江水在沙滩上蜿蜒着毫无生气的行程。

嘉陵江在一个称作燕子砭的山包前拐了一个大弯儿,这里就留下一片在大巴山里甚为稀罕的平川和一方开阔的沙滩,一艘刚刚竣工的采金船像一只燕子样儿栖泊在沙滩上。这条船的船长、技工以及工人将在这里度过他们生命的七八分之一。

我第一眼看见阳平关金矿矿长于洪祥的脸孔,想起某年春节晚会上出演《双簧》的那位台前表演的演员。他的长条脸上有一双喜盈盈的眼睛,那眼里的喜悦和善的光气不是做出来的而是与生俱来,我相信任何人任何时间看见这双眼睛都会心灵为之一亮。他穿着四兜蓝衫披着黄色仿军用大衣,坐下来就津津乐道他的金矿和他的采金船;挨着个儿介绍他的好船长、好工程师、好工人、好司机;甚至连这些人的家属娃娃也是令人感动之好,他们在洪水威胁的紧要时刻也上阵助战了。好人都类聚到他的麾下了?我突然发觉上当,把商定的谈话时间全部占用了,我们对他本人的了解几乎没有任何进展。

于洪祥在采金行业可以说是一位全挂把式。他干过机修干过采金干过后勤当过科长还当过金矿子弟中学的校长,他原本是东北师范大学中文系的本科毕业生,文化修养文字能力都是高能的。他在东北二道甸子金矿工作时,金矿子弟中学高考中连续多年不中一员,引起校内校外上下朝野怨声载道,矿上领导被这怨声强烈地震动,遂派于洪祥出任校长。于洪祥在学校整了一年,就考中了六七个大学生,第二年上升到十四五个,第三年一跃成为所在地区第一名。他的声名大振名噪一时誉满全矿,他却打起铺盖卷悄然告退,只有这一次向组织申述了一下个人的兴趣:我觉得我还是干采金痛快。

他来到汉中黄金公司就被派往刚刚规划建设的阳平关金矿。他看到的是与东北风光迥然不同的亚热带的自然风貌,一片被崇山峻岭围抱着的静寂的沙漠。一想到金子他就来劲了,荒凉是天经地义的,东北的金矿也是在黑龙江上和远离村落的大草甸子里,似乎繁华的都市迄今还未发现那里探测到金矿的信息。

他在尘土飞扬的阳平关古镇上转悠,终于把眼睛瞅死了一个下马停建的磷肥厂,随之就把这个已经宣布死亡的厂子的厂房买了下来,连那二十几名留守人员也转归金矿。他对原有的厂房进行了修复和改造,很快弄起办公机关,仅此一项就节约下五十多万元。办公和生活设施自然简陋了点,在奢侈风潮漫卷贫穷的中国乡村和城市的异常现象当中,要做到这一点,还真需有点精神的人。

这个人的成功有许多可供人们思考的东西。他不仅依赖他的熟悉的专业技术统率这个新建的金矿,重要的是以他的严格的办事作风和生活作风。他没有上下班的时间观念,习惯于四五点钟起床即开始工作,直到夜深总是最后一个熄灯。他患有萎缩性胃病,早早起来,洗漱一毕,就在火炉上给自己熬点米粥,小米在锅里咕嘟咕嘟熬着,他伏在桌上做他的事。午饭和晚饭,挟上碗筷到职工食堂排队打饭,默默地站在队尾,默默地移向窗口,拒绝了一切人的谦让和优待,后来就成为自然了。

矿长的家安在汉中,两地相距二百多公里,常是一两个月不沾家,有时回到汉中开会或办事,也是开完会办妥事径直驱车再回阳平关,偶尔去家里和夫人见个面道一声安就走了,他大约远远不止三过而是几十次过家门而不入了。敏感的读者也许会猜疑于矿长的家庭生活是否和谐?他的妻子贤惠儿女可爱气氛温馨,妻子已经习惯矿长的脾性毫不足怪。地区黄金公司经理景雪勇得悉这个东北汉子不是一般地工作而是拼命的种种事迹后,不得不在劝解无效的无奈中动用行政命令,勒令他停止工作,把他"押解"回汉中,而且从外边把门锁了,坐禁闭式地强迫他休息。景经理说到此事时很动感情。矿上的人给我讲到这些事时也很动情,这也许是比黄金更为贵重的一种感情。从景经理到船上的工人都心同一理,这个似乎带有工作狂症的矿长已经因疲劳过度晕倒过四回,生命的警钟还需要再敲响几次?

于矿长成功的诸因素中的一条重要之点在于他的不合潮流。当金钱被摘掉魔鬼的帽子又被推崇为倾国上下的第一美女的时候,堂皇的理论和市井的嘈嘈声浪一致和谐地把它颂为撬动整个社会各个部件运转的唯一有效的杠杆的当代生活里,奖金红包回扣实物等等名目迭翻的花样走马灯似的涌现在潮头上,阳平关金矿居然没有奖金,甚至连超工时的加班费也没有。从高级工程师到刚刚接受过专业技术培训的工人,没有享受现代文明没有领到奖金,不仅没有怨言,反而众口一词地称颂他们的矿长。作为一个矿长不是用奖金或毛毯等物质刺激而能得到麾下的拥戴和称赞,这在当今的领导者人员中尤其珍贵。其实,他的那个法宝,不过是用自己的实践把一个旧有的真理擦拭得闪闪发光罢了。这个不言自明的真理,在纷繁复杂的社会生活中,这几年正在暗淡以至尘封下去。

阳平关金矿有一位高级工程师,姓陈,五十年代初的大学毕业生,通晓英、法、日、德四国语言。他的"竖井定向"测量公认为西北第一人,他的足迹踏遍了中国东南西北的山地和戈壁,在勘探测量专业上有几手绝活儿,属"稀有金属"。这个有真知识的人没有西装革履,仍然穿着破旧得有点寒酸的中式衣裤,面孔平凡得毫不起眼,没有丝毫的创造奇迹者的趾高气扬的派势。他完成了一系列金矿勘测数据,近六十岁的老头子常常背着行李和测具爬山下滩,感动得给他做帮手的年轻人不知怎么说好。他的伟大和他的笑料一起流传,从吸九分钱一包"羊群"逐步升格"黄公主",大致就可以标示出这位高工生活改善的过程。他时常穿不同颜色的两只袜子,那是烂一只换一只而不是两只一齐换。他一年三季穿一双不用擦油的翻毛皮鞋,夏天竟然把两只塑料凉鞋左右翻穿着。同志们以为他疏忽了应该把它调换过来。他说两只鞋后跟外沿磨薄了不平了，反过来穿着再把内沿磨下去以达到新的平衡。他给一双不过价值四五块钱的凉塑料鞋钉上后掌，使它继续为他效力。这个精通高级测绘技术的人却一再违反最普通的生活法则，从来也没打算去平衡贡献与享受之间的天平。他的精神世界恰如一块削除了杂质的高纯度的金子。

还有一对年轻的工程师，夫妇两人从东北奔到西北，又从西安奔到阳平关，一直奔到金子生产的第一线。他们是学采金专业的，一切都服从于采金工作来安排。男的叫王义坤，一副白净的脸膛和一双聪慧的大眼睛，十分谦和。他搞过的一项设计获全国奖，不计报酬设计了沮水、白龙溏金矿。无论老一代知识分子或年轻的工程师，在这里都表现出一种拥有知识者的谦和，而不是自负与盛气。

刚刚试车的采金船船长付玉新，是一位清秀的东北人，在吉林珲春矿工作时获得全国红旗船号的殊荣。这是一位从工人成长起来的船长，一位采金能手。我看见他时，首先发现的是他眼里的一缕羞怯之色，这种如朝露般纯洁的羞怯神色，在大都市闹市区的红男绿女的眼睛和脸色上已经被太厚的脂粉掩饰不见了。他的内秀和内刚完美地结合在一起。他对自己的所有成就的反映是平淡。不属于伟大谦虚而纯粹是性格使然。他也没有礼拜和八小时的观念，只是在去汉中办事时顺便回家观照一下老婆和孩子，如果时间紧张也就免了。他把全部身心都倾注到那条已经刷饰一新的采金船上。这个人也有不愉快的事，在一次节日聚会席上，一位工程师提议说："让我们有职称的人干一杯！"桌子四边坐的评上了中级高级职称的工程师们都端着酒杯站起来。付玉新坐着未动，只有他一个人站不起来，这位功绩显赫的红旗船长没有技术职称。坐着的和站着的一下子就显出了高低。他坐在那儿，听着当当当酒杯碰击的欢乐的响声，酒液灌进喉咙畅快地滚动和甘美地咂舌舔唇的声响，强撑着笑脸掩饰着难堪。

他愿意把这个提议完全看作是无意而为之。在宴会结束后他回到屋子关起门来,再也控制不住心头的侮辱和损伤,淌下眼泪来,愤怒化作默默流淌的泪珠释放了。他的工人生涯培养了许多可贵的品德,重要的一条就是宽容。凭着这一难能可贵的品德他才团结了在他周围工作的人。他在一次抢险中动手抽了一个人的耳光,令许多人震惊,这个腼腼腆腆羞羞怯怯的人竟然会动拳头?那个人在洪水威胁之下消极怠工使他愤怒难容。那不是损害他个人的污言秽语而是损失国家财产。

我不能一一列举更多的人了。那个原先给磷矿看门的年轻人,自修完成了无线电高等教材,又完成了会计财会专业课的自修,已经成为全矿不可多得的中坚力量。那一帮刚刚分配到矿上船上的大学生和工人,一进入社会就进入这深山,开始了他们的事业也开始了人生之旅,似乎没有夸夸其谈,也没有抱怨这大山环绕的山窝子天地太狭隘了些?

那天晚上的采访座谈搞到深夜。我和徐岳都失眠了。这个金矿的人际关系生活氛围勾起了诸多美好的记忆,我俩自然地回味起五十年代那种奋进的社会精神和纯正的人际关系。阳平关金矿给我最大的启示就在这里,人类社会进步的重要标志,就应该是这个样子。金钱和权欲支配下的种种灵魂所表演的丑闻太多地充斥于我们的社会生活之中,自然无法组成一个生气勃勃舒畅和谐的群体;人们反而渴望一种精神的崇高和文明,一块绿地或者说一方净土。阳平关正是在这一点上组成一个英雄的群体雕像,每一颗钉每一个部件都紧紧地拧着不松,使这条庞大的船体和谐而热烈地向大山江河发出奏鸣。

定军山——汉江
一个负重的灵魂

这里有必要渲染一下勉县。诸葛亮死后葬于勉县的定军山下,就在县城西边不过二公里处。这个埋着圣人骨殖的勉县也就远近闻名。勉县于一九八四年成立黄金公司,一九八五年开始机械化采金。汉江上的第一条采金船就是在勉县城内的汉江上首先竖立起来的。

中国乡民淘金的历史可以追溯到古远。但勉县在汉江上建造采金船成功的事实,开创了秦岭以南大半个中国机械采金的先河,把采金船从东北三省一下子扩展到秦岭南边广阔的江流之中。从五十年代黑龙江第一条采金船到勉县的第一条采金船,应该是中国黄金开发史中的两块里程碑。

刘企副总工程师任勉县黄金公司副经理,公司没有经理,他现在统领公司的实际工作。他是一九八五年来到汉中随之到勉县的,也是东北人,一个在人的印象中魅力与气质都更像个东北汉子的知识分子,方脸,一双沉毅而略显忧郁的眼睛,胡楂和疏朗的头发几乎全白了,据说是在一次防汛当中的急骤变化。他在向我们介绍他的金矿的情况时慨叹说:干啥把头发全弄白了?良心!

他到勉县的时候,似乎正赶上了一场盛大热烈高潮迭出的焰火晚会的尾声,勉县采金事业最辉煌的时期即将过去,矿藏贫乏的致命性威胁开始暴露出来。勉县走出那开创意义的第一步之后着实红火了两年,黄金产量骤增,随之就陷入矿藏枯竭的困境。原先由探矿部门勘测的金矿报告大部分落空,原来探测资料提供的大矿经过实际采掘变成了小矿,富矿变成了贫矿,矿区越缩越小。这局面如同第一个吃了螃蟹的英雄眼看着别人大吃大嚼其美味,而自己却再没有螃蟹可捉了。即使外行人也不难理解,黄金生产的要害是资源,没有金子资源你纵有三头六臂也莫可奈何。现有的两条船只好在贫矿地带继续作业,他们以同等的机械同样的人力花同等的成本,所得黄金只能达到头二年在富矿上所得的一半左右。毫无办法,令人眼热的盈利户就这样不可逆转地变成了亏损户。

刘企所遇到的麻烦已不是第一次,在东北二道甸子金矿时,也是在该矿采掘竭尽之际,金矿的领导责任落到他的肩上,到勉县遇到的情况是一次重复。他没有抱怨来不逢时而是面对实际,也许正是他具备这种素质,所以才有两次类同的机遇。作为一个老矿山,他一来就觉得这里没有一个矿山建设开发的总体规划是太不该了,想到这个地区从来也没搞过矿山,他们一批东北人正是在此情况下才进入汉水流域的,于是就动手干起来,设计制定出一个全面系统的规划来。他发觉了沙金资源的不大景气,就把眼光盯住了山里的脉金矿,设计完善了"全泥氰化探浆法"新工艺,以解决含泥量大的脉金矿的关键课题。这项工艺国际上七十年代刚获得解决,国内的河南灵湖金矿第一次试验,刘企是第二个成功者。

刘企五十年代毕业于沈阳金属工业学校(今黄金学院),现已年近六旬,一生的主要精力都花费在黄金生产的事业上了。他好像不属于那种会生活的类型,他接受的良好教育铸就了事业的进取心,却不懂得如何把个人生活调解得有条有理舒适安乐;如果工作有进展他就活得舒服,而当金矿生产上不去他也就难得舒悦。他现在负重生活,一个无法解除重负的沉重的灵魂。

资源的枯萎本来就够他忧虑的了,复杂的社会关系人际关系更加剧了忧患。他是副总工兼任副经理(公司没有经理)负责全面工作,是事实上的一把手主事人。搞不清来路摸不来底细的非生产因素搅和得他不能不空耗精力,不是他的构想是否合理以及可行性的判断上的争论。他在那儿绞尽脑汁谋求金矿的发展和出路,如何把技术人员团结起来共闯难关,有人却散布诸如此类的话:"你咋给刘头儿卖命?""你也卖给东北人了外国人了?"地域观念狭隘到连东北也要划到域外去!领导班子四五年间调整了四次,目前的状况仍不能达到步调一致。一件小事就足以窥其内景了:一九八七年公司经济效益不错,上级给公司发了奖金,一份分配奖金的具体方案送给他看,他发现没有工段长的名字,就提出应该考虑给第一线的干部也有一份。究竟应该不应该给工段长发奖金，正常的程序自然是大家磋商一下，即使他的意见被否决也不足为奇。奇怪的是他提出意见之后，没有人说对也没有人说不对，奖金就此压下不发了。当他从西安开了几天会回来，奖金发下去了。他是被列在名单之上的。他至今也没有领那钱，又不敢声言出来，他还在顾全大局考虑影响以及由此产生的难以料及的后果。

去年的防汛熬白了他的头发。按照既定的工作规程，进入汛期，采金船撤离出河道进入堤内，要破堤要复修堤段，待到汛期过了再进入河道重新开始工作。要花钱要费时费事，当地农民揪住这个要害向他们施加各种要钱的手法儿。刘企便寻求一种在河道里固定船体的新途径，为此他查阅了汉江的水文资料和气象资料，设计出一个能够承受历史记载的最大流量冲力的固船方案，这个冒险性的试验如果获得成功，将解决南方北方河流采金的重大课题；如果设计失算，等待他的唯一去处就是监狱。

他被各种紧急会议包围着。他随之被一道道口头命令电话命令加急电报命令包围着。所有会议电话电报都重申着一个意思：采金船撤出河道。他再三解释采金船在河道上并不构成防汛的障碍，反正没人听，你有数据也没人听。刘企是一个勉县下属的黄金公司的副经理，面对的是从省到乡的各级防汛部门一层一层的命令和催逼，他能理解这些部门干部对国家和人民生命财产而负的重大使命，因而无论措辞多么激烈都心安意会地接纳了，却仍然坚持着不撤的数据。直到洪水即将到来的紧急关头，他又一次接到上级拍来的命令撤离的电报，他考虑的不再是电报的简短文字而是那几个汉字背后所隐含的危机。发电令的人明明知道采金船要从河道撤进堤内，需要的不是一小时一天而是近乎一月时间，毁掉的河堤在河水到来之前又意味着安全还是什么呢？这样的电令是明白无误地告诉他，一旦在汛期发生问题，只能是你刘企兜上，因为上级有电文可作凭证。

他再一次验证自己的设计,再一次严格地检查固船设施的每一个部件,最终使他战胜电报也战胜自己的怯弱的是科学,他坚信设计的完美无虞和设备的符合要求。尽管如此,洪水猛兽到来时的种种意外都是可能的,他几天几夜睡不着觉,他妻子儿女也睡不下,陪着他等候洪水飞来时的种种凶讯。他们心里明白,刘企出了这个家门,不是成为英雄就是成为囚犯。

洪水到来时,刘企守在江边,观察测试他的固船设计的数据。一切都安全无误,价值几百万的采金船稳稳当当竖立在洪水恶浪之中,蔚为奇观。地区黄金公司景雪勇经理知道他的压力,赶来看望他和他的试验。刘企兴致颇高地幽默了一下:"哎呀!你来晚了,我们刚刚吃掉一只大鳖!"他后来有所遗憾:那次洪水的流量没有达到历史最高记载,而他的固船设计是按最大流量搞下的,试验和冒险并没有完。

他成功了,自然不会进监狱却也没有成为英雄。留给他作为永久性纪念的,是骤然变白了的满头银丝。

拜将台——汉中
一个爱将若渴的黄金经理

采访结束离开汉中的那天早晨,握手道别之后的最后一句话,他还在叮咛说:"不要写我。"

从我认识他直到采访结束,他都坚持申明不要写他,而且回避一切有关自己的情况。在采访的整个过程中,干部技工和工人争相谈到他,所有关于他的事,我都是间接得到的。我不能不写他一点东西。他就是汉中地区黄金公司经理景雪勇。

他能写一手漂亮的毛笔字。他会几路拳脚。他喜欢体育运动,有几个项目取得过一定地域的名次。他喜欢文学写下不少诗歌。他是一个正儿八经的大学生，毕业于西安冶金建筑学院。他放弃了留校任教又放弃了好多人求之不得的在西安工作的机会，词坚意绝回到汉中。

不完全是为了心中的那棵橄榄树。他在汉中长大，故乡留给他的有温馨也有痛苦。景雪勇读到小学四年级时"文革"开锣，母亲被打成特务投入监狱，罪证是她有海外亲属关系又有一架电唱机，电唱机被当作电台、发报机成为特务活动的罪证实物。恐怕再没有亲眼目睹母亲受虐待受凌辱受打骂更痛苦的事了！景雪勇要去卸掉母亲脖子上的一只大钟，遭到毒打，打得他情急跳墙逃去了……我已经对"文革"中太多的暴行神经麻木不想多写。

已经失学的景雪勇却没有中止学习，在恢复高考制度以后他考上了大学。现在景雪勇的境况正好与那时翻了个过儿，海外的亲属关系不仅不是罪恶，而且成为目下社会生活中可以炫耀的资本；这个关系敢打保票给他在美国提供工作的机会，可以给他提供美金，至于装备现代家庭的几大件根本不值一提。那时的不幸和现时的有幸都提供给他一千条堕落的途径，他却独独选择了一条奋斗的艰难历程。社会生活就是这样奇怪，贫穷使人堕落富贵也会使人堕落：堕落的人能找出一千条造成自己堕落的家庭的和社会的理由，而奋进的人只要有半条生路就要奋进；总是抱怨社会抱怨命运的人永远摆脱不掉命运的戏弄，相信自己的人则可能一次再一次实现自我完成自我。我从景雪勇身上再次看到了一个真正的人的独立品格。

一九八三年汉中地区成立黄金公司，景雪勇被任命为经理。编制五人，由他领导着四个干部，统属于乡镇企业局下。他们只有一项任务，管理群众采金的事。现在的汉中地区黄金公司已经成为一个独立的行政管理和经济实体，编制三十四人，高工三人，中工十七人，下属八个黄金公司，上了八条采金船，开了七个脉金矿，公司自己也开了两个金矿。

景经理面临的许多困难中的头件大事是人才。汉中历史上和现在都没有矿山,搞金矿的人更是绝无仅有。他必须采取应急措施,招来一批精兵强将实现他的抱负。他四处探听,他亲自到东北去联系,全国的红旗采金船船长付玉新原在吉林珲春金矿,寒假期间他到汉中来,看了看,在踏上归去的火车之前,终于忍不住对景经理说:"我现在就给你回话,冲着你这儿的黄金,冲着你这个人,我来。"付玉新合家来到汉中的时候,住处吃的烧的和孩子的上学读书全部安顿停当,而且是景雪勇亲自去办理,使他们一进门就可以拉开炉子做饭吃。于矿长的到来不大顺利。景经理把此人的情况写了报告送到人事局,请示批准然后调动。人事部门负责人看到于洪祥是文科毕业生,又是师范学院的,对于采金来说就不一定急需,于是在请示报告上批示了意为此人属于"软件"的婉转的话。景经理急了就找地区分管此项工作的杨吉荣专员说明情况。杨专员同样婉转地批示说:硬件是科学软件也是科学。这样于洪祥就调来了。

景雪勇自己也是个拼命三郎。嘉陵江洪水暴涨的危急时刻,他驱车赶往正在建造的采金船的河段,泥泞的山路无法行车,他弃车步行几十华里赶到现场,和他的船长矿长工人们共同抢险。阳平关那个经常反穿袜子凉鞋的高工陈昌华,在原单位时胃切除大半,又伴有高血压等病症,且已年近六旬,谁都看定他下一步的选择只能是退休养息。景经理了解了这个陈工的实底以后,赶到医院拜望了刚刚手术过的陈工,并确凿地告诉他,想调他到汉中。陈总工程师感动得说不出话,想不到这个年轻人还愿意背自己这个包袱。调动陈工的事倒很顺利。陈工到汉中后,景雪勇明言告诉他:你不要干。我只要你看住年轻人干就行了。你指导他们干就行了。实际正好相反,陈工的身体奇迹般地恢复了,许是与心情舒畅有关系,他不仅指导年轻人干,自己也带头干,甚至和年轻人一样背杆子提箱子。晚上替同志们义务修理手表。别人的包袱在他的部门里成了宝贝。

无须再列举诸多上述的事例，倒是应该补一笔黄金专员的事。在我们采访汉中地区已经形成气候的黄金开发业的匆匆行程中，几乎处处听到一个奇特的称呼："黄金专员"。这是指原汉中行署副专员杨吉荣同志。他分管地区的工业自然包括黄金生产，他把汉中地区经济发展的各个行业排出了十条龙，而第一条龙就是黄金。要做出这样的排列顺序，不仅需要经济眼光而且需要战略家的魄力。你可以说农业是国民经济的基础等等更多更多的理由，他却看到没有资金给予农业投入排个基础也不顶啥。黄金生产不太复杂见效快，有了黄金还愁农业和其他行业发展不起来吗？他亲临现场解决新建矿的具体问题，亲自批准成立黄金公司。他对刚刚任命的公司经理景雪勇说："我没有钱也没有人。给你一面大旗，你去招兵买马干起来。"

景雪勇就从那时候干起来了。

汉中市区内最闻名的文物古迹是拜将台，刘邦拜韩信为大将军的故事流传不衰。无论人们从哪个角度评判这个真实的历史故事都无关宏旨，倒是爱惜人才以成宏图大业这一点，对负有领导责任的人来说不可或缺。没有事业上的强烈责任心，也就没有宽阔的胸襟也就难以容纳人才爱护人才，事业的兴旺只能是一句口号。汉中黄金公司目下正蓬勃生机，这个局面的得来和形成令人鼓舞也值得深思，景雪勇的成功其实也没有太多的新花招，只不过真诚地而不是虚伪地做到了一个领导者的最重要也最基本的一点。

陕西是新近几年崛起的黄金采掘的省份之一，在全国的名次不断升迁，正朝着黄金生产的大省迈进。这里发展的是现代化机械采掘，没有出现某些地区那种群采乱掘破坏资源又造成诸多社会问题的混乱。前景是十分令人鼓舞的。

山里有黄金，有金子般纯朴的事业型的人。

1990 年春

渭北高原,关于一个人的记忆

因为面部手术后说话困难,采访李立科的事迹主要依赖他的同志,依赖他蹲点的县、乡、村的干部和村民来提供;当我们不止一次地面对人们泣不成声的场面时,我们握笔的手和心就止不住地颤抖……

"演一场印度大篷车"

一九八二年五月。渭北高原。一望无际的麦田,在艳阳下呈现出一派丰收在望的景象。开镰收割已是指日可待了,谁都看得出今年的麦子长得出奇的好。

在甘井乡庄子村东南边的一块麦田里,一群村民十分好奇地观看一场挖麦根的稀罕事。地里挖开一道沟,十米长,二米宽,三米深。一位中年的当地农民,从二里远的涝池用架子车拉来水,再装进手压式喷雾器里,把喷头对着坑道的土壁喷洒起来,泥浆浊流流到坑底,麦根一条一缕逐渐显露出来。喷溅的泥水落到人们的头上脸上身上,坑里的泥浆没过脚腕,所有从事这项发掘劳动的人几乎全都成了泥猴儿。这场笨拙的工程整整进行了半个多月,指挥者自己寸步不离,始终和大家一起干在这条坑道里,连吃饭也不离开,唯恐粗心的人或急性子的人简化操作规程而损伤一根毫毛纤丝。这位连裤裆也被泥浆弄湿了半个多月的人,终于如愿以偿,得到了一组完整的小麦根系标本。结果表明,三株施过磷肥的小麦根系全都长到二点七〇米以上,平均值为二点七四米;只施过氮肥而未施磷肥的小麦植株,其根系程度只有一点四〇米。正是这一组呈现出巨大差异的小麦根系标本,在渭北高原掀起了一起波澜壮阔的绿色革命。

获取这组标本的人,名字叫李立科,陕西省农业科学院前副院长,现为高级农艺师。

一九八〇年,省农牧厅在武功县召开农业专家学者的专题论证会,论证建设渭北高原第二粮仓的战略性动议。专家们各抒己见,虽然观点和措施不完全一致,却对开发渭北高原的宏图大略一样情绪亢奋。会议的主持者征询李立科的意见时,他把凝思已久的意见浓缩成一句结实话,朗声喊出来:"在渭北高原演一场印度大篷车!拉上肥料,每走一个里程碑,分别施上氮肥和磷肥,做出示范,施磷肥的田块保证增产百分之三十。"李立科后来对人说到这个发言是"放了一炮"。此前他在武功县皇中大队蹲点期间,对土壤缺肥尤其是严重缺磷有深刻认识。尽管人们戏称他为"磷派",他也不予否定,而且着实开始了吉卜赛式的大篷车的行程。

武功论证会之后,省农牧厅负责人点将点到李立科,要他到渭北高原的合阳县蹲点。

李立科立即赴命。行前,他给当时主管农业的省府领导人写信立下军令状:给十五万元投资款,我给省上弄回粮食四亿五;如不能兑现,愿以工资抵扣十年。信发出后不久,他就赴合阳实际考察去了。

古老干旱的渭北高原,古老干旱的合阳,世世代代出于对水的殷切渴盼,就有了许多以水命名的村庄,甘井,路井,井溢,黑池……这些村名都蕴含着一个美丽的神话故事。民谣戏谑道:"秦城和家庄,马尿泡馍馍。"干旱,制约着绿色生命的生存和繁衍,人类在这里唯一能采取的对策是广种薄收。直到一九八〇年甘井乡的小麦平均亩产只有四十八点五公斤。甘井乡在合阳县被称为"西伯利亚"。李立科考察土壤和作物的生长状况,也吃惊地发现农民生活的极度贫穷。在一个一个村庄里,他看见农户在土围墙上挂一块荆笆编成的栅栏当作门板,低矮破旧的厦屋里空空荡荡;他看见过一丝不挂的孩子,在阳坡里晒暖暖时凉得瑟瑟发抖的身体;他在田间小道上碰见一位衣裤褴褛的老大娘,她悲凄地苦诉着:"我自嫁到这儿几十年,还没吃饱过。"他在甘井镇逢集时看见一对年轻夫妇,用架子车拉着父亲到镇上来看病,买下五个油糕给老人吃,以尽孝心……事隔十年之后,李立科向人谈及这些情景时,仍然止不住热泪长流。那时候,他的心里无法保持平衡,总是责备自己:解放这么些年了,这儿的农民还是这样! 我是共产党的干部,是学农的……

这样,李立科就把"点"选定在甘井乡。甘井最穷,这儿更需要他;甘井产量在全县最低,试验最具有说服力;甘井人稀地广,一个乡就有十万亩耕地,有个干头。有好心人劝他:"渭北那个地方难弄。别人没有啃动的硬骨头,你能啃得动? 当心把你前半生的名声赔光了!"作为共产党员的李立科,脑子里尽是那些荆笆门,瑟瑟发抖的裸体小孩,尽孝心的五个油糕,已经顾及不到失败给自己带来的名誉损失了。

这样,一九八一年五月,李立科背着行李卷儿离开农科院,踏上了北上合阳的火车。出发的前一天,他刚刚办完了家属"农转非"手续,把爱人和孩子从农村搬迁到农科城,一家人只团聚了一夜半天,他就急如星火地走了。十年后,李立科的爱人提到这件事,无可奈何地说:"俺们娘儿仨刚从乡下搬到城里还不到一整天,人生地不熟,他说走就走了。这人……心硬得很!"

李立科何尝不想帮助妻子儿女熟悉新的环境,到哪儿买煤,再到哪儿去买粮。他确实耐不住心再耽搁一天,节令不等人啊! 渭北高原即将进入小麦收获期,这是观察麦子生长状况最好的也是最后的一个机会。他到了甘井就开始了紧张的考察,麦子的长势普遍不好。在休里村的一块麦田里,他看见一小片麦子,秆粗穗大,颗粒饱满,尤其是麦穗的颜色,金黄发亮。他对同行的人说:"这块地肯定施过磷肥。"那人不信。他就在地里刨挖,果然刨出了磷肥疙瘩。他随之跟踪调查,村里人告诉他说,保管员打扫仓库时,把搁置多年不用的"炭灰面面"倒在这块地里了。李立科随即拿来土钻,取出的土样清楚地表明,施过磷肥的小麦对地下深层水的利用,明显优于未施磷肥的麦子。

完全类同的现象在店头村一块壕地和烟校南边一块地里发现了,而且都刨出了磷肥疙瘩。李立科再次用土钻取出土样,未施过磷的田块一米四深处仍有可供麦子吸取的有效水,而施过磷肥的田块深到一米八至二米,已经没有有效水了。这就清楚地证明:增施磷肥促进小麦根系生长,调动深层土壤里的有效水,以抵御天旱缺雨的自然条件,这也许是解决北方旱原小麦生长的一条新途径!

李立科把这个设想立即付诸实施,他和甘井乡的领导者做出购买磷肥的重大决策。李立科个人承担风险贷款十五万元,购回八百七十吨化肥,全部分发到生产队里。秋播到来之前,他逐村逐队奔走,向社员干部讲解增施磷肥的道理和方法,佐证便是休里、烟校、店头三块施磷的小麦。就在这一年秋播时,李立科借用庄子村的一块麦田,种下了施磷和施氮的小麦对比试验田,于是就有了本文开头冲刷小麦根系的场景。

一九八二年夏收,丰收的大田也证明了磷肥的神奇作用,甘井乡的小麦亩产由原先的四十八点五公斤猛增到一百三十六公斤,这在甘井农业发展的历史上是破天荒的!村头田间到处可以听到老农民的惊喜慨叹。李立科承担风险的十五万元贷款,夏收后农民自觉全部还清。

这年秋播时,李立科果然实现了"演一场大篷车"的话,拉了一卡车化肥,沿着公路开,每到一个里程碑时,分别做出施磷和施氮的小麦对比试验,做下标志,让每一个路过这里的人观察对照,以唤起农民对磷肥的再认识。

李立科充满信心地预感到,增施磷肥的措施一旦推开,将等于在干旱的渭北高原修建起一座看不见的超级水库……"磷派"的称谓,真是不胜光荣之至!

写在大地上的论文

和纯粹用作展览的标本不完全相同,李立科制作的小麦根系标本,完全当作向农民普及科学知识的活教材。

一九八二年夏收后到秋播前的一百多天时间里,冒着高原的三伏酷暑,李立科带着他在泥水里冲刷了半个多月获得的小麦根系标本,奔走宣讲到合阳县的二十一个乡镇。活生生的现实标本一下子就冲破了落后愚昧的藩篱,农民终于接受了磷肥。为了便于农民掌握化肥的配比,李立科把繁冗难记的比例编成顺口溜:一袋黑,一袋白,深埋底肥一炮轰,来年保收五百斤。这一年,合阳县增施磷肥超过一万吨!到一九八三年,合阳县小麦的单产和总产大幅度提高。甘井乡小麦产量提高的幅度更大,亩产达到一百五十三公斤,总产从二千二百二十吨猛增至七千五百零三吨,获得了空前的大丰收。

磷肥的名声大振。李立科的名声大振。李立科总结的"以磷促根,以根调水"的理论像歌谣一样,在甘井乡在合阳县流行。这一年,合阳实行了"责任制",得到了土地的农民,更迫切地需要科学。李立科走在路上和甘井街道上,常常被庄稼汉挡住询问,有的农民专程赶到他的住处求教。他有问必答,只要有人上门,正写着论文就停下笔,正吃着饭就放下碗筷,红火得门庭若市。

李立科的讲课，已经成为合阳县每年的保留节目，县上召开秋播会、夏田观摩会，都由李立科在技术上唱主角。他的理论在合阳创造的奇迹风传渭北，蒲城、白水、大荔、麟游、淳化、长武等县都纷纷请他去讲课，他的足迹踏遍渭北高原的山山水水。

临近秋播前一个月，李立科总是马不停蹄连轴转，常常讲得嗓子沙哑。在甘井乡平原和山区的一百一十平方公里的辖区内，星散着二十四个村委会的七十六个村民小组，每一个村子都有他讲课的场所，或是一座戏楼，或是人群聚集的碾道，或是一块场院，不要桌椅摆设，随处开讲。伴随他的是一辆自行车，下了雨就拄着拐杖前往。

一九八七年八月，有一天李立科在两个村子讲过两场，天已黑了，事先和他约定的一个村子来人请他，众人劝他改天再去。李立科从来人口中得知，那儿已经把村民召集起来了，怎么能让群众又散伙呢？他推上自行车赶去了。农科院甘井基地的领导和同志直等到深夜，派人出去寻找，还以为他跌进了深沟。等他回到家时，已是深夜二点多。一九八八年八月的一天，李立科在何家庄乡讲完课，同家庄又来接他，他顾不得吃饭，坐上车就走。赶了五十多里，他一下车马上开讲，一直讲到下午四点钟，讲完之后就晕倒了，被立即送往县医院抢救。这样疲劳过度的晕倒发生过两次，合阳县政府明令做出规定，任何乡镇请李立科讲课，一天只准讲一场。这个规定挡不住渴望听讲的群众，李立科自己就根本做不到。

十年来，李立科讲过多少场，多少课时，接受过多少人次的技术询问，没有人统计过，他自己也没有计数儿，总之是一个不小的数字吧！如果按规定的授课费和咨询费付酬，李立科当有一笔可观的经济收入。李立科自己分文未取，却发现有人以他的名义在向农民收取讲课费。李立科不能容忍，找到甘井乡党委王书记，生气地说："农民刚刚吃饱肚子，我们咋能挣农民的钱呢？"王书记立即追查这件事，发现是乡农技站干的，已经收到五千多元，责令把钱全部退了回去。

　　李立科以磷促根的理论不断完善,总结出一整套旱原小麦增产措施。他发现牛蹄印和播种机辙印里的麦苗长势特别好,于是总结出碾压提墒的技术措施。他发现一块未挖掉苞谷秆的田块墒情特别好,就在自己的试验田里有意留下苞谷秆做试验。一九八八年冬的一天,夜里落了一场大雪。天刚亮,李立科跑到地里观察,发现试验田里的积雪果然很厚。他旋即跑回基地,叫起马天民等其他同志,带着标尺和摄影机赶到这里,亲自捉着标尺,插进雪里,拍下照片做资料,积雪厚达七十厘米,而未留高秆的田块,有些地方竟然寸雪不留。李立科兴奋不已,又跑到乡政府,叫干部们来观察高秆挡雪的效果。第二天,李立科和同志们背着标尺,跑了店头、休里、杨村,同堤坊和甘井五个村子,走了二十多华里,观察不同植被挡雪的效果,发现禾秆越高挡雪效果越好。马天民说:"那么厚的雪,那么冷的天,李院长穿着一双解放鞋在雪里……"

　　又是一个夏田观摩活动开始了。这是李立科来到甘井的第四个夏天。他到路井镇农技站的试验田里,发现了一种名叫"丰抗13"的小麦品种,秆高穗大,颗粒饱满。"这麦不错!"李立科大声称赞。

　　李立科早就有为渭北旱原引进良种的考虑。合阳县坐庄的"陕合六号"已经连续种过十三年而退化了。甘井地区的小麦品种十分混杂,群众盲目引进的品种反倒造成减产。他首肯这里必须引进高秆小麦,矮秆小麦根系短调不上水来。他发现"丰抗13"以后,先在自己的试验田里试种。一九八五年夏收前,他和县农业局的同志坐飞机到北京郊区和河北平原进行大田考察,这儿是"丰抗13"的推广地。观察的结果十分满意,他拍板引进。县农业局负责人也胆正气壮,一次引进五万公斤。经过一年试种,"丰抗13"经受了渭北高原严寒、干旱和病虫害的考验,获得大面积丰收;再一年,"丰抗13"就成为全县坐庄的小麦品种了。为引进良种捏着一把汗的县农业局长,事后对人说:"引进不引进,是李院长拍的板!我不怕,瞎了有他哩!李院长拍板的事瞎不了喀!"

李立科从来也不敢贸然拍板,一切有效的措施都是经过试验之后才推广给农民的。李立科敢于拍板引进的良种和推广的技术措施,都经过他反复的试验。他的胆识、勇气和决心,是从实践中来的,是唯物论为他撑腰!李立科也曾被评职称所困扰。一边是接连不断前来邀约讲课的村干部和县干部,一边是搁置了几十年几乎忘光了的外语课本。李立科没有太多的犹豫而选择了前者,他断定自己无论如何是耐不住性子背记外语单词的。他的论文已经写在渭北高原广阔的大地上,蘸着他的汗水和心血,注入了他的大气和壮气,成长起丰收的果实和农民的笑颜。

省农科院客观评价李立科的卓越贡献,给他评为高级农艺师。后来,他又被评为陕西省"十佳职工"和全国农业劳动模范。

一首民谣的诞生

在合阳,尤其在甘井乡,广泛流传着一首民谣:

甘井面貌变,多亏农科院;
群众把福享,多亏李院长。

李立科一九八一年来到甘井乡,经过考察,又与甘井乡的干部几经琢磨,提出一个彻底改变甘井穷困面貌的计划方案,简称"三步走",即:第一步,提高旱地小麦产量,解决群众温饱;第二步,调整作物布局,增加群众收入;第三步,种草养畜,形成良性循环。到一九八四年,第一步的目的已经完全达到,正当李立科和甘井乡的干部跨入第二步的时候,陕西省农科院做出决定,在甘井乡建立实验基地,而且派来了包括农林牧等各方面的专家,形成了一个多学科的实验研究体系。各科专家集思广益，又将李立科提出的"三步走"进一步丰富和完善，形成一个令人鼓舞的"甘井模式"。为了群众便于理解接受，李立科把这个模式的详细内容，归纳成一句话："一个二亩五个半亩。"即：第一家农户按五人计算，每人种二亩麦子半亩苞谷，可以收到一千斤小麦和五百斤苞谷，每人种半亩烤烟半亩苹果半亩花生半亩苜蓿（养牛），就可以实现人均粮食一千五百斤、户均经济收入一万元了。

为了实现"甘井模式"，李立科把他身心都投入进去了。他从农科院请来烤烟、油菜、花生专家，帮助当地农民改变作物布局，从单一的粮食作物发展为种植经济作物。在专家们的帮助下，烤烟、油菜和花生试种成功，在甘井和合阳大面积种植，他和基地里搞果林的同志密切配合，协助甘井乡推广苹果栽培，面积已经扩大到一万多亩，一九八六年栽下的第一批三千亩果树已经挂果，优秀的品质显示出优势，远销到四川、武汉和深圳。现在，走在甘井的大地上，到处可见大片大片生长壮健的果园，随处可以看到正在挖坑栽苗的景象。

甘井人说，李立科爱穷人，谁越穷，他越爱找谁；哪个村子穷，他往哪个村子跑得最勤最欢。同堤坊村委会所属的庄子村，大概在甘井乡也是最穷最烂的几个村子之一。李立科初次来到合阳考察的时候，就是这个村子的破败穷困的景象使他大为伤心动情。他到这儿来的次数最多。一九八二年秋播时，他帮助十户最穷的人家争取到了无息贷款，使他们能够购回肥料，实施他的"磷派"的丰产措施。这个村子最穷的赵俊保和焦增基，他帮他们贷款发展养畜，种植苜蓿，头年买牛，第二年就发展到四头秦川牛，收入可观。焦增基兄弟三人，现在盖起三院瓦房，修起了漂亮的砖木门楼，电视机、缝纫机、自行车全部置买下了。整个庄子村，一九八〇年时只有六头黄牛，只能套三具犁，现在发展到四十多头，年年都有肉牛和役畜卖出去。

李立科到下坊村去，发现一家农户光炕上只有一条破被子，令人寒心。他就指导他们种小麦。而且责备自己："我在甘井住了几年了,还有这么穷的户。"主人让他吃饭,他再三推辞说："你按我说的办法种,明年打下麦子我再来吃干面!"

李立科掏一百元给一个困难户买下四只小猪。

李立科给一家困难户买下两袋化肥。

李立科的同情心也引来了一个骗子。这个人找到李立科就跪下了,说他既没吃的又没钱买肥料。李立科很中肯地教他种麦子的技术要点,接着就把身上仅有的十多元钱全部掏出来了。这个人拿着他的钱却流窜去了。

李立科在甘井的粮食过关以后,和搞畜牧的同志组织贷款四十万元,发展秦川牛和细毛羊,苜蓿一下子种到万亩,买回五百头牛。现在,畜牧业的产值由原先的百分之二上升到百分之十三,羊已经突破万只。他在沿山一带的村子发现柿子长得好,就和基地的同志商议,扶助山区发展柿树,拿出八千元经费作投资,给群众买柿树苗。

在省农科院甘井基地的科学家们多年的艰苦奋斗下,甘井模式已粗具规模,广大农户已经摆脱穷困,开始走上富裕之路,城后村在一九八五年确定需要帮扶的十八家困难户,已有十五户跨过当地的贫困线,剩下的三户多是因为低能造成的……民谣,就在整个甘井开始呈现富足升平的气象中流传开来。

农科院甘井基地所取得的科研成果,吸引了省内外的三十多个旱作农业县市前来参观,接待了尼日利亚、埃及等国的农业科学家。合阳县把这个基地视为"参谋部""智囊团"。县委和政府的重要生产会议肯定留给专家们一席,重要的生产指令必先征询专家的高见。县上的主要领导人经常光顾基地,既是求教,又是关切。基地专家们的下乡费由县政府发给;房子也是县上投资修造的,而且越盖越漂亮;每年春节,必定要到各位专家设在农科城的家里慰问一次,送一份土特产品以表示合阳人民对专家们辛劳的一点心意;尊重专家尊重科学,在合阳从村民到县长和书记,已经不再是出于礼节性的口语,而是发自肺腑——

县委书记曾经在某次会议上响亮地说:"在合阳,我是书记,我没有李立科的知名度高!"

县长也在一次公开场合说了同一意思的话,仅仅一字之差:"在合阳,我当县长没有李立科知名度大!"

中共甘井乡党委书记王均海,现年四十八岁,从六十年代中期当人民公社书记至今,有二十多年了。县上早已调他回县政府工作,让更年轻的同志下基层去。王均海向组织解释,他必须留在甘井,他要陪着基地的专家,他也丢心不下那个不顾身体的李院长。王均海的佐证更有说服力:基地的好几位专家都六十出头了,李院长也比我大八岁……王均海在甘井留下来,破费买下一辆吉普车,叮嘱司机说:"这车,首先保证基地专家用,保证李院长用,把油备足!"

李立科却不甚喜欢坐小车。他到县上去办事,搭上当地人称作"蹦蹦车"的机动三轮就走了。他到白水去观察自己的试验点,仍然搭的这种中国当今最低档次的"蹦蹦车"。他从西安医院请假回到甘井,到县上去看望几位领导时,还是搭的"蹦蹦车",使真心关怀他的同志无可奈何!

一九八八年五月,李立科发现小麦出现了枯黄蔫萎的病症,怀疑是危害极大的黄萎病,立即骑上自行车到各处去检查,乡政府的两个农业干部跟着他查看病情,整整跑了七天,把全乡各村的主要田块都检查了。两个年轻的干部跑得腿疼发胀,晚上歇下用白酒擦洗。李立科坚辞拒绝王均海书记给他派车,一直跑到最后的一个检查点,梁山脚下战国时期的古长城遗址旁的一块麦田时,他实在支持不住了,双膝跪趴在地上检查……

甘井镇春节将临的一次集日,有一对赶集的老夫妻采购年货。老大娘说:"再请一幅灶王爷像吧!"老头子拒绝说:"灶王爷你年年请,咱穷了一辈子。还不及蒸个大花馍送给李院长呢!"这对老夫妇的对话,被人听见,当作笑话流传,传着传着就把李立科传说成治穷致富的"活财神"了,有人甚至提出要给他在梁山上塑像修庙。

是的,十年来李立科在渭北高原创造的财富数以亿计!

死亡之谷的日日夜夜

李立科病了,癌细胞在他丝毫也不戒备的体内早已悄悄滋生。

去年九月上旬的一天,李立科又接连在甘井乡讲了三场。最后一场在万年村讲完时,已是深夜,电闪雷鸣,大雨滂沱。村干部找来一辆手扶拖拉机送他回基地。他人站在车厢里,手扶着自行车,头上浇着大雨,又迎着拖拉机前轮甩上来的泥水,浑身湿透。回来后,他左眼不时流泪,左上颊有痛感。他以为是泥沙钻进了眼睛,没有在意。

小病小灾,李立科从不放在心上。有一天晚上他还发高烧,早上一起床又赶去讲课。李立科是"老肝炎"了,有时劳累过度也犯肝疼的毛病,但他从不愿躺倒。左眼流水,小事一桩,更何况是秋播大忙季节。

他亲自动手,坚持分门别类,种完了自己的二百一十个试验小区,共五亩多地,忙得常常顾不得回家吃饭。他不时地擦着流水的左眼,左颊疼得厉害时,就吃些止疼药。

九月十八日下午,他和同志们为计划亩产八百斤的试验田准备了两千多斤混合肥料,等到搅拌均匀时,天已经完全黑下来。气象预报有雨,肥料必须撒进地里。他怕助手们撒不均匀,硬是自己摸黑把一吨多重的肥料一把一把撒到六亩地里,汗水湿透了衣衫。

九月二十日左右,他又赶到麟游县,坚持种完设在这里的一块试验田。此时他的左眼发展到流泪不止,左颊疼起来时疼得他直捶墙。

基地的同志们多次催他,甘井乡的干部和合阳县的有关领导多次催他,要他去看病,他仍然丢心不下要干的活儿,一直拖到十月十日才到合阳县医院去检查。

"哎呀,你这老汉咋得下这病……"医生在底片上看到了癌肿的阴影。李立科再三追问时,医生又不说了。李立科耳聋听不清医生的话。一九七九年,他在赴陕北考察途中出了车祸,侥幸不死却落下耳聋的后遗症。

十月十三日李立科住进了县医院,那么多领导的深重关切,反而使他疑虑丛生,难道自己得了不治之症?

李立科几次追问陪他的同志,自己究竟得了什么病?他断然说:"如果是癌症,就不要花国家的钱了!"他知道,前几年农科院畜牧所的一位同志,得了癌症,花了八万多块钱的医疗费,人没有救下,结果使所上的同志连工资都发不出去了。另有说不出口的原因是,工作三十多年了,他了无积蓄,还欠着几千元的外债,住院势必增加欠债的数目。他怕自己死后,给老伴留下一屁股烂账!

李立科不想看病了。他对合阳县的领导和基地的同志说,我的病如果是癌症,只要能让我活到明年七月份就行了。我死了,你们把我埋在我的试验田里,上面立个牌子,写上:"李立科在这块地里种的小麦亩产打到八百斤。望大家努力!"就这样,躺在病床上,他心里仍然惦记着那块雄心勃勃的试验田,他一把一把摸黑撒完一吨多肥料的高产田!

合阳县委县政府做出决定,农科院如果经济拮据,李立科的医疗费由合阳包了,花十万八万也要保住李立科,不然就对不住合阳人民。大家轮番给李立科做工作,他终于同意去西安看病了。但他要求在去西安之前,让他再回一次甘井,看一眼他的试验田。他预感到,这可能是最后的一眼。

十月二十二日下午五点,李立科从县医院回到甘井。小麦的苗已经出齐,秋阳下一派嫩绿。汽车走到岔道上,他让司机把车开到基地去,捎话给他的助手,让他把小铲带到试验田里去。李立科走下汽车就朝试验田走去。助手带着小铲来了,基地的同志来了,周围的群众来了,他接过小铲,挖出不同试验区的几棵麦,观察对比根系发育的情况,让大家看,叮咛着应该采取的麦田管理措施。他又走到基地的试验果园。园里的果子已经卸了,正在搞入冬管理。他向同志们谈了几点果园入冬管理的意见,并叮咛一定要更新引进新的苹果品种。天黑下来时,李立科步行回到基地,他找了一大堆资料准备带走,又为同志们该报销的发票一一签字。近处村里的群众听说他回来了,一拨一拨地来看望他,他一再叮嘱他们搞好小麦的入冬管理。

十月二十三日,李立科离开合阳去西安看病,这个具体时间,县上领导严密封锁。他们担心,消息一旦传出去,前来看望和送行的人会堵塞县城交通,增加李立科的负担,延误出车时间。李立科悄然离开了合阳。

"左上颌癌,中晚期。"省人民医院终于做出确切诊断。

省医院和四医大派出最好的大夫组成医疗手术小组。今年元月六日,切除手术进行了六个多小时。李立科又一次从死神手中逃脱了。

在手术前急切而又漫长的等待中,李立科忽然有了"良心发现"。参加工作以后的三十二年中,他有二十九年在农村蹲点,孩子的教育管不上,和他的老伴在一起的机会也很少,整个家务都压在老伴一个人身上。到甘井蹲点后,他干脆把老伴和孩子也搬来了。他现在想起了女儿以玩笑的口吻说的一句话:"爸爸是国家的好干部,不是我的好爸爸!"李立科觉得他确实对不住老伴,对不起孩子。当他怀着歉疚的心情对老伴说"我对不起你"时,老伴放声大哭,李立科也哭了,夫妻俩抱头痛哭!

手术的成功,又唤起了生命的热情,他把与老伴抱头痛哭的事忘记了,背着医生又开始翻阅资料,老伴劝他根本不顶用,他以惊人的毅力写下三篇关于渭北旱作农业的论文。

"白露高山麦"。"白露"一过,渭北高原又要开始秋播了。李立科每天都要看电视里的"天气预报"。时间一长,左眼又流泪,老伴再劝,他就闭着眼睛听。"天气预报"带给他的是"渭北没有雨情"的消息。李立科着急得又睡不着了。

白水一位老农民到医院来看一个病人,他与他谈起干旱年份怎么播种小麦,一直谈到一九二九年的大旱……

县上、乡上的同志来探望,他总是问下雨了没有,麦子秋播准备得咋样。

他惦念着甘井,惦念着合阳。他四次写信给甘井乡的王均海书记,并让人捎话让他来一趟,他要当面给他谈小麦抗旱播种的办法。甘井乡的贺乡长调到黑池去了,他没有忘记给他寄去了四条播种小麦的技术措施。

他惦念着整个渭北高原。他给省农牧厅写信,给渭南地区主管农业的负责同志写信,提出抗旱播种小麦的意见。

旱象持续发展。李立科焦灼不安,播种的措施得进一步完善。九月六日晚,他几乎一夜未眠,在病房里写成了关于今年渭北旱原秋播工作的十点意见。节令紧迫,他必须立即送到渭南地区行署去。

九月七日早晨,医生查完房,李立科向护士撒了个谎,在老伴的护佑下走出医院大门,花一百二十元钱雇了一辆出租车,直奔渭南。十二点多赶到时,行署下班了。李立科便和老伴坐在行署门口等着。

行署办公室的一位干部上班时发现了等在门口的李立科,立即把他送到张宗良副专员办公室。李立科把写好的关于今年渭北旱原小麦播种的十条意见交给他,并且做了解释。张宗良早已感动得热泪盈眶,埋怨他不该自己跑来,只要捎个话或打个电话就行了……随即十条意见被转发各县。

大地的回报

李立科病倒的凶讯震惊了合阳县的村村镇镇。人们难以接受这个残酷的事实：这么好的人，咋能得下这种病？李立科在县医院住着的十多天里，四乡八村的干部和群众，赶来看望他，千叮咛万嘱咐：要抓紧治病，治病要紧……

李立科转院去西安以后，干部和群众纷纷打听他住在哪个医院，他们要去看望。最难的是合阳县和甘井乡的领导人，既怕频繁地看望会打扰李立科养病，又怕伤了群众的心。尽管这样，一些人硬是搭车闯到西安，打听到了李立科住的省人民医院，好多人一看见李立科就说不出话先哭了。

为了减轻李立科接待看望群众的劳累，也为了让干部群众有表达自己心意的机会，甘井乡党委和政府决定，各村推举出两个代表，带着父老乡亲的心意，集体去探望李院长。

乡上的决定深得民心。去西安的前一天晚上，在甘井乡的好多村子里，村民们聚集到代表家里，提着活鸡、鸡蛋、小米、红苕、核桃、芝麻、绿豆、蜂蜜，还有李院长爱吃的苞谷糁，让代表们给李院长捎去。群众再三托付代表们给李院长捎话：不要操心咱们咧，好好养病，要啥尽管说，咱们就盼着他回来哩！

该拿的东西太多了，代表们拿不上。汽车上又不允许带活鸡。同堤坊的代表便分头把七只鸡揣在怀里，悄悄带上汽车。想去的人太多了，车里坐不下，原来商定去四十八个代表的汽车上，密密匝匝地挤进了八十七个人。今年元旦，李立科动手术的前六天，满载着甘井乡群众一片深情的汽车，从渭北高原驶向西安。

甘井乡的干部群众代表相约在医院附近一家旅社的通铺大间里，和李立科见面。大伙挤在通铺上和一切空间，等候着，李立科从医院赶来,进门后就抱起双拳,感激乡亲们的深情厚谊。大伙又看见了李院长。他瘦是瘦了,精神还好!还是平常那种热情随和的样子。代表们争相问好,屋子里随即便是一片哭声。孟村的党西生流着泪说:"李院长,你好好养病。大伙让我告诉你,你需要啥尽管说,要啥咱都能办到。而今大家的日子过好了,可你……"他没说完就哭出声来,李立科自己也忍不住流下了热泪。原定半个小时的见面,持续了两个小时,代表们仍然舍不得离开,舍不得放李立科回到医院那种地方去,他应该跟他们一起回到甘井去……

干部和群众把一块桌面大的匾额送给李立科,那上面写着两句古诗——

但得众生皆温饱,
不辞赢病卧残阳。

正是这块匾,激励着李立科度过了生命历程中最痛苦最严重的时刻。手术是在左眼下的脸部进行的。半个颧骨取掉了,再加上放疗,使他饭吃不下,水喝不进。巨大的难以忍受的疼痛折磨得他精疲力竭,整整四十八天里,他只睡过六个晚上。他撑持不住时,也曾产生过轻生的念头。正是在那个生死关头,他瞅见了这块匾,生的欲望又强烈起来。他让老伴把匾挪到床前,一睁眼就可以看见,那匾上刻着甘井乡亲一个个热切的面容。

合阳县、渭南地区、农科院和省上的领导们,多次到医院关心询问李立科的病情,鼓励他拿出和干旱做斗争的勇气和毅力,与疾病斗争!

李立科得病的消息传到武功县河道乡皇中村,有几位农村老婆相约去城隍庙,为李立科求神问卜,问到的卜辞十分吉祥,——神说了,李院长能活到八十岁!老太太让孩子专门赶来,把这个吉祥的话告诉李立科,叫他放心。

甘井乡的一些群众干部,听说吃鳖肉可以治癌,有人下河捉鳖,有人四处寻找买鳖,几次把活鳖送到医院,叫陪护的同志给李院长做了吃……

李立科终于战胜了死神的威胁,跨越了死亡之谷,踏上了生命历程中新的里程。

随着病情的好转和身体的逐渐恢复,李立科在医院再也待不住了,他急切地想回合阳看看。

十月六日,李立科得到医生批的五天假,带着药和老伴一起坐火车,下午五点回到甘井。当晚,他的屋子又拥来看望他的群众,苹果、鸡蛋又送了过来。大伙都知道,李院长需要休息,问一声,说两句话,就离开了。尽管这样李立科还是到很晚才睡觉。

第二天早饭后,他想去试验田看看他的麦子,也试试自己还能不能骑自行车。在一个小小的土坡上,他摔倒了,车子压在身上,一阵昏迷,半天爬不起来。看来,这场大病亏损得太厉害,他想到甘井各个村庄转转,看看群众,眼下是去不成了。

十月十日,甘井乡借用上党课的机会,让党员干部和他见见面。这天到会的约有四百人。李立科一进门,立即响起热烈的掌声;有人痛哭失声,会场里一片呜咽。李立科站在台上,掏出手绢擦眼泪,口腔里填垫的牙托,使他说话已不如以前灵便,助听器还戴在耳朵里,拿在手上,他动情地说:"我的命是合阳人民给的,甘井人民给的!我欠合阳人民的债太多了!"他诚挚地表示,要将重新获得的生命,奉献给合阳的土地和人民。他动情地告诉大家说:"我在病床上吃到了没有吃过的好东西,都是咱合阳的乡亲们送的!"

在陕北、关中和陕南,分布着科技兴农的数百个试验基地,数以千计的农业科学家,长年累月躬耕在山地、平川和高原,为祖国,为人民做着默默地奉献,他们洒下血汗的土地,将永远记住这一切。李立科就是他们之中的一员。

　　当我们把李立科的事迹写到这里时,依然抑制不住心灵的颤抖……

1990年10月(与田长山合著)

腼 腆

那是关中平原交九后一个阴冷的早晨。我和余长庚初见头一眼就看见他含着羞涩的腼腆;及至谈叙完毕以及多日后再次交谈,我仍然发觉他的腼腆之色丝毫不褪;这腼腆令我惊异。我这几年里经见过一些企业家,无论中国当今一流的大企业无论一个村子办的作坊式的小企业,凡是办出点名堂的厂长或者经理们,大都是满腹经纶满口新词汇尽是开拓者的自信与昂扬,给人一种新时代的骄子闯世界打天下的强大气势,确实令人鼓舞。然而余长庚一副羞怯的腼腆情态,自然就使我诧异了。他的工厂名为"陕西高校木器厂",这牌子级别是省级已经够排场了,行人看见这牌子恐怕很难想到它是一个村办企业,事实上它确是雁塔区长延堡村的企业。一个村办企业挂上了省高校的牌子,而且戴上了省级"先进企业"的桂冠,更令人刮目相看。然而这个企业的厂长余长庚没有慷慨激昂的关于现代企业的理论阐发,也没有大悲大喜的艰难与成功的经历和叙述;他被问一句才回答一句,语言滞涩,常常令我着急;似乎不是我来采访他的成功,倒像是他出了毛病接受调查盘问似的。我看见他穿一身浅色西装,有点皱,没有领结,短短的头发没有任何加工的痕迹,一张胖胖的红扑扑的脸,似乎刚刚喝过酒,皮肉很细也很圆润,永久性地覆着一层羞涩和腼腆。我不得不把谈话的对象转移到他的同事和职工。

他的红润光洁的脸膛容易给人造成错觉,以为他可能自幼生活在一个优裕的家庭。恰恰相反,他是在一个普通的艰难的农家长大。他的家在西安南郊,村庄名字叫长延堡也叫吴家坟。这儿曾有过一个美丽的神话传说,一个客居此地的吴姓外籍商贩,夜里看见旷野里浮出一朵金莲花,于是,买下那块地皮,随后就把祖宗的骨殖千里迢迢迁来,重新安葬于这块风水宝地,于是生意大发暴升为巨富,此地便因此而得名吴家坟,后改为长延堡。往事越千年。现在,村庄旁边耸立着一个高入云天的电视发射塔,成为村庄的新的标志。村庄的四周是一所接一所的高等学府,村子周围越来越圈小了的菜田田埂上,于傍晚夕阳涂金时分便有一对对男女大学生散步悠转。余长庚自小就熟悉这方风景,瞅着那些戴着"政法""师大""外院""邮电"等校徽的大学生不无妒羡之情。那么多学院围着村庄,他读罢初中却不能继续再念书了。

他读初中正值十年动乱,上大学不凭考试靠推荐,他觉得自己靠这条路子进入某所大学的可能性等于零。村子里可耕地面积被学院和单位挤得越来越狭窄,人均菜田不足二分,无论怎样精巧经营也难得有大的作为,他就自觉地逃离了过分窄巴的菜田,背起锯子刨子凿子去谋自己的生路。认真算计起来,他当时只能算是一个大少年。他的智力不错心志专一,很快精通了窍窍卯卯的木工活计,成为一个相当在行的木工师傅了,他心里挺得意,吃饱了肚子又落下了工钱。

默默地干到一九七八年,这年他二十二岁,成为他生活道路上难以忘记的一年。村子里发生了一件令人震惊的大事,上级为老支书纠正了地主成分重新委任中共长延堡村党支部书记。老支书从土改干革命干到一九六四年的"四清"运动,突然被扣上地主成分被赶下台了;十四年以后,他又当起支部书记来。老支书重新上台以后居然不计前嫌不挟恩怨,心劲十足地为村子里办起了两个工厂,一个印刷厂,再一个就是木材加工厂。余长庚就在这时候被老支书招为木器厂工人,老支书复出后所表现的那种品德,深深地影响了一个刚刚步入生活进入社会的年轻人的心。余长庚说,正是在这个当口,他才认识了一个真正的人。

木材加工厂以粗加工为主,产品是为一些厂家打制包装箱,余长庚的手艺绰绰有余。木器厂后来发展了一步,制作瓦架,那时,瓦架走俏。这个小高潮来得猛也去得快,瓦架生产出来垒堆成山推销不出去,于是就当作围墙使用。及至我采访时,仍然可以看到作为围墙使用的瓦架。到一九八三年,老支书已经无力挽救这个濒临倒闭的厂子,却又不甘心它垮台收摊,于是自己退下来,把余长庚推出来当厂长。

余长庚一夜之间从一个工人跃居厂长。那年他二十七岁。职工们担心,那种腼腼腆腆的样子怎么镇得住?俗话说"宁领千兵不领一工"哩!余长庚没有在一夜之间变得声色俱厉,依旧是腼腼腆腆的样子,开了干部会又开职工会,把他的想法变成众人的行动。改产成为刻不容缓的事。生产什么?余长庚最终瞅中了村周围的那些高等院校。无论修建什么名堂的楼房都得安置窗户和门板,给这些院校新建的房屋供应门窗,将是一笔持久性大生意。这确定了改产项目的同时也确定了整个企业本身,余长庚把当工人时所看到的弊病以及作为一个厂长所了解的情况综合起来,与各方干部琢磨出一套新的管理制度,定岗定产定质量定消耗都有具体的指标系数;而且与工资和奖金挂钩,奖罚的尺码和限度也十分具体;所有这些措施的一个十分明确的目标就是保证产品质量。以质量求生存求发展求竞争中的胜利。腼腆的年轻的厂长先在自家身上试法以显示严肃,侄女把一小块可用的木板砍削成了楔子,大材小用超过了消耗指标,当罚,当月被扣发奖金三十元,而且责成书面检讨张贴在工厂门口示众,班组长也因此而被扣了奖金若干。其实那块小木板价值不足一元。新管理制度树起了权威,也逐渐成为工人自觉的习惯。余长庚又紧紧抓住本厂生产中的关键环节,带锯和烘干是两个要害部位。

他请来了一个掌握调谐带锯有一手绝活的把式,保证了扯板的质量也节约了木材。更容易看出成效的是烘干窑的改造,由煤炭烘干改为锯末烘干,一下子使每立方米板材的烘干成本从四十元降到五元,想想每年加工五千立方米木板,仅此一项就节约成本多少钱?

余长庚作为一个手艺人谋生的基本信条就是诚实。他同样以这个生活信条来构建自己的厂子。在给师大留学生楼加工门窗时发生了一件意外的事,送到建筑工地的门窗因为地面潮湿而有三十多副变形,责任自然不在生产厂家。余长庚得知后决定将变形门窗拉回,重新制作。用户满心欢悦自然增加了信赖。几年以后,余长庚的厂子与陕西二十多所高等院校建立了基建供需的牢固关系。

余长庚今年三十五岁,当了八年厂长了。不仅仅是他把一个厂子办得红火了的原因,而是这个人的全部品行,被长延堡的乡亲所看重,推举他为村长。他当村长的头一件事是对自己实施降薪。当厂长的月薪为三百元,上级给村长工资定为一百八十元,他从当村长的第一个月开始就去领取村长的薪金,放弃了厂长的标准,而他实际仍然兼着工厂的厂长,继续管理着工厂,继续领取原来的厂长标准无可非议。他说:"咱还是就低不就高好!"

八年前余长庚上任厂长时,也是先对自己家庭约法三章:不准用车,不准往厂里打电话,甚至不准家属到厂里找他。

最近,余长庚被评为西安市优秀企业家。我问余长庚,你们对产品推销做过怎样的宣传?回答令我吃惊,他们至今尚未做过一次广告,倒怕更加剧供不应求的紧张局面。这样一个厂和这样一个厂长,至今亦未被宣传过报道过。我又回到本文的正题:这是因为共产党员余长庚过于腼腆么?

1992 年 1 月 6 日

生命礼赞

——神针赵步长

一

唐山。一九九一年七月。

在这个曾经被强烈地震毁灭过一次的中国北方城市里,"国际脑血管病学术研讨会"正在这里召开。来自世界各地的几百位脑血管病专家教授博士济济一堂,共同交流各自在脑血管病研究和治疗上所取得的积极成果和最新进展。黄皮肤的东方人和白皮肤的西方人,一个接一个走上讲坛,用不同的语言论述的是人类生命中的一个共同的议题,即如何对付脑血管发生的麻烦。

据统计数字表明,脑血管病发病率已经成为各种疾病的排头兵,构成威胁人类生存尤其是中老年人生命的灾星,致死致残率极高,被称作第一杀手或者说头号瘟神。脑血管一旦发生问题,出现的麻烦就不是小麻烦,重则猝死,轻则瘫痪,很少有谁能恢复如初。中国每年发病约二百万人,美国五十万,中国和美国的人口比例与脑血管病发病率的比例大致相当。可见,大洋彼岸的美国人和此岸的中国人虽系不同种族,生活在不同的社会制度之中,生活的富裕程度差异甚大,而脑血管病却以大致相当的比例发生着。面对死亡的威胁,人类最易于摒弃种种成见（政治的或经济的、集团的或种族的）而率先合作。因为瘟神并不特意宽宥经济发达财大气粗的美国人或日本人。中国唐山的"国际脑血管病学术研讨会"，无疑是造福人类的一次携手和合作。

参会的中国专家赵步长走上讲台来。

他的论文题目是：《针刺加中药帽治疗偏瘫一百〇七例》。论文依据中医经络学的理论，阐释的是他对脑血管病独辟蹊径的治疗探索，用一根针灸用的极普通的针和一顶装着中草药的布帽，治愈数以千计的脑血栓病患者的报告，一百〇七例不过是其中各种职业、各个年龄档次和各种症状的较为典型的患者。

赵步长的论文刚一宣读完毕便引起一片哗然。不是他一点八五米的中国人的超常个头，不是他宽肩阔背依然潇洒自如的仪容，而是他的那根针和那顶中药帽子太神秘了。一根银制的细针在肌肉里头捅几下捻几下居然就能治愈脑血栓，倒不如说那是神话传说里头无所不能的魔杖；用几味或者十几味中草药制成帽子戴在头顶也能治病的话，这无异于魔术家手里那顶能掏出金币又能掏出鸽子的魔帽儿！"不可思议！"这是一句文质彬彬不失风度的表示否定的礼貌用语。尽管赵步长先生向与会专家散发了用中英文印刷的资料，苦心孤诣地向与会代表展示了治疗过程的录像带，一个个半边僵硬的男人和女人被扭抬着或背着送进治疗室，戴上了中药帽儿，赵步长用一根针在患者身体上扎了三个穴位，那一个个男女患者当即抬起僵硬的腿来，有的竟下床自个走出治疗室去……可是，尽管录像演示得那么逼真也不顶用，甚至愈逼真愈不顶用，会场里依然窃议着的是：不可思议！

赵步长已经无计可施无可奈何，却仍然想向东方和西方的专家证明他的那根针和那顶药帽儿，既不是孙悟空手里那根可粗可细随心所欲的魔棒，也不是魔术家玩于股掌之上变幻无穷的魔帽儿，它是被中国人使用了几千年的针和药，这针和这药帽的神奇效力远没有挖掘到尽头，他用它来治疗脑血栓（中医称中风偏瘫）就是一次挖掘，是中华医学的一个新的探索。于是，赵步长便使出最后一招儿，现场演示。他和唐山市有关方面取得联系，从当地医院选送一男一女两位中风偏瘫患者，现场扎针治疗。他对病人没有什么要求，由他们随意选送，只是有一条，发病时间不能超过一周。发病已久已留下偏瘫后遗症的患者，效果不甚显著。

治疗室就设在赵步长下榻的宾馆房间里，专家和学者们聚在门外的走廊里，因为技术保密，不得不使兴趣甚浓的朋友们屈尊。先是一位男偏瘫病人被护士抬进房间，不久便自个走出来了。接着是一位女性患者被抬进赵步长的治疗室，随后也自个走出来，不同的是她是扶着墙走出房间又走出楼道的。站在楼道上的专家学者们亲眼看着两位患者被抬进去，他和她僵硬的腿和胳膊且不说吧，单是半边脸上僵硬的神情便可断定是两个真实的不幸者。他和她居然就那么走出来了，尽管她扶着墙，也是难以想象的神奇的效果。楼道上等候观看结局的同行们又掀起一阵惊诧和喧哗，依然是不可思议！太不可思议了！

不可思议其实是正常的。赵步长后来也就想通了。不仅这根针这顶中药帽子，整个中医理论和针灸学对西医来说都是东方的"天方夜谭"。关键在于脑血栓这病太难治了，不仅西医没有有效的治疗手段，中医也没有固定的成方。那样折磨患者也长期困扰着医学专家的顽症，过于简单地解决和神奇的效果，反倒容易引起怀疑，这也许是很正常的事。只有一位东方人没有卷入"不可思议"的喧哗，他是日本脑血管学博士津岛邦男先生。他找到赵步长，想把那个录像带带回日本去；他邀请赵步长去吃一顿饭，自然是为了友谊；他询问赵步长在中国挣多少钱，有几部车？赵步长笑着答："车子有两部。"津岛先生信以为真，因为这并不多，医生在任何国家都是收入丰裕的职业,何况赵先生有这一手妙手回春的绝技。然而,赵步长其实是说他家有两部自行车。自行车也是车,代步用的,比汽车慢,但还是车。赵步长没有欺骗日本同行的意思,倒是为了替中国人撑脸面而搞了一点语言游戏,不乏中国知识分子的清高和机智。津岛邦男先生却是极其认真地说:"这是一项了不起的成就。是医学史上的奇迹。"

说是"奇迹"也罢,嗟叹"不可思议"也罢。赵步长治愈的数以千计的中风偏瘫病人在中国的土地上重新站立起来,重新在他们的工作岗位上执着于自己的劳动,愉快地生活着继续着他们的生命年华,也向远远近近的同志亲戚朋友和乡邻宣传着证实着那一根针和那一顶药帽儿。

礼泉县仓房巷小学教师丁卓亚的父亲,在农历腊月二十七日晚饭时突然不会说话了,到正月初一中国传统的新年这天,病情急转恶化,右上肢和右下肢完全瘫痪,一家人都笼罩在悲凄的气氛中,突发的灾难把整个家庭的欢乐破坏殆尽。正月初二日,丁卓亚送父亲进了赵步长供职的医院,经CT检查后确诊为脑血栓。赵步长当即施治,先给患者戴上那顶中药帽儿,由助手揉抚药帽,自己亲自施针。第一针扎下去,患者右下肢抬起五十度。隔了三天到正月初六第二次针灸,患者的右腿可以抬高到八十度,而且可以自由屈伸。到正月初八第三次针灸完毕,患者在其女儿丁卓亚的扶助下走下床来,一步步走出治疗室去。丁卓亚是乡村里的知识分子,在用书面语言详细叙述其父发病和治疗的甚为生动的过程时,充溢着对亲人病痛的焦灼和苦痛,洋溢着解除沉疴累累的欢欣之情。作为一个中国人,丁卓亚对中医和针灸不应该陌生,然而当她看到父亲在第一次扎针后抬起右腿时有一句用语:不可置信!连中国人自己都感到不可置信的事,在西方人看成不可思议也就不足为奇了。

一位名叫贾美英的老年妇女,不幸突发中风偏瘫,就诊的某医院当即给其远在香港的弟弟贾云发去病危电报。贾云急如星火从香港赶来咸阳,看到姐姐的病势焦虑恐慌,得悉相距不远的本市老年病医院赵大夫有良方,先来询问。赵步长问了病情,便和贾云商议了一个施治方案。贾云当即将姐姐转送到赵步长门下。鉴于贾云公务急迫,赵步长当即施治,第一次扎针就立即见效,贾美英不仅能抬起腿来,并且在搀扶下走回病房。贾云惊喜万分,连连慨叹:"真是奇迹,不愧为神针。"并且咏出一句诗来:春风回归患者面,喜悦充满我心间。贾云随后就把这个亲历的奇迹写成文章,在国内的《健康报》发表。新华社记者王世焕又把此事写给新加坡《联合早报》。一石激起千层浪。那些被偏瘫沉疴捆缚在床上或轮椅上的不幸者,纷纷投书到咸阳,向赵步长发出了求救的呼唤。赵步长接到一摞一摞印贴着中国和东南亚的诸国邮戳的信,就止不住心潮激荡。也许只有大夫和患者本人,才能体味几年十几年甚至几十年躺在床上接受家人侍奉的那种深不可言的痛苦?才能体味重新在大地上站立起来蹦跳起来的巨大欢欣吧?

二

咸阳。一九八六年。

赵步长在新疆阿尔泰地区工作十八年后,于一九八一年调回陕西关中,在咸阳二一五医院(后改老年病医院)干了五年医务科长,一九八六年从医院行政系统调换到业务系统,做内科主任。这次调动,成为他医学生涯中的一个关键性转折。

内科是各个科室中包容量最大的一个科室,各种杂症疑难病都汇集到这里来。赵步长发现,偏瘫的病人不少。偏瘫是症状,西医称脑血栓和脑血管出血,中医称中风。积多年教学和临床经验,赵步长深知这种病致死致残率很高,一个活泼泼的生命一旦不幸发生脑血栓或者中风病变,即可宣布这个个体生命的结束,不死即残,将在床上或轮椅上磨完生命的残年余月,能够恢复到完好如初者微乎其微,任你怀有怎样的宏图大略雄心壮志满腹经纶一手绝活儿,都只好僵卧病榻嗟叹休矣! 迄今为止,即使装备有最先进设备的医院也没有理想的医治手段,国际医学界大约也处于这个发展水准。这就意味着一种对患者来说是如何如何的残忍,意味着整个社会和成千上万个家庭将不堪负累。赵步长每每看到那些被急慌慌抬进医院的瘫痪病人僵硬的躯体、歪斜的眼鼻和完全封闭了的嘴巴,听着他们发出的连亲人家属也翻译不出的话语,便陷入一种对生命的深沉的惋叹之中;再看着亲属满脸绝望地抬着患者走出医院,心中愈加沉重。天呀! 好端端一个人,脑血管里形成一个"栓子",无疑给一个家庭和社会也结下一个"栓子",我们的社会生活能这样日渐一日地增加那个可怕的"栓子"吗?

　　赵步长攻克中风偏瘫的念头就是这样产生的。他在这方面并不具备专门知识,但对自己较为扎实的医学基础理论充满自信,有过多年的临床经验,也有多年的医学专科学校的教学理论,中医知识经过专业培训,还算通窍;而更为有利的是他的妻子伍海勤长期从事神经内科的钻研,曾到吉林长春白求恩医科大学进修过一年,理论和临床经验扎实而又丰富。于是他便伙同妻子伍海勤开始了攻克脑血管病的艰巨历程。

　　一开始,赵步长先了解当今中国治疗中风偏瘫的新招儿,常规的治疗办法无论西医或是中医他都心中有数,他渴盼了解最新成果最新方法和最新途径。他一九八七年十月赶赴沈阳,那里有个脑血栓病治疗中心,把一个脑血管中的小小栓子作为单项治疗的中心,全国仅此一家。这个中心打破西医和中医传统的常规疗法,另辟蹊径,静脉注射蛇毒,通过血液循环,使蛇毒到达栓子形成的部位,逐渐软化以至摧毁它。赵步长在这儿观察学习了整整一周,不仅掌握了一项打通脑血管栓子的新手段,也给自己心里加上了更重的负荷。这个脑血栓治疗中心已有不小名气,全国各地投奔前去求医者蜂拥而至,那些操着中国四面八方各地方言的人,扶携着患病的亲人赶到中国东北这个寒冷的城市来,脸色是一样的焦虑,心情是一样的沉重……赵步长更加坚定了自己的选择。

赵步长从东北直驱首都北京,到中日友好医院、协和医院继续考察学习,接着又赶到石家庄、邢台和保定。保定一家医院通过颈动脉注射蛇毒的疗法引起他的极大关注。静脉注射蛇毒,通过血液循环先进入心脏,从心脏再循环到脑血管时,蛇毒含量就很有限了。从颈部动脉注射,蛇毒不需经过心脏而是直接进入脑血管,药物不分散流失,对刚刚形成的栓子的摧毁力量比静脉注射就要大过不知多少倍。但颈动脉注射难度很大危险亦很大:动脉只能触摸得到而无法用肉眼看清;动脉压力大。一旦出血就难以制止,对岌岌可危的患者无异于雪上加霜;注射技术稍不恰当,便会引起脑血管迸裂出血或脑部感染;更要命的是颈动脉注射部位旁边有个颈动脉窦,十分敏感不容触及,任何最轻微的触及即致心脏不再跳动;说成危机四伏,险象环生似不过分。其时,偌大的西安几十家大中小医院,没有一家敢于涉猎此项手术的,全国开展颈动脉注射蛇毒手术也是寥若晨星。尽管如此,颈动脉注射蛇毒所产生的显著疗效,对他来说太具有诱惑力了。关键在于疗效的显著,不正是他苦苦寻觅的那个效果吗?而盘绕在这个理想效果四周的困难毕竟是另外的问题。赵步长向院方提出申请,想学习这项技术。答复令他为难。赵步长最后申请只看一眼,看看医护人员怎样把针尖刺进那根肉眼看不见的颈动脉。答复是"可以",需得交一千元。一千元作为看一眼的学费,赵步长心里完全能接受,但是无论他自己或在单位暂且都拿不出来,终究没能看上一眼。

赵步长考察学习归来,便和医院领导商定将二一五医院改名为老年病医院,关键性的变化在于将内科一分为二,分出一个脑血栓病科,赵步长做第一任科长,主攻的决心和目标再没有任何游移的余地了。他先采用静脉注射蛇毒的手术,好长一段时间,病人维持在二三十个左右,因为效果虽有,但不显著。

赵步长要的是那个显著的疗效。

他早已默不作声地开始触摸颈下那根动脉了。不就是根颈动脉吗?保定的同行既然能获得成功,证明它虽然潜伏着危险,毕竟还不是死亡之谷,重重危险的夹缝中存在一条安全的通道;关键在于如何准确地找到那条通道,准确无误地把握住它,把注射器的针尖丝毫不差地插进去而不撞触那个置人于死地的"窦";如何使蛇毒平安地通过颈动脉冲上脑顶,撞击那个祸根之所在——栓子,而不至于破坏血管……为此,他重新温习解剖学,和他的夫人伍海勤以及护士长陈润香一起到解剖室确定部位……赵步长终于觉得自己完全有把握通过那条安全通道,便决定施行第一例病人。

接受第一例颈动脉灌注的患者是位关中农民,六十岁了,左半边完全瘫痪。赵步长亲手做了第一例灌注,完全成功。不能说他不紧张,但他确实够镇静的;镇静不仅是多年行医修炼成的习惯,也是良好的心理素质所决定。奇迹出现了,患者的左腿居然可以抬起来了;接着又灌注了五次,这个农民就痊愈了。赵步长随之帮助妻子伍海勤和护士长陈润香掌握了颈动脉灌注的手术,医院里可以全面开展这项难度极大的手术了。从一九八八年三月赵步长做第一例灌注到现在,三个人已经做到四千人次,无一例发生意外,血肿和感染均没有发生过。一九八八年七月,在西安召开的蛇毒应用会上,赵步长做了《颈动脉灌注蛇毒四十例》的临床报告,引起轰动效应,许多同行和德高望重的导师钦佩他敢闯禁区的探索精神,依然再三劝他"注意安全"。因为在西安医疗界,他毕竟是第一个把蛇毒灌注进颈动脉的人。赵步长和伍海勤以及陈润香,对技术精益求精,从过去一天只能做一例,偶尔一例要花近十个小时,到现在一天能做十例,可以说完全熟练完全把握住了那条狭窄的生之通道。

四千余人次的安全灌注,只能证明他们医术精湛,并不能证明这项手术本身不存在危险。事实是,在每一次实施手术之先,需得向患者亲属讲清可能出现的危险,晓以利害,必须在亲属签字画押之后才敢进行。有些患者的家属闻之生畏,提心吊胆。关键在于,这项手术确实不易掌握,因而不易普及。凭他们的三双手,即使不吃不喝不休息,又能给多少人做手术呢?赵步长掌握了它又不满足于它,继续探寻一条更安全更可靠更显著的途径和医治手段。

时序推到一九八九年。

赵步长终于探索出一条既有显著疗效,又安全可靠的治疗方法,这就是被患者称为"神针"的药气针,以及他研制的一顶装着中草药的药帽儿。这个药帽儿最初的诱因,是他在阿勒泰哈萨克族聚居区行医时,发现哈族人患某些病时戴一顶自制的装着中草药的帽子,还真有治疗效果。他研制的药帽儿其理论依据在于,通过皮肤渗透,中药直接作用到血栓部位,促进脑细胞功能的恢复。药帽儿里的中药配方,经过临床的配方而初步固定下来。至于针灸,赵步长吃的苦头就一言难尽了,为了找到理想的穴位和理想的针感,他在自己身体上戳过多少针眼是难以数计的,终于找到并确定下来三个最理想的穴位,也找到了最有效的针刺方法。详细叙述那个艰辛的历程非此短文所可胜任,而且受到专利技术保密的限制,我只能告诉读者,赵步长找到的那三个穴位是超常的穴位,他的针法也是超乎常规的刺扎方法,因而才取得超常的显著的疗效。

他的理论依据是:人体十二经脉,三百六十经络的气血皆聚于头部,而且五脏精华之血,六腑精阳之气,亦皆聚于头部。百会穴又名三阳五会,是督脉的要穴,督脉总管一身之阳,其脉上终于脑,下连足太阳膀胱经,故百会穴有醒脑开窍之功。中药接触头部,药物通过渗透方式进入百会穴及头部皮肤,全身经络气血运行通畅。因此,中药帽有疏导经络的作用。在临床观察中,经 CT 复查证实,中风偏瘫患者除临床症状体征改善外,脑血栓患者可见原栓塞灶缩小或消失,出血区血肿吸收,可以推测中药帽加针刺可使闭塞的脑血管再通,改善微循环,血肿迅速吸收减少脑细胞受损,使受损之脑细胞复醒,相应瘫痪肢体功能恢复。

有一次,赵步长在给一位患者扎针时,患者照例向他叙述感觉,说有一股气先从上到下直冲脚尖,又回转过去沿着腿部往上直冲脑顶。赵步长很满意这个效果,追求的就是这个效果。这个效果已经被许多患者感受到了,感受到这种气贯全身直冲脑顶的患者都一身轻松地走出医院了。那位患者突然说:"赵大夫,你扎的是气针吗?"赵步长惊喜地笑起来。这位患者启发了他,正好给自己的针法命名,他还没有给自己的针法找到一个合适的名字。从此便正式命名为:药气针。

截至目前,赵步长创建的脑血栓科接治中风偏瘫患者五千余例,有效率达百分之九十八,治愈率在百分之八十以上,患者已经传扬到四面八方,却是说咸阳出了一个"神针"大夫……

三

被人们传播得神乎其神的"神针",既不是祖传秘方,也不是得仙翁点化,而是副主任医师赵步长苦心孤诣呕心沥血钻研探索的科学成果。

赵步长祖籍陕西长安,一九三八年生于终南山下一个名不见经传的小村庄张寨沟。村庄距离引镇不远。从小就听过有关镇子的一个神奇的传说。唐朝一位少年天子游猎到此迷失方向,急坏了也吓坏了长安城里的文武百官,四处寻找,终于在这里找到了疲惫不堪的皇帝并将其引回城去，这里便得名引驾回，简称引镇。赵步长出身农家，祖辈务弄庄稼，家道清贫。九岁入私塾读书，解放后入人民政府办的新式小学，只读了三年便小学毕业了，考入西安省立二中。一直读到高中毕业被保送进入西安医学院，看去一路顺风实际却艰辛坎坷。

赵步长至今还感激伯父的那根板子。他接受启蒙的私塾先生是一位远房伯父，白天受教于伯父膝下，晚上和伯父睡一个火炕。他半夜三更爬起来读书，到天明正好烧完一根蜡烛。一旦他打盹儿了瞌睡了停止了背书，伯父的板子就会及时地准确无误地敲到头顶上。伯父考他背书的熟练程度，不是由他按照文本的顺序往下背，而是由伯父随心所欲起段，或前或后或中。两三年下来，他扎扎实实背下了一肚子精美典范的古文，这对他后来钻研中华医学的古文经典著作受益匪浅。

赵步长在引镇小学读高年级时，认识了比他低一级的伍海勤。伍后来成为他的妻子和精诚的事业上的合作者。那时候她比他的生活更窘迫，姊妹三个，她读书得不到家庭的重视，除了旧中国农村轻视女孩子的习惯因素外，家庭的极端贫穷也是实际的困难，父亲更指望她到地里去给猪拔一笼草。伍海勤贪恋读书，主要是她的天资聪慧，也有一个女教师无形中给她很大影响。她在学校里或者在古镇街巷里，看见那位女教师穿一身干净的列宁服，腋下挟一本书走过去就很羡慕，这无疑是她对生命价值生命意义的第一次觉醒。她坚持读完小学，以优异的成绩考入西安市第九中学，进入城市读书了。引镇离西安五十华里，她每周回家去背一次馍馍，有时候，父亲托那些引镇拉货送货的马车夫给她把馍捎进城去。父亲在农闲时籴麦卖馍，上好的白面粉蒸成馍馍卖掉了，留下掺着麸子的黑面自家吃，伍海勤背到学校的就是这种搅着麸子的黑馍。开水泡软的黑馍整整吃了五六年，伍海勤紧紧踩着赵步长的脚步昂扬地考进大学——西安第二医学院。

还是在家乡引镇小学念书的时候,双方的父母做主经媒人给他俩订下终身。这在当时的关中农村是很正常的事情。他俩似乎朦朦胧胧知道这回事,没有反对而默默地接受了,童心里互相都保存着对对方甚为崇拜的美好印象,说是青梅竹马也很恰当。她始终比他低一年级,他在前头闯着,她在后头紧紧催逼着,谁也怠懈不得;他总是学习尖子,她在学校也总是名列前茅;他比她年龄大些也比她家境稍微强一点,他买下的参考书籍用过了学罢了再交给她使用,她学习中遇到的难题难点可以求教于他……友谊在他们六年的中学生活中完全交融。

上高中时,母亲两次逼令伍海勤结婚,尽管她当时只有十八九岁,却是大大超出了母亲传统观念里所能容忍的年龄极限了。伍海勤求助于赵步长。赵步长便回家说服自己的父亲,主动权毕竟在赵家。伍海勤更加敬重赵步长。直到伍海勤高中毕业,母亲说什么也不容她推托了。她和他在家乡办理了结婚手续,那时候赵步长已经在西安医学院读过一年书了。家里交给他俩的结婚费用是一百元,俩人反复合计反复推敲花掉了三十二元,留下六十八元带到学校里去了。伍海勤已经接到大学录取通知书了。这两个清贫农家出身的大学生,崇高的理想,孕育了崇高的人生境界,没有丝毫的庸俗习气了。他们专意于学业,反倒更能体贴老人们的艰难和国家的恩惠,俩人都是靠助学金读完中学又接着读大学,父母的钱和国家的钱都不忍心浪费。

赵步长经学校保送进入西安医学院后又很后悔,甚至想退学重新报考某所理工学院,他向往当一名工程师。工程师在五六十年代是一个很响亮很具诱惑力的职称。伍海勤帮助他安下心来继续学习,而且发誓自己毕业后报考医学院。促进赵步长安下心来的又一个因素是母亲的死。他在上小学时,书包里常常装着医生给母亲开下的中药方子,到镇子上给母亲抓药。母亲患的是心脏病,在他初中毕业的那一年离开人世。当赵步长在医学院的课堂上和解剖室里了解人体的秘密时,眼前不时浮起母亲悲凄的病怏怏的面容,学习的劲头愈加旺盛了。

在大学读书的几年里,适逢国家经济困难时期,饥荒威胁着城市。一米八五个头的赵步长经常处于饥肠辘辘的状态中,常用一碗盐水镇压饥饿。每到周日,他到第二医学院去和伍海勤相聚,她给他早早准备了可以饱餐一顿的食物,一般都是苞谷面蒸糕和少量白面馍馍。她的饭量小点,一周节约下来正好可以让他过一个饱肚的礼拜天,临走时带上剩余的食物,其实她也忍受着饥饿,也是用喝盐水节约下的饭票供他特大体形的超常需要的。她给他洗换衣服,这在高中念书时就成习惯了,他已经失去母亲。他给她的帮助主要在学业上,因为比她高一个年级正好可以做她的辅导教师。他们建立的既是青梅竹马的友谊,又是新型的知识型青年的崇高爱情,终于走进了广阔的生活天地。他们大学毕业了。

党和国家号召大学生到祖国最需要的也是最艰苦的地方去,赵步长自告奋勇到新疆位于中苏中蒙交界处的阿勒泰去了,没有任何个人算计;也就没有任何瞻前顾后患得患失,祖国的需要高于一切。伍海勤全力支持他的选择,并且告诉他:"你先去,明年我毕业了,也去阿勒泰。"第二年,伍海勤果然实践自己的诺言,而且为去阿勒泰费了点周折,第二医学院是西安市为地方培养医务人才创办的大学,学成后自然分配到市内各大医院,伍海勤经过多方申求,抱定去远方边疆的决心不动摇,学院和市政府支持她的崇高行动,她达到和赵步长比翼齐飞广阔天地的目的了。阿勒泰自治州派赵步长回西安来接伍海勤北飞。当她和他搭乘上西去的列车时,竟然没有西出阳关的离愁反而心潮澎湃,巍峨的南山锦绣的渭河平原,古老的富于传奇色彩的引镇,伯父的板子,爸爸的卖馍篓子和装满猪草的篾条笼……从艰辛泥泞的乡村小道上起飞了一对比翼大鸟。

赵步长夫妇在边陲阿勒泰十七八年的生活历程,可以写成一部生动丰富的长篇纪实作品,这是本篇短文所难以承载的。赵步长一到岗位就随社教工作队下乡,彻底沉到最底层的哈萨克族人之间。医生是一种最容易达到感情交流的职业,赵步长很快就成为哈萨克兄弟最熟悉最受欢迎的人。他很快学会了哈族语言,熟悉了哈族的习俗习惯和忌讳。然而边疆偏远地区缺医少药和落后的医疗条件也令人吃惊,赵步长看见一位产妇蹲在铺着柴灰的帐篷里,双手抓着绷在空中的绳子呻唤不止,家人却邀约了亲友在帐篷口喝酒抓肉,以庆贺新生命的诞生。他把痛苦不堪的产妇扶躺下去,安全地为其接生下一个健壮的小哈萨克。哈萨克兄弟十分感激,完全接受了新的接生法。他和后一年到来的伍海勤在下乡社教的几年里,接生的哈萨克孩子不下二百。伍海勤说:"他比我接的多。"因为生产往往是在夜间,几十里百余里的路程要骑马上山跨河,赵步长便只身前往了。伍海勤很快也学会了哈萨克语言,会话能力甚至超过了赵步长。他们夫妇一起工作在最基层,往往各骑一匹大马赶到草原的某个帐篷去救治病人。

赵步长在医学院学的是医学系,伍海勤学的专业也是医学系,然而到基层牧区是无法分科的。几年下来,他们对内外妇产科耳鼻喉科泌尿科等各类疾病都诊治过了,甚至在极端简陋的条件下开展了手术,抢救危急病人二三百例。有一次在严峻而又迫于无奈的情势下,他俩为一位阑尾炎患者开刀,连一双手术用的手套也不具备,只好把刀片剪子和双手在酒精里泡泡消毒。

阿勒泰是哈萨克族的聚居地,另有维吾尔族、蒙古族、回族和少数俄罗斯族,这儿天高地阔出门便以马代步。赵步长学会了骑马,有次出诊连人带马陷入河沟的一片沼泽,浑身泥浆几乎丧命,然而他依然喜欢骑马,纵马在辽阔的草原上驰骋,那是任何高级轿车所不能比拟的。伍海勤的骑马技术也完全熟练,自始至终都是哈萨克兄弟教会她的,包括一次意外的摔跤,也是两位哈萨克人救护的。她急于出诊骑上了一匹未经喂草料的饿马,一跨上马背,那马就在县城里疯跑起来。她已经有了少许经验,便瞅中一堆沙子跳了下去,幸未跌成重伤只摔疼了屁股,两位哈族人立即把她救护起来。艰苦条件下的生活内涵不完全是艰苦,充实的人生构筑着崇高理想的基础,与兄弟民族的情谊则滋润着两个年轻医生的精神世界。他们的头生儿子,满月后就交给哈萨克妇女去养育了,直到孩子上学,他们要四处奔波去救死扶伤。

伍海勤直到临产前八天才从社教工作队所在的乡下牧区回到县城医院(工作单位),单位却苦于腾不出一间房子让她坐月子,最后只好把马圈的一角搭顶封墙,给她造出一间产房来。那屋子低矮到容不得赵步长站立,只能弯着腰替伍海勤送饭洗尿布。后来终于想出一个办法,在床下脚地上往下挖,整出来一块筛子大的地盘,赵步长可以站直腰板了。他们没有抱怨,赵步长在给她备足了柴火和粮食之后,就匆匆下乡去了。她本人没有度完规定的产假日期,也把孩子托付给哈萨克保姆,也赶赴牧区去了。

赵步长后来受命创办阿勒泰地区卫生学校。他八月上任,九月便招来了第一批两个班学生,只有几间旧房子。他身兼教务主任和班主任,一边搞基建一边编教材还要讲课:解剖、生理、病理、药理、拉丁语、内科、外科、儿科都开设了……这得益于他扎实的基础和勤奋的自修。伍海勤第二年也被调到地区卫校来任教,成为赵步长的助手,他俩一生都如影随形。伍海勤说:"我总是给他帮忙。"其实根本说不清谁给谁帮忙。到今天,他们一起感到自豪的是:他是阿勒泰第一个大学生,她是第二个。他们创建了阿勒泰地区第一所卫生专业学校,培养了一千二百名学生(截至一九八一年离开时),分布在阿勒泰草原上,这些人大部分是兄弟民族子弟。更令人自豪的是,他们组织编写并出版了第一部哈萨克文医学教材,这也许是无法用教材本身的价值可估计的。

他和她的青年年华留在阿勒泰草原。十七八年后,他们调回家乡关中,在咸阳二一五医院继续救死扶伤的工作。在完全变化了的新的环境和新的条件下,当一种新的机遇到来的时候,他们便向更深的层面挺进了……

四

整个八十年代的十年里,在社会环境、工作条件和生活节律完全不同于六七十年代阿勒泰的关中咸阳,赵步长在钻研探索脑血管病的艰难历程中所持的顽强进取精神,与他驰马阿勒泰十八年的那种青春无悔的精神一脉相袭;他在攻克中风偏瘫顽症中所取得的突破性进展,与他为兄弟民族行医疗疾一样辉煌;工作对象各异而目的却完全一致,那就是让每一个平凡而神圣的生命都欢跃起来。

一个僵死床榻的重新欢跃起来的生命是十分动人的。

我在赵步长的办公室里就看到这样一种情景。赵步长穿一件特大号白袍儿,正在接受我的问询,房间连背椅上坐着好多求诊的患者和搀扶他们的家属。一位六十多岁的老先生抢到我面前,用纯粹的东北话语述说他"重活一世"!老先生姓梁,吉林省一位退休公务员。梁老头只说退休了该好好享点清福了,想到祖国各地去转转,不料"嘎咻"一声就躺倒了,不能动也不能谈话。梁老头的痛苦心境无以言传,儿女们觉得病魔太残忍了,竟然不给一个忙碌了一辈子的老职员一点快活,跑出跑进吉林几家医院均无良方,焦虑中在一张报纸上看到有关赵步长"神针"的报道,当即乘车从二千里外赶到咸阳来了。那时候赵步长也深为感动,立即对这位远道来客施治,中药帽戴上了,连着在三个神秘的穴位扎了针,奇迹出现了,梁老头下了病床走起来,走着走着便跑起来,一边跑着一边笑着最后哭起来。赵步长让他回病房休息,梁老头竟然不可抑制,继续给赵步长表演他的跑的姿势……梁老头的儿子插话告诉我,当父亲启动脚步走路的那一刻,他简直愣住了说不出话来了,甚至怀疑是不是在梦中?梁氏父子给我述说这一切时,我发觉自己的某一根神经战栗起来。梁老头又跑起来,当着赵步长和一屋子求诊者的面给我表演他的跑步的姿势,那姿势和速度自然无法与刘易斯媲美,我却感到了一种生命跃动的极大欢乐。梁老头和儿子述说完毕便作告别,再过两小时便要登上回东北的列车。

  用药气针治疗脑血栓显示奇效,被广泛传播为"神针",却对付不了脑血管破裂出血造成的死亡或瘫痪,而此类病人的死亡率更高,为百分之八十。赵步长和妻子伍海勤经过钻研,便掌握了钻颅抽血手术,这是一九九〇年开始的。能开展这项手术的医院,当时西安尚数不出几家,赵步长在这个小小的二一五医院获得了成功。黄陵县一位二十二岁的青年农民郭怀发,睡了一夜便起不来了,语言模糊,家人求算卦先生问吉凶,卦曰:救命恩人在西南方。家人便循此方向一路打问走到咸阳,果然打听到这儿有个"神针"赵大夫。赵步长先给郭做了CT检查,判断为动脉畸形出血,出血量四十五毫升,郭母给赵步长跪下了:"他二十二岁,我把他服侍养活到何时?"郭怀发出家门时已经给新婚媳妇交代了后事,不抱什么生的希望了。当晚十时做了钻颅抽血,腿当即便能动了。随后再辅之以药气针治疗,郭怀发住了二十天医院,适逢正月十五,和陪伴的家人欢蹦着看花灯去了。

  这样,赵步长便有了一整套对付脑血管病的手术手段:静脉注射和颈动脉注射药物,药气针加药帽儿,钻颅抽血。用这四种办法分别对付脑血栓不同类型的病人,凡是脑血管出现问题,皆可以接收治疗。在有效治疗的同时,进一步向主动预防的方向前进,为此研制出四种配合治疗和预防发病的有奇特效果的产品:一、由药帽发展定型的健脑益寿帽儿。二、防风胶囊,以上两个研究成果对预防脑血管发病和复发病均有良好效果。三、中风通脉胶囊。四、中风膏。这两种药物是配合治疗用的,亦可用作预防,前者口服,后者贴敷肚脐等穴位,大量临床应用显示出奇特的效果。

我一个挨一个病房看下去,听着男的女的高龄的和年轻的患者或他们的家属向我诉述病患之痛苦和诊治的疗效,赞美赵步长的话语千篇一律却又个性鲜明。人说:偏瘫病房无偏瘫。这话算是验证了。在女病房我看到一个二十出头的年轻女人。她因分娩而突发脑出血,昨天来时昏迷不醒,连夜做了钻颅抽血术,现在安然地坐在病床上,跟着两位看护的老人在学习数数儿,练习恢复语言能力。她的半边瘫痪的身子开始恢复知觉。赵步长告诉我说,手术后得休息几天,然后再扎药气针治疗,这个年轻女性是有把握恢复活力的。

我因没有见到三位新加坡患者而遗憾,一个叫黄宪章,一个叫钟应华,一个叫张景壹,三人都是看到新华社记者王世焕发在《联合早报》上的消息后,不约而同从南洋赶到咸阳来求医的。他们已经完全康复归国,我只能从他们留下的康复自述中感受重新欢跃起来的生命的意义。

钟应华自述:我是一名中医药师,一九八九年一边中风,一九九〇年十月双边中风,完全不能移动,四肢无力,全身软绵绵,连转个头都不能。某公立医院没法给我治病,把我送回家去。我住进了私立医院,进行了一些基本的物理治疗。我在家躺了二十个月,一切起居都必须靠家人,度日如年,一向忙惯的人忽然间一切活动都停止……(略去来求医经历)我今天第一次接受治疗,中风三次,两手不能动,两腿虽能动,但不能站立。下午三时二十分,戴上药帽儿。我马上觉得药气在头脑里面缓和地循环,有股气流从头到脚。用了药气针之后,我的两腿能合着在床上抬高,四点钟我便能站立起来。已经二十个月没走动,我感动得流眼泪。我感谢赵步长医生给我新的希望,让我能够享受晚年;如果不是从遥远的新加坡来,我不敢想象以后的日子怎么过……

黄宪章自述:本人六十四岁,新加坡男性公民,早期患高血压、糖尿病,未引起注意,一九八八年元月第一次引起脑血栓病,左半身瘫痪,经新加坡伊丽莎白医院治疗,百分之九十痊愈,饮食起居均称自如,岂料一九九〇年元月二次发生,仍在伊丽莎白医院就医,虽将病情稳住,但形成严重后遗症,扶四脚拐杖勉强行走,但需有人在旁保护,给家庭造成一大负担,生活觉得痛苦……(略去求医经过)赵医生热情接待来自国外病人,并偕夫人副主任伍海勤大夫、护士长陈润香女士,进行药气针治疗,静脉注射高效药品,并施以先进的颈动脉注射药物,经短期(三十五天)治疗,肌体明显改善,现在不靠拐杖走路,精神焕发,本人认为是赵大夫神针给我生机,仁慈心术送我活力。感谢感谢真感谢!

黄宪章把来咸阳时坐的轮椅和四脚拐杖留下了,作为他对赵步长以及医护人员的纪念,他和张景壹(自述略去)联名送给赵步长一块匾牌,刻着四个大字:仁心仁术。他们一身轻松地回到新加坡去了……

我在走出这家医院时思绪紊乱,耳际依然是那些千篇一律却又个性鲜明的患者的赞叹之辞,激动得见人就表演跑步的吉林梁老先生,那个把轮椅和拐杖扔下的黄宪章先生,那位正在跟父母练习数数儿的年轻产妇,那些抬着进来蹦着出去的数以千计的脑血管病患者,还有那一摞摞来自新加坡、马来西亚、印尼、菲律宾、泰国和港澳台地区的求医信……给予他们新的生命的赵步长和获得了生命欢跃的人们,他们互致的都是关于生命的礼赞。

1992年6月

忠诚与潇洒

——我理解的王福禄

一

采访中国物资储运西安集团公司三十年发展史,我便自然地走回过去,重新经历了一次共和国成立以来近半个世纪的我们的昨天。昨天的美好和昨天的灾难,以及至今重温时仍然抑制不住扼腕慨叹的那些很不美好的东西。

西储公司是一九六三年按照已故国家主席刘少奇的构思建立起来的,意在把国务院各部分管的物资仓库交给国家物资部统管,总体构思就是搞物资储运业托拉斯,在整个中国西北所设的一个"点"就定在西安。且不论刘少奇主席的这种构思在"文革"中遭到怎样的批判,也不论我们站在今天的理论与实践的高度如何评价这个构思,我却只对西储三十年的风雨历程感慨不已:从一九六三年到一九八四年的二十一年间,西储总收入为一点零七亿元,而从一九八五年到一九九二年的七年间,总收入竟然达到一点二亿元,一九九三年上半年借以腾飞之势,总收入已越过四千万元大关。面对这组悬殊的数字,读者很容易卷入关于一个企业发展得快与慢的速度问题的思考。我要提醒读者的是这两个数字所标示的时间,不是按人们通常习惯于一九八一年即改革开放前后来划分的,而是按一个人——西储现任总裁王福禄的工作历程划分的,相信读者不会以为是"以人划线"。

一九八五年,王福禄调任西储公司副总经理,主持工作。

二

王福禄和我交谈中常有警人的言论:西储"文革"二十年。"文革"通常是说十年,即从这场灾难发动的一九六六年到"四人帮"下狱的一九七六年。王福禄出任公司副总经理主持工作的一九八五年,所面临的成堆问题里,主要的还是"文革"的遗留问题,帮与派,权与利,大震小震频仍,使班子无法工作。王福禄以军人的胆量企业家的魄力,不管怎么吵怎么骂怎么闹,他都顶死不留回旋余地,凡是结帮拉伙闹官闹权的,一刀切;先切下去斩断震源,不然,西储将陷入更深的灾难。

到一九八七年六月,关于"文革"的遗留问题才相继处理完毕,王福禄正式宣布:西储"文革"结束。整整二十年时间,我们稍作一下回顾和掂算,从一九六三年成立到一九六六年"文革",仅仅三年,然后就是延续了二十年的"文革",这个由国家主席钦定的企业,根本没有获得发展的时间体现国家主席为民族为国家复兴的良苦用心。难道仅仅只是这一家企业的悲哀,难道仅仅只是刘少奇主席死不瞑目的悲哀?西储难道不是整个工业企业界的一个缩影?映现着国家和民族的灾难史?

结束了二十年"文革"的西储,到一九九二年的短短几年间所获得的长足发展,便向我们启示了一个经济发展的常识性 ABC:经济只能运用经济规律经济手段来求其发展,用大轰大嗡阶级斗争的杠杆是无法撬动的,撬不动反而把锅砸了。详细描述西储近几年的发展,如何改革机制,调顺机构,有十分动人的细节和情节可供我使用,但我对于这种写法表示怀疑,以为不完全适合王福禄这个具体对象,我已经从西储感兴趣转移到对王福禄个人的浓厚兴趣上。

三

五十五岁的王福禄有三十九年中共党龄,十六岁那年入党,十七岁当兵。做过侦察员和师团文秘。在军校学习了三年后又做了八年技术员,之后又任战勤科长、计划科长、仓库主任,一九八三年转业到西储下属的大兴路仓库当主任,一九八五年八月提到公司做副经理主持全面工作,四年后当经理,再一年度后任总经理,现为西储集团公司总裁兼党委书记。

我们便看到一个农村孩子的成长历程。

具有三十九年党龄的王福禄称作老革命不知是否恰当?而称作老党员显然毫无疑义。这样一个老革命老党员一旦冲破了思想牢笼,他所焕发出来的活力便无法估量。王福禄属于十一届三中全会所倡导的思想解放大讨论中最早摒弃枷锁而获得解放的一个老党员,这主要恐怕得益于他一直处于非常实际的工作岗位。他面对的是极左理论极左口号对自己所在岗位的企业的严重破坏,这是任何"左"得可爱的理论和口号都无法回避的事实。当如他一样有可以称为老党员资历的一大批老革命在思想解放运动中迷惘掂量的时候,王福禄却义无反顾地跨进一个新的时代的大门。

丝毫不怀疑他对革命的忠诚,倒是因为那个忠诚,才使他长期面对经济惨不忍睹的现状痛心疾首。他的可贵之处在于,作为一个老党员长期形成的对事业的忠诚、素养和经验,搁年轻干部还得多年摸索积累和磨砺。一切从革命的原则出发,从国家利益出发,无论企业管理制度或是人事制度的改革和调整,都是以这个为准绳的,而这一点正好是改革进程中所最可宝贵的品质。王福禄把那些帮派一刀切除的原因和魄力都来源于此。然而他后来在整个启动西储的全部工作中又坚决摒弃一刀切。

一刀切在我们的实际生活中已经成为一种最具权威的化解矛盾堵塞口舌的刀法。几乎没有人赞成这种愚蠢的刀法，但实际生活中通常使用的仍然是这种刀法，这便是生活的复杂性和人的思维的简单化而形成的统一。王福禄敢于向这个通行的刀法挑战，便显示他的独立思维和独立人格。在当今，能把一个六十五岁的老人委以重任而不是"顾问""名誉××"的企业家恐怕稀有。这个六十五岁的老人叫焦振亮，六十岁才提正处级。他创办的六维金属材料配件中心把生意做得活到家了，卖钢材大至数吨，小到论尺论斤，经过七年的奋斗已发展成为年销售额过三亿元的省内外闻名大企业……这样善于经营的人才按年龄切掉不是太可惜了么？然而敢于把他留下来并且提级升职的却只有王福禄。因为，这个人是难得的人才，对西储做出了突出贡献。

四

强烈的事业心不仅表现在王福禄的工作作风上，而且业已形成了一种工作癖，从早晨睁开眼再到晚上上床，他都处于一种连续性的工作状态。多年已经没有了上班和下班的时间概念。他的办公室就是他的生存场，他走出办公室到任何一个下属单位去视察，就把这生存场带到那里。他不会消遣也缺乏游逛的雅兴，离开了工作便离开了生存场，似乎缺氧而感到不适情绪灰败，便觉得浑身从里到外都不自在，一进入工作同时就获得了生存场，便亢奋起来高昂起来，即便是短暂的吃饭和休息也是在办公室里更自在些。

社会通行一种潇洒走一回的人生观。对于大多数普通人来说这很具有诱惑,也不为错。但对一个国家和民族来说,如果他的子孙和公民都图得潇洒,这个国家和民族便很难发展和前进,其结果不仅是谁也潇洒不起来,甚至会落入屈辱。任何一个国家和民族都有一批把自己的命运和国家民族复兴壮大的前途自觉捆绑在一起的人。他们对于整个民族来说永远都是少数人,然而他们是脊梁,是国家前进的内燃机,是民族强大复兴的火光。远的不说了,当代的罗健夫、蒋筑英堪称代表,活着的为众人口碑的陈景润……王福禄属于这一小部分人中的一分子。

关键在于对生命价值的理解和人生意义的价值取向。王福禄十六岁入党,十七岁进兵营也是一种潇洒,王福禄把一个派系闹得人心涣散停滞不前的国有企业启动起来,这个只守着几个仓库死等死靠的企业,在他手里仅仅七年,便成为一个内向加外向型的充满活力的企业,七年间产值增加了五点三倍,作为一个生命个体的王福禄潇洒不潇洒?潇洒不应该只包含歌舞厅麻将场里的无忧无虑,潇洒更应该包括成就大事业的雄心与英姿,经过苦思冥想经过百般艰难千般辛苦而使自己所钟情的事业冲出困境踏入光明,奋斗者自己从肉体到精神的愉悦才是真正的潇洒。

我们这个国家之所以在近一个世纪的外患内忧中不灭,靠的就是这一类人。

这个民族之所以在近一个世纪的变革中能化腐朽为神奇不断地嬗变而复兴复壮,靠的也是这一类人。

这一类人是国家的栋梁,民族的精魂。

我所理解的王福禄,无愧于此。

1993 年春

言　论

中篇小说集《四妹子》后记

想到刚刚编成的这部小说集将交由中原农民出版社出版,我的心情尤其舒悦。一个以八亿农民为读者对象而专门出版农村题材文学作品的出版社,首先在感情上使我有一种亲近感,其魄力和眼光更使我钦敬。

农民在当代中国依然构成一个庞大的世界。

我是从这个世界里滚过来的。我出生于一个世代农耕的农民家庭。进入社会后,我一直在农村做工作。教书时,我当的是农村学校的民办教师,学生几乎是清一色的农民子弟。做干部时,我又一直在区和乡政府工作,工作对象自然还是农民,除了农民就是和我一样做农村工作的干部。这样的生活阅历铸就了我的创作必然归属于农村题材。我自觉至今仍然从属于这个世界。我能把自己在这个世界里的生活感受诉诸文字,再回传给这个世界,自以为是十分荣幸的事。

农民世界是一个伟大的世界。尽管人们以现代眼光看取这个世界时,发觉它存在着落后、愚昧、闭塞、保守、封建、迷信以及不讲卫生等弊端,然而它依然不失其伟大。在几千年来的缓慢演进和痛苦折腾中而能保持独立的民族个性,仅此一点,就够伟大的了。

当我把这本小书回传给这个庞大世界里的人们时,心里不无担忧,他们会认可么?我常常恐惧这样一点:遭到这个世界里的人们的唾弃;被这个世界的人所唾弃,可真受不了。我仅仅也只惧怕这一点。

作家研究的主要对象是社会生活。

我关注的是农民世界的生活运动。

我曾经甚为自信我对农村生活的了解和感受。我今年春季以来就又不甚自信了。我对我生活着的地域内的几个县和区的历史沿革的进一步了解，使我打破了以往的自信。这块土地上千百年来缓慢演进的脚步愈使我加深了以往的那种沉重感；这块土地上近年间发生的急骤变化甚至使人瞠目。我对这个世界的昨天和今天知道得太少了。

我愈加信服巴尔扎克的一句话："既然小说被认为是一个民族的秘史，那么，要成为真正的小说家就必须对社会生活进行调查。"从这个意义上说，要了解一个民族，最好是阅读那个民族的优秀的文学作品。从这个意义上说，作家要获得创作的进展，首当依赖自己对这个民族的昨天和今天——历史和现实的广泛了解和理解的深刻程度。

我截至目前的全部作品（包括本集），都做不到这一点。但我已经意识到了。意识到了，我就有了进一步努力争取新的目标的力量和勇气了。

1987 年 6 月 6 日　白鹿园

刀　声

一把刻刀,一块梨木板,构成他简约而又富有的人生。

钢刀既下,切入梨木,噌噌嚓嚓,构成他单调而又喧闹的生命之歌的主旋律。

作家协会小院北排的这间小屋,充其量不足十平方米,他在南窗前和西山墙下都支着两块宽大的画案,背墙根下支一张窄窄的单人床,东山墙竖栽着一张画板,上面钉着刚刚完成的一幅黑白木刻画。床上和书案上全都堆着书,堆着画卷,偷着空隙还在桌下养着几盆花。于是,任何人进了这间屋子,便不能放肆,只能在屋子中间那块仅可转身的地方站一站,欣赏一番墙上贴着的名家的画和名人写给他的字,然后就拘谨地坐在他给你临时挪腾出来的椅子或床上喝茶说画儿。

青年版画家郑文华主宰着这个看来多少有点狭窄的领地。

就在这间狭窄的小屋里,刀木切磋,一幅幅好画儿被创造出来,《黄陵雪晨》《边疆月夜》《黄土地》《三边九月》等。或以其深沉的意韵,或以其强烈的实感,或以其蓬勃的生机,进入千百万人的视觉和内心。狭窄的小屋无疑又是一个丰富的小世界。

文华的《黄陵雪晨》堪称一幅佳作。那一株株被夸张了的古柏,粗壮雄浑,如盘如柱,顶天立地,一个个扎实遒劲,正是一个古老民族生命的象征。如丝如缕的纹络,时见清晰,时见含混,似可当作一个古老民族的历史去读。四季常青的柏叶上压一层皑皑白雪,给粗犷刚毅糅进了妩媚,浑然一体,似可体味一个成熟了的民族刚柔相济的精神品格。在层层叠叠的古柏林中,幽深处可见黄帝陵阙。看过同类题材的画儿,多把黄帝陵突兀于高山之巅或画面之显眼位置,自然也不乏意韵。然而文华之处理意蕴则深矣!黄帝虽被奉为神祖,但他毕竟是人,与他的数以亿计的炎黄子孙生活在同一片土地上,不要有俯视和仰视的隔膜,使黄帝回到他的子孙们中间,也应该是这个伟大民族始祖的本意。然而那幽深的柏林,又确实拉开了始祖与子孙们的距离,不能忘记几千年的历史。画界行家赞赏其构思脱俗,或曰深了一个层次,或曰贯穿着人文主义的历史意识,等等。故而奖掖年轻画家的创造精神,给他一个陕西画展一等奖。

世界上的杰出人物的杰出创造,固然不能排除有偶然的机运存在,然而毕竟为数甚微。郑文华的全部创造以至学画儿的整个过程,都不属于撞机会碰运气之类,那是一个如同北方农夫辛苦耕作所获得的果实一样步履沉重,是用智慧和汗水浇灌的果实。

文华生逢盛世,呱呱坠地时,毛泽东以动人心魄的湘音宣告:"中国人民从此站起来了!"他用生命的第一声哭叫表示了欢呼,欢呼自身和自己将要立足的这块土地的新生。一个北方海湾的小城镇,古老的市井,土屑和脏物充塞着的狭窄的街巷,是他的乐园。

读小学时,他读了王冕学画的故事。这个极富传奇色彩的中国元代画家苦行苦练的故事,使一个离他近千年的新中国的红领巾少年激动不已,而且捉起铅笔练习画画了。他悄悄地与元代这位画家作比:他当牧童而他是新中国小学校的学生;他要时时提防主人的斥责而他学画儿却受到老师的鼓励与器重;他在地上以树枝作画而他有纸也有笔了……他能成为画家而他也就一定能画出好画来。

于是就开始了一个漫长而又艰难的历程。

一块小小的滑石粉笔总不离手,见到什么就画什么,画牛画鸡画羊画狗画猪,尤其爱画马。画山画水画树画房子,尤其爱画同学的肖像。这个时期,中国发生过一次解放以来最大的饥馑,习惯称作"三年困难时期"。

他辍学了。辍学后的生活还挺浪漫,他因此而有机缘下到农村,与乡村孩子一起放牛放猪放羊牧马,上树捉鸟下河抓螃蟹。课业中断了,文化学习停止了,唯独那滑石粉笔总揣在兜儿里,乡村小路和河边卵石上就留下许多牛羊马猪和小伙伴们的各种姿态的画儿。

困难的局势初得缓和,一九六三年随父亲工作调动来到关中耀县,他就上学了。中学毕业,他考中了艺术学校,当他捏着那张入学通知书而恣意天真烂漫地想象那所艺术殿堂的种种美妙的时候,"文革"的飓风轻而易举地使他手中的那张视为通向理想之门的通行证书幻化为一张废纸。他不仅未能进入艺术宫殿,反而落入炼狱。

中国的农村是一座炼狱。那里充塞着穿着破烂衣衫的农民,饥饿困扰着一家一户一村一社;充塞着一座座破旧的房舍和土窑洞,肮脏泥泞的村巷和道路,原始式的繁重的劳动和最"左"的革命口号以及极严厉的处罚措施统一在一起。那些城市学生第一天来到这里就感觉到了贫穷落后愚昧和不讲卫生。然而,谁知道如果在这座炼狱里炼过三四年而仅仅只是感觉到贫穷落后不讲卫生和愚昧,那么他精神之肤浅也无异于贫穷和愚昧。

郑文华自然从进入炼狱的第一天起就充分地体味这贫穷落后不讲卫生和愚昧的滋味,好在他并没有仅仅哀叹如此。他在繁重的劳作之后,捏起画笔,画山画水,画村树和村巷,画破旧的房舍和残缺的窑洞,画猪圈羊栏鸡坼;画筋肉暴突的关中大汉和皮肉松弛目光混浊的老汉,画被太阳晒红的姑娘的脸庞,也画裸着胸脯为孩子哺乳的村妇;画太阳升起时抹给大地和大地的精灵们的那一层嫩光,也画夕阳沉入长河时大地山川河流禾树的斑斓色彩。他在用双手和肩膀感受这炼狱的种种筋肉之苦的同时,也在用一支铅笔探索着感受着这炼狱世界的博大深厚和沉重。多年以后,当他把一幅题为《黄土地》的木刻画推出来的时候,我们透过那舒展的大地上的犁沟,那躬身压犁恨不能连拳头和犁铧一起插进黄土的北方农民的身躯,感受到的东西就很难用一句简单准确的话来概括了。炼狱里的全部生活所给予他肌体和身心的感受,也许正是一个企望用画笔来探索这块土地的过去和现在的青春少年的不可或缺的补给,一次痛苦的大补给。

进入县城后,他做临时工、搬运工、统计员,似乎与画画相去甚远,最粗笨的体力劳动与最缜密的艺术构想同时集于一身,是矛盾的统一。王冕吆的是一群牛,而心里绽开的却是一朵朵露珠晶莹的荷花,也是矛盾的统一。

王冕的影子总是在他感到最困难的时刻飘然而至。"人不光是靠他生来就有一切,而是靠他从学习中得到的一切来造就自己。"他信歌德的话,这位洋人所概括的人生哲理首先使他加深了对王冕的再理解。王冕就是靠他从不倦的学习中得到自己想要得到的东西而造就了全新的自己,如果不是这样,王冕充其量只是一个小牛倌而已,而小牛倌在中国的乡村又何止万千。他从古人和洋人的创造过程里,看到一个共同的相通的东西,那就是必须用不懈的学习精神去获得自己的企望,去造就自己。他除了写生,就仿摹古山水画,古人物画儿,洋山水画儿,洋人物画儿,能搜罗到的都临摹几遍,揣摩体味古老师和洋老师的笔法,取其所长以充实自己。这是一个漫长而又艰辛的过程。

他的画儿在小县城有了大名气,常被一些单位邀去画"红海洋"或"万里山河一片红"之类的宣传画儿。这些千篇一律万变不离其"忠"的模式画使他无法长进,却不能不画,那是"忠不忠的态度问题"。他没有满足于此,悄悄地甚至是偷偷地观赏临摹那些难得到手的名画的技法。有趣的是,有一次他和一位青年正在欣赏一位法国画家的名画,一位小头目突然闯进门来,掩盖不及,小头目的眼睛又极尖,一下子就瞄住了这幅洋画,而且瞄住了画片下面署名的作者姓名前头有一个〔 〕,那括号里有一个"法"字。小头目问:"这'法'字是什么意思?"他给解释说:那"法"字标明了画儿作者的国籍,没有其他什么意思。这位小头目不仅不为自己的无知不好意思,反而变了脸色质问:"你怎么能看外国的东西?"这种问话搁十多年后的今天使人听来莫名其妙,甚至让没有经历过那种年代的人要怀疑其神经是否正常。然而在六十年代中期到七十年代中期的整整十年间,不仅最敏感的人即使极迟钝的人对一切古今中外的艺术成果都讳莫如深,噤若寒蝉。文华确被惊呆了,一时反应不过来,倒是那位青年机灵:"你桌上摆的马克思、恩格斯、列宁和斯大林的书,他们不都是外国人吗?"好在那小头目被呛回后,没有揭发也没有上报,还算省事。

一九七二年,陕西画界大家修军也到耀县炼狱里去改造世界观。郑文华去拜望,去投师,一老一少很快就成了忘年交。得名师指点,迷津顿开,他甚至决然放弃多年苦练的国画而改学木刻,成为他艺术追求道路上的一次重大改变。也许,他找到了最适宜和最喜欢的艺术表现形式,正如目下时髦的说法曰:找到了自我。

找到自我就极力要表现自我。

表现自我不应该是仅仅只局限于个人那个小小心胸里的恩恩怨怨卿卿我我吧?应该是作者或画者自我心灵对世界对生活对历史的综合思考和痛切感受吧?我不敢断言。然而我从文华的艺术实践里却看到了后者。

现在,文华是《延河》月刊和《小说评论》两家杂志的美术编辑,要设计封面,要安排插图,要安置版样,工作是可以想象其忙的,且不说他与所有人一样不能脱开琐屑的生活杂事。然而,他在那间小屋里继续着新的创造。连连获奖的作品已成为过去。出洋展览而且出版的佳作也不能使他停下来津津自赏。他总是盯住今天的实践和明天的构想。那钢刀切断梨木的声响,冷峻地切断了过去的成就而洋溢着切向明天的热情……

1987年10月8日 白鹿园

关于《四妹子》的附言

陕西关中(渭河平原)人把说闲话聊大天叫谝闲传。

《现代人》编辑部电告《中篇小说选刊》拟选载《四妹子》,并要求写一点创作谈之类的短文。我欣喜之余又有点惶然,写成《四妹子》至今已一年多了,早已淡漠了她,一时竟不知说什么好。

刚刚从报纸上看到一则消息,说几位跑到美国定居的中国工程师主治医师研究员不被美国社会承认其职称,只好到餐馆洗碗端盘子或做清洁工扫马路云云。登这种消息是什么意思?美国社会不尊重知识分子不重视人才?美国人不平等待我民族?国人再不要出国,出国本没有好果子吃是不是?

我却由此联想到《四妹子》。

四妹子生长在陕北黄土高原,尽吃糠。她不愿再吃糠想吃白面馍馍,于是就凭借女性的优势跑到盛产小麦玉米的关中来嫁人。关中自古帝王都,周秦汉唐等十一个或大或小或长或短的王朝都瞅中关中这块风水宝地建立国都,可见其是个很不错的地方。四妹子没念过书自然不懂得关中有如此辉煌的历史,只知道关中比黄土沟壑区交通方便,生活富裕,不吃糠面饼子,尽吃白面馍馍细面条。她奔着白面馍馍义无反顾地到关中来,思维十分简单也十分卑微。

由于自然的和社会的、历史的和现实的、客观的和主观的诸多因素,造成了中国乡村发展的缓慢和农民的普遍贫穷。普遍的贫穷之中又相对地显示着黄土高原和渭河平原的巨大差别,这多半是由于自然环境形成的。白面馍馍与糠面饼子在滋味上的差异,对四妹子来说无异于天上人间。这样,她要奔关中吃白面馍馍的热情大约无异于一些中国人奔华盛顿、汉堡、东京的热情吧?在世界上存在着发达与不发达国家,在一个国家里也有地域性的巨大差别的情况下,如四妹子如上述消息所说的定居美国的那些中国人奔着白面馍馍的趋势都是很难阻遏的。

至于究竟在中国当工程师主治医师研究员好,还是在美国洗碗端盘子扫街道好,这就不能一概而论了。如果说为了在美国更好地发挥专业特长以期有重大建树或者为了深造、为了追寻知识、为了人生奋斗的更大突破,而暂时无奈去洗碗端盘子扫马路,固然不如原先想象的那么浪漫,但总是有个向往和追求吧,有个高的境界吧?如果只是如四妹子一样目标,只为了奔向白面馍馍,那就无所谓了。因为谁都晓得在美国即使扫街道洗碗端盘子这一类腌臜活计的收入,比中国的工程师主治医师研究员的报酬要好得多。人有时候为了生计为了吃白面馍馍,其实是不计较做什么事的。

四妹子到关中如愿以偿嫁了人也吃上了白面馍馍,然而她在那块具有辉煌历史的皇天后土的地方生活得并不自在。《四妹子》就是写她的人生的不自在的。

我想细心的读者绝不会被作者唬住的。难道仅仅为了写"奔白面馍馍"来的么?古语都说过,衣食足而后知礼仪。从糠饼到白面馍馍这个问题都还没有解决,还谈得上爱情、婚姻、家庭吗?四妹子要吃白面馍馍,就得牺牲爱情、婚姻、家庭上的追求,就得放弃做人的起码权利和尊严。

人的解放,不完全是经济上的解放。折腾了三十多年,现在已经意识到了。这场开放改革,它在中国社会上引起的震动,或者说冲击波,在各个领域,恐怕远比经济上的变革,要广阔得多,深刻得多。

1988年1月8日 西安枣园

美玉出蓝田

七八年前结识李建邦,见他瘦高挑个儿,头发和双鬓都开始花白,衣裤有点皱,似乎那头发上脸颊上和衣褶里总是扑落着一层粉笔末儿。我以后又见过他几次,每次都重复着也加深着这个印象。直到前不久相见时,他说:"我送你一本书。"这是一本刚刚出版的散文诗集子。他随之又告诉我,即将再出一本,仍然是散文诗集,名曰《爱的寄语》,并要我作序。我不禁感慨系之!

我知道建邦一直专注地写着散文诗,已有二十多年,现在结集出版的两本集子中的篇章,是他精选出来的,未纳入的自然还不少。选入集子的篇章,多不过千字,少则三五百字,一本近十万字的规模并不算大的书里将包纳多少条篇目?我读过他已出版的那一本《异彩·灵音》和即将出版的这一本《爱的寄语》的书稿,便沉浸在一种美的艺术氛围之中,深切地感受到作家的苦苦思索和艺术创造的严谨。建邦目光所及,耳力所闻,心之所感,情之所动,山川河流,平原沙滩,大道小径,蓝天白云,冬雪夏雨,春华秋实,禾苗花卉,虫鱼鸟兽,日出月落,朝霞黄昏,在我们司空见惯的诸物诸景中,开掘出宜人的诗意和别开生面的哲理。我钦佩他的一双慧眼更钦佩他追求的执着。

这几年的文坛,一拨一拨作家冒出来,有的写小说得大奖了,有的编电影打响了,有的诗歌创出新流派了,有的正门里闯不进神圣的艺术殿堂便从斜门里筋斗趔子翻进去,有的胡编乱凑出凶杀色情歪文虽然出不了名却捞到了实惠。建邦却一直默默地写着他的散文诗,不以物喜不以己悲不以魅力无边的孔方兄所诱,白日里于中学讲台上站过一个又一个四十五分钟,夜来钻进那个团聚着九口之家的低矮小屋的一隅,潜心于一词一句一章一韵的吟诵,也算得千姿百态的文坛上的一种作家的一种生存状态。

在建邦这两本篇目浩繁的散文诗集里,不见"一无所有"那样急猴似的哀号,不见"我不知道"那样空虚迷茫的呻唤,不见忸怩作态的缠绵,也不见强打精神伪装出来的男子汉的野性。他开掘出来抒发出来的是一种壮美的情怀,昂扬而又和谐的声调,雄浑而又清秀的气韵。即使落日,在建邦眼里和心中也是"一生燃烧的总结"。我不禁想到,年过五十不修边幅的李建邦先生,何以会澎湃着如此强烈的激情?这激情似乎更应该属于年轻人,恰恰是许多年轻人沉吟于朦胧里去了,倒是一个老之将至的李建邦迸发着属于年轻人的热情和奔放。

李建邦是蓝田县人。蓝田有猿人头骨化石闻名于世。蓝田出美玉。蓝田勺勺客遍布全国。蓝田有王维隐居的辋川和他的银杏树。蓝田二十年代初建立共产党的第一个支部锤炼出一大批卓越的革命活动家。蓝田于秦设县县名一直沿用至今可谓历史悠远。蓝田境内的秦岭是真正的山;蓝田西部的白鹿原是典型的原,蓝田的辋川灞川是刚柔互济的川道,石之坚玉之柔土之厚水之深民之勤朴风之淳厚融为一体,滋润着一代一代乡民,哺育出无以数计的民族英雄。感谢这块灵秀的土地,也哺育出李建邦这样自信充实的诗家词人。

我说关中人

——《灞桥区民间文学集成》序

编委会的同志把一部《灞桥区民间文学集成》的书稿端给我,使我十分惊讶。面对这一部规模宏大厚可盈尺的书稿,我当即想起我曾经说过关中人只会吼秦腔而不会唱民歌的话,直觉得对故乡有妄自菲薄的不大恭了。

读着书稿,油然唤起我童年诸多的记忆,美好而又亲切。我是灞桥辖区人,书稿里好多传说神话故事笑话民歌民谣童谣以及地子词儿,在我混沌未开时就听过和说过的,尤其是跳地子的情景,犹觉历历在目。

戏是演的秧歌是扭的地子却是跳的。跳地子,正月新年破五待客一过,村里跳地子的能手脚也痒痒手也痒痒喉咙更加痒痒了,从祠堂木楼上取下用竹竿苇秆木棍儿绑扎的马架驴架船骨架,用彩纸糊了用白布围了用巧妇剪下的花儿草儿图案装饰一新,就成了漂亮的道具。那些新老演员聚在融融的阳光下演练唱腔的台架。在祠堂外的官场上,吊起官油粗稔的灯盏,锣鼓家伙把整个村子都震得颠颠蹦蹦沸沸扬扬。演员一跳进场子,男人女人便嘻嘻哈哈争相辨认其本来面目,他们用墨汁或是锅底黑涂抹加重了眉毛,用红色颜料或是用唾液浸湿了红纸染到脸膛上,用上好的细面涂抹鼻子,棉花粘在下巴上是最好的胡须,衣服全是借新媳妇们的红裙绿袄。女人们嘻嘻说:

"这是你阿公个老东西嘛!打扮成个妖婆子了!"男人们则肆无忌惮地嚷嚷:"牵驴的是狗旦个狗日的嘛!"一出情趣横生的《小喜接妹》,一出引人捧腹的《秃娃尿床》和《脏婆娘》,一出慷慨悲壮的《祭灵》,一出令人肝肠寸断摄魂动魄的《断桥》,接连演下去跳下去。有时候几个村子联合跳地子互相比赛互相交流,有时候被邀到附近的村子去跳,热情的村子在跳完以后招待一顿臊子面,冷淡的村庄连一壶茶水也不给喝,演员们回家的路上就骂出一句双关的话:"咱给狗日的白跳了。"

地子是我最早接受过的表演艺术。

我之所以妄言关中人只会吼秦腔而不会唱民歌,主要是有感于陕北的信天游和陕南的山歌。我很小就从课本上广播上领略过陕北民歌信天游的魅力,及至去了陕北接触到了一些未经艺术家加工改造的原生状态的民歌,首先惊异其直率和泼辣。尤其是无以数计的表现情爱的情歌,把男女间的痴情挚爱甚至相爱的形式都唱得赤裸裸的。我之后在陕南有幸听过一位来自民间的真正的民歌手未经驯化的嗓子的吟唱,虽然格调曲律与信天游相去甚远可谓南辕北辙,但就表现情爱的直率而言,也是情切切火辣辣赤裸裸无遮无掩。我于是很遗憾我的关中人只会吼而不会唱……

关中有如此丰厚的民间文学的蕴藏,其中民歌民谣和情歌有许多传诵甚远的佳作,只是关中的情歌歌词含蓄腼腼腆腆羞羞答答,不似陕北陕南的情歌那么大胆那么坦率那么爱死爱活。那种十分普及的地子实际上已经算是一种初级的舞台表演艺术。许多地子节目是从正本秦腔里拆卸下来的精彩片段,只是语言唱词更加通俗易懂更加口语化,情节也经过删繁就简更加集中,唱腔则完全套用地子较为生动活泼的小曲小调而摆脱了秦腔严格的曲牌。地子作为一种简便易演的娱乐形式得以普遍流行,成为文化生活极度贫困的乡民们的一种精神滋润。形成灞桥民歌以及民间文学种种特质的因素可能很多，我主要想到的是生活在这块特殊方位上的乡民们的文化心理因素。

灞桥地区占有历史上咸宁县的大部疆域。咸宁早属古雍州地，名称屡易，曰芷阳曰灞陵曰南陵曰杜陵曰万年曰大兴。唐天宝年间始改为咸宁，辛亥革命后废咸宁而统归长安县。在汉唐时咸宁为京畿之地，其后一直作为关中第一邑直到封建制度彻底瓦解。作为京畿第一邑的咸宁，随着一个个封建王朝的兴盛走向自己的历史峰巅，自然也不可避免随着一个个王朝的垮台而跌进衰败的谷底；一次又一次王朝更迭，一次又一次老帝驾崩新帝登基，这块京畿之地有幸反复沐浴真龙天子们的徽光，也难免承受王朝末日的悲凉。难以数计的封建王朝的封建帝君们无论谁个贤明谁个残暴，却无一不是期图江山永铸万寿无疆，无一不是首当在他们宫墙周围造就一代又一代忠勇礼仪之民，所谓京门脸面。封建文化封建文明与皇族贵妃们的胭脂水洗脚水一起排泄到宫墙外的土地上，这块土地既接受文明也容纳污浊。缓慢的历史演进中，封建思想封建文化封建道德衍化成为乡约族规家法民俗，渗透到每一个乡社每一个村庄每一个家族，渗透进一代又一代平民的血液，形成这一方地域上的人的特有文化心理结构。在严过刑法繁似鬃毛的乡约族规家法的桎梏之下，岂容哪个敢于肆无忌惮地呼哥唤妹倾吐爱死爱活的情爱呢？即使有某个情种冒天下之大不韪而唱出一首赤裸裸的恋歌，不得流传便会被掐死；何况禁锢了的心灵，怕是极难产生那种如远山僻壤的赤裸裸的情歌的。

然而，灞桥地区广泛流传的民间文学仍然显示了丰厚的蕴藏。毕竟是平民的文学创作，其本性仍属于人民，这与陕北陕南以及各地的民间文学毫无二致。因为所禁太严所缚太紧而不能痛痛快快地作赤裸裸的表述，因而更见淳厚更见幽默更见机智更显深沉，更是我们探究关中人文化心理结构的一条途径。如此大量的传说故事歌儿曲儿的作者们无一留名,他们不是为了发表成名更不是为了获得诺贝尔奖走向世界,充其量不过是为了发泄一点情绪倾吐一缕思恋,因而从本体上就铸就了这些作品的可贵的人民性,也是这些作品得以广泛流传民间历经沧桑而不泯灭的根本所在。

  作为灞桥土著,我对本乡本土产生流传的民间文学虽未专门研究,却兴趣甚浓。我无疑接受过这些优秀作品有益的滋润,以致今天重温这些故事歌谣时,那种对于儿时记忆的印证所产生的亲切感是难以表述的。我因此非常感激和敬重编撰这部书稿的同志,以及一切参与组织这项抢救民间文学遗产工作的同志,做成了一件了不起的大好事。

1990 年 1 月 6 日

篇篇珠玑说《泥神》

在一次会议上认识陈军，说他舅家在西安东郊的古镇新筑，小时候在那里的农村生活过好几年，于是和我便有了乡党的缘分儿，倍觉亲切。闲聊中说到他的生活历程，得知他是西安市人，生在一个贫寒的属于社会底层的家庭，高中毕业以后自然无法选择职业，就去做投递员和小学教师的工作。他没有因位卑薪微怨天尤人，而是自强不息地自修自学，不断地在"社会大学"里获得一个勤奋耕耘者应有的硕果。他现在在省政府的某个部门工作，而且担任着职责。他说他青年时期也迷恋过文学。我并不在意。爱过一段时间文学而终于没有做专门文学工作是很正常的事，有这类经历的同代人我接触的也不少，所以并不太在意。之后不久，我收到他寄来的一本书，名曰《泥神》，是一本寓言集。我才惊悟他现在仍然于繁重的工作之余进行着创作，而且是比较冷门的寓言；而且已经很有成就，多次获奖，在寓言创作界颇具影响，我就很为这位乡党自豪起来了。

《泥神》集里收集了七十二篇寓言，都很精短，不需太久便读完了，读罢竟不忍释手，顿然涌出"篇篇珠玑"的慨叹来。

强大的哲理力度是我读后的最强烈的感觉，也是构成陈军寓言创作的支柱。一本《泥神》，其哲理的闪光无处不见，关于不朽与速朽的真理的《石碑》，揭示理论与实践关系的《杀牛》，有关进与退的辩证统一的《不能退》，喻示整体与局部或个人与集体关系的《弓与箭》《电灯与开头》,讽喻那些总是看旁人豆腐渣看自己一朵花的人的可笑可悲结局的《泥神》,等等,不胜类举。这些形象生动地揭示生活哲理的篇章令人警策,给人启迪,使人受益,不啻对成长中的青少年有教益,对资深历久的中老年读者也不无裨益。有一篇《舌头与耳朵》的精彩对话:

　　舌头问耳朵说:"我只有一个,你为什么有两个呢?"
　　耳朵回答说:"因为一个人的听须是说的两倍。"

我们也许已经熟知广开言路兼听则明偏听则暗的历史典故,然而还是乐于接受这种形象通俗而又机智幽默的喻戒。

陈军寓言的生命活力得力于幽默。幽默大约是古今中外一切优秀寓言艺术生命的水,没有幽默恐怕很难构成高品位的寓言。陈军寓言的幽默是自然的得体的也是含蓄不露的。难得自然。其实不单是寓言,其他文学形式诸如小说诗歌散文戏剧,也是难得自然。作为正常人的读者的接受心理总是排斥忸怩和伪情,忸怩作态搔首弄姿轻嘴淡舌不是幽默,而是小市民的饶舌和低级趣味。《泥神》集里的寓言,其幽默机智渗透在每一个描写对象的血肉之中,尤其在关键的地方突兀拔起,集中释放,令人击掌称绝。有一篇《不吃》:"一个人因为吃元宵烧了心,发誓再不吃元宵了。后来到一家饭馆就餐,看见锅里下着饺子,便说:'几天不见,你长了耳朵。长了耳朵我也能认得你。'说完就饿着肚子走开了。"读来令人哑然失笑。

陈军的机智幽默除了天性之外,应该是民间文学的滋润和哺养,不仅是《不吃》,类似的诸多篇章都可以看到源于民间的那种淳厚自然的幽默的气质,这是完全区别于书卷气味和小市民油嘴滑舌的一种特质的东西。由此我想到一种断言"中国人是一个没有幽默的民族"的阔论。我不把这种阔论看成是狂妄而看作无知。中国民间无以数计的故事笑话民歌俚语里令人捧腹令人舒心悦目的幽默,任何一个不属高第深闺的平民出身的人绝不会绝听于耳，更不要说作为演出的相声快书以及戏曲里丑角们的幽默了。作为一个有自己特定历史特定文化特定生活习性的民族，自然也有与其他民族不尽相同的表达幽默的形式，形式的不同并不能断言其有无。陈军汲取民间文学的幽默营养是丰厚的，也得到巨大的成功。

《泥神》语言的简洁堪称典范。七十二篇寓言的总字数为三万一千，平均每篇不过四百字。有好多篇章短到只有两行，有几篇仅只是几行对话，不过几十个字。在这样短小的篇幅里要完成一个哲理的揭示，一个形象的生动塑造，并非易事。首先要有精妙的构思，殚精竭虑的设计，一丝不苟的反复推敲，以达到文字锤炼的极致，我们才看到这些耐得琢磨的精彩的篇章。

陈军默默地进行着寓言艺术的不倦追求，已有数年，而且取得了重大成就。他的已经形成个人显著个性的新寓言，有多篇被选入《中国现代寓言选集》和《中国现代寓言精选》等书中。陈军亦受命主持编选出版了《寓言百家》。一九八八年中国作协首届儿童文学奖公布时，陈军的《寓言十则》光荣入选。寓言创作的主要对象是青少年。青少年时期所接受的健全健康的影响对一个人后来的人格的形成具有十分重要的作用。近年间的街头巷尾的书报摊上，堆积着大量吞噬青少年灵魂的垃圾，已经酿成的威胁有目共睹。陈军严肃高雅的寓言创作就显得尤为可贵，理应受到社会的尊重和关照。

陈军无疑将继续他的艰辛而又崇高的创造，我一点儿也不怀疑他将一步一步前进，取得更丰硕的艺术成果。

1990年2月23日　白鹿园

唯有真情才动人

——读《肖重声散文选》

新年的喧嚣常常使人陷入一种烦腻的深渊里,我甚至很畏怯这个持续时间最长的节日。当于此际,翻开友人肖重声送我的《肖重声散文选》,诵读品尝一篇散文,窝聚在心头的那种莫名的阴霾便于不知不觉中散释净尽,空寂烦腻的心绪渐渐稳定下来充实起来。这本洋溢着美好感情的书陪伴我度过了漫长的"年"。

在这本装帧朴实而精美的书里,我感受最深的是作者的真诚,那种真切美好的感情像春雨一样浸润着读者的心扉。这种真挚的感情贯穿在整个集子的三十篇作品里,尽管每一篇作品的手法各异,语言冷暖色彩迥然,写作年代前后拉了十多年,唯有作者真挚的感情的潮水流贯始终。我在阅读《俺婆》时,心里顿然潮起难以自控的波澜,那位备受艰辛的刚强慈爱的老奶奶的形象,与我记忆中的祖母重叠了混淆了或者说融合了。她的形象唤醒了也印证了人对一切善良的作为普通人的亲人的记忆。作者完全沉浸在虔诚的奠祭气氛里,宣泄对亲人的思念之情,语言的选择自然归于朴实无华的自然状态,甚至连形容词也附加不进去。真实的感情需要宣泄的时候就只想着如何宣泄,容不得丝毫的矫饰和忸怩,这些东西破坏奠祭者心灵里的神圣气氛。

与《俺婆》一样同是写作者自己生活记事的《鸟枪换炮的时候》

和《移山前奏曲》,读来更使人触景感世。以与作者同代的知识分子坎坷人生为题材的作品可以说稠如烟海,具体到诸如住房的困窘和著作出版的难这些普遍性的问题,更是屡见不鲜虱多不痒账多不愁。肖重声在这两篇散文里,用调侃幽默的笔触写出了无房的难场和分到新房的雀跃般的欢悦,写了结集出书的欣慰和自销著作的尴尬之状,这些方面都写得逼真逼肖。如果仅仅如此,肖重声不可避免地也要落入同类题材的窠臼而不值得特别称道。他的不同凡响正在于他的真诚。真诚的难场与真诚的欢悦,真诚的欣慰与真诚的尴尬,这些揭示人的心理中矛盾对立的情绪,奇妙地和谐地统一于他的宽厚的胸怀里。在得到新房后作者有一段慨叹:我清楚地知道,在这人口暴溢的大城市里,作为一个普普通通的中年知识分子,既没有深长的资历,也没有重大的贡献,而终于能有这么一套住房——一个能够安身立命的窝儿,真可谓"天已降大福于斯人也"!我能不庆幸……我们不至于把这直率流露的欣喜理会为作者的容易满足吧?真真切切隐含着作者的宽厚胸襟和达观的生活态度。这里显然不具备杜甫"吾庐独破受冻死亦足"的博大胸襟,却也确实显示出这一代知识分子高尚的道德良心。这是一种人格的力量。这种显示着人格力量的咏叹同样体现在《移山前奏曲》里。

与以上这些牵涉作者自己家境生计的篇章比较起来,其他那些游记式的散文,同样是以其真诚贯穿经脉的血肉之躯。《在咸亨酒店》对鲁迅笔下的孔乙己的回嚼,《越王台上的疑问》里对几乎家喻户晓的卧薪尝胆的历史故事的严峻思考,在陆游终生梦牵魂系的《沈园的残角》的吟惋,作者无论是调侃,无论是深刻的诘问,抑或是情意绵绵的吟惋,都是以坦诚的真情感染读者。《牧麝记》在这本集子里算是风格迥异的篇章,写尽了野生麝到人工饲养过程的全部艰难,却写得入情入理妙趣横生引人入胜,我以为这是极见功夫的一篇。

以情动人是艺术创造中的真谛,是基本点也是致命点,这是很不容易做到的。作家通过自己的作品体现他对生活的感知,也是通过作品达到与读者的交流的。读者阅读文学作品观众看戏看电影,也是通过艺术家创造的人物来交流的。维系艺术家和读者(观众)之间达到感情交流的唯一的东西是真情,是作家艺术家的真诚和他创造的形象的真实。形象的真实在很大程度上取决于感情的真实,人物的喜怒哀乐在情节进展中的分寸的准确把握,可以说严格到一丝一毫不能夸张也不能不及的程度,过或不及都不是准确,都会造成不真实的伪情。须知读者(观众)可以接受离奇的情节乃至荒诞不经的故事,也能够从不习惯到习惯逐渐接受各种艺术流派的艺术形式,唯一不能接受的是虚假感情的人物。道理很简单,虚假的感情与读者(观众)达不到交流的效果。心理健全的人既然不能容忍实际生活中的虚伪,更难接受艺术作品中的伪情,书籍在人的意向里总带着圣光。近年来读者对某些忸怩作态搔首弄姿油腔滑调嗲声嗲气的作品的冷漠,恐怕根本的毛病就出在这里。我对肖重声散文的喜爱,最起码的一条就是:我在直觉上没有受骗没有被愚弄被耍笑的感觉。我以为他严格恪守着奉献真情尊重读者这至关重要的一条,于今已经很了不起很值得我敬重了。

十几年前我在报刊上频频见到肖重声的名字,觉得这名字极富诗意。及至见到他时已是略显臃肿的中年人了。他是长安人,自幼聪灵,上小学高年级时就有诗歌发表,而且极富孝道,用第一次得到的一点五元稿费为祖母买了一包点心,看来爱心在他幼稚时期已铭骨刻心。他现在愉快地做着编辑工作,工余写着散文。我殷切地企盼于他的是,如同这本集子里的质朴真诚的散文,能够更多地创造出来。

1990 年 3 月 9 日　白鹿园

巨人与矮子

——《长安风》序

这是一部令人浮想联翩的书。

读着这部书里的篇章,眼前自然就呈现出一幅幅生动的图画,黎明时分草地上滚动着的晶莹的露珠,初春时节河边杨柳枝条上绽开的鹅黄的叶片,刚刚嚼破蛋壳向光明世界发出第一声啼叫的幼雏,从花萼里鼓胀起来蒙着一层羞怯的茸毛的青杏儿……

这是一部充满勃勃生机的书。

书里两百篇诗文的百余名作者,大都是一些名不见经传的年轻人,他们接受过中等或高等教育,进入社会步入生活以后,显示出敏锐的感受能力和强烈的表现欲望,于是就把自己对社会对生活对人生的感受和理解诉诸文字,于是就呈现出一片晶莹的露珠,鹅黄的新叶,羞怯的青杏儿,惊奇的第一声啼叫。能叫出第一声就是一个伟大的胜利。以我自己的体会说来,在处女作发表之前较为漫长的苦斗期里,在诸多的困扰中,自卑是最可怕的一种心理情绪。自卑总是和自信一起徘徊,总是怀疑自己是否具备文学天才或者说文学的基因。自信经过天才这面神秘的镜子的折射就变成了自卑。第一次发表作品,无疑意味着自信第一次战胜了自卑,使许久被自卑困扰以至折磨着的人站立起来,扬眉吐气地说,我还行!

至于这第一声叫得是否洪亮是否婉转是否和谐是否艺术,我以为不必太看重,重要的是终于叫出第一声来了。稚气是难免的,如果因此而轻视他们,恰如笑傲嫩叶和幼雏一样浅薄。他们的无限生机和无限的希望,正是孕育在稚气之中。他们之中肯定有参天的壮树长成,肯定有鹏程万里的大鸟腾上长空,谁敢断定他们之中就不会产生二十一世纪的马尔克斯、艾特玛托夫和巴金?

这是一本令人欢欣鼓舞的书。

书里的百余名作者,大多是生活和工作在长安大地上的工人、农民、干部和学生。一个县的范围内,能有这么多人发表文学作品,无论如何都是令人鼓舞的事,确也可以看出整个民族文化素质的提高。无须牵涉太远,仅仅往前推过十年、二十年,那时候一个县能有几个发表著述的作者呢?据此书的编者之一李下叔介绍说,在他们编辑的《长安报》副刊上,大约有二百多名作者发表过上千件的诗文,实在是蔚为壮观的。由此我想到赵树理创造的一个民间艺人形象李有才。在乡间,差不多每个村子里都有一两个如同李有才一样心性聪天资丰厚的多才多艺的人物,他们头脑机敏妙语连珠出口成诵,终因没有文化而既不能创作古体诗词,也不能创作自由诗、叙事诗或朦胧诗,只能随心所欲编唱民歌快板和顺口溜等一类民间文学,终而不能登上神圣的文学殿堂。必要的文化基础给一切文学爱好者插上了翅膀,使他们可以自由飞翔。更使我感到鼓舞的是,近年来商品涨价涨得发热,唯独文学却在掉价,作家也莫可奈何地贬值,许多颇具声望的作家奔深圳下海南经商办实业去了,而这里还有数以百计的追求者在为文学而孜孜不倦地苦斗着。文学还具有这样强大的吸引力,文学毕竟是有希望的。

作为一个县报的编辑,李下叔把这么多作者推出来,令人钦佩,这首先需要热情和对文学的挚爱。李下叔是个非常勤奋而又机敏的人,著述颇丰,在《长安报》这一方绿地上,他和他众多的文学朋友一起恣意舞蹈,自有一番快活一番忘情的陶醉。他让我为这本书作序,说明了是因为我原是长安县辖属的公民。作为乡谊,我愿以欧文·斯通评价杰克·伦敦的一句话赠答朋友们:"他应当把手放在人生内在的脉搏上,他的工作知识的总和会成为他用来量度和说明世界的工作哲学。"在欧文·斯通看来,杰克·伦敦一直把笔锋对准着社会和人生内在的本质的矛盾上,这就划开了巨人和矮子的根本区别。对那些矮子即无聊文人,斯通的讽刺更为辛辣,他们不具备人类的感情,不敢直面人生,他们也许无意也许无能关注生活变迁的巨大欢乐和巨大痛苦,而只是一味编撰那些诱惑和虚假的公式化传奇。只有巨人才敢同真正的文学交锋,文学的真正价值和作家的神圣使命就在这里——人生内在脉搏的探摸。

愿与长安大地上的新朋老友共勉。

1990年9月19日 白鹿园

《风雪娘子关》阅读笔记

大约是一九八四年冬天,我去户县采访,有朋友向我介绍一位中年人说,这是段景礼。乍一听到这名字觉得耳熟,记忆之门肯定接纳过这个符号,然而越急越记不起来。追忆许久才想出来,我在《飞天》杂志上读过他的一个短篇小说,作品中充溢着的浓郁的渭河平原的生活情韵,曾经使我动情,便猜测作者段景礼可能甚至肯定是关中乡党……现在可就真的有缘握手了。

那时候的印象,段景礼穿一身半新显旧的中山服,完全是我所十分熟悉的县、乡普通干部的几乎一律的装束。之后几年,我和他有几次见面,服饰似无大的变化,依旧是不善辞令诚恳憨厚的样子,丝毫捕捉不到一缕浪漫文人的色彩。而这七八年间,中国社会各阶层人的服饰都发生了绚烂多彩的变化,我甚至觉得段景礼是否太古板了点?而我自己已经够古板以至死板了。这种服饰的古板是否标志着思维的特征?

今年秋末,段景礼把一摞即将付印的中篇小说集的校样送给我,要我写序。我不胜惴惴,以为自己的学识尚不足以为人作序的自信,又不好坚辞拒绝,于是便先读作品。头一部中篇小说《栅栏门》读完,情绪很激动,而这种激动的情绪许久以来在阅读诸多的文学杂志时已不曾发生过;及至五部中篇全部看完,我陷入一种渴望与人谈说的情绪中。于是便把阅读中的一些随时感受的笔记整理出来。不说序吧,权且当作与这本书未来的读者交流阅读感想,也许不无裨益。

一

从时序上分归,《栅栏门》《窑场有个马书记》和《沉睡的岩石》是以现实生活为题材的。前两部又是农村题材,写了乡和村两级的一群干部和村民,可以真切地揣摩到生活正在涌流着的脉搏;后一篇是以隧道工人的生活为题材的,而且写得那么逼真,不仅使我对其生活场景的描绘能力大为感服,而且觉得这人(段)的生活面相当宽。及至读过《风雪娘子关》和《孙国镇之死》,我惊诧而又钦佩,直觉得对那个穿中山服的段景礼必须刮目相看。这是以户县三十年代的历史人物为题材的纪实小说,那个已经成为历史的时代的生活氛围,县府、村镇、市井以及战场,都使人感到一种逼近鼻息的真切。这个看去憨厚古板的关中汉子,内秀聪慧,而且有一个囤积丰实的大脑和机敏的思维……

二

《栅栏门》所描写的刘佩秀家的栅栏门,无疑是一个象征。企图跳出栅栏门的农村妇女刘佩秀和渴望踏进栅栏门的乡长严光明,心灵上都被一座无形的栅栏封堵着,那无异于一个无比沉重的十字架。

三

在纷如烟花的农村题材文学作品中,段景礼创造的《栅栏门》里的严光明的形象,是一个别具一格尚为罕见的人物。不正常的社会生活使他受尽折腾之苦,又因为生活变迁的机遇而受到重视当了一乡之长,他强烈的事业心和他渴望得到实施的学识,却毁于他对爱的追求。这种爱十分真挚十分符合理想婚姻,然而他却不能不付出以毁灭为代价的牺牲。问题既在于他的四围都有栅栏门封堵,也在于他自己心里本来就有一座栅栏。

这个小说难得的一笔在其篇末。严光明和刘佩秀这两个敢于藐视封建的、世俗的以及种种居心叵测者非难的情种,踏倒了栅栏门而终于争取到爱的完美。这类故事早已千篇一律万变不离其框,而严光明和刘佩秀在争取到完美的理想婚姻之后,却悲哀地发现更沉重的栅栏还横在他们的脚前,这栅栏原来在他们各自的心里都有一架。读到这里,我才更加感到了生活的沉重。

四

《窑场有个马书记》里的马斌,可以看作是刚刚经历过的整个一个时代的典型形象。

马斌作为学生领袖作为高才生毅然放弃高考,义无反顾地回乡建设新农村,并因此而与恋人发生思想分歧终于走上了两条人生道路。马斌的行动很容易使人联想到那个时代的青年典型人物邢燕子、侯隽等。二三十年过去,当年的热血青年马斌在乡村垮台破灭之后,与同样年过半百的恋人在北京重新聚首回顾往事的时候,我感到的就不啻是一缕柔情而是一种历史的沧桑,使人自然地思索生活、岁月和人生这部永远解不透的大书。

五

马斌承包的窑场输光了,恐怕不仅只是经济意义上的成功或失败,我以为作者在此隐伏着更宏大更深刻的意旨,喻示着一个时代的结束,一代风云人物被赶出政坛的生活的必然,尽管导致他如此结局的政敌使用的手段可以称作阴谋伎俩。

根本的原因还在马斌自己。垮台时的马斌已不是当年的热血青年马斌。在非正常运转的乡村社会生活里,马斌的灵魂也自觉不自觉地被涂抹成一块红蓝黄白式的七彩布了。他在"文革"中被人整了,而他也学会了运筹权术这种与初始目的绝不相容的东西。更为可哀又使人深省的是,作为生气蓬勃的一代知识青年投身乡村革命,不仅未能创造出一个理想的生活天地,自己反倒被污染上了封建的意识。马斌的深刻也许正在这里,他不像一般常见的那种漫画式的讽喻"文革"的作品,也不似那些简单地揭露乡村干部腐败无能可憎可笑的作品,而是用马斌的活生生的生活历程,向我们展示出了乡村的真实生活状态,我们看到一个人是怎样合情合理地被这块土地熏染成了如此模样。

六

关中这方土地太古老也太深沉。生活在这方土地上的关中人心理负累太沉重了。透过严光明和马斌、袁蹲蹲和何古屯、刘佩秀和潘兰芝等,我们就看到一群在这块土地上背负着因袭栅栏的当代关中人的活的灵魂。这些灵魂映现着的,似乎可见秦汉唐人的豪勇,更多的则是作为当代关中人的沉重慨叹;似乎尚有先祖们创造的辉煌灿烂的圣殿的徽光,更切实的却看到那些残砖碎瓦的灰暗和冷凄。我曾在一篇探索关中地域文化的短文中看到一段妄言:

> 作为京畿之地的关中……封建文化封建文明与皇族贵妃们的胭脂水洗脚水一起排泄到宫墙外的土地上,这块土地既接受文明也容纳污浊。缓慢的历史演进中,封建思想封建文化封建道德衍化成为乡约族规家法民俗,渗透到每一个乡社每一个村

庄每一个家族,渗透进一代又一代平民的血液,形成这一方地域上的人的特有文化心理结构。

我尚不知段景礼是否赞同我的看法,但他的马斌尤其是严光明和刘佩秀,却使我看到了这个事实。我也不敢断定段景礼是有意识还是无意识在做着这种探索,事实是他已经较深地触及关中人的文化心理结构命题,这无疑是使我感到鼓舞的。我期望段景礼能更进一步在这个命题上开掘,创造出更典型的关中人形象来。

我之所以如此期冀,以为这也许是创作进入更深一个层面的重要途径。许久以来及至现在,许多人总是以地方方言地方习俗来体现地域特色,这当然无可厚非。但那方言和习俗的根络,却发端于那个地域的特定文化。以此为契机挖掘进去,我以为,这可能是打破由图解政策到图解意念的简单化创作的一条途径。生活呈现的某些支离破碎以及作家创作意识的支离破碎,作品看去五花八门实际也有点支离破碎。从这个意义上说,段景礼的创作是别具一格的,也是可以寄托厚望的。

七

两部历史题材的纪实小说,使我惊诧。

《风雪娘子关》写的是赵寿山将军率师娘子关抗击日寇的史实。赵寿山大概是户县近当代出现的一位最具影响的人物。作者只截取他兵败娘子关这一段故事显得十分集中,正是赵寿山革命生涯中的关键性转折,即人物命运发生根本变化的历史性契机。切入口选择得精确无二,短短的篇幅写活了一个大将军。

这部小说从整体结构艺术上说来,我以为是本书五部中篇中最富于小说结构艺术的佳作。作品的大背景是抗日,而直接的对手日寇却没有具体人物;作者着力于国内的小背景,即蒋先生的嫡系杂牌这种中国特色的复杂局势,造就了赵寿山一代血肉之躯的中国军人的历史性悲剧。他努力要向世界要向日寇要向蒋先生的鸡肠小肚显示一个堂堂中国人的正义与正气,他反而显示不出一丝一缕而只能落得惨败无立足之地,残酷无情的大背景和中国的小背景,就逼使他最终地觉醒。

段景礼在这篇篇幅不大的小说里,把纵的横的外部的以及自己内部的种种关系摆置得纷繁复杂而又条理清晰,使人没有任何讲解军事地图的干枯,可见段景礼叙事状物的本领确实不俗。

八

《孙国镇之死》写了一个国民党知识分子县长,怀有一番治国安邦的图略,终而沦为历史罪人人民公害的可悲结局。

这部小说里更令人感兴趣的是另一个人物白老二。

就性格塑造而言,白老二的艺术光亮远远超过了孙国镇。白老二可以说是呼之欲出。户县里民局局长白老二,可以称得起性格化了的一个典型。他作为地方官有护卫乡民利益的一面,又有玩弄权术于掌股之上的游刃有余的娴熟技巧;他有地头蛇黑豆虫阴冷毒辣的一面,又有为伸张地方利益赴死不辞的慷慨激昂……段景礼写的这个白老二,是我最钦佩的一个人物。

九

两部地方历史纪实小说,亦渗透着更为浓郁的地域文化色素。赵寿山将军的形象里,我们看到了作为关中人优秀代表的精神特质,正义豪勇和忍辱负重。尤其是《孙国镇之死》一篇,写尽了旧中国户县的村里市井的习俗和风貌,同样可以透视关中人的文化心理结构。

十

段景礼语言的思辨特色十分明显。

在人物行为的心理剖析中,这种思辨准确而又精细,使人对人物行为的合理性有了依据,也是推进情节进展的重要手段。有些思辨是作家自己的议论,其锋芒的透彻和深刻性,也有使人感到恰当其时恰如其分寸的精彩绝妙之笔,这是段景礼的优长。

优长的影子就是弊端。小说毕竟主要依赖叙述。议论和思辨不可或缺,但似乎不宜太多,至少我是这样看法。议论太多思辨太多的直接副作用是阻碍读者的阅读情绪,尤其是一些一般化议论。再者,过多的人物行为分析思辨,掌握不当就成为人物行为的注释,一方面轻视了读者对作品人物的理解和再创造余地;另一方面也可能给人造成错觉,以为作者叙述无能所招致。

十一

这是一本沉甸甸的著作。

这本书摆列到当代作家著作的庞大的书群里是毫不逊色的。

我这样认为,段景礼也完全应该树立这样的自信。

我以上的这些零碎的读书感言,多是从创作角度说的。不当和偏见是肯定的,恕如文头所述,与作者段景礼以及本书的读者交换看法,也可以相得益彰。

1991年11月17日 白鹿园

天下谁人不识君

——肖重声《珍蔬佳话》序

我真想尽快拥有这本书。

这是我读完《珍蔬佳话》书稿后想说的头一句话。在我读过本书开头第一篇《荠菜——虽至贫亦可长享也》后,心里就产生了想拥有这本书的欲念;及至读完全稿,这个欲念便膨胀到一种迫不及待的渴盼。

这是一本什么书呢?名曰《珍蔬佳话》很容易使人产生错觉,以为是介绍蔬菜种植改良的农业科技书籍,而我恰恰就在阅读之先顾名思义一般推理犯了判断上的失误。这种错觉和失误,其实早在两年前就发生了。那时我到肖重声的寓所去送一本小书的清样,见他桌上床上摆置着许多资料,肘下压着一沓稿纸,笑眯眯地告诉我,他想写一本有关蔬菜的书。我大为惊诧,以为耳朵出了毛病。我知道他善于写诗歌和散文,已经出过几本诗歌集和散文集,在中国这个传统的诗歌和散文大国的当今文坛上,自成一家独立风范颇具影响,以文字的清秀和意蕴的隽永而为评家读者所称道。他怎么写起蔬菜专著来了?他既非农业专家,又与蔬菜的栽培种植和科研以及流通都不沾边,这个念头这种兴趣缘何而萌发?我把这些疑问提出来,肖重声淡淡地笑说:"我胡闹哩!"这是关中人自谦的一句口头禅,不无"无可奉告"的外交辞令的含义。我便不再细问。长久以来我已养成一个习惯,决不贸然询问文兄文弟的创作谋略或正在写什么书,除非朋友主动告诉我。我恪守这样的准则也说不清究竟为什么,却还是继续恪守着……两年后的今年夏天,肖重声托李星把书稿交给我,读罢不禁释然,更对肖刮目相看。

这部书的写法属于上乘属于高难度动作。书中对我国南方北方四十余种蔬菜的阐释,自然包括栽培演进的历史,播种时日生长形态收获时间,口味口感生食熟煮烹饪技法要诀,其性属热属凉属温补脾益肝明目润肤利尿化滞滋阴壮阳,都有精确的考证和论述。这些内容似乎并不难办到,难的是他根本不像一般科技书籍所常见的平铺直叙的介绍和阐释,而是引用大量翔实的史料,生动迷人的民间传说,从人文始祖到浩如烟海的典籍史册,从赫赫垂名于历史的皇帝名相战将军师到哲学家史学家自然科学家文学家以及诗家词人,关于各类蔬菜有趣的记叙轶事和美妙绝顶的诗词赋谣,当然不可或缺历代医学家关于这些蔬菜性味和医用功能的论证,更兼及当代医学科学研究再发现的最新成果。真所谓含知识性趣味性科学性实用性为一体,熔历史考古地理自然气候园艺医理哲学文学古今为一炉,一时令人眼花缭乱,难以划界其归属的一部奇书。

我每读一篇都忍不住惊奇的情绪一再发生,我只知道屈原杜甫陆游苏轼写过千载辉煌的诗篇词章,却没有料及他们个个都是美食家,都写过许多关于诸种蔬菜的绝唱。仅以开篇的《荠菜》为例,肖重声对这种普通不过的野菜,以家喻户晓的王宝钏挖荠菜的民间故事开头,引据晋代夏侯湛的《荠赋》,对荠菜凌冬而生斗雪傲霜的品质作生动写照;《清异灵》则推为"百岁羹",贫人和富人一样可以享用;《诗经·邶风·谷风》里的吟诵;屈原《九章·悲回风》中的描述;《无元天宝遗事》记载的"盘装荠菜迎春饼"的流风村俗;连风流皇帝唐玄宗的宠臣高力士在马嵬坡兵变后被流放巫山,竟以荠菜为题作诗自喻其忠贞;南宋诗人陆游一而再再而三地赞美荠菜,写下《食荠十韵》《食荠三首》和《食荠甚美盖蜀人所谓东坡羹也》等诗章；苏轼喜食荠菜而命名为"东坡羹"；李时珍关于荠菜医理药性的论证……仅仅两千字的一篇短文，包容了何其丰富的知识量，令人耳目一新顿开茅塞拍案称奇击掌叫绝。我总是忍不住猜想，他从哪儿搜罗到这么多稀奇珍贵的资料？搜集这样丰富的史料又要耗费多少时间和精力？折服便是很自然的事。

这是一本平等待人的书。作者肖重声以读者为朋友，像是说闲话聊大天道故经，道出了那么多史籍资料奇文轶事，整体都保持着平实质朴的文风，不见一丝卖弄夸耀的神色。我之所以对此感触尤深，确是见惯见腻了时下许多卖弄的各色文章，大而不当的和繁而不精的论说或描述，故作深沉的哲人神气哲人口吻，却总是缺乏哲人的哪怕是一句有深度的哲理，这类文章人一读就能发现半瓶子醋的白日鬼模样。肖重声的这部著作，纵古述今，发端演变，娓娓道来，温厚淳朴，趣味迭生，这首先得之于作者著书的基本用心，向人们传播知识，而不是卖弄夸耀哗众取宠。著作者的每一行文字都注释着著作的气质和性情……肖的为文为人的作风更令我折服。

这是一本适宜各个阶层各种职业和各个年龄的人阅读的书，因为任何人都不会拒食蔬菜，尤其在已经注重营养科学的现在，可以说对任何人都是开卷有益的。不单如此，我甚至突发奇想，那些只会给儿子孙子讲狐狸或大灰狼故事的爸爸妈妈爷爷奶奶们，有《珍蔬佳话》一册在手，闲暇时于餐桌上给儿子孙子讲一讲盘子里的蔬菜的起源、演变，历代史家词人的诗句，不是挺有意思的吗？

肖重声是长安县人，六十年代的大学文科毕业生；生于农家长于农村，这并不影响他的天资，少时聪慧，于艰难困顿中从小学一路读到大学，没有磕绊；在秦岭南边工作十多年，孜孜不倦诵诗作文，终成功夫老到内蓄丰厚的学者型作家；肖清淡处世，平时很少在文人场合蹦跶，好像也不执意用心争逐什么；默默地在出版社为他人做着嫁衣裳,空闲里写着自己的诗自己的文;出人意料地"胡闹"出这样一部奇书,真是得其所哉!

  我愈是渴盼早日拥有这样一本书,便期望《珍蔬佳话》及早面世,以飨如我一样知识贫乏的读者。以我的心理推测,这本书发行看好。肖重声肯定将走进千家万户,成为各种人的朋友,因之才有拙序的题目:天下谁人不识君。

1992 年夏

别 路 遥

我们不得不接受这样的事实,无论这个事实多么残酷以至至今仍不能被理智所接纳,这就是:

一颗璀璨的星从中国文学的天宇陨落了!

一颗智慧的头颅中止了异常活跃、异常深刻也异常痛苦的思维。

这是路遥。

他曾经是我们引以为自豪的文学大省里的一员主将,又是我们这个号称陕西作家群的群体中的小兄弟;他的猝然离队将使这个整齐的队列出现一个大位置的空缺,也使这个生机勃勃的群体呈现寂寞。当我们,比他小的小弟和比他年长点的大哥以及更多的关注他成长的文学前辈们看着他突然离队并为他送行,诸多痛楚因素中,最难以承受的是物伤其类的本能的悲哀。

路遥从中国西北的一个自然环境最恶劣也最贫穷的县的山村走出来,为中国当代文学的繁荣创造了绚烂的篇章。这不单是路遥个人的凯歌。它至少给我们以这样的启迪,我们这个民族所潜存的义无反顾的进取精神和旺盛而又强大的艺术创造力量,路遥已经形成开阔宏大的视野,深沉睿智的穿射历史和现实的思想,成就大事业者的强大的气魄,朝着创造的目标,实现创造理想时必备的坚韧不拔的意志和艰苦卓绝的耐力,充分显示出这个古老而又优秀的民族的最优秀的品质。

路遥热切地关注着生活演进的艰难的进程,热切地关注着整个民族摆脱沉疴复兴复壮的历史性变迁,以及由此而产生的巨大痛苦和巨大欢乐。路遥并不在意个人的有幸与不幸,得了或失了,甚至包括伴随着他的整个童年时期的饥饿在内的艰辛历程。这是作为一个深刻的作家的路遥与平庸文人的最本质区别。正是在这一点上,路遥才成为具有独立思维和艺术品格的路遥。

路遥短暂的"人生"历程中,躁动着炽烈的追求光明追求美好健全社会的愿望,他没有一味地沉默也不屑于呻吟,而是挤在同代人们中间又高瞻于他们之上,向整个社会和整个世界揭示这块古老土地上的青春男女的心灵的期待,因此而获得了无以数计的青春男女的欢呼和信赖。他走进他们心中。

路遥的精神世界是由普通劳动者构建的"平凡的世界"。他在中国当代作家中最能深刻地理解这个平凡世界里的人们对中国意味着什么。他本身就是这个平凡世界里并不特别经意而产生的一个,却成了这个世界人们的精神上的执言者。他的智慧集合了这个世界里的全部精华,又剔除了母胎带给他的所有腥秽,从而使他的精神一次又一次裂变和升华。他的情感却是与之无法剥离的血肉情感。这样,我们才能破译长篇小说《平凡的世界》里那深刻的现代理性和动人心魄的真血真情。路遥在创造那些普通人生存形态的平凡世界里,不仅不能容忍任何对这个世界的过去和现在、历史和现实的解释的随意性,甚至连一句一词的描绘中的矫情娇气也绝不容忍。他有深切的感知和清醒的理智,以为那些随意的解释和矫情娇气的描绘,不过是作家自身心理不健全的表现,并不属于那个平凡世界里的人们。路遥因此获得了这个平凡世界里数以亿计的普通人的尊敬和崇拜,他沟通了这个世界里的人们和地球人类的情感。这是作为独立思维的作家路遥最难仿效的本领。

我们无以排解的悲痛发自最深切的惋惜。四十三岁,一个刚刚走向成熟的作家的死亡意味着什么。本来,我们完全可以自信地期待,属于路遥的真正辉煌的历程才刚刚开始。我们深沉的惋惜正是出自对一个文学大省、一个国家和民族的文学事业的无法弥补的损失。

一切已不能挽回于万一。所有期待即使是自信的有把握的,也都在五天前的那个早晨被彻底粉碎了。然而我们就路遥截止到一九九二年十一月十七日早晨八时二十分的整个生命历程来估价,完全可以说,他不仅是我们这个群体在更广泛的中国当代青年作家中,也是相当出色相当杰出的一个。就生命的历程而言,路遥是短暂的;就生命的质量而言,路遥是辉煌的。能在如此短暂的生命历程中创造出如此辉煌如此有声有色的生命的高质量,路遥是无愧于他的整个人生的,无愧于哺育他的土地和人民的。

以路遥的名义,陕西作协寄望于这个群体的每一个年轻或年长的弟兄,努力创造,为中国文学的全面繁荣而奋争。只是在奋争的同时,千万不可太马虎了自己,这肯定也是路遥的遗训。

路遥同志,你走完了短暂而又光辉的"人生"之旅,愿你的灵魂在"平凡的世界"里的普通劳动者中间和他们赖以生存的土地上得到安息!

1992年11月21日

渭南有个李康美

新时期以来的陕西文坛，不断地冒出一拨又一拨引人注目的中青年作家。八十年代初期，在我的大致印象里，关中西府的作家人数最多，真乃人文荟萃之灵地。陕北陕南也有几员大将抱笔挺立，似乎形成了东府乏人的残缺。从一九八二年末开始，《延河》杂志连续在头条位置发表了李康美的几个短篇小说，如《寻找》《在阳台上》，作者出手不凡，起步甚高，很快在编辑部以至在陕西文坛引起欢呼。除了对作品的质量大加赞许之外，还有一个重要原因——作者李康美，渭南人氏，终于"千呼万唤始出来"，弥补了东府残缺的遗憾。人说：渭南有个李康美。

虽然这些作品都是康美涉入文坛初期的作品，但是在评论界和读者中却产生了一定的影响。编辑部和作者都收到不少评论文章和读者来信，赞赏李康美的小说"完全是从当前的现实生活出发，相当敏锐地显示出农村生活新变化的深远意义"。作者状景状物，使作品的内涵和人物性格在场面和情节中自然流露出来，蕴藉自然，很值得人们玩味，写出了处于农村重大变革时期农民精神世界的变化。

接着，他一发而不可收，其作品又打出潼关走向中国当代文坛，在全国几十家报刊上频频发表新作，诸如《陷车纪事》《出山第一炮》等力作接连在某些权威性的刊物上转载，引起好评也引出了争鸣，并连续获奖。我以为，康美的创作道路看起来似乎比较顺利，实际上，却反映了他个人坎坷的经历和厚实积累。

我识李康美,是他在省作协参加一九八四年青年作家读书班期间。一位朋友向我介绍说:"这就是李康美。"一阵闲聊,我从此就认下了记住了一张不易混淆也难以忘记的脸。那是一张矛盾的脸。那俊气的眼睛俏气的嘴唇透出精细敏锐之气质与那略显粗糙的皮肤所聚成的粗犷豪勇之气色统一于一张面孔之中。在这张脸孔上,你看到自信的同时又会看到自卑,发觉得意的时候就发觉了忧郁。那时候他刚进而立之年,自然使人感受到青春活力的同时,又感受到生命运动的沉重和痛苦。

也许是我们生活在同一个地域的缘故,也许是我们的情感世界有着更多的相通的体验,那一次见面和闲聊,就奠定了我们情谊的基础。

两年之后,我们俩在秦岭山中客居于一家幽静的招待所,这就有了一次倾吐胸臆的机会。三天两夜之中,我们几乎忘记了睡眠,我这才从他那坦率的谈叙里解开了那张矛盾的脸。李康美的出生地是秦岭山根一个四面环沟的穷乡僻壤,深深的沟壑可见风雨剥蚀年深历久的功夫,村子因此而形成孤岛。他念书颇聪慧,可惜未完成初中的学业就遇上了"文革",失学后于孤寂无聊中踏上了军旅的生涯。地处大沙漠的军营,常年干枯的环境,使十七八岁的他很快失去了肌肤的滋润,同时又磨砺了他坚韧不拔的意志。五年之后,他复归原籍,在一个商业公司做了临时工。虽然叫作临时工,但他却一直干着文书秘书写材料的活计,一干就十年。在他的生命历程中,开始学会了忍耐和期待。

八十年代初期,他突然对小说创作产生了浓厚的兴趣,横下心弄了几篇,居然就取得了预料不到的成功。一九八一年在《陕西日报》发了处女作之后,接着就向省级文学杂志跨越……

他的小说接踵而出,关中东府渭南便在文学界跃出一条汉子;短短几年中,便有几十万字的作品相继问世,成为一位令人瞩目的青年作家。他的成果被瞩目被关注之后,他却感到了艰难感到了困惑,感到了辉煌感到了神圣,也感到了艺术殿堂的扑朔迷离。其实,这正是每一个真诚的作家必然经历的心理体验,是艺术实践中初试心理欢悦的冷却和更深的一层反省。没有这种冷却和反思,就不可能向更高度腾跃。康美开始了新的蕴聚和探求,力图以更充分、更自由、更和谐的艺术形式披载自己的心志。

综观康美的全部作品,他的创作路子是比较宽泛的,有乡村的生活,有城市的体验,还有机关和校园的众生相。而这部短篇小说集,只是汇聚了前一个时期的作品。透过这些作品,我们完全可以清晰地看出他的艺术探索和艺术追求的历程。李康美的小说惯于从一开始就埋下伏笔,或者叫作设下悬念,然后又冷静地铺陈开来,从而紧紧抓住了读者的兴趣。但他从不故弄玄虚,即使出现象征寓意,也让人觉得入情入理。

迄今为止,康美已发表了一百多万字的作品,把主要精力放在了中篇小说的创作上,且有长篇小说的出版和获奖。所以,仅以这个集子的作品来评价他的艺术实践是很不够的。实际上,他后一个阶段的作品更显得凝重,艺术创造的功力也日臻成熟了。这是后话,在此不提。作为朋友,我满怀自信地期望他将不断实现新的自我突破。

1992年冬 白鹿园

关于《白鹿原》与李星的对话

一、过了四十四岁,我突然意识到
五十岁这个年龄大关的恐惧

问:忠实,想请你回答一些问题,一是为了满足读者的要求,二是为对这部作品的评论研究提供背景材料,你能同意吗?

答:我很高兴能和你交谈。作为我习作生活中的第一部长篇小说的尝试,我曾经做了尽可能多的准备,自然包括艺术上的诸多考虑,写作实践中又有许多创作感受,当初不完全自信也不完全有把握,而当实践之后,无论成功的方面或失败的方面,我都有了实际操作的感受了,我想补充一个原因,就是与评论家交流一下这种感受,以验证我的那些艺术思考的合理性与错觉发生在什么地方,以期达到交流,接受理论审视,对我今后的艺术探索无疑是很有益处的。

问:长篇小说《白鹿原》在《当代》连载以后,很快产生了热烈的社会反响,这些反响当然都是肯定的,有的评价还甚高。这都是你意料之中的吗?

答:作品写完以后,我有两种估计,一个是这个作品可能被彻底否定,根本不能面世。另一种估计就是得到肯定,而一旦得到面世的机会,我估计它会引起一些反响,甚至争论,不会是悄无声息的,因为作家自己最清楚他弄下一部什么样的作品。

问:《白鹿原》是你的第一部长篇吗？在此以前你有无胎死腹中的长篇构思？你从什么时候,或是什么契机,触发了你写作长篇的欲望？

答:这是我的第一次长篇小说创作尝试。此前我没有过任何长篇的构思。而关于要写长篇小说的愿望几乎在很早的时候就产生了,但具体实施却是无法预定的事。我对长篇的写作一直持十分谨慎的态度,甚至不无畏怯和神秘感。我的这种态度和感觉主要是阅读那些大家们的长篇所造成的,长篇对于作家是一个综合能力的考验,单是语言也是不容轻视的。我知道我尚不具备写作长篇的能力,所以一直通过写中短篇来练习这种能力作为基础准备,记得当初有朋友问及长篇写作的考虑时,我说要写出十个中篇以后再具体考虑长篇试验。实际的情形是截止到长篇《白鹿原》动手,我已经写出了九部中篇,那时候我再也耐不住性子继续实践那个要写够十个中篇的计划了,原因是一个重大的命题由开始产生到日趋激烈日趋深入,就是关于我们这个民族命运的思考。这是中篇小说《蓝袍先生》的酝酿和写作过程中所触发起来的。以往,某一个短篇或中篇完成了,关于某种思考也就随之终结。《蓝袍先生》的创作却出现了反常现象,小说写完了,那种思考非但没有中止反而继续引申,关键是把我的某些从未触动过的生活库存触发了、点燃了,那情景回想起来简直是一种连续性爆炸,无法扑灭也无法中止。这大致是一九八六年的事情,那时候我的思想十分活跃。

问:省内、国内与你同龄或同时期走上中国文坛的一些作家前些年纷纷推出了自己的长篇,有些还产生了重大影响,对你有无压力？这压力是什么？

答:回想起来,似乎没有对我构成什么压力,这不是我的境界超脱也不是我的孤傲或鸵鸟式的愚蠢,主要是出于我对创作这种劳动的理解。创作是作家的生命体验和艺术体验的一种展示。一百个作家就有一百种独特的体验,所以文坛才呈现多种流派多种主义的姹紫嫣红的景象。我也只能按我的这个独特体验来写我的小说,所以还能保持一种不以物喜不以己悲的写作心境。当然,上述那个双重体验不断变化不断更新也不断深化,所以作家的创作风貌也就不断变化着。不仅在我,恐怕谁也难以跨越这个创作法规的制约。当你的双重体验不能达到某种高度的时候,你的创作也就不能达到某种期望的高度,如果视文友们的辉煌成果而压力在顶,可能倒使自己处于某种焦灼和某种心理的不平衡状态,反倒可能对自己的创作造成危害,甚至会把人压死。

我的强大的压力来自生命本身。我在进入四十四岁这一年时很清晰地听到了生命的警钟。我从初中二年级起迷恋文学一直到此,尽管获了几次奖也出了几本书,总是在自信与自卑的矛盾中踟蹰。我突然强烈地意识到五十岁这年龄大关的恐惧。如果我只能写写发发如那时的那些中短篇,到死时肯定连一本可以当枕头的书也没有,五十岁以后的日子不敢想象将怎么过。恰在此时由《蓝》文写作而引发的关于这个民族命运的大命题的思考日趋激烈,同时,也产生了一种强烈的创作理想,必须充分地利用和珍惜五十岁前这五六年的黄金般的生命区段,把这个大命题的思考完成,而且必须在艺术上大跨度地超越自己。我的自信又一次压倒了自卑,感觉告诉我,这种状况往往是我创作进步的一种心理征兆。

二、最恰当的结构便是能负载全部
思考和所有人物的那个形式

问:你为写作《白鹿原》做了哪些准备工作?在这些准备中最难的是什么?

答:主要可以概括为三个方面:一是历史资料和生活素材。我查阅了西安周围三个县的县志、地方党史和文史资料,也做了一些社会调查,大约花费了半年时间,收获太丰厚了,某些东西在查阅中一经发现,简直令人惊讶、激动不已,有些东西在当时几乎就肯定要进入正在构思中的那个还十分模糊的作品。二是温习中国近代史。我想重新了解一下我所选定的这个历史背景的总体趋向和总体脉络,当然我更关注关中这块土地的兴衰史,记得正当此时,国平给我说他有一本研究关中的名叫《兴起和衰落》的新书,他知道我是关中人,也素以关中生活为写作题材。我读了这本书确实觉得新鲜觉得有理论深度,对我当时正在激烈思考着的关于关中这块土地的认识起到了一种启示和验证的良好作用。还有一本美国人(日本通)写的《日本人》的书,对于近代日本的了解正好作为一个参照,使我对我们这个民族的认识更深化了。三是艺术准备。我选读了一批长篇小说,有新时期以来声誉较高的几部,其余主要是国外作家的代表作。目的在于了解当今世界和中国文坛上长篇写作的各种流派,见识见识长篇小说的各种结构方法。因为当时在我来说感到最难的便是结构,这不单是因为第一次尝试,主要是人物多,时间跨度长,重大的生活事件也多,结构确实成为首当其冲的一个重大难题。阅读的结果是扩展了艺术视野。"文无定法",长篇小说也无定法,各个作家在自己的长篇里创造出各种结构架势,同一个作家在不同的几部长篇里也呈现出各异的结构框架。最恰当的结构便是能负载全部思考和所有人物的那个形式,需得自己去设计,这便是创造。

问:你认为这些准备工作在长篇创作中具有普遍性吗?

答:我越来越相信创作是生命体验和艺术体验的过程。每个作家对正在经历着的生活(现实)和已经过去了的生活(即历史)的生命体验和对艺术不断扩展着的体验,便构成了他的创作历程。这种体验完全是个人的独特的体验,所以文坛才呈现千姿百态。所以从本质上来说,恐怕就不存在一个普遍性的问题。即使我自己,也只是在这部长篇写作前感到需要做这些准备工作,而在以往的中篇写作中根本没有这样做过。我以后再写长篇,也许不一定都要做如上述几个方面的准备;如果那种双重的体验十分有把握,肯定就不要那些耗时费事的准备了。

问:在你所精读的作家、作品中,哪个作家、哪部作品对你的长篇写作影响最大?

答:中国当代作家王蒙的《活动变人形》、张炜的《古船》,哥伦比亚的马尔克斯的《百年孤独》和《霍乱时期的爱情》,意大利的莫拉维亚的《罗马女人》以及美国的谢尔顿的几部长篇。还有劳伦斯的刚刚被解冻了的那本书。很难说哪一本书影响最大,所有这些作家创造的这些优秀的艺术成果都在不同的某一方面给过我长篇艺术的良好启示,譬如说上述两位中国当代作家的那两部作品,一本写旧北京,一本写农村,都对我当时正在思考着的关于这个民族的昨天有过启迪。谢尔顿的作品启发我必须认真解决和如何解决作品可读性。而马尔克斯的两部作品则使我的整个艺术世界发生震撼。

问:陕西一些作家,包括你过去的创作向以实和土见长,思想、理论的穿透力不强,视野不够开阔,从《白鹿原》中却看不到作家主观认识能力和认识视野的明显限制。请问:除了作家作品以外,你有没有思想的理论的准备?重点读过哪些理论著作?

答:读书范围缺乏系统,基本是实用主义的,内容庞杂,但目的很明确,《中国近代史》《兴起与衰落》《日本人》《心理学》《犯罪心理学》《梦的解析》《美的历程》《艺术创造工程》等。

阅读的目的完全是为了正在构思的这部长篇小说的写作,所以说纯粹是实用主义的,所有这些关于历史关于心理关于艺术的理论著作,都对我的那种双重体验有过很大的启迪。

三、所有的悲剧的发生都不是偶然的，
……但是历史的细节却常常被人忽视

问：小说涉及本世纪初到本世纪中叶发生在以西安为中心的关中土地上的许多政治、经济、社会、自然、瘟疫事件，如西安的辛亥革命、民国十八年的大饥荒、刘镇华围西安等，你是否有意要使它成为近现代中国农村，包括关中农村的历史？你是怎样认识和评价这五十年中国社会的历史及中国农民在其中的处境和地位的？

答：近当代关中发生的许多大事件，在我还是孩提时代就听老人们讲过，诸如"围城""年馑""虎烈拉瘟疫""反正"等，那时候只当热闹听，即使后来从事写作许多年也没有想到过要写这些，或者说这些东西还可以进入创作。回想起来，那几年我似乎忙于写现实生活正在发生的变化，诸如农村改革所带来的变化。直到八十年代中期，首先是我对此前的创作甚为不满意，这种自我否定的前提使我已经开始重新思索这块土地的昨天和今天，这种思索越深入，我便对以往的创作否定得愈彻底，而这种思索的结果便是一种强烈的实现新的创造理想和创造目的的形成。当然，这个由思索引起的自我否定和新的创造理想的产生过程，其根本动因是那种独特的生命体验的深化。我发觉那种思索刚一发生，首先照亮的便是心灵库存中已经尘封的记忆，随之就产生了一种迫不及待地详细了解那些儿时听到的大事件的要求。当我第一次系统审视近一个世纪以来这块土地上发生的一系列重大事件时，又促进了起初的那种思索进一步深化而且渐入理性境界，甚至连"反右""文革"都不觉得是某一个人的偶然的判断的失误或是失误的举措了。所有悲剧的发生都不是偶然的，都是这个民族从衰败走向复兴、复壮过程中的必然。这是一个生活演变的过程，也是历史演进的过程。"史"的含义和这个字眼本身在文学领

域令人畏怯,我们还是不谈它会自在一些。我不过是竭尽截止到一九八七年时的全部艺术体验和艺术能力来展示我上述的关于这个民族生存、历史和人的这种生命体验的。

世界史中有一个细节可能被许多人忽视了,而《日本人》一书的作者号称日本通的赖肖尔却抓住这个情节解释了一个重大的历史过程:西方洋人的炮舰在第一次轰击我们这个封建帝国用土石和刀矛垒筑的门户的同时,也轰击了海上弹丸国日本的门户,那门户的防御工事也是靠土石和刀矛垒筑的,那个不堪一击的防御工事所保护着的也是一个封建小帝国,而且这个封建小帝国的政治和经济制度几乎是依样画葫芦照我们这个大帝国仿建的。洋枪洋舰轰击的结果却大相径庭:日本很快完成了从封建帝制到资本主义的议会制的"维新",而且可以说是和平的革命,既保存了天皇的象征又使日本社会开始了脱胎换骨式的彻底变革;中国却相反,先是戊戌六君子走上断头台,接着便开始了军阀大混战,直至我们这个泱泱大帝国的"学生"(日本自唐就以中国为师)占领了大半个中国。

我只能看作是老师比学生的封建文明封建制度更丰富,因而背负的封建腐朽的尘灰也更厚重,学生反倒容易解脱而先生自己反倒难了。绵延了两千年的一个封建大帝国的解体绝不会轻而易举。六君子的臂力和孙中山先生的臂力显然力不从心,推倒了封建大墙也塌死了自己。从清末一直到一九四九年中华人民共和国建立,所有发生过的重大事件都是这个民族不可逃避的必须要经历的一个历史过程,所以我便从以往的那种为着某个灾难而惋惜的心境或企望不再发生的侥幸心理中跳了出来。

问:西安周围有没有一个叫白鹿原的地方或村庄?滋水河是否就是你家门前的灞河?

答:西安东郊确有一道原叫白鹿原,这道原东西长七八十华里,南北宽四五十华里,北面坡下有一道灞河,西部原坡下也有一条河叫浐河,这两条河水围绕着也滋润着这道古原,所以我写的《白鹿原》里就有一条滋水和润河。这道原的南部便是终南山,即秦岭。地理上的白鹿原在辛亥革命前分属蓝田、长安和咸宁三县分割辖管,其中蓝田辖管的面积最大,现在仍然分属于蓝田、长安和灞桥三县(区)。我在蓝田、长安和咸宁县志上都查到了这个原和那个神奇的关于"白鹿"的传说。蓝田县志记载:"有白鹿游于西原。"白鹿原在县城的西边所以称西原,时间在周。取于《竹书记年》史料。

四、抽雪茄,喝酽茶,下象棋,听秦腔,我像个秦腔老艺人

问:据我们所知,早在一九八八年夏天你就拿出了长篇的结构提纲,当时它有没有名字?"白鹿原"这三个字是什么时候出现在你的意识中的? 当你将你的长篇起名《白鹿原》时是怎么想的?

答:这部书的构思和结构是在一九八七年完成的,原计划在这年冬天动手起草,后来因为母亲住院,我不得不陪住医院两月而推迟到次年春天。在一九八九年结束这部长篇时就确立下《白鹿原》这个书名,但未做最后确定。如果写作过程中随着构思的具体实施和进一步深化,也许还能找到更好的名字,结果却没有找到更恰当的名字,还是觉得这个书名好些。譬如说也想到过《古原》,斟酌之后觉得这名字把作家的主观意识泄露得太明朗,一个古字便是一种倾向。所以还是觉得最初选用的这个名字更恰当些。

地理上的白鹿原在我很小的时候就知道了。这部书里的白鹿原最早何时出现于意识中已无从辨识,反正一九八六年已经作为一个原而时时旋转在心中,到一九八七年,这个艺术形态的白鹿原便日臻丰富和生动起来。

问:《白鹿原》是不是一九九二年四月我看到复印稿时完稿的?

你是从什么时候开始案头工作的？初稿用了多长时间？复稿用了多长时间？

答：这是个很具体的问题。草稿是一九八八年四月初搭笔的，到一九八九年元月写完。其间在七、八两月停止写作，实际写作时间是八个月。这只能算是一个草拟的框架式的草稿，约四十万字。复稿是一九八九年四月开始的，到一九九二年元月二十九日（农历腊月二十五）写完，后来又查阅了一遍，到三月下旬彻底结束。历时约三个年头，其间因故中断过几次，最长的一次是一九八九年秋冬，长达四个月，所以实际写作时间要打折扣。

问：从一九八五年你就担任陕西作协的副主席和党组成员，但是谁都知道，这些年你基本住在家乡，地方偏僻，交通不便。请问：五十万字的《白鹿原》是否全部在西蒋村你的祖屋中完成的？你的写作生活是怎样安排的？

答：草稿和复稿近百万字都是在祖居的乡村家里完成的，只有复稿的其中一章是在一个朋友家里写的。我家所在的那个村子相当闭塞，因为村子里的房屋紧靠着地理上的白鹿原北坡坡根，电视信号被挡住了，我买了电视机却无法收看，只能当作收音机收听《新闻联播》，有七八华里的土石公路通到汽车站，一旦下雨下雪，我几乎就出不了门。

写作《白鹿原》时，我觉得必须躲开现代文明和城市生活的喧嚣，需要这样一个寂寞乃至闭塞环境，才能沉心静气完成这个较大规模的工程。关键在于每天写作之后的排遣，我充分估计到这个工程的实现将是一个漫长的过程，不能靠短促突击来完成，所以就有意调整改变了原先在晚上写作的积习为早晨，我担心长达几年的昼伏夜出造成的与日月和大自然气象处于一种阴阳颠倒的对抗状态，可能会引起身体的不适乃至灾变。

一般在下午三四点钟以后终止工作，主要是为了保证明天能连续写作。开始的两个月没有经验,写得顺利时就延续到晚上,第二天起来就感觉心神疲惫,思维迟钝,便决定提早一点结束以便脑子得以休整,停止写作后那些人物还在脑子里聚集不散,故事情节还在连续发展,仍然不能达到休息的目的,依然给大脑造成灾难。于是就采取一些五花八门的办法把那些人物和故事尽快从脑子里驱逐出去,尽快清静下来。我就离开书桌坐到院子里喝茶听秦腔,把录音机的音量开到最大,让那种强烈的音乐和唱腔把脑子里的人物和故事彻底驱逐干净。也常常到河边散步,总在傍晚时分,无论冬夏都乐于此道。这些办法有时候不起作用,我就做点体力劳动,给院子里的果树和花木剪枝,施肥,浇水,喷洒药剂,一旦专注于某项劳动,效果最好。夏天的夜晚爬上山坡,用手电筒在刺丛中捉蚂蚱,冬天可以放一把野火烧荒,心境和情绪很快便得到调节,完全进入休养生息状态,可以预感到明天早晨的写作将有一个良好的开端,几乎每天晚上临睡前都喝几盅白酒,便会进入一种很踏实的睡眠。

早晨起来习惯喝茶,基本是一种茶:陕青。这种喝茶的习惯很厉害,连着喝掉几乎一热水瓶水,抽掉两支雪茄,这个过程便渐渐进入半个世纪前的生活氛围,那些人物也被呼唤回来,整个写作情绪便酝酿起来,然后进入了写作。

我那时候已发觉我的这些习惯颇像那些老秦腔艺人,抽雪茄,喝酽茶,下象棋,听秦腔,喝西凤酒,全都是强烈型的刺激。

问:你是否有"山重水复疑无路",写不下去的创作中的苦恼?你是怎么解决一个个难题的?

答:整个创作过程中遇到过两次大障碍,几乎是同一性质的,就是人物的纵的和横的关系与历史进程的摆置问题。第一次发生在写过三分之一篇章时出现的,使我大约停笔半月之久而一筹莫展,搞得我情绪一阵烦躁一阵灰败,越是焦急越是无计可施。那时正进入伏天,高温天气下的情绪更加糟糕,恰好一位文友约我到他家去避暑,他的家住在海拔较高的山岭上,又有两孔土窑洞,凉爽宜人,也许是换了一个环境吧,忽然觉得茅塞顿开,一步就跨过了那道障碍。这件事记忆犹新。

第二次发生在写过三分之二的篇章以后,类似的情况又出现了,这回我有了经验,便索性放下,倒过去先写后边的篇章,然后回过头去,却觉得根本不成为问题,似乎倒是当时脑子里短了路。

问:你感到写得最愉快的是哪些章节?为什么?

答:整个写作过程都很平静,都比较愉快,具体已记不清哪一章了。我只记得写得最难受的一章,便是朱先生的出场,尤其是他的生活历程的那一段较长的介绍性的文字,似乎不如我写其他人物出场那样自如,总觉得难以进入一种形象性的叙述。

问:你感到从事大部头的长篇写作对作家的心理、生理状况,都有哪些要求?

答:适宜于所有作家的标准答案恐怕没有。我只能回忆当初我所能意识到的需要做的心理准备,便是沉静。为此而立下三条约律,不再接受采访,不再关注对以往作品的评论,一般不参加那些应酬性的集会和活动。在我当时看来,此前的一切创作到此为止,对我的宣传和对作品的评介已经够了,也应该到此截住。我在长篇将开始一种新的艺术体验的试验性实践,比以往任何创作阶段上都更清醒地需要一种沉静的心态;甚至觉得如不能完全进入沉静,这个作品的试验便难以成功甚至彻底砸锅。

三条约律也是保障整个写作期间能聚住一锅气,不至于零散泄漏零散释放,才能把这一锅馒头蒸熟。做到这三条其实是给自己讲心理卫生的,既排除种种干扰也排除种种诱惑,甚至要冷着心肠咬紧牙关才能聚住那锅气,才能进入非此勿视的沉静心态。当我完成这部书稿以后,便感谢当初的三条约律拯救了我的长篇,也拯救了我的灵魂。

五、文学作品所能达到的对一个民族的
理解,任何其他读物都难以相比

问:有人评价说,《白鹿原》不仅以空前规模深刻准确地表现和把握了中国农业社会的基本特点,而且在历史和人的结合中塑造了庄严饱满的中国农民形象,展示了民族的精神和灵魂,它的出现将给外界(包括世界)提供许多关于我们民族的新的认识,你是怎么想的?

答:但愿这是我的文学理想的实现。我的理解是这样,民族间的最广泛也最深刻的交流的最好手段,便是文学。我所知道的苏联的第一个少数民族是哥萨克,便是因为少年时期阅读了《静静的顿河》。除了文学的因素外,阅读文学作品所达到的对一个民族的了解和理解的深度,任何历史的政治的经济的读物都难以相比。

问:白嘉轩、鹿子霖是作品中的族长或家长,他们的性格、心理、思想和智慧可以说是老一代中国农民中两种最基本的类型,从一定意义上说,他们也是我们民族精神、民族灵魂中的两种基本原型,他们的结局和下场,也是充满神秘的宿命感。请问:你创作他们有无生活原型?对于这两类农民及其未来处境你有何评价?

答:这两个人恰好都没有生活原型。

白嘉轩这个人物确实得到过一句启示。正在酝酿这部书的时候,一位老人向我粗略地讲述了一个家族的序列。其中说到一位族长式的人时,他说这人高个子,腰总是挺得端直直的,从村子里走过去,那些在街巷里袒胸裸怀给娃喂奶的女人,全都吓得跑回房门里头去了。当时我脑子已有白嘉轩的雏形,这几句话点出了一个人的精髓,我几乎一下子就抓住了这个人物的全部气性,顿然感到有把握也有信心写好这个人物了。至于他(白)的所有故事当然全是编出来

的,关键是这位老人所说的简单到不过一百个字的介绍,给我正在构思中的族长注入了骨髓。

这两类农民是一种文化底蕴之中的两种类型,他们的全部作为和最终结局不是我的评价,而是我所能理解到的历史和生活的必然。

问:长篇中的几乎每个人物都是立体的,他们的命运始终牵动着读者的心,最绝的,也可说神来之笔是朱先生、小娥、黑娃的激动人心的死,这些死是你刻意的设计,还是来自生活的启示?

答:我对每一个重要人物在书中的出场和在生活的每一步演进中的命运转折,竭尽所能地斟酌只能属于他们这一个人的行动,包括一句对话。我过去遵从塑造性格说,我后来很信服心理结构说;我以为解析透一个人物的文化心理结构而且抓住不放,便会较为准确真实地抓住一个人物的生命轨迹;这与性格说不仅不对立也不矛盾,反而比性格说更深刻了一层,这就是我所理解的心理真实。我同样不敢轻视任何一个重要人物的结局。他们任何一个的结局都是一个伟大生命的终结,他们背负着那么沉重的压力经历了那么多的欢乐或灾难而未能实现自己的人生理想,死亡的悲哀远远超过了诞生的无意识哭叫。这几个人物的死亡既有生活的启示,也是刻意的设计,设计的宗旨便是人物本身——那个人的心理结构形态。

问:白孝文以良家子弟始,中间经过了叛逆,流浪要饭,后来又当兵从政,先是反共反人民,后来又摇身一变成为人民政府的县长,这种命运的大起大落,而又能合情合理,不是一般虚构可以完成的,请问:他有无生活原型?你有无关于他未来的预感或设想?

答:白孝文完全是一个虚构的人物。类似这种人的故事,恐怕任谁都能讲出一两桩来。我所能依托的唯一素材就是广闻。你的最后一问我不便回答,这可能有解释人物之嫌。让作家具体解释作品情节和作品人物,我觉得比创造这些人物还难。

六、我和当代所有作家一样，
也是想通过自己的笔画出这个民族的灵魂

问：你如何看待关于《白鹿原》"成为中华民族生活的缩影"的评价的？也就是说，你怎么理解这个可以说很高的评价？

答：你是搞当代文学评论的，你阅读过的当代中国作家的作品肯定比我多得多，对一些具有代表性的流派的作家的作品的了解肯定比我更全面更广泛更深刻。我凭印象说，新时期以来的文学创作，无论什么流派，现实主义、后现实主义、新写实派、意识流、寻根主义以及数量不大的荒诞派，无论艺术形式上有多大差异，但其主旨无一不是为了写出这个民族的灵魂，差异仅仅在于艺术形式的不同。

至于这个灵魂揭示得深与浅，那不是艺术形式造成的，因为我们从某些主义和流派的发源地确实看到过辉煌的巨制。揭示浅与揭示深的关键在作家自身的独特的体验。我甚至以为这是创作中起主导作用的生命体验。作家对历史和生活的独特体验决定着他的作品的深度，鲁迅的《阿Q正传》和巴金的《家》，都是两位巨匠独特的生命体验的结果。

我和当代所有作家一样，也是想通过自己的笔画出这个民族的灵魂。我以前的某些中短篇小说也是这种目的，但我的体验限制了这些中短篇小说的深度。此次《白》书的写作意图也是这样。你说的这样高的评价可以看作是对我的鼓励，但在我来说就是想充分展示我的独特的生命体验，即截止到一九八七年前后我已经体验到了的。

问：有评论家说，有的小说包括长篇可以用一句话，可以从一个角度，用一种思想概括，《白鹿原》多层次、多方面的内涵，多样的生活和人物,似乎不能用一句话、一个观点概括。你能吗?

答:我一开始就把这部小说概括了,甚至在未开始之前的酝酿阶段就有一个总体概括,就是卷首语里引用的巴尔扎克那句话:"小说被认为是一个民族的秘史。"

问:《白鹿原》既有丰富的内蕴,又有很强的可读性。虽然很长,许多读者还是一气读完的,甚至出现了一家丈夫、妻子、孩子争相阅读一本书的情况,这在纯文学阅读中是很少见的。你在写作中是否考虑到长篇的可读性问题?

答:可读性的问题是我所认真考虑过的几个最重要的问题中的一个。构思这部作品时,文坛上有一种"淡化情节"的说辞,以为要彻底否定现实主义的过时传统,其中的重要一点就是要"淡化情节",写一种情绪或一种感觉,我至今也不敢否定那些相当有道理也相当新鲜的说辞,因为实践这种说辞所阐述的创作理想。尽管现在未能实现,而将来也可能会实现的。但我必须面对现实。

现实的情况是文学作品已经开始出现滞销的不景气现象。文学圈里包括我在内的许多人都惊呼纯文学出现危机,俗文学的冲击第一次伤了纯文学高贵尊严的脸孔,这是谁都能够感到威胁的,书籍出版没有订数的致命性威胁。在分析形成这种威胁的诸多因素和企图摆脱困境的出路时,我觉得除了商潮和俗文学冲击之外,恐怕不能不正视我们本身;我们的作品不被读者欣赏,恐怕更不能完全责怪读者档次太低,而在于我们自我欣赏从而囿于死谷。必须解决可读性问题,只有使读者在对作品产生阅读兴趣并迫使他读完,其次才可能谈及接受的问题。我当时感到的一个重大压力是,我可以有毅力有耐心写完这部四五十万字的长篇,读者如果没有兴趣也没有耐心读完,这将是我的悲剧。

为此,我专门选读了谢尔顿几部长篇,谢尔顿的十几部小说总是畅销,列为美国十大畅销书的作家。这个人的作品总是几十万成百万地印刷,而且被翻译成多种文字,依然畅销。谢尔顿的作品不能称作俗文学,起码与中国当今那些俗文学不可同日而语,我读的几部不仅可读性强,而且揭示相当深刻。所以抱怨当代人被电视或其他娱乐形式从小说前拉走的说辞也不尽准确,因为欧美那样的国家娱乐场合、娱乐手段比我们丰富得多,而纯文学的作品仍然可以几十万几百万册地出版印刷。我们需要一点否定自己的勇气,不要一味地抱怨市场轻视读者,才能从文学自身寻找出路。

问:蔡葵同志在信中告诉我:"白嘉轩后来引以为豪壮的是一生里娶过七房女人",这第一句话就将他吸引住了。整个《白鹿原》的语言也是很特殊的,具有特别的节奏和特别的韵致,请问:你在写作中对自己的语言有什么考虑和追求?

答:关于语言,也和整个作品一样不可分割地要接受读者的审视,不同层面的读者肯定会有不同的感觉,我不想做任何解释,我只想说动笔之前关于语言的考虑也是重要的问题之一,甚至可以说是首当其冲的头一件难事。关于语言的重要性无须阐释,对我来说最现实的困难是,如何把半个多世纪里发生的较为错综复杂的故事和较多的人物既能淋漓尽致地表达出来,又不致弄得太长,为此必须找到一种适宜的语言形式和语言感觉。关于形式我试着写了两三个短篇,做那种语言形式的探索和实验,其中我比较满意的是《轱辘子客》。这个短篇在《延河》发表出来后,几位看过的朋友首先看到了语言的变化和陌生,还是比较赞赏,于是我就心里有数了,把这种高密度的语言形式确定下来了。关于语言感觉,似乎不大说得清楚,它蕴含当时的社会气氛和不同人物的生活形态,而且蕴含着作家的情绪、气质和理智等。

我写下头一句"白嘉轩后来引以为豪壮的是一生里娶过七房女人"时,似乎没有经过特别的用心刻意,而是很自然地写下来的。当然从表面看是这样,其实,整个作品大的脉络大的框架和主要人物的重大人生转折都已基本酝酿成熟,重要人物的生命历程已经在心中搏动,只是把酝酿已久的构思找到一个"线头"就是了。当我打开大日记本写下草稿中这一句开头的时候,似乎找到了那种理想的语言感觉,而且自信这种感觉可以统领到文章结束。草拟时开头用的是"锅锅嘉轩……"写正式稿时把绰号"锅锅"改成了他的姓"白"。因为后来在整个作品的实际写作中几乎没有用这个绰号,改成姓氏开头更符合作品气韵也符合白嘉轩的气质。我自己是这样判断的。

七、长大了的孩子还牵着大人的手走路是不可思议的

问:在《白鹿原》开始构思写作的时候,中国文坛上正热烈地进行着关于写作方法的争论,你考虑没有考虑诸如现实主义还是现代主义这些问题?

答:在《白》动笔之前的几年里,我一直关注着中国当代文坛上关于写作方法的种种争论,也注意阅读当代作家许多标示着新面貌的作品,我从那些争论和标新之作中得到过有益的启示,这对《白》书的构思和写作有着决定性影响。尽管我没有参与争论,这主要是害怕陷入争论不能摆脱耗费生命;但我在别人的争论中得到的艺术启示是肯定的,可能比争论者双方获得的好处还要多;争论者忙于争论甚至不惜把一种意见推向极端,我从争论双方那里都看到了也学到了长处。

问:你认为《白鹿原》是现实主义范畴的作品吗?它同柳青,包括法、俄现实主义有何不同?

答:《白鹿原》是现实主义的创作。在我来说,不可能一夜之间从现实主义一步跳到现代主义的宇航器上。但我对自己原先所遵循的现实主义原则,起码可以说已经不再完全忠诚。我觉得现实主义

原有的模式或范本不应该框死后来的作家,现实主义必须发展,以一种新的叙事形式来展示作家所能意识到的历史内容和现实内容,或者说独特的生命体验。

　　柳青是我最崇拜的作家之一,我受柳青的影响是重大的。在我进行小说创作的初始阶段,许多读者认为我的创作有柳青味儿,我那时以此为荣耀,因为柳青在当代文学上是一个公认的高峰。到八十年代中期我的艺术思维十分活跃,这种活跃思维的直接结果,就是必须摆脱老师柳青,摆脱得越早越能取得主动,摆脱得越彻底越能完全自立。我开始意识到这样致命的一点:一个在艺术上亦步亦趋地跟着别人走的人永远走不出自己的风姿,永远不能形成独立的艺术个性,永远走不出被崇拜者的巨大的阴影。譬如孩子学步,在自己没有能力独立行走的时候需要大人引导,而一旦自己能站起来的时候就必须甩开大人的手,一个长到十岁的正常的孩子还牵着大人的手走路是不可思议的。艺术创作更是这样,必须尽早甩开被崇拜者的那只无形的手,去走自己的路。这一方面的教训有目共睹,不仅柳青的崇拜者没有在艺术上超出柳青的,荷花淀派的创始者孙犁的崇拜者也没有超出孙犁的。沈从文的学生们也没有弄出超过沈先生的作品。这是一个悲剧也是一个误区。可是背叛了被崇拜者的人倒是有不少人成了气候成了大家。这应该是一个很简单也很正常的现象,艺术的要害在于"创"新而忌讳模仿。

　　我决心彻底摆脱作为老师的柳青的阴影,彻底到连语言形式也必须摆脱,努力建立自己的语言结构形式。我当时有一种自我估计,什么时候彻底摆脱了柳青,属于我自己的真正意义上的创作才可能产生,决心进行彻底摆脱的实验就是《白鹿原》。但无论如何,我的《白》书仍然属于现实主义范畴。现实主义者也应该放开艺术视野,博采各种流派之长,创造出色彩斑斓的现实主义;现实主义者更应该放宽胸襟,容纳各种风貌的现实主义。

八、我在传统的性封闭和西方性解放中间无法回避

问:《白鹿原》中有很多性描写,有人说你成功地将人的自然性和社会性、历史性结合起来。你是怎么认识性,即人的自然性在历史的社会的人性中的地位的?在性描写中你把握了什么原则?

答:正面回答这个问题很不容易摆脱说教。我在查阅三县县志的时候,面对无以数计长篇累牍的节妇烈女们的名字无言以对,常常影响到我的情绪。那时候刚刚有了性解放说,这无疑是现代西方输入的一种关于人的自然性与社会性的说法。我在那些密密麻麻书写着的节妇烈女的名字与现代西方性解放说之间无法逃避,自然陷入一种人的性的合理性思考。我把这种思考已经诉诸形象,我想读者是会理会的,由我出面解说反而别扭。

我决定在这部长篇中把性撕开来写。这在我不单是一个勇气的问题,而是清醒地为此确定两条准则,一是作家自己必须摆脱对性的神秘感羞怯感和那种因不健全心理所产生的偷窥眼光,用一种理性的健全心理来解析和叙述作品人物的性形态、性文化心理和性心理结构。二是把握住一个分寸,即不以性作为诱饵诱惑读者。

问:性与文化,性心理与文化心理,性行为与社会关系、社会背景,是一个十分复杂的问题,弄不好就会出偏,引起社会的过敏反应,《白鹿原》的处理可以看作是一个成功的范例,正因为正视了性,没有回避性,小说才达到了"民族秘史"的境界,你在这方面是否自觉?

答:前一个问题已基本说清了这一点,首先是敢于正视,不再回避,我觉得是我艺术体验的一次跨越。其实,古今中外的优秀作品都没有回避,包括《红楼梦》和《水浒传》。如何把握其分寸不能说不重要,而关键在于所有对性的描写是否属于必须,这虽然是揭示人物文

化心理结构的一个主要途径,但不是每一个人物都必须写性交。在必要性确定以后,如何把握恰当的分寸才成为重要的一环。

因为这个问题容易敏感,弄不好会有贩黄之虞,所以在构思这部小说时所重点考虑的几个问题中,这个问题也成为其中之一,因此就定下"不回避、撕开写,不是诱饵"这两条准则。

问:《白鹿原》在性描写方面如此大胆(杂志发表时删了一些,据说出书时将恢复),甚至没有回避最肮脏最丑恶的性生活。请问:在写到这些时,你有无心理障碍?是如何克服的?

答:坦率地说,我作为一个真实的人,在写作这个作品的一开始就有重重心理障碍,这种障碍甚至一直延续到我回答这个问题的当下还未完全解除。一是担心文化检查官能否容忍?要是不分青红皂白,不管作品实际不辨必要性与诱惑性之间的界线,而一下子打到扫黄之列怎么办?二是怕读者,这是更关键或者说更大的一种心理障碍,即改变我在读者中的印象,尤其是那些过去比较关注也比较喜欢我的作品的读者。前面的问题中涉及一点,即我的初期创作中不仅不涉及性,单是人物系列也多是男性,有人说我刻画得最好的形象是乡村的各色老汉,后来的一些涉及婚姻家庭的作品也写得比较含蓄,读者一般印象里,我是严肃作家,其中重要一条是写性比较严肃。如此撕开性面纱,而展示种种性形态性心理的作品,可以预料肯定会引起那些熟悉关注我的读者的惊讶,陈忠实怎么也弄这种东西?对我的印象随之就将发生彻底改变。这是我最担心的。及至现在作品发表,这种意见果然听到了,不过不大强烈普遍,读者的鉴赏水平令我欣慰。

克服这种心理障碍,坚持按原先构想写完作品的主导因素便是这部作品的主旨,这是重要的一个部分而不可或缺,另外,就是前述的那些县志上数以千计的贞妇烈女。中国在走向现代文明的同时,其中也仍然有一个性文明的问题。这样,我就获得了撕开写的勇气。

问：你有长期的农村生活经历，对农村、农民相当熟悉，根据你对农村生活的了解，农民的性观念的核心是什么？他们与城里人、文明人、文化人有什么不同？这里有无特殊的文化生活渊源？

答：我有一个未与人交流的看法，就是尚不存在一个农民的关于性的观念，或者城里人的关于性的观念，或者是还有一个城市里的具有较高文化的文明人的关于性的观念。

中国人或者更准确一点说我们民族，几千年来读着一本大书，城里人读这本书，乡里人能出资读得起书的人也读的是这本大书，城里的文化层次高的知识人还是读这本大书长大的，所有人接受的是一个老师的关于修身做人关于治国安邦的教诲。他们从小小年纪就开始背诵那些不完全能理解得了的深奥的古汉语文字，接受熏陶，关于性文化的心理结构便开始形成。

更有一本无形的大书，从一代一代识字和不识字的父母亲友以及无所不在的社会群体中的人那里对下一代人进行自然的传输和熏陶，这个幼小的心灵从他对世界有智能感应的时候起，便开始接受诸如"仁义礼智信""男女有别，授受不亲"的性羞耻教导、制约和熏陶，他的心灵就在这样的甚至没有文化的社会文化氛围中形成一种特殊结构。及至他们有了儿女的时候，又用这种心理结构制约下的关于男女关系的观念进行熏陶。于是便有了一个共同的中国人的文化心理结构特征，它既区别于西方欧美人的心理结构，又不同于伊斯兰世界虔诚教徒的心理结构。

我在查阅县志时发现了一份"乡约"，那是一份由宋代名儒编撰的治理乡民的条约准则，是由那本大书衍化成的通俗易记的对乡民实行教化的乡土教材，而且身体力行付诸实施在许多村庄试点推广。这本乡约我后来才知道是中国的第一本乡约，作为范本被南方数省的儒学学士改编修订，在他们所在的那一方地域推广。

城里人文化层次比乡里人高，物质文明和精神文明也相对要高一些,性文明自然也会高一阶,但这仅仅只是程度的差异,而无本质差别。城里人的心理结构依然是传统的中国人的心理结构,与西方欧美人的心理结构的本质的差别没有改变。虽然解放后不读那本大书了且受到批判,但那本书依然以无形的形态影响着乡里人,也影响着城里人。要彻底摆脱那本书的影响,恐怕不是一代两代人的事,一旦彻底摆脱了那本大书的影响和阴影,中国人的心理结构可能便会发生质的变化,性只是那变化中的一个组成部分。

九、我永远不会上那个原了

问:人说电影是遗憾的艺术,拍成了才发现许多缺点、不足,但想改却来不及了。你的《白鹿原》现已发表了,印成铅字以后,你有遗憾吗?再版时准备修改吗?

答:大的遗憾没有,小的遗憾无法避免。遗憾主要是文字。如果能再过一遍手,起码可以把文字锤炼得更好些。我交出手稿时就一直有再过一遍手的思想准备,因为这是作为正式稿的头一遍稿。我一次性地拉出五十万字,基本保持着卷面清整的稿子。唯一可以自信的是文字语言,唯一遗憾的也是文字语言。本来应该再过一遍手,而未能做此事,编辑同志说可以了你不必再来北京修改了。我那时刚刚弄完,有点疲累,加之已入暑天,畏怯炎夏,也就偷懒省事了。

如果有再版的机会,到时候再视具体情况而定。

问:小说的许多人物的命运里程都延伸到解放(一九四九年)以后,请问你有无写《白鹿原》第二部的打算?写第二部需要什么条件?

答:我去年初已经下了白鹿原。作为一部长篇小说的全部构想已经完成。基本可以肯定,我永远再不会上那个原了。

问:如果现在你还不准备动手写《白鹿原》续篇,你对你今后几年的创作生活有什么设想?

答:前边刚刚说过,我的所有创作都是生命体验的一种展示。《白》书就是一九八七年前后的那一段时间里的生命体验。那种体验已经比较充分地宣泄出来了,或者说已经完成了那个宣泄,所以不存在续篇或二部三部什么的。这一点从一开始构思就很明确,《白》书是单部长篇,就此完结。唯一的与初始设想的变化是篇幅,原计划不超过四十万字,结果写到五十万字。

未来的创作很难说具体内容,这有待或者说要看我会产生怎样的体验。但有两点可以肯定。

一、未来——起码截止到六十岁这十年里,我将以长篇写作为主。原因有二,我刚刚试写了第一部长篇,对这种艺术形式兴趣正浓,我在出过一本短篇集之后便转入中篇写作,后来以中篇为主写了几年,写过九部中篇出了三本中篇集子,对中篇的结构艺术进行了一些探索。现在写成头一部长篇,心情颇类似当初写成头一部中篇的情景,对长篇的结构艺术进行各种探索的兴趣颇盛;在五十到六十岁这一年龄区段里,如若身体不发生大的灾变,其精力还是可以做长篇小说创作的寄托的,所以得充分利用这个年龄区段间的十年,这无疑是我生命历程中所可寄托的最有效的也最珍贵的一个十年了。所以打算在这十年里以写长篇为主。之后的生命的保险系数很难确定,到十年后再视情况而定,写到此就有一缕人生的悲怆悄然浮上心头。

二、我可能再不会弄这么大篇幅的长篇了,不单是写起来累人的问题,恐怕仍然是概括能力的问题,我想在艺术形式和手法上做各种探试,把长篇的篇幅写小也是作为一个重要目标。至于未来作品的内容,这是现在所难以把握的。

1993 年 3 月 15 日

*李星为《小说评论》主编。

黑色的一九九二

素凤同志：

您好。

您二月初的信拖到现在才回复，主要是一种心理因素。您信中所陈述的对路遥早逝的深切痛苦，令人感动。然而您肯定还不了解二月初那时我的心境，几乎无法捉笔向您倾诉关于路遥死亡的悲哀。又一个年富力强才华横溢的中年作家邹志安在路遥去世后刚刚两个月也谢世了。路遥死亡的巨大阴影还没有散去，邹志安逝去的悲怆的浓云又覆盖过来，我的心完全被笼罩在一片悲凄之中而无法解脱。您和路、邹仅仅见过一次面而流泪不止，我们几十年在一起该是何等心境……仍然乞望您宽容拖迟复信。

一九九二，在陕西作家协会是黑色的一九九二。

一九九二年春节刚过，邹志安从乡下过完春节回到作协便感到很大不适，到医院检查后怀疑肺上有异物。记得当时在见面时他很不以为然，以为自己根本不会生这种病，我和朋友们都劝他认真查一查。我当时住在乡下，隔一段时间回作协一次，再见到他时已经住院。我劝他到医疗条件好些的省人民医院或医学院附属医院去，他大约考虑到所住医院离作协院子近点，所以固执不去。他的癌变的位置不能手术，据医生说是肺癌中最坏的一种。经过化疗等手段，及至后来转到医学院，都不能达到抑制癌变的预想效果。眼睁睁看着他被冥冥之中的那只无形的黑手扼杀了。

邹志安从一查出病症就令我和朋友们忧虑,谁都知道这种病意味着什么。路遥却是完全出乎意料的,甚至在他垮倒之前,几乎无人知道他患有肝病。我只知道他有胃病,那是一九八八年夏天,我在作协住过俩月,见他从脖颈一直到勒腰带的地方都涂着一层黏稠的黑色膏药,他说是求一位中医弄的祖传秘方,专治胃病的。我对胃病也不太在意,到秋天他说已经好了。后来我才知道那种膏药是治肝炎的。直到现在,据他的亲人回忆,除了求中医之外,从来没有经西医的仪器检查过。他的亲人解释的理由是,他怕查出肝上的大麻烦就要住院,《平凡的世界》就不能按时完成了!

这可能是理解路遥——一个从饥饿里成长起来的中国当代作家的一条注释。而各种人都会做出不同的注释,然而路遥就是这样的路遥。

路遥八月病倒延安转回西安就医直到去世,大消息小消息已经披露不少,我无须向您赘述。文学界的巨大震惊且不论,读者向路遥所表达的深沉真挚的痛惜之情尤为感人。这可能是胜过死者生前所得到的所有荣誉中最可珍贵最富价值的东西,因为从根本上说来,任何作品的最初动因和最终目标便是读者,而不是某种奖。活在读者心目中的作家才是真正的作家,路遥因此是一个精神富翁。

读者和文学界朋友在关注路遥早逝的损失的同时,也关注他的不规整的生活习律,甚至包括作家的婚姻和家庭,这都是很正常的事情。然而传言中免不了少许误差。路遥病倒之前,几乎没有人知道他们的家庭已濒临危机,病倒之后,婚变和病变便一起汹涌。我后来所知道的情况是,俩人闹矛盾已有一些时日,大约到七月份达成分手的协议。之后其妻办理调回北京的手续,路遥在家装修房子,以给予女儿因离异后心理上的某些安慰。大约到了两人实施协议的时候,路遥想回陕北休息几天,答应再回到西安即办手续,不料竟病倒在延安。俩人原先达成的协议就此搁下再不提说,直到路遥不幸逝亡,没有诉诸公堂自然也不会有判决离婚的事。尽管谁都不否定这已是一桩死亡的婚姻,但并无许多传闻中所说的那些枝枝蔓蔓的细节。

我和陕西的文学朋友们与广大读者一样深沉悲哀。但婚姻和家庭毕竟是他们两个人的事,他们过去有过如诗的恋爱季节,也有过很长一段的和睦温馨的夫妻生活,他们后来的婚变是他们双方的共同选择,我们似乎以不干预为好,因为不单是我们无法了解其中的因由,重要的是这应该由他们自己做出抉择。把他们之间的婚姻变异搅和在死亡的巨大悲痛之中,不一定符合路遥的心意,因为我感觉路遥在这种事情上是个不愿张扬的很内向的人。

活着的我们所能唯一做的事,就是替两位年轻的作家料理后事。他们都是从农村(一个陕北,一个关中)最底层里闯出来,以艰苦卓绝的奋斗精神走上文坛,然而他们从来也没有走向富裕达到小康,常为经济拮据而困扰而自嘲,然而对文学却也从来没有动摇过其坚贞的爱心。路遥无须说了,志安在生前写给《陕西日报》的一篇短文中表示了"不悔"的强硬心愿。他们代表着的是陕西一帮作家的共同心愿。我在写给《文学报》主编郦国义同志的一封长信中已详细叙说了关于他们后事安排的情况。他们都有农民父母和兄弟姊妹,我们向省政府专题打了报告,省委都以超出平常文件范围的特批予以解决。我们既不能挽留他们于人世,只得尽力做好后事安排聊表心意,也在于抚慰自己的灵魂。

陕西文坛黑色的一九九二已经过去。平凹说作协倒霉在前院的招待所那幢建筑,正建在作协的"胸部"部位,压住了心脏;又说那建筑的造型类似一具棺材。我们被两桩死人的事整得有点心怯,甚至迷乱,大年夜弄了两串三万头的长鞭,在前门和后门都放了,意在驱逐霉气、死气和邪气。

早逝的不幸逝去,活着的还在想着文学。

文学这个魔鬼啊!

请您向编辑部诸位关心陕西作家的朋友致意,我深深地代死者感谢你们的爱心。

祝愉快。

此致

敬礼

陈忠实

1993年4月2日

* 高素凤为《文学自由谈》编辑。

陕西作家应对中国当代文学做出无愧贡献

——陕西作协第四次会员代表大会闭幕词

对于陕西作家和整个陕西文学界具有重大意义的第四届作代会,圆满完成了既定的程序,胜利闭幕了! 我们可以说,陕西文学界将进入一个新的发展时期。

关于新时期以来陕西文学的成就和未来的目标,胡采主席已经在他的报告中做了充分的阐述,我这里仅就为实现这个目标表示一下本届理事会和主席团的初步思路。

我们的思路是出于这样的一种基本认识,即对陕西作家群的现状分析。

在"文革"造成的陕西文坛一片荒芜的废墟上,从七十年代末到八十年代初随着整个国家和民族的一个新时代的开始,陕西文学界同时开始涌现出一批青年作家,这是最早在中国当代文坛形成影响形成气候形成群体并引起瞩目的一代作家,他们对新时期以来的中国当代文学的贡献是显著的。这一代青年作家经历了解放以来社会的政治的以及文学在内的生活演变的全过程,生命体验日趋深刻开始进入理性境界,艺术实践艺术体验也逐渐趋向成熟阶段,然而他们中的大多数人也年届五十这个生命大关,从现在起到本世纪末下世纪初的十年,将是他们人生历程和艺术创造的最重要的十年,甚或可以说是最后一个黄金般的艺术生命的十年。

我们满怀信心地期待着,这一代作家更为杰出的丰收喜讯,必有对陕西文学和中国文学重大建树的精品出世。

八十年代中期以后涌现的一批更为年轻的作家,其中的大多数人已经走过了他们的艺术体验的初试阶段,初尝艺术创造成果的兴奋和欢悦逐渐沉寂,正在进入形成属于自己独特的生命体验和艺术体验的关键性阶段,他们正处于人生历程中最富于创造活力的年华,处于艺术创造最活跃的黄金时期,他们中间的一些人已经进行了大量的艺术实践而趋向成熟,开始形成独立的艺术个性和较为鲜明的艺术风格,而且开始在中国当代文坛产生影响并脱颖而出。

未来十年对于无论哪一个年龄档次的陕西作家都是至关重要的,而最重要的一点是任何一个都耗费不起有限的生命。本届代表大会产生的主席团,将清醒地认识并理解这一基本的现实,将坚定不移地围绕保证作家进行艺术创造尽最大可能释放各自的艺术能量这个中心而开展工作。

朋友们,我们面临的社会现实是,处于全面深入改革开放的祖国,社会生活的各个领域都在发生着重大的根本性的合理性转换和适应性调节,这种转换和调节的过程,就其实质来说,无疑是一个民族从僵化停滞状态恢复发展进步的一个历史性过程,这个过程无疑又是一个较为漫长的过程。在这个过程中,社会结构生活秩序必然要重新打乱重新调整重新安排,而最深刻最敏感的当然又是人的心理结构和适应性调整和重新安排的一个过程,必然会带来某种紊乱某种不适某种惶惑乃至某种痛苦某种欢乐,所有关于文学贬值艺术掉价作家处境尴尬的现象,就其实际来说也是属于这个过程中的必然。所幸的是,陕西作家在这个过程中基本保持着依然整齐的队列,这是最值得庆幸最值得骄傲的事情。本届主席团受命于五百多名会员代表的委托和信赖,首要的职责就是巩固发展壮大这个群体,我们不屑于堂吉诃德式的与市场经济所引起的重大社会进步相挑战,也不屑于中国旧文人安贫乐道道士式的清贫,更不能再继续那种随便抓一个馒头进行长篇小说创作的状况。我们将把改善作家创作条件和生活条件作为最现实最迫切的一件工作提上议程,虽然我们不具备使每个作家都变成大富豪的谋略,但对改变馒头加大葱的困境充满信心。这里必须申述清楚,作这种努力的初始目的和最终目的只有一个,就是保证现存创作队伍的完整并使其更加雄壮,使这个群体中的每一个个人都能有进入沉静的艺术创造的状态。

我们将努力倡导另外一种有利于作家进行创作的环境和氛围,即和谐。我们已经经历了太多的社会动乱和极"左"运动的灾难,我们也看到了这个队伍之间某些门户之见文人相轻所造成的心灵伤害。罗曼·罗兰说过,在文艺团体中,作为领导者的一个重要责任,就是防止作家艺术家互相伤害。本届主席团将毫不动摇实践大会的主旨,大胸怀大视野大气魄即包含艺术创造也包含作家自身人格建设,在这个群体中倡导互相尊重互相友好,既尊重他人人格也尊重他人的艺术兴趣。只有培养自己的博大胸怀才能达到这个群体的大团结,道理很简单,既然商潮已经迫使作家进入尴尬境地,作家们自己如果互相摩擦互相伤害将更加难以生存。我代表主席团坦诚地向全体朋友郑重宣布,我们自己首先身体力行做出表率,无论陕南陕北关中,无论老年中年青年男人女人,尊重所有作家的艺术追求艺术兴趣艺术探索,不遗余力地为创造形成一个团结和谐友好的大团结的创作氛围而努力。

陕西以胡柳王杜李魏为代表的新中国第一代作家曾经辉煌于五六十年代的中国文坛,对新中国的文学做出了永不磨灭的贡献,他们的名字将和这个民族一样不朽。我们这一代人中,也有几位兄长和小弟燃烧出灿烂的光芒,他们对文学的不悔精神将成为我们这个群体的财富。

我们倡导这个群体的每一个成员,有勇气有锐气有志气有才气有骨气。

我们相信在这个群体里会形成大胸怀大气魄大视野,出现大作品大作家。

我们的目的是一致的,陕西作家应该而且能够对中国当代文学做出无愧贡献!

1993 年 6 月 10 日

选 萃 自 序

我很喜欢我的这两本作品"选萃"。

我早就期望有一天能由自己选编两本中篇和短篇小说的书出版。

原因很简单,对于小说创作的几种形式,我都很有兴趣,短篇小说中篇小说长篇小说以及小小说,我现在都有了实际操作的具体实践了,在小说创作的形式领域里,我可以说已经不再陌生。学习创作的初始阶段,我以短篇小说为主,集中精力探索短篇小说的各种结构形式;到一九八一年编辑出版头一本短篇集《乡村》以后,我就转入以中篇小说这种形式的探索与实践了;到一九八八年年初,写过九部中篇小说之后便动手写平生的第一部长篇小说,直到一九九二年初完成。在未来的十年里,可以说是属于我的最后一个黄金般的年龄区段里,肯定将以长篇创作为主,也肯定不会放弃适宜写作中篇或短篇的素材,但毕竟对长篇小说创作的兴趣更浓。因此,编选这两本集子实际就是对此前创作道路的一个重要的小结。因为对于任何一个作家来说,创作永远都只能是一个学习、探索的过程,各个作品的水平不会整齐划一,而且风格也差异甚大。我想把自认为较强的作品抽出来,把能代表各种风貌的作品集中起来,作为送人赠友的礼物也好拿出手了;对于那些喜欢我作品的读者,也提供了一个节省时间而了知全貌的机会。

因此而由衷地感激刚刚成立的西安人民出版社。

1993年6月17日 小寨

文学这个魔鬼

我已经记不起多少回慨叹过文学是个魔鬼的事了。在我自己的创作遭遇挫折或陷入苦闷被折磨得左右不是的时候,便发出这样的喟叹;在我接触一些文学的幸运儿和不幸者的时候,也是常常油然而生出这个慨叹来。

有这样的情形发生,一个昨天还拿着稿子猥琐卑怯地到处投稿拜师的乡村青年,突然因为一首诗一篇散文或一篇小说的发表而产生影响,今天便直起腰仰起脸骂所有的人都不抵他的一根脚趾,甚至托尔斯泰也不过是一个过时的天才。面对这情景,我心里忍不住便冒出文学是个魔鬼的话来,只是不想说出口。这个魔鬼能把一个质朴自尊的乡村青年折磨得猥琐卑怯,又能把他调戏耍弄得疯疯癫癫。

更多的却是那些不幸者的情景。我不下十次接待过两鬓苍苍而仍然发不出一篇小说的文学追求者,他们中间有工人有农民有干部有教师还有搞技术的工程师,面对他们仍然痴情于所爱的追求而无言以对,我既怕伤了他们的心又怕贻误了他们的年华,便认定文学对某些人来说是灰姑娘,而对这些不幸者就是一个十足的魔鬼了。一位年过五旬的人找到我家里,拿出一部六十万字的长篇小说稿子,我翻了几章便产生了一个可怕的念头,这个人肯定是被魔鬼缠扎到死而不能摆脱了。

面对这部书的作者、老朋友孙兴盛,我又想到这个文学魔鬼的话来,然而却不是属于如上所述的几种情况。孙兴盛无疑是被文学这个魔鬼迷住而又被其钟情的一个。

孙兴盛把这部小说手稿拿给我读并嘱我作序,令我惊诧得说不出话来。瞅着他笑眯眯的眼睛,我似乎想看出他眼里是否有被魔鬼缠住的妖氛鬼气。自然还说不到对这部长篇小说的评判,纯粹是他还在搞文学创作这件事本身使我惊诧不已。因为我确切知道我的朋友孙兴盛早在十年前就弃文经商了,用目下的时令新潮用语称作"下海",而且发了不敢说大也不算小的一笔财。已经发了财的孙先生兴盛兄还在搞创作,而且写出了一部长篇小说,我便在惊诧之后又一次验证了文学这个魔鬼法力无边也魅力无限的感慨。

孙兴盛是陕西蓝田人。认识他的时候,他已经在报刊上发表过不少散文和小说。他自中学念书就喜欢文学而且长期练笔不止,为此而忍受了生活的难以叙说的艰难困苦。他在中国经济刚刚开始"搞活"的初期首先投入,大约是最早"下海"的文人。他的名气不大,自然比不得当代中国文坛几位骁将"下海"引起轰动效应;同样因为他的名气不大,所以想"下海"一纵身就投入了,不像那些大名家们先发"下海"宣言,然后再从马克思那里寻找"语录"以解释自己"下海"的行为不仅完全符合时代精神,也是对某种主义的创造性发展。孙兴盛"下海"那时候不仅缺乏理论准备,而且脸皮也还没有磨厚,显得薄了些,所以任啥话都不说就去做他的小本生意了,比今天才发"下海"宣言才做理论阐释的名家整整早了十年。十多年里他依然做着小本生意,攒下钱盖了小楼,给三个儿子娶了媳妇又嫁了女儿,钱花没了也解除了子女多的负累,一身轻松地又弄起小说创作来。我原以为他发了小财就该再谋着发大财,财迷心窍已经在现代生活中改变了原先的贬义而质变为褒义。我发现孙先生兴盛兄发了财却没有迷住心窍,迷着他心窍的依然是文学这个灰姑娘的眼睛,或者说文学这个魔鬼。

读罢《女人啊,女人》这部长篇手稿,我的直感可以概括为一句话,便是孙兴盛十年"下海"的生活体验的结晶。

今天以前的十年,是中国社会生活社会秩序经济结构发生急骤变化的十年,生活的各个领域都在发生着令人欢欣令人不适令人迷乱甚至令人痛苦的变化。孙兴盛从封闭的山区小镇进入剧烈冲撞着的大都市,闯荡其中,沉浮其中,体验到幽静的山乡所难以感受得到的生活变迁的声浪,经得多了见得广了所闻也复杂了,幸运者和不幸者,胜利者和失败者,成功者和沉海者,笑的和哭的种种人的生活,使他强烈地感受到变革中的生活的全部复杂性,终于凝结成这部动人心魄的长篇小说。

我首先被这部作品的强烈的真实感和生活的真切感所征服,这种真实真切的生活气息的感觉在许多文学作品中已经十分稀罕了。那些被称作塑料花似的作品,我们首先看到的是它的精美和逼真,然而却闻不到花香,一旦辨出它不过是涂了颜色的塑料的时候,便不止于失望而且作呕。读者能够容忍作家艺术功力的稚拙,但绝不能容忍作家感情的虚假,前者是技能问题而后者则是对读者的欺骗和不尊重。

孙先生兴盛兄的生意仍为小本生意。孙先生兴盛兄的创作却弄大了,从小散文短篇小说发展到长篇制作,而且获得了成功。这部小说的曲折的情节和人物命运的浮沉令人揪心,具有很强烈的可读性,这同样是目下被许多纯文学作家所不屑或忽视的问题。小说作品的可读性被忽视甚至被嗤笑,无异于自绝于读者。因为一切艺术品的创造的初始目的和最终目的,都是为着读者的。取悦读者为读者欣赏是最基本的目的,之后才能说到其余较为深层的话题。我以为孙兴盛已经突破了时下某些扭捏作态的小说的传染病,从而使自己和读者直接发生心之交流。

孙兴盛为了生存还在经营小本生意,而生存的目的依然是为着文学。看来他也和我一样,注定是不会也不想摆脱文学这个魔鬼的诱惑了。

1993年6月18日 小寨

大将林立,佳作纷呈

——编稿絮语

一

本期《延河》为陕西作家小说专号。

这里呈献给读者的十二个中短篇小说,是当今陕西文坛最富于创造活力的十位作家的最新创作成果。

本期目录栏里,展示出阵容整齐、大将林立、百花齐放、佳作纷呈的局面,令编稿人心血潮涌,自信而又鼓舞。

二

新时期以来陕西形成了一个人数众多的作家群。按一般推理,组织一期小说专号不应看作难事。而实际的内情却往往有异。陕西确有一帮优秀的中青年作家,他们从黄土高原、关中平原、秦岭和巴山山地冒出来,浴着新时期的时代祥光走进文坛;他们大都出身低微,经历和体验过较多的生活的艰难,真切地感受过生活演进的巨大痛苦和巨大欢乐;他们钟情于文学而且痴情不移,经过了大量的艺术实践和不倦的艺术探索;他们中的大多数人在年龄上属于五十上下,进入对生活和艺术体验的成熟阶段，也就进入艺术创造的大释放阶段，这恐怕是他们几乎不约而同地进入长篇宏制的创作现象的最根本的原因。

这样，这个群体的作家在一九九三年出版了大约十二部长篇小说。至于这些长篇小说在中国文学界的褒贬毁誉，都是很正常的现象。他们自己则更注重于总结得失，以便调整自己的笔锋。少几句赞美多几句杂话都不做辩白，他们深感再也浪费不起生命；即使连某个把他们幼时的艰苦生活细节也作为讽刺口实的纨绔口吻也不过付之一笑。

这种大释放的群体性创作态势还将持续下去，可以期待今后的几年里，每年至少都会有五六部长篇问世。在这种情况下，约请他们分出心来写短篇小说，在策划本期专号之初的担心，确实不无道理……无须赘述过程，终于较为顺利地编成这个专号，我们唯一要说的一句话：感谢朋友。

三

说来惭愧，作为《延河》主编，还是第一次阅读一期刊物的全部手稿。徐岳病了，为了给作协节约经费，自己投靠朋友实施医治疗养去了，便由我来编这个专号。他在病中依然牵挂着这期刊物的进展状况，不完全是因为专号的主意最早是他提出来的，而是一个事业型文化人的职业习惯。我终于可以回答他电话和书信里表示的严重关注了。

这就使我得了一次做编辑的机会。我发觉阅读作家们的手稿完全是一种愉悦一种享受。且不说各位作家在作品中的刻意和用心，因为这在作品发表以后同样可以体味。兴趣首先发生在那些五花八门的手迹上，我可以从他们或是规矩到一丝不苟、或是狂飙大草、或是娟秀细小、或是刚柔相济的钢笔字体里,往往能够透见我熟悉的朋友的眼睛,就在字里行间闪烁跳跃,或豪放,或诡谲,或坦实,或灵秀,或不屑,或桀骜不驯……

更有使我兴趣盎然的兴奋点,便是各个作家手稿上那些删改过的地方。据此我可以猜想他们最初选择的句式字词的用心,又进而看出他们涂抹删节以后改换或添加的新的句式或字词所产生的新的意蕴。这些地方往往可以看出我的朋友思绪中的浪花飞溅,智慧之星的闪光……阅读者自己也屡屡感到了智慧之门被叩击,被启示的欣喜。

四

我读的头一篇作品是杨争光的《蓝鱼儿》。蓝鱼儿是双美丽得令人好奇,令人恶心呕吐,令人畏怯到无法防范无计逃遁只有上吊跳河喝敌敌畏的手指,读罢好久好久都使我陷入一种惶惶不宁的情绪而不能复归平静,直觉是那双手指搔到腋下来了。我读的最后一部稿子是本期篇幅最长的中篇小说《狼情》,程海先生让绰号"狼剩饭"的主人公在篇末放的那一声枪响,又一次震撼搅乱了我的心绪……

一般来说,编者没有多少必要评价本期刊物内容,更不宜三流广告似的瞎吹。最基本的常识是,这样做会给读者造成先入为主的诱导,破坏读者直接阅读的那种陌生化的兴致和情绪。尽管编辑部嘱咐我好生写一点卷首语,斟酌之后还是决定不涉及作品的评价,让读者自己去欣赏去判断为佳。我忍不住说了几句阅读第一篇和最后一篇作品的直接感受,仅出于对那双鬼魅似的手指和那一声枪响的难以承受。好在只是感受而不是评介,还请读者宽恕。

五

《延河》到今年已经流过四十个春秋，这是新中国成立后最早创办的几家纯文学月刊之一。中国当代文学的全部辉煌和所有灾难，《延河》与其他兄弟刊物一样都经历过有幸与不幸。灾难的不幸虽然沉重，终究被翻了过去而成为历史，唯有她曾经闪耀过的辉煌给后来的继承者带来自豪，更多的却是压迫。

《延河》的创始者和一茬又一茬编辑工作人员，以他们的心血在这条既富于革命象征意义又富于诗意的河流里扬波掀浪，以他们的卓越的艺术魄力铸成永久的魅力，为新中国的文学事业做到了一个地方刊物所能达到的极其难能的贡献。《红日》和《创业史》都是在《延河》首先选载或连载而推向全国读者。张贤亮先生的发轫之作《大风歌》在这里刮起，并因此而罹难。茹志鹃的脍炙人口的短篇《百合花》也是在《延河》面世，然后走向千千万万的读者，又通过中学语文课本而陶冶了一代又一代青少年……须知这些作品最初问世的文艺界的气候乍阴乍晴，其风险远非今天的人所能理喻。那些甘愿付出心血承受风险的编辑们现在都老了，退离了这条"河"，有的已经作古，留下的是一摞一摞的杂志和他们亲笔润饰过的业余作者的稿件。

面对当今中国文坛以"四大名旦""四小名旦"为标志的五彩缤纷的文学刊物，我们久久汗颜；面对《延河》五六十年代的辉煌，我们更加惴惴不安。

压力是最原始的策动力。《延河》将继续流淌，继续前行，终归汇入的自然是中国当代文学的汪洋，为中国当代文学的健康发展和持续繁荣而发出自己的热和光。陕西作家的全部创造活动，也终归是中国当代文苑里的一种或几种花，或者说是这个汪洋里的一滴或几滴水。

《延河》仰仗于陕西中青年作家的支持,并不遗余力地为陕西作家的发展和陕西文学的繁荣而虔诚服务。

《延河》同样仰仗于全国各地作家的支持,迎接八面来风,甘愿为各种艺术风格的作家的创造活动至诚服务。

1994 年 2 月

故乡,心灵中最温馨的一隅

看到编撰整齐的《历代诗人咏灞桥》书稿,心灵深处的某一根最灵敏也最绵软的神经便发出颤音来。及至读完,依然不肯释手,稍有闲适,便由不得拿起来吟咏品咂。有贵人来要我的拙笨的字儿,便把其中我最喜欢的诗句写下来,竟然觉得是一种情感释放而很愉悦,很自豪。

这种情绪说来十分简单十分单纯,这是一本汇集了历代诗家词人吟咏灞桥风物的诗集,灞桥是我的家乡。这种单纯甚至幼稚的儿童心理情感,不应看作是某种自私或狭窄心理吧?窃以为是最纯净最虔诚也最令人心动的情愫。无论普通人乃至将军总统,无论操哪种语言着哪一种肤色的种族,无论他在人类社会哪个领域做出过怎样杰出的贡献,对于故乡的虔诚的情怀都是一脉相通的,可谓人类共性之一。这是一个人的"根",是一个人丰富的感情世界里的带共性的"结"。我以为故乡情结这个词是生动准确极了,反过来说情结故乡也更具意味。即使那些在故乡受过苦甚至遭过罪的人,可能在他贫困潦倒不堪罪罚的困境里诅咒过故乡,然而多年以后,仍会发觉心灵深处最温馨的一隅,依然还是自己的家园自己的故乡。

去年和今年的陕西电视台的春节晚会节目很精彩,然而留下深刻记忆的却是两个回归故土的老汉。一个是去年春季从台湾回到西安的吼过秦腔的黑发瘦老汉,开口一句"我是长安人",便把几十年的离苦离情倾泻出来。另一个是今年从吉尔吉斯陕西村归来的白头发老汉,堪称一绝的关中小曲儿,令人倾倒也令人热泪滂沱。

往昔里,我也零星获得过一些古代文人歌咏灞桥的诗词,尤其是关于灞桥柳色的词章,从来也没有机缘读到如此集中的关于家乡灞桥的华簇锦章。与那些介绍灞桥历史沿革人文地理物产的史志不同,这些历代诗家词人留下的诗词所展示给我们的,完全是一幅幅灞桥风光的立体图画,能够让今天的灞桥人了解一二千年前的家乡的风物人情世态,心灵中那根结着故乡情愫的神经便颤颤发音了。

"山开灞水北,雨过杜陵西。"以边塞诗称著的唐代诗人岑参眼里笔下的灞桥河水山原自然气象,恰如大写意的泼墨画。唐明皇李隆基以风流天子的眼光看取这块皇天后土时,更是一片明媚:"洛阳芳树映天津,灞岸垂杨窣地新。"这位留下千古传诵的爱情悲剧的皇帝,在他处于王权鼎盛和爱的胶漆状态时,自然免不了对于贵妃池的迷恋:"远看骊岫入云霄,预想汤池起烟雾。"而更多的文人墨客都以各自的心态和独特的艺术感觉,写下了这块美丽的土地在昔日的万种风情。王昌龄在白鹿原故居安贫乐道凭吊孔子的弟子颜回和原宽,"偃卧滋阳村"时,所透见的便是"空林网夕阳,寒鸟赴荒园"的清淡到几近凄凉的景象。而杜甫的笔端反倒流泻出少见的柔情:"紫燕时翻飞,黄鹏不露身。"勾出来灞河两岸柳林田畴一幅动静有致的生动活跃的图景。"芳秀惬春目,高闲适远心。"(严雅)"读书三径草,沽酒一篱花。"(许浑)"鸭卧溪沙暖,鸠鸣社树春。"(温庭筠)"和烟和雨遮敷水,映竹映村连灞桥。撩乱春风耐寒冷,到头赢得杏花娇。"(郑谷)"一条灞水清如剑,不为离人割断愁。"(沈彬)且不说这些诗的美好含蕴,单是诗中所描绘的令人向往的美好境界,就可以了知作为王都的京畿之地灞桥的生态环境多么可人。灞桥在汉属于上林苑——御家自然公园的腹地,严维笔下灞陵地区"坐鸣松下琴"的环境已无法想象。我自小所见的灞陵山便是秃的。我现在可以以诗索图,灞陵山上,古松参天,溪流潺潺,灞水浐河,杨柳依依,紫燕呢喃,黄鹏隐现,鸟唱于林梢,鹿鸣于原畔。这是多么让人神往的生存佳境。

然而,建安七君子之一的王粲的诗,却给我们留下了一幅惨景:"西京乱无象,豺虎方遘乱。""出门无所见,白骨蔽中原。""路有饥妇人,抱子弃草间。""驱马弃之去,不忍听此言,南登灞陵岸","喟然伤心肝"。这是汉献帝时董卓部将在长安作乱时制造的恐怖景象。灞陵是我的家乡,即现今的灞陵乡。而西汉司马相如所描绘的上林苑内八水绕长安的气象却是:纡馀委蛇经营乎其内,荡荡兮八川分流,相背而异态。到东汉末年那种恢宏壮阔的景象已不复现,而是遍地哀鸿白骨蔽野的悲惨世界了。战乱毁灭一切生灵,包括人也包括大自然。

这些诗词里提供了许多与灞桥相关的历史典故和美好传说。秦始皇焚书坑儒的坑就在铜人原上,邰平店有关东陵瓜的美丽传说,灞水浐河初春三月水边采兰的动人情景。尤其是灞陵乡韩康,避官避名隐居灞陵山采药救治平民的传说,委实令人感佩。一句"卖药不二价,有名反深耻"的诗,把一个秉正刚直的形象活托出来,成为灞桥人形象的传统典型,真可谓山好水好人亦好。

灞桥是我家乡,生我,养我,培育滋润了我。我有幸在家乡工作二十年,服务不够,却得益匪浅。正是那里的如韩康一样"卖药不二价"的父老乡亲,给我以深刻的影响;在那二十年的乡村基层工作中,我才逐渐加深了对社会和人生的了解和体验;完全可以这样来概括,如果没有那二十年的乡村工作实践,我的全部文学创作都是不可想象的,或者说完全会是另外一种面貌。基于这样一种情怀,我向你们鞠躬了,故乡的父老乡亲。

祝愿家乡灞桥再铸辉煌。

1994年3月21日

小说最是有情物

一

春节前夕,党益民来找我,一张泛红的娃娃脸笑眯眯的,谦恭而又含蓄着羞羞的神色,我一见便有点动情,因为这样淳朴纯洁的眼神在我看起来,恰如原野上的一株未曾污染的树或者更像山间一潭清水。

我看党益民像个工厂或企业的青年职员,问了才知道他已过而立之年,况且是一个有十二年军龄的现役军人了。他拿出一部长篇小说稿,要我作序,我想推辞却怎么也说不出口,尽管此前已经推谢过好几个。主要是那双淳朴纯洁的眼睛,我似乎无力拒绝这双眼睛;如使这样的眼神瞬间转换出一缕失望,那失望肯定会变成一种歉疚印于我的心上,任何时候再见到他都会引起心理反应,负疚的反倒是我了。

我由此而发现,自己其实一直是在期盼如益民这种眼神的。无论为官谋政的舞文弄墨的经营企业的倒腾商品的大腕大款们,无论做工务农行医唱歌跳舞擦皮鞋扫街道拾破烂的芸芸众生们,多有一些如党益民那样的淳朴如绿树纯洁如山泉的眼神,我们的大街上汹涌的人流就会是另一番景致,我们的生活情调就会是一种真正的和谐，我们生存的环境肯定有利于每一个生命的心理卫生。

稀罕而又珍重这一双眼睛，我决定作序。

二

党益民是陕西关中富平县人，父母都是初识汉字的农民，由此上溯几代，也都是初识或根本不识字的农民。党益民很为自己成为这样的家庭的第一位大学士（生）而自豪。在他之前只能用嘴巴和人交流情感的几代父老，看到他们的一位子孙可以用长篇小说和整个世界对话的事实发生时，该当是怎样一种情感淋漓的感慨！

常常可以看到这样的现象，某些书香门第出来的子弟，在某一项事业上有了超越他们父辈的重要建树，有的是他们自己更多的则是社会便把他们成事的因由归结于那种门第里头书香熏陶的结果，甚至更甚者干脆说成是血统的高贵。这是否又走到"文革"中"血统论"的另一个极端且不辩。如果不是抬杠执拗的话，那么，那些书香门第里头更多的平庸之辈乃至不肖子孙又该做出怎样的解释？随着社会的开放和生活的多样化，庸俗社会浅薄的市侩观念也浮掠其中，不以其陈旧肤浅和庸俗不堪，反而标以新潮新鲜确令人缄口默语。其实，无论书香门第、官香门第、富贾门第和平民茅屋破窑里养育的子弟，成事不成事，成小事成大事，做官为民，习文习武或挨枪子，主要还是子弟们自己的事，既有赖于子弟们某些说不大清的先天性智商，更有赖于后天不懈的努力和奋斗。用毛泽东的哲学观称作"内因是变化的依据"。那些愚蠢和顽劣子弟即使泡在墨红和官印盒里也无济于事。

党益民自小接受的是黄土、绿草、牛粪、马尿和酸菜缸的熏陶。他成为一个作家我就尤其高兴。我也许和他熏陶的环境条件差不多，所以我尤其为那些从平民茅屋破窑里走出来并对国家和民族有所贡献的人而钦敬,因为他们几乎无一例外地经历过更多的艰辛。

三

党益民从事文学而且年纪轻轻便卓有成效,又一次验证了我关于文学创作纯粹属于个人兴趣的观点,于此我甚以为得意。

党益民十八岁参军以前是个农村小青年,那里的环境百分之百会把他造就成为如其父兄一样勤苦质朴的农民,在后来农民进入改革大潮的新形势下,也可能造就成为一个优秀的农民企业家或养鸡专业户或跑单帮的生意人。十八岁参军后,百分之百地可以相信他会成长为一位优秀的战士或指挥员。然而他却成了一位优秀的青年作家,按他的生活环境来说这似乎都是不可思议的事。

我只能归之为个人兴趣。

每个人都有自己的喜好和兴趣,有人于机械一点即通,于数字的运算十分灵敏,有的人于文学就一触钟情而且痴心不改,甚至历经九死而未悔。这是什么在起作用?恐怕不能用任何功利的因素做出注解,我把它归之为纯粹的兴趣。

这里就涉及文坛当今的一个热门话题。即商潮滚滚的中国还会不会有文学的前途?还容忍不容忍作家文人继续操练小说和诗歌?我不仅从口头听到而且从报章上看到,在深圳在海南这些当今经济最活跃的地区,谁要说文学说诗歌小说,会被人看成神经病。并由此而结论,未来中国经济发展的下一步是容不得文学和作家的。

我不敢否定这些时髦新潮式的预测,但我多少还了解一点世界文学发展的情况,欧美日本这些当今属于经济发达地区的国家,好像文学还在不断发展着,新的流派正是在这些经济最发达的国家创造出来,一部又一部形成世界性影响的杰作也不断创造出来,作家队伍并未削弱更没有消亡的情况发生。属于发展中国家的我们,怎么会刚刚搞热搞活了经济,就不容忍作家也不需要文学作品了呢?我便大胆妄言,即使有这种情况发生,只能看作是畸形的社会心理和暂时的社会现象,一旦经济得到更充分发展,社会各个层面的人的文化素质进一步提高,整个国民的心理素质普遍健全健康起来,真正的文学更会获得愈加广阔的心理空间。

说到这个话题的另一面,便是对创作这项劳动的理解。创作活动完全是一个人的兴趣所致,所谓爱好,而作品乃是作家的生命体验和艺术体验的一种宣泄或者说展示。那种双重体验一旦产生,一旦强烈,一旦成熟,宣泄和展示的欲望便是无法阻截无法窝死的,比如鸡要生蛋、女人要养育孩子,除非你杀了她。这种创造欲望更不是金钱官位所能改移的,当然这里是指那些对文学痴迷到如生命的作家而言。

所以在我看来,文人"下海"的讨论没有多少实际意义。对文学没有了兴趣或者说兴趣已转移到经商炒房地产炒股票者,就应该让他到商海中去大显身手,这是很正常的事,因为他已经不喜欢文学也无创作兴趣了。对于那些依然对文学创作兴趣不衰的作家来说,也应该让他充分地展示他的独特体验,大可不必嘲笑他的痴呆他的寒酸,作家自己也没有在款爷面前低三辈的必要。

党益民进入文学领域,便是一种个人爱好和兴趣,他写的长篇小说,便是他在边陲军旅里的生命体验。

四

绕了一个大弯,最后我才回到这篇文章的命题,作家是情种,小说最是有情物。

这个情显然不是单指情爱。

党益民从小小年纪直到而立之年的十余年间,多在祖国大西南的边陲之地驱车驰马,那块对我们来说既感陌生又感到豪迈的高原巍峰,他是千遍万遍看过踏过也拥抱过,汗和血都洒在那里了,情系高原魂系高原是真情实感而不是矫情伪饰。我读这部长篇小说时便感到了人物的鼻息和汗腥,那是一种关于高原和人生的生命体验,这体验里喷薄着炙人的真情。

读者不妨先读"后记"。后记里记述了党益民所亲历的两个战士,两个伟大生命的牺牲过程,催人泪下,揪人心肝。我便完全理解了这部小说产生的因由,那两颗赤诚忠贞的战士的心,不把他们的伟大和美好展示给社会,党益民会长久地寝食不安的。真情要宣泄,生命的体验要展示,而滚滚的商潮和庸俗的喧嚣能卷走吗?

作家是情种。这情就产生于对祖国大地天空和海洋的一种爱,产生于对国家和民族的根深蒂固的爱,产生于对国家和民族的每一个灾难的刻骨铭心的痛心和对每一项成就的由衷的礼赞,产生于对这个民族的每一个优秀分子的崇敬,产生于对国家和民族明天的发展前景的美好期待。作家的灵魂世界是一片绿地,不受包括铜臭在内的污染,才能迎风起舞,才能感受阳光和风的抚育而情生万态。

小说便是作家那种情的宣泄。

党益民的这部长篇小说我以为便是此属。

沟通,我的期待

——《白鹿原》韩文版序

人对自己生命历程中发生过的许多"第一次"的事情总是难以忘怀。

对于以文学创作构成生活主要内容的我来说,第一次发表处女作,第一次出版小说集子,第一次获奖,第一次写长篇小说《白鹿原》,如此等等,尤其记忆犹新,也尤其珍重。现在,韩文《白鹿原》作为第一种以外文翻译的版本在韩国率先出版,无疑将储入属于我难忘的"第一次"的记忆序列之中。

之所以如此,概出于我对创作这种劳动的理解。作家创作的初始目的和终极目的,其实都是为了与读者达到一种心灵的沟通和情感的交流;作品是作家生命体验和艺术体验的一种结晶或者说一种展示,是实现与读者沟通和交流的媒体罢了;能够达到这种交流和沟通的读者愈广泛,无疑是最令作家感到欣慰的事,比得到任何文学奖都珍贵。《白鹿原》以韩文在韩国出版,意味着我将与朝鲜族韩国读者可以进行交流和沟通了。我很看重这件事,也仅仅只珍重这一点。

金成奎先生拖着一条病腿,冒着严寒从韩国到北京再到西安,与我商谈翻译出版《白鹿原》的事,很使我感动。在此书即将于韩国面世之际,我向金成奎先生表示钦敬和谢意,是他的真挚的热情和不懈的工作,才促成了我与韩国读者能够实现如上述的那种心灵的沟通和情感的交流,而且是在两个相邻的民族之间……愿他的腿疾早日康复。

虔诚地期待韩国读者朋友的回声。

1994 年 4 月 8 日　西安

虽九死其犹未悔

早就想写一点有关志安的文字，从他离开当代文坛的时候，就产生过这个念头，直到他周年已过，我依然提不起笔来。我后来很清醒地意识到自己情感的脆弱畏怯，因而无力触动情感世界里的那一潭水。我推着未写，实际是一种逃避。这种逃避痛苦的情况已不是头一次发生，六年前，我的尊师挚友蒙万夫刚交五十猝然谢世，那时志安还写过一篇心情沉痛而又激越的悼文，而我却是一周年后才写了一篇回忆与蒙交谊的文章。路遥逝去后，我除了在告别仪式上那篇极简短的悼词，后来也未再写什么文章，其实有许多往事至今依然难以忘怀。志安的死亡更加深了我的心理畏怯，以致那情感脆弱到不堪一击了。

我已经不再单纯把疾病看作是病魔，无论是蒙万夫先生的心肌梗死，无论是路遥的肝硬化腹水，抑或是志安的肺癌，不单是病魔，简直可以说是一个专门谋杀天才的阴毒的鬼魅。鬼魅无形，残害天才和善良却绝不放手松口。然而我终于获得了掀动那一潭情感水波的勇气，这就是陕西人民出版社要出版六本志安的以爱情为主题的系列探索性长篇小说，并要我作序。我欣然应诺，连自己适宜不适宜作这个序都不顾及了，这勇气显然不单是来自于个人情感，而是来自于读者。读者在作家邹志安去世后所触发的巨大的社会同情，《文学报》发起的募捐活动响应者二千余人，作家和文化团体惺惺惜惺惺且不说，百分之八十以上的募捐者几乎包括了社会分工中的所有职业层，尤其是那些退休干部工人和中小学生。我曾经在接过《文学报》主编郦国义先生送交的捐助者名单时心里一沉：鬼魅无形，读者有情。

去年以来，邹志安有三部长篇小说遗稿在他谢世后相继出版，引起读者更大的兴趣和热情，书的销量可观。欣慰的同时我也惊讶不已，我清楚这三部长篇是进入九十年代的新作，陕西人民出版社这次重新出版的六部爱情探索系列长篇均为八十年代后几年的作品，此前他曾写过二百多篇短篇小说和十几部中篇小说，且不说文字总量究竟有几百万，单是几部长篇的数量起码在陕西当代中青年作家中是遥遥领先于所有生者和死者的。所有这些创造性劳动成果全部是在新时期以来的十三四年间完成的，是在他三十二至四十六岁这个黄金般的年龄区段里创造出来的。我惊讶一个人竟有如此巨大的艺术创造能量，也钦佩他如此巨大的创造热情，智慧和天才且不论它。

在我看来，作家的全部创造理想和生存欲望，概莫能大于读者对其作品的理解和接受，作家从事创作劳动的全部意义或者悲剧都在这里。这里就触及对创作这项劳动的理解，不过是作家艺术家把自己对社会历史和现实的生活体验进而到生命体验所形成的各个迥异的独特体验宣泄出来，凝成一部小说、一首诗歌、一出戏剧、一幅绘画、一曲交响乐，以期与读者或观者听者进行心灵的沟通和交流，文学和艺术作品不过是实现两颗心灵交流沟通的媒体。文学艺术沟通古人和当代人，沟通各种肤色各种语系的人，沟通心灵，这才是从事文学艺术工作的人痴情矢志九死不悔以致不惜生命而进行创造活动的全部缘由。这样，我才能更贴近杜鹏程创作《保卫延安》和柳青创作《创业史》的本体实质；这样，我也才能更贴近邹志安十数年间创造出五百多万字的文学作品两次获得全国大奖的本质性内容。

又有谁能理解，进行着如此巨大劳动的志安，是嚼着酸菜喝着苞谷糁子进行这样沉重的劳作的呢？

我和志安大约是先后一年为妻儿转办了城市户口，因为我在西安郊区办事较方便，户口虽进城了我依然住在乡下，图得个耳根清净。志安把妻小户籍转入城市随即举家由礼泉老家搬到西安。他搬来老母妻子儿女和侄儿的同时也搬来了酸菜缸。乡村人腌制酸菜的粗瓷大缸便堂而皇之搬进省作家协会的家属楼。这个时候初获经济改革实惠的城市居民悄然兴起了新"五大件"取代旧"五小件"的家庭革命。然而作家邹志安此时还不能废置或淘汰酸菜缸。凭他不足百元的工资和低微的稿酬，要维持一个六口之家和接济残疾弟弟两口的生活，就只能继续乡村农民苞谷糁子就酸菜的水平。鲁迅先生"吃的是草挤出的是奶"，志安吃的是西北人用萝卜缨子红苕叶子腌制的酸黄菜，挤着大量的奶。

即使这样，在他身患绝症的一九九二年春天，他依然应《文学报》和《陕西日报》联合征文写下了那篇《不悔》的短文。那时候，中国文坛正七嘴八舌讨论"文人下海"的新兴话题，原因是商潮滚滚的现实使文人们感到了生存危机和某些心理上的不平衡、不自在。那时候，陕西文坛与志安先后起步的作家哥们弟们，对他不幸被无形的鬼魅擒获而扼腕长叹，动心的叹惋里也包含着善良的抱怨，抱怨他写得太急、太猛、太不注意劳逸适度了。我也在第一次去医院看他时这样抱怨过。当我读到短文《不悔》时便哑然，那种痴情于文学的专注和强悍的精神，使我的心受到强烈的震撼。那是对生命意义的一种更高境界里的独立理解，绝不混同某些庸俗和市侩的患得患失斤斤争逐。这个《不悔》支撑着他原本并不雄健、当时已经开始憔悴的身体，而那躯体里依然灌注着某种魔力，我看得出来还是文学这个魔鬼。他要把自己对这个世界的体验宣泄出来展示出来，把他体验到的这个世界里的全部美好和卑鄙、欢乐与痛苦、崇高与龌龊、鲜花与蛆虫，展示给他热切关注着的父老乡亲兄弟姊妹，与他们交流和沟通。

在生与死的阴阳交界处,他沉静如铁地宣布:不悔!

庸俗的我还能再抱怨他什么呢?

写到这里,我的眼前便变幻着志安的种种眼神,有激烈辩论时生气逼人的灼灼之光,有慷慨陈述艺术主张时的睿智,有沉醉忘情于乡野逸闻笑话的顽皮,有搞点小动作捉弄某个可笑角色的诡谲,有倾心谈叙心事情曲儿的忧伤。然而留给我最难磨灭的却是两种眼神。大约是他写这六部爱情系列长篇那几年间,记得某天早晨我从乡下蛰居处回到作协大院,在门房取信时见到志安,两只布满红丝的眼睛像是传染了红眼病,我问他是否感染了,他摇头坦然地笑笑说没有。我便肯定他是夜里熬得太久了。我知道他的写作习惯,常是夜里三点钟爬起来写东西,在任何场合都可以干活,一直写到次日上午。几次出外开会同住一室,天亮时我就睁眼看见他伏案疾书的背影。那时候他的爱情探索系列大约正写到欢处,一本又一本抛出来,熬红眼睛似乎已习以为常毫不在意。

难以忘却的第二种眼神一想起来就令我凄凉,在他垂危之际我去看他,把我们能想到的让他揪心的四件事一一明确告诉他,让他放心。他已处于半昏厥状态,一阵清醒一阵昏迷,口腔已不能发出一丝声音,判断他清醒或昏迷的标志便是他的眼神。那眼神已经失去光泽而笼罩着一片昏暗,当黑色的眼球基本可以固定在眼眶中央时,他是清醒的,我便抓住短暂的机会说出关于对他老母亲的生活安排,他便点一下头。当那黑色眼球翻转上去隐没起来时,我说的事就毫无反应,他又昏厥了。他已走到生命的最后一步,微弱到连眼球都不能自控了。四件关于老人妻子儿女等生活工作安排的事间断了几次等待了好久好久才交代完毕,也包括我的几次哽咽说不出话而耽误了他清醒转来时的机会。

垂死者留下的凄凉是我的。

生的欲望直到垂死的最后一刻依然在那眼神中忽游闪现，并因其不可逃躲最后的破灭而更显得凄楚动人，那是一种不息的强烈创造欲望破灭时的依然顽强的信念：不悔！

文学这个魔鬼啊！

我不想再多回忆几十年来的相识和相交，可资回忆的往事太多了。七十年代初，我们几乎同时在陕西地方文学杂志上发表图释"阶级斗争"的小说处女作，我们共同欢呼中国文学艺术的春天的到来，我们又是几乎同时进入陕西作协专业作家的队列，我们无数次一起去参加种种文学集会且同居一室。我们友谊甚笃也免不了争执，我们互相信赖也发生过猜忌，然而终究都化解冰释了。在他逝后一年，他生前的一位好朋友赵润民找到我，谈志安病危时他去看他，志安向他说了几句关于我的话。赵润民刚说了一句我便潸然泪下，并制止他再继续说下去。这样的话听一句就够我受用一辈子了，多听一句就觉得心灵承载不起。赵润民说他想看到我写志安的悼念文章。越是这样，我越发不敢触及如本文开头所说的那一泓情感的潭水。我又想了，写了又能如何？不过是给活人看的，对于失去至亲也失去精神和生活依托的老人妻子儿女来说，现在最需要最难为的自然是生计问题。为了不能忘怀的那两种眼光，我是想尽到一个同志、同行、朋友的心意去做一些事。

往事如烟、如潮、如泪、如血。这篇序文显然不是我倾泻那种交织着血雾泪潮的地方，依然潜存心底。但有一件事却忍不住要写。我的母亲陪女儿念书先我住进城市，母亲住不惯是可以理解的。她和邹志安母亲在同一条巷道里也不知怎么就认识了，彼此谁也不知道她们的儿子是交谊可以的朋友。她们是在视对方肯定来自乡下可以说话时自然认识的，因为她们两位老人的穿戴包括说话的神气和走路的姿势都保存着乡村风姿，与那些城市老太太在一切方面都迥然各异，像动物可以嗅到同类的气味一样互相靠近而结伙成帮了。

她们成了朋友并开始频繁地互访活动,她操着礼泉口语,我母亲则是灞桥土著,些小的方言差异不能构成阻碍。有一次,我发现案上有一包苞谷糁,母亲说是"志安妈拿来的,今年的新苞谷糁"。我大为感动,一包苞谷糁竟然令人动情。

志安去后,我多次去其家看望那位老人,每一次都向她发出邀请,请她到我们家去和我母亲聊天拉闲话,用意是不言自明的,而且说明我母亲因高血压腿脚不灵了,况且我的楼层低。这位老人一次也未登过我的家门。去年中秋节时我又发出邀请,不料老人家哭出声,说:"我想去哩我想去哩我咋不想去吗!我去看见你跟你妈在一搭,就想起我娃。我娃这阵儿在哪搭哩……"我听了几乎心肝碎裂,一句话也说不出来。

作为志安的朋友,我虔诚地感谢陕西人民出版社,你们为志安终其一生而不悔的事业的血泪结晶提供了重新走向读者的机会,这些作品我已无意评说,让它们走向广阔的心理空间吧;作为志安生活体验、生命体验、艺术体验的一次排炮般的展示,相信会沟通无以数计的男女的心灵。这样,我在面对他的眼神和那位老妈妈的眼睛时,自觉可以能够既不虚伪于艺术也不虚伪于人生。

1994年6月14日 小寨

铁骨柔肠赋华章

读罢朋友送来的刘广明同志的《春晖集》诗稿,我很惊讶,作为一个省的高级人民法院院长的刘广明同志,他肩头扛着的天平上累摞着怎样沉重的负荷,怎么会有闲情逸致吟诗赋词呢?而且不属于那种一时兴之所至的偶然所得,而是赫赫然有这么厚一大本。我便想到,这位肩负天平手执利剑的院长,确是常怀诗心的一种高尚而又浪漫的生命境界了。

《春晖集》所收录的诗,概括起来,可以说涉及作者工作和生活的一切领域,是一种情怀的自然泄露,是一个人的坦坦荡荡的心境的折光。

在这本诗集里,抒写作为一个省高级法院院长的工作中所包含的神圣职责的独特体验的诗篇,占有很突出的位置。显然不完全是一个省只有一个高级法院院长的缘故,而且更关键的是怎样的一个院长,而且还要有一颗诗心,才能产生出那种作为一个高级法院院长的独特体验。《办案一日行》:

> 日出驱车三百里,
> 听取汇报在旋即。
> 勘察鞫讯过正午,
> 座谈询问至日夕。
> 月下敲门访群众,

灯前研析邀同知。
未抖征尘坐睡去，
梦中忽报好消息。

这是一首忠于职守的诗，案情突发，催马扬鞭，踏勘现场，走访群众，废寝忘食，直至一句"未抖征尘坐睡去……"读来真是见景而动情了。作者写下许多此类诗篇，有的是为复杂案情绞尽脑汁，有的是抒发获得重大突破后如柳暗花明的心境，有的是对犯罪分子惨无人性的罪恶的切肤仇恨，有的篇章直抒镇压顽凶的凛然正气。单是这些诗篇的名字就是很突出，《阅卷入境》《除霸吟》《除害》等。阅读者不仅每每被作者的真实情感所激发，自然也对法律工作者忠于肩头天平的崇高精神而钦敬。这些诗中宣泄的那种"严惩罪魁彰国法，不负百姓推举情"的凛凛威严之气，正是因为"国徽庄严悬心中"，"人间正气荡乾坤"。

另有一批写同志情战友爱以及家庭儿女情长的诗篇，相当动人，让我一下子就透视到了这位铁面铁骨的法官的柔肠慈心了。在写给同乡同窗好友的一首诗中，"畅饮长叙至夤夜，支床展被抵足眠。"久别重逢的同志朋友，何等亲密无间，又是何等生动的友情写照。一个对国家对人民承载着重大责任的人，对威胁人民生存生活的顽冥不化分子，必须冷面铁骨毫不手软，另一面就是对同志对人民的自然流畅朴实无华的真情，没有至爱就没有至恨，没有对人民的慈心柔肠就没有对危害国家和人民利益的顽劣之徒的冷面铁骨。

儿女亲情更能透视作者的胸怀。这类诗中有祭奠父母亲的，有的类似于陆游《示儿》的篇章。一个有重大社会责任感的人，自然最清楚应该培养自己的子女成为怎样的人。"松柏青翠话雷锋，碑前鞠躬叩英灵。今携子女同瞻仰，愿犊鹏程慰同庚。"刘广明同志与雷锋同龄，切切期盼儿女继承雷锋精神，成为雷锋那样情操高尚的人。有一首写给女儿生日的诗和旅程归来，儿子女儿乱翻提兜的动人情景,真是写活也写透了儿女情。一句"谢客摔盆棺木头,披麻戴孝扶灵走"。蕴含着乡村丧葬风俗,也蕴含着这位大法官对父亲的巨大悲恸之情。这里使人自然联想到鲁迅先生的名句:"怜子如何不丈夫。"刘广明同志与所有同代人一样,扶老携幼,抚育子女成人成才成为对国家和民族有用的栋梁,也要侍奉苦累一生享受甚少的父母,这不仅是我们民族的传统美德,也是任何一个未失去爱心的丈夫的最动人的如水柔肠。

更有大量的篇章写他行旅祖国东西南北中的大山高原莽川和大江长河的即景即兴之作,依然是对祖国山河的赤子之情和对未来的坚定信念。

中国历来主张"诗言志"。现在一些流派似乎以不言为时尚。我以为这是对诗的理解上的分歧,不愿意以诗言志者可以去朦胧,想以诗言志者也应容忍他们酣畅淋漓地抒发情怀,谁也不要勉强谁,诗坛才能百花齐放,姹紫嫣红。

文学在我看来是一种兴趣,仅此而已。诗是文学的一种体裁形式,自然也是一种兴趣。有人兴趣大到非诗非文学便难以生存,他们便痴心不悔创作小说、诗歌、戏剧等。中国文学需要这样一批文学的殉道者。然而更有大量的无以数计的爱好文学的人,他们有自己报效国家的神圣的职业,在业余搞点不完全是为发表的文学作品,首在抒发一种情怀,次在陶冶情操,使自己高尚起来。如刘广明同志者,即属其例,我很钦佩他的为政为文的品格。

1994 年 6 月 13 日 小寨

文学是一种沟通

——与莫斯科大学留学生汪健的通信

尊敬的陈忠实先生:

我是一个公派的留学生,现在莫斯科大学攻读语言文学硕士学位。我一直是您的一个忠实读者,您的每一部作品几乎都拜读过,其中尤以《白鹿原》为把玩之最。当我把您的《白鹿原》的大致情节译给我的论文导师后,他也极为感兴趣,并建议我与您联系,写一篇关于《白鹿原》与肖洛霍夫《静静的顿河》相比较的论文。这的确是一个很有趣的题目,两部作品之间有着极为相似的轮廓,又各具民族性和民俗性。

现在有几个问题需要向您请教:

一、您是怎样看待肖洛霍夫的《静静的顿河》的?《白鹿原》中"黑娃"这个人物与《静静的顿河》中的格利高利·麦列霍夫是很类似的,您在创作中是怎样选择这样一个主人公的?

二、在您的文学创作过程中,有哪个作家对您的影响最大?

三、"格利高利"是肖洛霍夫作品中的"唯一"(他没有再写过类似的主人公),那么,您是否在以后的作品中再现另一个"黑娃"呢?

四、您的作品是否翻译成其他语言?

殷切地盼望着您的回信。

汪健

1994 年 7 月 13 日 莫斯科

汪健：

您好。七月十三日的信诵悉，请释念。并致以遥远的问候。

您我素不相识并不重要。您"几乎读过"我的"每一部作品"尤其令我感动。这主要是出于我对创作这项劳动的理解，即：对于作家来说，他是用作品和这个世界对话的，作品其实就是他的从生活体验进而到生命体验的一种展示，而展示的最初的和终极的目的都是为了与读者进行交流和沟通，能与读者完成这种沟通和交流才是作家劳动的全部意义所在。进一步说，文学沟通古人和当代人，沟通着不同肤色操不同语言的人，沟通心灵，这才是从事文学创作的人痴情、矢志九死不悔的根本缘由。从这个意义说，您我早已是知心朋友了。谢谢您对《白》书的理解。现在就您提出的几个问题逐条答卷。

一、肖洛霍夫的《静静的顿河》是我阅读的第一部外国作家的翻译作品，这是我在读完初中二年级那年暑假里读过的。从此我便不能忘记一个叫作哥萨克的民族，顿河也就成为我除黄河长江之外记忆最深的一条河流；一个十六岁的乡村少年竟然感觉到了自己并不复杂的生活阅历与顿河上的哥萨克有诸多相近相似之处，自然包括风俗文化以及生活的痛苦和生活的欢乐。我的眼界也一下子从家乡门口的灞河扩展到连方位也难以确定的顿河草原。我不必赘述这部史诗如何如何，只是简单地告诉您我当时的阅读直感。我对俄国和苏联文学的浓厚兴趣也是从阅读《静》书引发的。这部小说大约是一九六二年获诺贝尔文学奖的，我的阅读在获奖之先四年。之后直到现在，我没有再读第二遍，主要是我把有限的阅读时间和热情投向世界上较为陌生的新作品。

黑娃是《白》书中的几个主要人物之一。算不得第一号，而葛利高里（格利高利）却是头一号人物。我只是按这部书的总体构思来设计各色类型的人物，黑娃是我所理解的白鹿原上的一种类型。他的最基本的诱因当然是我长期生活体验和生活积累的结果,直接的诱因得之于我对家乡周围三县蓝田、长安、咸宁地方党史文史资料的整理收集。

最初的构思和后来的整个写作过程中,似乎没有想到过葛利高里。书出后,国内有个别评论家提到过黑娃曲折的人生道路与葛利高里的某些相通之处,还有人把他与《百年孤独》作类比。我没有太多去思考这种现象,主要是觉得,作家尽心竭智所要塑造的某个民族的富于典型意义的人物,可能总有某些相通之处,因为人类无论哪个种族何样肤色,其作为人的本性是相通的,对美的追求和对恶的奋争,各个民族争取合理的生存状态的斗争历程,也有其本质的相通之处,形式和色彩的差异而已。

二、我所崇拜的作家随着我创作实践的发展不断变化。初中二年级对文学发生兴趣时,我顶崇拜赵树理,这一年里我从学校图书馆借阅了赵树理截至那时所出版的全部长、中、短篇小说,以为这就是世界上最可尊敬的最伟大的作家了。到当年暑假读过《静静的顿河》,肖洛霍夫又成为我崇拜的第一位外国作家。从六十年代初到八十年代初,我因为对《创业史》的钦佩自然联系到对柳青的崇拜,这是我们陕西籍的一位当代作家,也是我崇拜时间最长的一位。我崇拜柳青,却从来也没有拜访过他,只是在两次文学集会上听过他的演说。我以为,崇敬乃至崇拜一位作家的最虔诚的行为便是研读他的作品,他的全部思考和艺术理想全都灌注在他的作品里,尤其是作为他艺术成熟象征的代表作,研究他的作品便可以获得他的艺术精髓。至于登门拜访仅仅只是一个感情联系的形式,所以绝对不会超过对其作品的研究。

关于崇拜,我更深的体会便是,必须清醒地认识到,在你对某人发生崇拜的时候,同时也就要准备尽快走出被崇拜者的巨大阴影。崇拜是一种学习,在获得了被崇拜者的精神和艺术精髓以后,融会为自己的新的艺术启示，就要尽快走出被崇拜者的阴影，摆脱被崇拜者的巨大吸盘，去走自己的路，去开拓只能属于自己的艺术天地，去实现自己的艺术理想。如果不是这样，而是长期蜷伏在被崇拜者的巨大艺术阴影底下，你所能做的便是对被崇拜者的艺术重复，不仅对自己来说有渎于创造的神圣含义，对文学界来说只会造成艺术创造的萎缩。

三、我创造的黑娃只有一个，以后的作品再不会有这种类型的人物了。在我看来，重复别人是作家的悲哀；重复自己则是缺乏艺术创造勇气的表现，更悲哀。按我以往的创作习惯，完成一部作品之后，便对其中的所有内容和人物搁到一边去了，兴趣和热情随之转移，投向陌生的生活领域和新的陌生的人物。用农民的话说，我对在熟茬子地上反复耕作兴趣索然，对未曾开拓的生茬子荒地充满陌生的惊喜和热情。

四、《白鹿原》去年已在香港和台湾先后出版，据那边过来的文化人说，发行销售不错。台湾另一家出版社随之又出了一本中篇小说集《地窖》，因为读者对《白鹿原》的兴趣而引发起对我其他作品的兴趣，《地窖》据说发行也不错，有一本短篇小说集正在排印中。这是中国的两个地区，同种同文，不算外文翻译，但也确实是两个特殊的地区。

《白鹿原》已有韩国和日本两家出版公司分别于去年和今年春签约，目前正在翻译和排印中，预计今年下半年和明年初在韩国和日本出版发行。美国一家著作权代理公司正在洽谈用英语在美国出版的事宜，有的条例正在洽商。

专此复述，祝您进步、愉快。

握手

陈忠实
1994 年 8 月 14 日

文学依然神圣

王愚副主席代表省作家协会主席团发布"炎黄文学奖"的新闻消息时说他很激动。我也很激动。本届主席团终于可以向陕西文学界以及殷切关心关注陕西文学事业的各界朋友说,我们为陕西作家群的发展做了一件实事。

我想引用去年六月作协换届会议上我代表新产生的主席团向大会所致的闭幕词中的一段话:"本届主席团受命于五百多名会员代表的委托和信赖,首要的任务就是巩固发展壮大这个群体,我们将把改善作家创作条件和生活条件作为最现实最迫切的一件工作提上议程。做这种努力的初始目的和最终目的只有一个,就是保证现存创作队伍的完整并使其更加雄壮,使这个群体的每一个人都能进入沉静的艺术创作状态。"

我当时所做的这个承诺,或者说吹下的这个牛皮的背景是,陕西以胡采、柳青、王汶石、杜鹏程、李若冰为代表的一代辉煌于新中国文坛的作家已经卸任,有的已经谢世;他们尤其在晚年对包括我在内的中青年作家所倾注的真诚的扶助,有口皆碑;这种以文学事业为己任的优秀传统必须由新的主席团继承下去,贯穿始终。其次就是陕西作家群连失两员主将路遥和邹志安,他们终其一生所从事的艺术创造的个人悲剧是欠下一屁股烂账。前年的陕西文学界被看成是悲怆的黑色的一九九二。请同志们不要轻易淡忘那一段不寻常的日子,才能理解我上述重提的闭幕词的背景和含义,才能理解王君先生为陕西文学界慷慨提供巨大资金设立"炎黄文学奖"的深远意义。

新一届主席团产生了,由我吹的牛皮和由我向文学朋友所做的许诺,既压在主席团头上,也不可避躲地压在我的头上,所谓"不在其位,不谋其政"。既在其位,就得承担责任。尊敬的朋友们,我终于可以向大家说一句:虽然艰难,这件对陕西文学创作将会产生重大影响的实事终究办成落实了。

我这里首先向提供这项奖的王君先生表示真诚的钦敬之意。他的事业应该说刚刚展开,他要做的事和所需的投资肯定很大,而能毅然拿出一笔数目可观的资金资助陕西文学事业的发展,显然不是出风头,不是为了某种效应,而是一种富于远见卓识的坚定的举措。这就是:一个处于经济腾飞和新的机制形成的充满活力的民族,无论如何也不可能或缺了文学。作为一个有理想有道德有操守的医学专家,王君和我一样坚信,一个没有文学艺术的民族无论经济怎样发达,也不会是一个完美的优秀的民族;一个有雄心在经济上独立强大于世界的民族,也应该有最优秀的文学争艳于世界文学的神圣殿堂。他决定出资资助陕西文学事业的举措,在商潮和金钱把科学、教育和文学艺术冲击得不再那么神圣的时候,我感到了一种悲壮。

在商品经济日趋活跃,社会生活也呈多样化发展中,纯文学已经面临挑战。所幸的是陕西省委对陕西文学发展的正确指导和恰当的方针,对陕西当代作家创造劳动的理解和尊重,才造成一种百花齐放的健康的艺术创造氛围。所幸陕西这一茬中青年作家谨于操守,依然不悔自己对文学的崇拜和对事业的虔诚,保持着一个基本整齐而又雄壮的创作群体。我和主席团的同志们完全相信,陕西作家艰苦卓绝的创作精神,绝不是纯文学领域的"最后一个渔佬",或者说最后的"麦田守望者"。我们的参照系是,经济最发达的欧美国家和地区,并没有因为经济的发达而消灭文学,反而是当代世界文学中最具影响的作品正是由那里的作家创造出来的。中国的经济刚刚起飞,文学便掉价作家便遭冷落,实际是一种很不健康的社会心理。经济获得更大发展,国民素质获得进一步提高的中华民族,必将要创造一个文学艺术辉煌灿烂的新世界,任何市侩的短视的眼光和浅薄的议论都会过去。陕西作家不悔的操守和不懈的创造性劳动,构成了中国当代文学的一个重要的组成部分,倒是应该在较大的创作量的基础上,树立清醒的精品意识,以报偿如王君先生一样热诚关心文学的朋友和读者。

我们满怀自信,真正意义上的文学依然神圣。

1994 年 9 月 1 日

《梆子老太》后话

最近出版的《梆子老太》这部中篇小说是我十年以前写的，编这本书时又读一遍，颇多了一些感慨。这部小说发表后有些争议，有朋友说好，好在挖掘人的灵魂了，触及民族的某些痼疾了。有朋友说不好，怎么能如此辛辣地讽刺一个"贫下中农老太太"？创作误入歧途了。这样的争论搁到文学已经大进步的今天肯定不会发生，但在八十年代初却是很认真很严肃的争论。这使我想起八十年代初诸如男孩该不该留长发，男女青年该不该穿喇叭裤扭迪斯科的争论。争论的内容相去甚远，而争论的本质却是一样的。现今回想起来，竟有一种恍若隔世的慨叹。

这样的争论依然没有停止断绝，只是形式有所不同而已。这种争论的不断发生，又很清楚地表明生活演进的轨迹，不是简单的生活现象的重复，而是每一次争论的自然消亡和新的争论的产生，都无可置疑地标志着社会的进步和人的心理的更深层的解放。文学的发展亦然。

梆子老太的心理痼疾，作为一个单个的人，不会引起我太多的兴趣。问题恰恰在于，这种不健康的心理，正好造成不正常的政治能够得以疯狂起来的温床，也最容易被不正常的生活所扭曲为一种畸形的灵魂，这种畸形的心灵又会以令人难以理解的恶的方式再去扭曲别的人和整个社会。健全而又健康的政治是属于人民的政治，它的最根本的职能就是培养具有健康健全的国民的素质。而我深感欣慰的是,我们现在正在建设的生活,肯定不会纵容如梛子老太那种心灵膨胀再膨胀了。

生活在今天的年轻人,没有经历过"文革"和"四清"的灾难,恐怕很难理解梛子老太的行为。了解一下这种心灵也不无好处,起码可以看到我们的生活曾经发生过怎样令人哭笑不得的灾难,从而更增加推进新的健康的社会朝前迈进的坚定性。

至于其他各部小说,让读者自己去评判吧,我只是有感于《梛子老太》发表十余年来的一些变化,仅此慨叹而已。

最好的纪念

——陕西名家丛书序

到今年十月,即这一套书面世的时候,陕西省作家协会满四十岁。

按时下的生活新潮,四十周年该当大庆祝。然而我们这里的人,似乎对那种大张旗鼓大吹大响大轰大嗡的庆祝形式缺乏兴趣,便不想随那种厂庆校庆刊庆的热潮而逐流。但确实还是想庆祝一下,毕竟四十年了,很不容易的,于是就策划着用这一套书来作庆祝。

四十不惑,这是说人。然而对于一个作家文人会聚的文学团体来说,何尝又不如是。四十年风雨坎坷,四十年大起大落,无论是对于某个单个作家,还是对于这个由作家文人聚集的社会团体,都会有诸多不惑的警悟。

四十年里,陕西始终作为一个文学大省,两度辉煌,一度黯淡。以柳青、杜鹏程、王汶石、李若冰、魏钢焰为代表的陕西作家群,以其杰出的小说散文创作辉煌于新中国的文坛。新时期以来,陕西成长起来一支更庞大的中青年创作群体,他们的创作成果早已引起文学界的普遍关注和读者的广泛兴趣。最黯淡的日子当属"文革",从那些享有世界声誉的作家到编辑和工作人员,全给一锹铲起抛到炼狱里去了。当然,这不单是陕西省作协的个别性灾难,所谓"倾巢之下岂有完卵"。然而,在阴霾荡除以后,那些以生命相托于文学的作家又重新集结,那些把生命理想也寄托于文学的青年作者更加踊跃,真可谓十年悲歌十年生聚,再度辉煌,终于步入这个砸不烂更痴情的文学团体的不惑之年。

尤其令人鼓舞的是,这一代陕西作家在近几年间进入一种艺术创造的大释放状态,把他们的生命体验和艺术体验展示出来,造成了一个省的文学创作的鼎盛期。这种群体创作的大释放状态肯定还会持续下去,可以期待有大作品问世。

无论老一代作家和这一茬中青年作家,他们的全部创造性劳动成果,都是中国当代文学的一个组成部分;陕西作家的作品带有普遍的地域特色,艺术上也有着迥然不同的个性,成为当代文学百花园里的西部之花。

这三种五本书里选编的中短篇小说和散文作品,是四十年来最具成就也最具影响的作家的代表作,还有一批更年轻也更富于艺术创造活力的青年作家的发轫之作。把这三代作家的代表作汇册出版,无疑是可以看作陕西省作协四十年历程的一次回顾性展览,作为我们献给读者的一份礼物,自觉以为是对四十周年的最富诚意的纪念和庆祝。

1994 年 9 月

不妨极端,自成气候

——我看成章散文

专门参加散文作家的研讨会,我还是第一次。这次研讨会由四家单位联合举办,说明大家很重视成章同志。会议开得很好,人到得很多,气氛很热烈,这本身就证明成章同志成功了,这就够了,我为成章感到骄傲。

成章的散文已经形成气候。他能在散文泱泱大国、大省中挺立起来,很不容易。成章的散文具有独立的体例,叫人一看就知道是他的散文。这种特色之所以能形成,我认为是成章对生活有独特的体验。这种特色概括起来讲是:壮气、大气、内秀。没有哼哼唧唧、矫揉造作之气。文章写得真诚坦率,与他的整个生活体验是一体的。在我看到的一些散文中,人物的对话写得十分精彩,人物的性格、文化、神韵、感情、蕴含都表明了出来,耐人寻味,非常感人。所以读成章的散文往往给人以快感的享受。能收到这样一个效果,没有对生活的真实体验,没有才气是做不到的。因此我说成章的散文有才气,而且有大才气,这是一个鲜明的特点。再是成章的散文风格别具一格。一个作家写文章给千万个读者读,十个百个评论家评,品尝口味不同,不可能满足所有人。川菜好吃不是大家都能接受的,粤菜很好吃也不是所有人都能接受的。艺术也是这样,不可能是一个口味。对成章这样气质的作家,要求他写得精细,写精雕细刻的那样一种文章,显然不属于他个人的气质,也不属于他的艺术。作者对艺术的体验和感觉是各种各样的。他的每一篇文章,哪怕是五百字的短文都有他独特的表现形式。我们不可能要求贾平凹去写像成章那样的散文,也不可能要求成章写像平凹那样的散文,就像不能把川粤菜混在一起一样。你让老舍跟柳青怎么去靠近?柳青跟老舍怎么去靠近?这是不可能的。我们不应提倡不同风格的作家靠近,而应鼓励他们远离,拉大距离,让他们那种艺术,艺术追求,一直搞到极端,才能树立起一种有别于所有人的艺术,自成一家。现在,我觉得在散文小说界相似的面目太多,倒是个性明显包括语言个性明显的作家太少。对各种不同风格的艺术体验应该给以鼓励,鼓励他们走到头,往极端走,走向极端才有可能形成一家。这样,艺术个性、艺术色彩才会明朗起来。刘成章能在散文界立起来,很重要一点就是现在散文界矫情娇气的东西太多。他的散文别具一格,个性鲜明,大家读那些东西腻了的时候,感到他的产品很有嚼头。这是第二点。

成章的散文我没有全部看过,看到的一些篇章,有些非常精彩。他的散文侧重表现陕北的人情风貌,他对陕北这块土地的挚情热爱的表现和我的心情是一样的,但他表现这些东西时没有都把握好。如果说创作作为一种生活体验和生命体验这样一个过程,成章的散文属于一种生活体验,但也有一些进入了生命体验。两种体验我觉得差异很大。成章的散文对陕北那块土地在热爱上体现得很突出,但我觉得在爱的同时还应体现一点批判意识。批判意识,借用现代一句话叫"反讽视警",应该有些反讽意识。因为爱得太深,表现出来的都是美好,但实际上那块土地灾难重重,时至今日,那里的许多山头还是光秃秃的。我们看到的一些报纸上经常报道绿化成果,可是山仍然是光的,看到那里的光山我心里就不舒服。不能说光山你也爱,但总不如有林木的山漂亮。在成章的笔下,把那些山写得美不胜收,如果有点反讽意识的话,就会有另一种体验,爱其所爱,痛其所痛,既要表现欢乐还要表现痛苦。应进入一种思考,一种体验,有一种文化发掘的意识,在发掘过程中就会感到美好的和叫人痛苦的。成章的散文创作如有了反讽意识,我想会是一个提高。这是我的一个建议。

无论小说散文或者诗歌的创作,都应记着《文心雕龙》里的一句话:"既随物以婉转,亦于心而徘徊。"这一句话把作家的创作状态全部说完了,再没有这么简洁地把创作过程和创作形态揭示得那么深刻。随物婉转就是状物,于心徘徊就是作家抒发感情。希望成章同志继续随物婉转,于心徘徊。肯定有更佳的作品出世。

1994 年 11 月